RETO
A DUELO
a mi
ENEMIGO

Reto a duelo con el enemigo ♡

Título original: RETO A DUELO CON EL ENEMIGO

Autor: Karla Ramona Rentería Nesta

©2024

EDICIÓN: EDITORIAL NOVELA Y ROMANCE

A mis amigas y colegas, quienes han estado a mi lado en cada paso de este camino, apoyándome incondicionalmente y llenando mi vida de amor y risas. Las llevo siempre en mi corazón, y esta obra no habría sido posible sin ustedes.

A mi familia: gracias por su paciencia y por amarme tal como soy, con todas mis locuras incluidas. Si leen esto, sepan que siempre he confiado en su amor para ser auténtica y seguir mis sueños, sin importar cuán impredecibles parezcan.

¡Si leen esto, no se asusten!

*K*arla*N*esta ♡

PROLOGO

Eileen Rossi y Adrien Giordano se conocieron en su adolescencia, un tiempo marcado por la hostilidad y el desprecio. Adrien, con su actitud de mujeriego y su arrogancia, se burlaba del aspecto de Eileen, mientras ella lo despreciaba por su superficialidad y falta de respeto. Eventualmente, sus caminos se separaron, y ambos siguieron vidas distintas.

Diez años después, Eileen y Adrien se reencuentran como líderes de las empresas de sus familias, cada uno con su propio compromiso sentimental. El destino los cruza nuevamente a través de un proyecto común. Eileen, ahora una mujer segura y exitosa, despierta en Adrien una fascinación inesperada. Él sigue siendo encantador, con un aire de seductor impenitente. Pero la tensión entre ellos ha cambiado: ya no es solo hostilidad, sino una atracción innegable que amenaza con derrumbar las barreras que ambos han construido.

¿Serán capaces de ignorar lo que sienten y mantenerse fieles a sus promesas, o caerán en la tentación de explorar un nuevo comienzo?

Capítulo 1

*E*ileen

Hola, querido diario:

No sé cómo empezar. Nunca antes había escrito en un diario, mucho menos para contar mis problemas de secundaria en una libreta. No estoy segura de si esto realmente me ayudará, pero bueno, eso es lo que dice mi madre, quien me regaló este diario esta mañana.

Bueno... empecemos. Mi nombre es Eileen Rossi. Soy hija de Roderick Rossi, el CEO de la empresa de modelaje más importante de Mónaco, Fashions Rossi. Mi madre, Diana Rossi, fue una modelo muy famosa, pero decidió abandonar todo por su familia. Y no puedo olvidarme de mi pequeño hermano, Eros Rossi, que es cinco años menor que yo.

A pesar de que mi madre es increíblemente hermosa, no heredé su físico ni su belleza. Cada vez que me miro en el espejo, solo veo una tabla. Mi madre dice que es normal, que tengo solo 16 años y que todavía me estoy desarrollando, pero yo siento que ya me quedé así.

Mi infancia ha sido muy buena; no tengo de qué quejarme. Mi familia es billonaria, así que nunca me ha faltado nada. Sin embargo, siempre ha estado marcada por el estúpido de Adrien Giordano, que siempre se ha burlado de mí. Crecimos viéndonos todo el tiempo, ya que su familia también es muy billonaria y viven en el mismo distrito que la mía, pero lo peor es que viven justo enfrente de nuestra casa. Desde pequeños hemos estado en la misma escuela. Aunque, pensándolo bien, realmente no vale la pena mencionarlo.

Hace apenas un año ingresé a la secundaria, pero el primer año fue muy difícil, sobre todo porque esa persona que no quiero nombrar también está ahí. Ahora entiendo que tengo muy mala suerte; pensé que al entrar a la secundaria ya no lo vería más, pero parece que siempre estará presente.

Reto a duelo con el enemigo ♡

Lo bueno es que mi mejor amiga, Casandra, ha estado a mi lado. Nos conocemos desde que su padre, el arquitecto más importante, diseñó la casa de mi padre. Desde entonces, somos inseparables. Ella es todo lo opuesto a mí, un poco alocada, pero me cae bien. Además, está obsesionada con el innombrable. Dice que es un adonis, un verdadero amor. Para mí, solo es un chico más que se cree el más guapo.

A pesar de todo eso, me siento orgullosa de mí misma por ser la más inteligente de la escuela, aunque también soy la menos popular. Pero ¿a quién le importa? Eso no te dará un título.

—¡Hija, ya es hora de ir a la escuela! —escucho el grito de mi madre.

—¡Ya voy, mamá! —le respondo mientras guardo mi diario en mi mochila. Me pongo los lentes y me doy una última mirada en el espejo—. Bueno, me veo bien.

Tomo mi mochila, me la cuelgo al hombro y abro la puerta de mi habitación. Salgo corriendo, bajo las escaleras rápidamente, agarro las llaves de mi auto y me dirijo hacia la puerta. Justo cuando estoy a punto de salir, escucho la voz de mi madre.

—Toma, hija, tu jugo —dice mientras me tiende un vaso.

Me detengo, la miro, y tomo el vaso con una mano. Me lo bebo rápidamente.

—Despacito, hija, o te puedes ahogar —advierte mi madre con una sonrisa.

—Tengo prisa, mamá. Tengo que pasar por Casandra —le digo mientras le devuelvo el vaso, abro la puerta y añado—: Me voy, mamá. Hasta luego. Te amo.

—Yo también te amo, mi niña. Ten cuidado y cuídate —me responde con una sonrisa mientras salgo rápidamente.

Abro la puerta de mi Porsche, me siento y me pongo el cinturón de seguridad. Enciendo el motor y, al ver que las enormes puertas de la casa de mis padres se abren por completo, salgo a una velocidad considerable.

Recorro las calles de Mónaco. Es una ciudad tan hermosa, el lugar donde nací. Al detenerme en un semáforo, aprovecho para poner una canción que me encanta: "A Sky Full of Stars". Me fascina esa canción.

El semáforo se pone en verde, y continúo mi camino. Veo que las puertas de la casa de Casandra se abren, y entro. Me estaciono en la entrada y presiono la bocina dos veces para que salga.

Veo a mi amiga saliendo de la casa, luciendo una minifalda y un top rojo. Me quito los lentes, los limpio un poco con mi camisa y me los vuelvo a poner, asegurándome de que no es un espejismo. Casandra se sube al auto.

—Dime, ¿de qué club nocturno te escapaste? —le pregunto mientras la miro de reojo, señalando su ropa con una sonrisa divertida.

—Y tú dime de que monasterio saliste — Me la regresa. Ve mi ropa traigo unos vaqueros rotos que me quedan algo grandes y una camisa de color entre gris y negro y con una chaqueta de mezclilla oscura.

—Jajaja. Bueno solo no vayas a dejar condones en mi auto — Le digo y pongo en marcha mi auto.

—No te preocupes no le dejaría esas cosas a una santa —siempre me molesta con respecto a mi virginidad — Y quita tu música triste.

Apaga el radio. Pongo en marcha mi auto y nos vamos de la casa de mi amiga. Llegamos a la escuela, me estaciono en la entrada. Mi amiga baja y veo que se le ven las bragas. Quito esa imagen de mi pensamiento y bajo del auto.

Nos dirigimos hacia la entrada, y noto cómo todos los chicos voltean a ver a Casandra. Ella no se inmuta ante las miradas ni los chiflidos, mientras yo me siento más avergonzada que ella. Al llegar a una de las mesas, me siento, pongo mi mochila sobre la mesa y saco mi diario.

—¿No me digas que ahora escribes un diario? —pregunta Casandra, intentando arrebatármelo.

7

—Mi madre me lo dio. Dice que me ayudará a manejar las emociones de la secundaria y que en el futuro será bueno para recordar la adolescencia —le explico.

—Mira qué belleza —dice, apoyando los codos en la mesa y sujetando su barbilla con las manos. Suspira, y yo sigo su mirada.

El grupito de chicos populares se acerca. Reviro los ojos, abro mi diario y empiezo a escribir.

"Sigo sin entender por qué hay tantos estudiantes que quieren ser como ellos, esos chicos sin cerebro y tan mujeriegos, especialmente Adrien Giordano. Es un arrogante, orgulloso y un mujeriego de primera que se cree inalcanzable solo porque su padre es el CEO de la empresa más importante de publicidad aquí en Mónaco.

Pero lo que no comprendo es cómo las chicas pueden desear ser como Mónica Johnson, una chica superficial que piensa que tener un buen físico puede abrirle todas las puertas. Se cree la mejor solo porque, según los rumores, es la amiga con derechos de Adrien".

No puede ser, veo que ese grupito de serpientes se acerca a nosotras. Dejo de escribir e intento irme, tomo mi mochila y me levanto, pero Casandra me agarra de la mano, obligándome a quedarme sentada.

—Hola, Fenómeno. Hola, Casandra —los insultos de Adrien no tardan en llegar. Yo lo ignoro por completo.

—Hola, Adrien —saluda Casandra. Yo vuelvo a levantarme, intentando irme de nuevo, pero uno de los amigos de Adrien me detiene.

—¿No escuchaste o eres sorda? —Damián resopló, mirándome con desdén.

—Déjala ir, Damián. Ya conozco a Eileen y su actitud, eso ya no me molesta —escucho la voz ronca de Adrien. Damián me suelta, y me voy sin mirar atrás.

Dejo a mi amiga con esos tontos y entro al salón de clase. Me siento en mi silla y pongo mi diario en la mesa.

"Otro día igual en la escuela, soportando los insultos de Adrien. Pero bueno, solo tengo que aguantar unos meses más. Pronto se graduará y se irá a la universidad de Oxford. Eso es una alegría para mí. Tendré un año libre de él y toda la universidad por delante. Genial".

En ese momento, veo a Casandra entrar por la puerta. Los chicos de la clase de historia le lanzan chiflidos mientras camina hacia mí y se sienta a mi lado.

—¿No te parece guapísimo Adrien? —Ya va a empezar a elogiar a ese tonto.

—No, sabes que ese tipo de hombres no es mi estilo —le respondo mientras guardo mi diario y saco mi libro de historia—. Pero no sé de qué te quejas si el año pasado, en su fiesta de cumpleaños, tuviste un momento de atención con él.

—Sí, pero como te mencioné antes, todo fue solo un poco de toqueteo, no pasó nada más allá. Además, ¿cómo voy a saber cuál es tu tipo si nunca has tenido novio? —me dice en voz baja.

—¿Qué esperabas, una declaración de amor al día siguiente? Además, sabes que no estoy para esas cosas de los "novios" —le digo mientras le saco punta a mi lápiz.
—No esperaba una declaración. Pero lo raro es que en ningún momento me dio un beso, y eso era lo que más esperaba. Me he enterado por las demás chicas que han estado con él que nunca besa en los labios. Muchas piensan que está esperando a la indicada —dice Casandra, y no puedo evitar rodar los ojos ante sus tonterías.

—Jajaja, de seguro le huele la boca a Adrien —le respondo sarcásticamente, volteándome para ver su reacción. Pero ella solo me mira en silencio—. ¿Qué, te quedaste sin palabras?

—Si quieres saber si me huele la boca, solo dímelo y te demuestro lo contrario —escucho la voz de Adrien a mis espaldas, y me giro para encontrarme con su mirada.

9

—Ni en tus sueños —le respondo, dándole la espalda y enfocándome en la maestra.

—Pues en mis sueños serías una pesadilla —me dice con una sonrisa arrogante. Lo ignoro y me concentro en la clase.

—Señor Giordano, tome su lugar —ordena la maestra. Adrien se va hacia dónde están sus amigos, y de reojo veo cómo susurran algo entre risas, pero no me interesa lo que esos tontos tengan que decir.

Cuando termina la clase de Historia, recojo mis cosas rápidamente y salgo del salón. Me dirijo a mi lugar favorito, una zona alejada donde casi nadie va. Me gusta estar sola, y además me permite prepararme mentalmente para la clase de atletismo y gimnasia...

Capítulo 2

Adrien

Escucho la alarma sonar y abro los ojos, encontrándome con el familiar techo de mi habitación. Miro mi torso desnudo, respiro profundamente un par de veces y me levanto de la cama. Siento el frío del piso bajo mis pies, pero lo ignoro. Me dirijo al baño, abro la regadera y dejo que el agua fría corra, ajustando la temperatura hasta que es agradable. Me quito el bóxer y me meto bajo el agua.

Al terminar de bañarme, me envuelvo en una toalla alrededor de la cintura y me acerco al clóset. Escojo un par de vaqueros oscuros y una camisa del mismo tono, adornada con una pequeña rosa en el lado izquierdo. Me calzo las botas, arreglo mi cabello y luego me siento en mi pequeño escritorio. Tomo mi diario y empiezo a escribir.

"Otro día más, igual que los anteriores. Sé que no es muy masculino llevar un diario; eso es más para chicas que no tienen nada mejor que hacer. Pero como me dijo mi madre, guarda tus recuerdos mientras estén frescos; algún día querrás leerlos. Y aquí estoy.

A mis 18 años, ser el hijo de Tadeo Giordano, CEO de la empresa de publicidad más importante de Mónaco, Giordano Publi, y de Nohemí Giordano, la exactriz más famosa de Francia no es fácil. Mi vida siempre ha estado bajo el ojo público, desde el momento en que nací."

"No puedo ser yo mismo sin ser juzgado, pero al menos tengo a mi hermana, Daphne Giordano. A veces nos hacemos compañía, y trato de ayudarla a no sentirse mal cuando hablan de ti, sin importar si es verdad o no.

Sin embargo, mi vida se ha vuelto más complicada con la presencia de Eileen Rossi, la chica más odiosa que he conocido. Siempre me ignora, es contestona y tiene un orgullo del tamaño de su cabeza. Desde que éramos niños, hemos sido enemigos; ella no puede verme, y yo tampoco la soporto. Para colmo, vive justo frente a mi casa, así que no hay escapatoria. Y lo peor es que siempre deja las cortinas abiertas y anda en sostén en su habitación.

Aunque, para ser honesto, no sé por qué pienso en ella. No es mi tipo... aunque ninguna mujer lo es realmente.

Todas quieren lo mismo: la buena posición de mi padre, un hombre romántico que les dé besos y caricias. Yo puedo ofrecer caricias, pero besos, eso no. He besado antes, tengo experiencia, pero no siento la tentación de besar a una mujer. Ningunos labios me parecen atractivos. Por eso, mi lema, o como quiera llamarse, es simple: 'Nunca besaré a nadie'. 'Los besos solo complican todo'. 'Podré darlo todo, menos los besos.'"

"Para mí, todas las mujeres parecen querer lo mismo: la posición de mi familia, ser el centro de atención y, sobre todo, presumir. Así que, en mi opinión, todas son iguales."

—Señor Adrien, es hora de ir a la escuela —escuché la voz de mi mayordomo, Tomás.

—Ya voy, Tomás —le grité mientras guardaba mi diario en un pequeño cajón con llave. Tomé mi chaqueta, me puse mi cadena y agarré mi mochila.

Abrí la puerta y vi a Tomás sosteniendo una charola con mi licuado. Lo tomé con la mano derecha mientras caminaba. Me terminé el licuado mientras bajaba las escaleras y dejé el vaso en la charola. Tomás me entregó las llaves de mi Ferrari.

Entré en el coche, me acomodé en el asiento y me puse el cinturón. Arranqué el motor y me dirigí hacia las puertas, que se abrieron de par en par.

Salí a toda velocidad de la casa de mis padres y recorrí las calles de Mónaco. Después de unos minutos, llegué a la escuela y me estacioné en la parte principal, al lado del auto de mis amigos Damián y Agustín.

Apagué el motor, tomé mi mochila y salí del Ferrari. Me acerqué a mis amigos y los saludé.

—Hola, Adrien —dijo Damián mientras le estrechaba la mano. Luego saludé a Agustín.

—Hola, Damián y Agustín —digo, cuando siento una mano en mi hombro. Me giro y veo a Mónica, quien me besa en la mejilla sin previo aviso.

—Hola, guapo —me esboza con una sonrisa. Sabe que no tolero los besos en los labios y que, si lo intenta, tendré que reprenderla. Por eso, nuestra relación se limita a puro sexo y nada más. Ella puede salir con quien quiera, y yo con quien me plazca.

—Hola, Moni —respondo.

—Hola, Damián. Hola, Agustín —saluda Mónica a los chicos.

—Hola, hermosa —responden ellos al unísono.

Entramos a la escuela, notando cómo todos nos miran. Como mencioné en mi diario, siempre estoy en el ojo público.

A lo lejos, diviso a Eileen y Casandra sentadas en una de las mesas. Decido acercarme a ellas. Casandra me observa con una mirada que parece decir mucho, y aunque sé que fue un error haberla tocado aquella noche, estaba tan ebrio que apenas lo recuerdo. Conforme nos acercamos, veo a Eileen voltear los ojos, lo que me llena de ira. No puedo contenerme y me dirijo hacia ella con tono desafiante.

—Hola, Fenómeno. Hola, Casandra —digo, intentando mantener mi enojo bajo control.

—Hola, Adrien —me saluda Casandra, mientras Eileen ni se inmuta. Su indiferencia solo aviva mi enojo, y veo cómo se levanta para irse. Mi amigo Damián la detiene.

—¿No escuchaste o eres sorda? —le dice Damián, aunque sé que su intención no es solo detenerla, sino que en el fondo está interesado en ella.

—Déjala ir, Damián. Ya conozco a Eileen y su actitud, y eso ya no me molesta. Mientras no me cause enojo, está bien —respondo, tratando de calmar la situación.

Damián la suelta y la veo marcharse con pasos largos. La mirada de desdén que le doy refleja mi desagrado por su espectáculo.

—Lo siento por la actitud de mi amiga, Adrien. Es que ella es muy... es muy... —Casandra busca la palabra correcta, pero no la encuentra.

—No me digas impredecible —le digo, y la veo intentar reírse.

—No, yo tenía otra palabra en mente, pero si eso es lo que piensas, está bien —me responde. Se levanta de la mesa, y mi mirada se detiene en su minifalda antes de apartarla. Aunque podría divertirme con ella, prefiero no hacerlo; no quiero que le cuente nada a Eileen. Casandra se aleja y mis amigos la observan embobados.

Me causa gracia ver cómo se quedan hipnotizados por su minifalda mientras ella se aleja, meneando las caderas. Finalmente, salen de su trance cuando ella entra al edificio.

—Más obvios no podrían ser —les digo con una sonrisa divertida, y ellos se quedan sorprendidos.

—Pues también más obvio no podrías ser: odias a Eileen y ella te odia a ti. Pero ahora que lo pienso —Agustín agrega.

—No me digas que tu cerebro sirve para eso —le respondo—. ¿Por qué siempre me enoja que digas esas tonterías?

—No me importa lo que digas. Pero en la escuela, todas las chicas suspiran por ti, excepto Eileen. Entonces, amigo, no eres tan irresistible como crees. Ja, ja, ja —Se ríe mientras me acerco a él, le pongo la mano en la cabeza y le doy un pequeño golpe.

—¡Hey, ¿qué te pasa?! —protesta, frunciendo el ceño.

—Es para que las neuronas te funcionen bien —le digo, comenzando a caminar hacia la clase.

Entramos a la clase de Historia y noto cómo todas las chicas me miran con ojos de conquista. Pero esa es la clase que más odio, porque es la única en la que está Eileen. La veo de espaldas, hablando con su amiga, que le hace señas para que note mi presencia. No parece captar la señal.

—¡Ja, ja, ja, de seguro le huele la boca, Adrien! —escucho a Eileen burlarse. Eso me enfurece, y me doy cuenta de que no ha notado que estoy justo detrás de ella. Su amiga la apunta con la mirada, pero Eileen sigue hablando sin darse cuenta.

—Si quieres saber si me huele la boca, solo dímelo y te lo demostraré —le respondo, manteniendo la calma a pesar de la ira que siento. Me enoja que juegue así conmigo, y por eso la llamo "fenómeno".

—Ni en tus sueños —responde orgullosa y desafiante

—Pues en mis sueños serías una pesadilla —le respondo sin rodeos. Si cree que tengo un rincón en mi mente para ella, está totalmente equivocada.

—¿Señor Giordano, podría tomar su lugar? —La voz de la maestra corta el aire. Desvío la mirada de esos ojos verdes y me dirijo hacia donde están mis amigos. Me siento a su lado, buscando una salida del enredo emocional.

—¡Ja, ja, ja! Te huele la boca, Adrien —se burla Agustín.

—Cállate —le respondo con frialdad mientras saco mi libro de historia, tratando de enfocar mi mente en algo más productivo.

—Ves, te lo advertí, no eres tan irresistible. Ella es la única que no podrás convencer —escucho a Damián, sus palabras vacías flotan en el aire. Decido no perder tiempo respondiendo a su tontería.

La clase termina y el bullicio de los estudiantes nos arrastra hacia los vestidores. En el vestuario, cambiarnos para el entrenamiento de fútbol americano se convierte en una rutina que nos permite dejar atrás las tensiones y concentrarnos en el juego.

Capítulo 3

*E*ileen

"No puede ser mi suerte, todo va de mal en peor. ¿Cómo pudo Casandra no avisarme que él estaba detrás de mí? Ahora seguro pensará que estoy interesada en él, o peor aún, que quiero besarlo. ¡NO!"

—¡Ey!, desaparecida —oigo la voz de mi amiga Casandra. Levanto la vista, la miro con furia y dejo claro lo mucho que estoy molestada. —¿Qué hice?

—¿Y todavía lo preguntas? ¿Por qué no me avisaste que él estaba detrás de mí? Ahora seguro pensará que estoy interesada en él, o peor, que quiero besarlo —le suelto mientras apoyo mis brazos en la mesa y entierro mi cabeza en ellos. La escucho acercarse más a mí.

—Primero, te hice señas con los ojos para advertirte. Segundo, ¿qué tiene de malo que piense que lo quieres besar? Con esos labios que tiene, yo me lo comería —empieza a soltar sus tonterías.

Levanto la cabeza y la miro con incredulidad—. Eso eres tú. Yo no quiero contagiarme de una enfermedad. Si realmente lo quisiera, mejor iría a un baño de gasolinera y besaría el suelo; al menos así sería más higiénico.

—Ya deja esa actitud. Además, vámonos, que tengo que cambiarme para animadoras y tú tienes clase de atletismo —me recuerda, con razón. Me levanto de la mesa, guardo mi diario y me coloco la mochila en el hombro, lista para dejar atrás el drama.

Casandra y yo salimos del vestíbulo y regresamos a las instalaciones de la escuela. Primero llegamos a nuestros lockers, donde guardamos nuestros libros y sacamos nuestras mochilas con la ropa.

Entramos en el vestidor de mujeres y nos dirigimos a nuestros lockers. Casandra, con su acostumbrada seguridad, se pone un short ajustado y extremadamente corto, combinado con una camiseta sin mangas que acentúa cada curva de su figura.

Yo, en cambio, opto por un short hasta la rodilla, una camiseta blanca y mis zapatillas. Mientras me visto, siento la mirada de Casandra evaluándome de pies a cabeza. Ella sacude la cabeza con desaprobación.

—¿Y ahora qué pasa? —le pregunto, colocando mis manos en la cintura. Estoy a punto de recibir una respuesta cuando Mónica y el resto del grupo de animadoras llegan al vestidor.

—¿Lista, Casandra? Hoy practicaremos pirámides —anuncia Mónica, y luego dirige su mirada crítica hacia mí—. Hey, Elyn, creo que te has equivocado de lugar. Este no es tu hogar, así que deberías prepararte para la clase de atletismo.

Pongo los ojos en blanco. —Para tu información, no es Elyn, es Eileen. Y, por si te interesa, ¿sabes por qué me puse esto? —la miro con desdén mientras ella duda en responder.

—¿Por qué? —pregunta finalmente, con curiosidad.

—Para ver quién es lo suficientemente tonta como para hacerme una observación —respondo, y observo cómo su rostro se enrojece de rabia.

—Casandra, te esperamos en el gimnasio —digo mientras veo cómo ignora mi llamada y se aleja con ese grupo de víboras.

Cuando por fin me doy cuenta de que se han ido, veo a Casandra, visiblemente disgustada por sus compañeras.

—No sé cómo aguantas a Mónica. Si fuera por mí, ya le habría arrancado esas extensiones —le digo, comenzando a caminar hacia la salida.

—Bueno, me dan puntos por estar en el equipo de animadoras —responde Casandra mientras salimos al pasillo—. Bueno, nos vemos, Eileen. ¡Échale ganas en tu carrera!

—Gracias, amiga. Tú échale ganas a brincar y gritar —le contesto, y nos despedimos para ir a nuestras respectivas clases.

Camino por el pasillo hasta llegar a la pista de atletismo. Veo a mis compañeras alineadas y al maestro dando las instrucciones.

—Buenas tardes, chicas. Prepárense en sus lugares —dice el maestro. Todos obedecemos y nos alineamos en nuestros carriles.

—Quiero 12 vueltas a trote. En sus marcas... ¡listas! ¡Fuera!

Empiezo mi trote, sabiendo que no se trata de una carrera, sino de completar las 12 vueltas. Algunas de mis compañeras ya están adelante y, de repente, se detienen. Yo también me detengo, y observo cómo se vuelven a mirarnos, suspirando con evidente frustración.

—¡Qué guapo! —exclama una de mis compañeras.

—Qué suerte tiene Mónica, ¡se está echando a ese dios! —dice otra, y sigo su mirada. Junto a la pista de atletismo, en el campo de entrenamiento de fútbol americano, está Adrien sin casco, echándose agua en la cabeza.

Sus amigos se acercan a él y señalan hacia donde estamos nosotras. Los demás en el campo nos saludan, excepto yo, que mantengo mi expresión de disgusto. Decido seguir con mis vueltas.

Llevo 10 vueltas y mis compañeras siguen ahí, embobadas con el entrenamiento del equipo de fútbol americano.

—Chicas, si no terminan sus vueltas les quitaré puntos —grita el maestro, claramente frustrado. Todas reaccionan y empiezan a trotar nuevamente.

Finalmente termino las 12 vueltas, agotada y empapada en sudor. Me acerco al maestro.

—Ya terminé las 12 vueltas, maestro. ¿Puedo irme a mi siguiente clase? —digo, mientras él anota algo en su libreta.

—Sí, Eileen. Puedes seguir con tus clases —me confirma. Me dirijo hacia el campo de entrenamiento de fútbol americano para tomar un atajo hacia los vestidores y bañarme.

—Ey, Eileen, si sigues así con tu clase de atletismo, vas a terminar sin nada —escucho los comentarios despectivos de Adrien. Intento ignorarlos, pero de repente un balón de fútbol americano vuela hacia mí, pasando a un lado. Me detengo y miro quién lo lanzó.

—¡Piernitas de popote, regresa el balón! —me grita Adrien. Me acerco a donde cayó el balón, lo levanto y veo que Adrien me hace una señal para que se lo lance. Preparo mi brazo para lanzar, pero al final, lo echo más lejos de lo esperado.

—Ey, ¿qué te pasa? —exclama Adrien, visiblemente molesto.

—Camina, idiota —le respondo con frialdad y me alejo de él.

Llego a los vestidores y me cambio rápidamente para la clase de gimnasia. Estoy tan apresurada que temo llegar tarde. Al llegar a las puertas del gimnasio, intento abrirlas, pero están cerradas. Un anuncio en la puerta informa que las clases están suspendidas por hoy.

—Perfecto, así podré bañarme antes de que lleguen las animadoras — murmuro. Regreso a los vestidores, tomo mi mochila con la ropa limpia y mi toalla, y me dirijo a las duchas.

Me despojo de toda mi ropa, suelto mi cabello y dejo mis lentes en una banca cercana. Uso lentes porque uno de mis ojos no ve bien de lejos, aunque con el otro veo perfectamente. Pero ahora lo que necesito es bañarme. Abro la puerta de cristal de la regadera, giro la llave y dejo que el agua comience a caer. Regulo la temperatura y empiezo a disfrutar de la ducha.

El agua caliente cae sobre mi piel, aliviando el cansancio. Cojo mi mini jabón y me lavo el cabello, luego el cuerpo. Me empiezo a sentir mejor cuando escucho pasos en el vestidor. Cierro la llave de la ducha, mi corazón late un poco más rápido mientras me pregunto quién está cerca.

—Casandra, ¿puedes pasarme mi toalla, por favor? —grito para que me la alcance. La veo deslizar la toalla por encima de la puerta de cristal de la regadera. La tomo y empiezo a secarme el cabello, envolviendo mi cuerpo en la toalla antes de abrir la puerta.

Camino hacia el banco donde dejé mi mochila. De repente, siento una mano en la parte descubierta de mi espalda.

—¡Ya basta, Casandra! ¿Qué estás tramando? —digo mientras tomo la mano, notando la textura inusual. Al mirar, me doy cuenta de que no es Casandra, sino la mano de un hombre. El suelto rápidamente y me doy la vuelta, mis ojos se agrandan al ver a Adrien—. ¿Qué diablos estás haciendo aquí?

Él me observa, sorprendido—. Nunca imaginé que la señorita Eileen tuviera un vocabulario tan fuerte. —Sus ojos se vuelven juguetones, y al fijarme mejor, noto que está desnudo del torso hacia arriba, con solo una toalla enredada en la cintura. Me mira intensamente.

—Respóndeme, Adrien. ¿Qué haces aquí? —le exijo. Veo cómo se acerca cada vez más, mientras yo retrocedo, intentando mantener la distancia. Pero él avanza inexorablemente.

—¿Qué hago aquí? —repite, acercándose aún más—. Es algo tan obvio que seguro ya te has dado cuenta.

Sigo retrocediendo hasta que mi espalda choca contra la fría pared. Mi respiración se acelera, y sus pupilas se dilatan mientras pone ambas manos contra la pared, atrapándome. Su rostro se acerca tanto al mío que casi puedo sentir su aliento.

—Tienes una piel preciosa —susurra Adrien, su dedo deslizándose lentamente por mi hombro. Intento apartar su mano, pero mi respiración se vuelve errática.

—Vete, Adrien —es lo único que consigo decir, mi voz temblando.

—¿Y si no me voy, ¿qué harías? —me desafía, su mirada fija en la mía. Siento cómo toma mis manos y las coloca sobre mi cabeza, acercándose aún más. Él es mucho más alto, y yo me encuentro mirando su barbilla mientras él me observa con una intensidad que me paraliza.

Baja su cabeza, su aliento acaricia mi cuello, y siento un escalofrío recorrer mi cuerpo.

—Adrien, por favor, no... —mi voz se ahoga en un susurro lleno de terror. Mis piernas tiemblan al sentir su muslo presionado entre las mías, sus vellos rozan mi piel. Siento que el miedo me invade mientras cierro los ojos y giro mi rostro a un lado, esperando lo peor.

—Vamos, chicos, ninguna mujer puede resistirse a mí —murmura él. De repente, se aparta y yo, confundida, abro los ojos.

—¡Ja, ja, ja! Es verdad, Adrien, ninguna mujer se resiste a ti —se ríen sus amigos, saliendo de su escondite.

—Lo mejor es que tomamos unas fotos con tu teléfono —dice Agustín, entregando su móvil a Adrien. La rabia empieza a hervir en mí. Con una determinación renovada, me acerco a ellos y, sin pensarlo dos veces, le doy una bofetada a Adrien. Los tres me miran, sorprendidos. Tomo mis cosas y me voy, dejando atrás la escena y el eco de su risa.

Capítulo 4

*A*drien

Estamos en nuestro entrenamiento de fútbol americano. El entrenador nos exige demasiado y más a mí porque estoy por graduarme. Quiere que me esfuerce para poder entrar al equipo de la universidad.

Llevamos una hora entrenando y estoy ya algo cansado. Pero me ayuda a mantener mi figura. Además de que es buena forma de desquitar mi estrés que causa Eileen.

Me acerco a dónde está mi botella de agua. Me quito el casco. Comienzo a tomarle y en eso, volteo a ver hacia donde está la pista de atletismo, veo a las chicas que se paran para verme y saludarme.

Para seguirles el juego, me echo agua en la cabeza. En eso mis amigos se acercan a mí. Notan que estoy mirando a las chicas y ellos las saludan y yo también. En eso veo que también está Eileen ahí. Se detiene, pero solo mira un poco y sigue con su trote.

—¡Ja, ja, ja ves, te lo digo, amigo, a ella es a la única que no podrás convencer porque mira a las demás que hasta se olvidan de todo! —Damián no deja su sarcasmo.
—Cuánto apuestas que Eileen también es fácil de dejarse caer en mis manos —le digo para demostrarle lo contrario.

—¿Mmm qué te parece si te hago que te encuentres con mi prima Lizbeth? —Eso me convence y más porque, a pesar de que Lizbeth y yo estamos en el mismo grado, casi nunca nos vemos porque ella está en otras clases, pero son pocas las ocasiones que la he visto y para pasar el rato está muy bien.

—Está bien, es un trato —le digo. Durante todo el rato la he estado vigilando. Veo que termina con su clase de atletismo. Pasa aquí por el campo de entrenamiento y aprovecho para molestarla.

—Ey Eileen, si sigues con tu clase de atletismo, vas a terminar sin nada. — Veo que me ignora. Eso me hace enojar, así que tomo el balón y se lo lanzo y pasa por un lago de ella—. Piernitas de popote, regrésame el balón.

Se acerca a donde cayó el balón y lo toma en sus manos. Veo que me mira, estoy listo para que me lo lance, pero en eso veo que lo lanza, pero a otro lado.

—Ey, ¿qué te pasa? —le gritó molesto.

—Camina, idiota. —Me contesta igual de fuerte y veo que se va.

Me apresuro a seguirla. Mis amigos van detrás de mí. Los tres observamos que ella entra al vestidor de mujeres. Después sale deprisa. Mis amigos la siguen mientras yo voy a bañarme.

Me doy una ducha rápida y me pongo un bóxer y una toalla alrededor de mi cintura.

—Adrien rápido que Eileen estaba en las regaderas, su clase de gimnasia fue cancelada —Agustín me dice

—Ya voy, ten mi teléfono para que tomes las pruebas —le doy mi teléfono y salimos de las regaderas de los hombres.

Nos fijamos bien que no esté nadie. Entramos adentro y observo que ropa afuera de las regaderas. Mis amigos se quedan escondidos a una distancia segura, mientras yo me acerco y veo su silueta por la puerta de cristal borroso.

—Casandra, ¿me puedes pasar mi toalla, por favor? —Por lo que noto, ella me ha confundido con su amiga. Así que para seguirle la corriente le doy su toalla. Ella la toma y espero a que salga. Me recargo hacia dónde la puerta de la regadera se abre para que ella no me mire. En eso veo que la puerta está abierta. Ahí es mi momento de actuar.

****

Mi cuerpo está pegado al de Eileen, mis labios demasiado cerca de su cuello. Mi pierna está encajada entre las suyas, sintiendo la suavidad de su piel. Su respiración está agitada, y me pregunto si es por el miedo. Percibo un sutil toque de perfume en su piel, probablemente el jabón que usa. Creo que ya he demostrado lo que quería.

—Vamos, chicos, ninguna mujer puede resistirse a mí —murmuro mientras la suelto y me aparto.

—¡Ja, ja, ja! Es verdad, Adrien, ninguna mujer se resiste a ti —se ríen mis amigos, saliendo de su escondite y disfrutando del espectáculo.

—Lo mejor sería tomar unas fotos con tu teléfono —dice Agustín, entregándome mi móvil. Justo entonces, sin previo aviso, Eileen se aproxima y me da una bofetada que me deja la mejilla ardiendo.

—¿Qué te pasa? —grito, furioso. La veo recoger sus cosas y salir rápidamente.

—¡Ja, ja, ja! No se resiste a ti, pero claramente no te tiene miedo —se burla Damián.

—Pero al menos yo no le tengo miedo, como tú comprenderás —respondo, enojado y sintiendo una furia creciente. No me gusta que me peguen; es todo lo contrario a lo que estoy dispuesto a tolerar. La rabia me invade, y aunque tengo ganas de ir y hacerla pagar, me esfuerzo por mantener el control.

—Vamos, que esta sea la última vez que me hacen hacer algo así. Y tú, Damián, quiero ver a tu prima Lizbeth mañana —le digo, mientras me alejo de las regaderas de mujeres antes de que nos descubran.

—No me digas que Eileen te despertó las ganas —bromea Agustín.

—No, y cállate, idiota —respondo, con la furia todavía hirviendo en mi interior. Necesito desahogar este coraje.

Llegamos al vestidor de hombres. Me cambio rápidamente: un par de shorts, mis zapatillas, una camiseta azul y arreglo un poco mi cabello. Tomo mi mochila y salgo, aliviado de que ya sea hora de irnos a casa. No podría soportar una clase con este nivel de frustración.

Ignoro las charlas de mis amigos mientras me dirijo al estacionamiento. Desactivo la alarma de mi Ferrari, tiro mi mochila dentro y me subo al auto.

Pongo el motor en marcha y veo a mis amigos salir también al estacionamiento. Pero yo ya estoy saliendo. En la salida, me encuentro con el Porsche de Eileen. Pasamos uno al lado del otro, y nuestras miradas se cruzan. Siento una oleada de coraje, y en su mirada, reconozco el mismo descontento.

Cada uno sigue su camino, aunque no tan separado, ya que vivimos en la misma calle. Al llegar a mi calle, me topo nuevamente con Eileen, quien también está en su auto. La tensión en el aire es palpable mientras nuestros vehículos se detienen al borde de la calle.

Yo tomo mi lado y entro a mi casa. Veo por el espejo y ella hace lo mismo al entrar a su casa. Meto mi Ferrari en la cochera, tomo mi mochila y bajo de él.

Entro a la casa, encontrando a mi madre ocupada adornando los jarrones con rosas rojas. La escena, de alguna manera, solo amplifica mi frustración.

—Hola, hijo. ¿Cómo te fue en la escuela? —su voz es cálida y llena de preocupación, pero su sonrisa no engaña.

—Bien, mamá —trato de sonar natural, pero ella me conoce demasiado bien.

—No me mientas, hijo. ¿Te volviste a pelear con Eileen? —su mirada es penetrante, y no hay manera de ocultar lo evidente.

—Ay, mamá. Si se llevan bien, entonces, ¿por qué no tienen ningún trato entre ustedes? —la cuestiono, la tensión en mi voz es palpable.

—Eso es porque estamos esperando algo diferente —responde, como siempre, con ese enigmático tono que nunca aclara nada.

—¿Diferente? ¿Qué significa eso exactamente? —le exijo saber, aunque sus respuestas no han cambiado en años.

—No te preocupes por eso, hijo. Solo cuídate, porque no quiero ser abuela todavía — me advierte con un toque de humor que no logra disimular la seriedad de su advertencia.

—Lo tendré en cuenta, mamá. Ahora me retiro, una amiga vendrá a estudiar —anuncio, necesitando canalizar mi enojo con alguien que me entienda.

—Está bien, pero recuerda cuidar de ti mismo —me recuerda antes de que suba las escaleras.

Llego a mi habitación, dejo la mochila en la cama y saco mi teléfono. Marcarle a Mónica es la única forma de distraerme ahora. La llamada se conecta rápidamente.

—Hola, hermoso —me saludó

—Necesito que vengas a mi casa ahora mismo —ordeno con firmeza.
—Está bien, llegaré en 10 minutos —responde antes de colgar.
Siento un ardor creciente en mi entrepierna, mi cuerpo ansioso por lo que está por venir. Los minutos se arrastran hasta que el mayordomo me avisa que Mónica ha llegado. Le indico que la deje pasar. La puerta se abre y la veo entrar.
Viene con una minifalda blanca y una camisa con botones que apenas mantienen su lugar. Me levanto y avanzo hacia ella, tomando su mano y guiándola hacia la cama. El recuesto sobre el colchón, boca abajo.
—Mmm, pareces impaciente —murmura, conociendo bien la razón de mi llamada.
—Solo actúa como la buena niña que eres —le susurro, tirando suavemente de su cabello.
—Claro, lo haré —responde.

Despojo sus bragas con rapidez. Masajeo su trasero mientras la otra mano busca lo que ansío. Empiezo a acariciarla, jugando con su cuerpo de una manera que la hace gemir suavemente bajo las cobijas.

Ya no puedo soportarlo más; necesito liberarme de este odio acumulado. Me acerco al cajón y agarro un condón. Me bajo un poco el pantalón, rasgo el envoltorio con rapidez y me lo pongo.

Me posiciono, coloco la punta de mi miembro en su entrada y la penetro sin vacilar. Mis movimientos se aceleran, la golpeo con fuerza y tomo su cabello, enrollándolo en mi mano mientras lo jalo con firmeza. Sus gemidos llenan el aire.

Sigo embistiendo con una intensidad creciente, cada embate más potente que el anterior. La veo aferrarse a las sábanas, luchando contra la ola de sensaciones. Mantengo el ritmo, cada vez más frenético, hasta que la sensación conocida me embarga y me libero por completo.

Retiro el condón y lo desecho cuidadosamente. Me limpio, vuelvo a colocarme el pantalón y observo cómo ella, aun temblando, se acomoda las bragas, la ropa y, finalmente, se arregla el peinado. Se levanta de la cama.

—Tengo que irme, Adrien. Jaime me está esperando y si me atraso, sospechará. Nos vemos —resopló mientras toma su bolso y se dirige hacia la puerta.

Me siento en el sillón frente a la ventana, mirando hacia la casa de los Rossi, específicamente hacia la habitación de Eileen. La veo sosteniendo a su gato en brazos...

27

Capítulo 5

*E*ileen

Traigo a mi pequeño Tom, mi gato, que me regalaron mis padres hace un año. Él es mi más fiel amigo, siempre me ayuda a aliviar el estrés y la rabia.

Pero esta vez, lo necesito más que nunca. Solo recordar lo que pasó hace unos momentos me revuelve el estómago. "¿Cómo pudo hacerme esto?"

Me paseo por la habitación con Tom en mis brazos, escuchando su ronroneo reconfortante. Me gusta ese sonido; es lo único que calma mi mente agitada. Lo coloco en el suelo y me acerco al escritorio, buscando consuelo en mi diario.

Abro el cuaderno y escribo con mano temblorosa:

"Hoy ha sido el colmo, todo por culpa del imbécil de Adrien.

Tuvo el descaro de entrar en las regaderas de las mujeres y empezar a tocarme. Me sentí como una de sus meretrices. Lo que más me desconcierta es que mi mente se bloqueó en ese momento. No entiendo lo que me ocurrió.

Sentía temor, pero una oleada de adrenalina recorrió mi cuerpo. Cuando colocó su pierna entre las mías, no sé cómo describirlo: fue una experiencia inédita, algo que nunca antes había vivido."

Cuando estuvo tan cerca de mí, el aroma de su colonia invadió mis sentidos. No sé qué fragancia era, ya que nunca antes había tenido a un hombre tan cerca, así que fue la primera vez que experimenté eso. Pero ese olor me hizo sentir algo extraño, una emoción que quiero entender. Necesitaré muchos libros para aprender sobre estos sentimientos sin tener que pasar por más experiencias desagradables, porque quiero que mi primera vez sea inolvidable y con alguien que realmente me ame.

Así que espero que Adrien haya disfrutado de su humillación hacia mí. La vergüenza de ser vista por sus amigos y, además, desnuda, fue más de lo que

28

puedo soportar. Por otro lado, sé que Damián está interesado en mí, pero para mí, él no es más que otro mujeriego.

Es hora de que me tome mi revancha.

De repente, alguien entra en mi habitación con un estruendoso golpe contra la pared. Volteo para ver a Casandra, con su rostro marcado por la irritación.

—¿Qué pasa? ¿Por qué no tocas? —Le digo mientras aparento una cara de enojo.

—¡Cómo qué pasa, me dejaste tirada en la escuela! ¡Te busqué y ya no estabas, le tuve que pedir a Mónica que me llevara a mi casa! — pone sus manos en su cintura.

—Lo siento, Casandra, pero necesita irme de emergencia —le digo, pero no quiero que sepa lo que pasó entre Adrien y yo.

—Aja. Eso ni tú te la crees —cierra la puerta y se sienta en el borde de la cama—. Así que quiero que me digas qué fue lo que pasó.

—No es nada —intenté desviar la conversación, evitando profundizar en el tema.

—¿Me lo vas a contar o prefieres que le pregunte a toda la escuela? — Se cruza de brazos, agitando el pie en una mezcla de frustración y ansiedad.

—¿Por qué tienes que ser tan insistente? — Suelto un suspiro pesado—. Todo es culpa de Adrien.

—¿Ahora qué pasó entre ustedes? — Su mirada es una mezcla de impaciencia y desaprobación.

—Fue algo completamente diferente esta vez. Mira, se cancelaron mis clases de gimnasia, así que decidí ir a ducharme antes de que Mónica y las demás regresaran. Ya sabes cómo ella se burla de mi cuerpo—digo, tratando de apartar el tema.

—Sí, pero no te salgas del tema—mi amiga me conoce demasiado bien.

—Bueno, me estaba duchando y escuché unos pasos. Pensé que eras tú, incluso te pedí la toalla para secarme. Pero cuando salí de la regadera, sentí una mano tocando mi piel y aún creía que eras tú. Pero no eras tú. Era Adrien. Intenté que se fuera, pero él no hizo más que acercarse, hasta que me empujó contra la pared. Me agarró las manos y las colocó sobre mi cabeza. Sentí su respiración cerca de mi cuello y, peor aún, tenía su pierna entre las mías— observé la reacción de mi amiga—. Espero que ahora me entiendas. Tuve que salir de allí tan rápido como pude.

—Una pregunta: ¿Estaba desnudo? —mi amiga suelta, como si solo escuchara lo que le conviene.

—¿Qué clase de pregunta es esa? ¿No escuchaste lo que te dije? Pero si tanto te interesa, sí, estaba desnudo, solo llevaba una toalla alrededor de la cintura —omito la parte donde todo eso parecía un intento de mostrarme que yo también podría sucumbir a él.

—No puede ser. Tú has conseguido más que yo, y eso que me he esforzado mucho. Pero dime, ¿cómo es su cuerpo? —Coloco mi mano en la frente, sintiendo una mezcla de frustración y decepción por la actitud de mi amiga.

—¿Cómo es posible que estés tan preocupada por el cuerpo de ese engreído e ignores lo que me pasó? —le respondo, claramente enfadada.

—Pues parece que no pasó nada, porque te veo aquí, muy tranquila y muy tú. —A veces me pregunto cómo puedo seguir siendo amiga de alguien con esa actitud.

—Tienes razón, no pasó nada y, además, no iba a dejarlo. Primero lo habría golpeado en los huevos antes de permitir que me tocara. —Finjo una actitud de indiferencia, porque no quiero que mi amiga se entere de que Adrien tocó cualquier parte de mi piel con sus manos.

—¿Entonces dime cómo es su cuerpo? —dejó salir un suspiro de frustración.

—Me rindo, no puedo contra ti. —Me levanto de la silla y me voy directo a la puerta. La abro y salgo. Escucho los pasos de mi amiga detrás de mí.

—Eileen, espera. ¿Qué piensas hacer con Adrien? —grita mi amiga, pero sigo ignorándola. Entro a la cocina, tomo un vaso, lo lleno de agua y me lo bebo con rapidez. Mi amiga llega y se sienta frente a mí.

—¿Ahora qué? —le pregunto, buscando saber qué trama.

—¿Qué vas a hacer con Adrien? —Se cruza de piernas, esperando una respuesta. Dudo por un momento si revelarle mi plan, pero justo cuando estoy a punto de hacerlo—

—¿Quién va a hacer qué con Adrien? —escucho la voz de mi madre. Ella entra en la cocina y Casandra se levanta de la silla.

—Hola, señora Rossi. —Casandra se acerca a mi mamá, le da un pequeño abrazo y un beso en la mejilla.

—Hola, Casandra. Me dijeron que estabas aquí, así que decidí venir a saludarte. ¿Cómo está tu madre? —mi madre empieza a hablar con Casandra.

—Bien, señora Rossi. Un poco estresada por la fiesta de caridad. Pero en general, bien —responde Casandra.

—Dile a tu madre que iré estos días a ayudarle con la fiesta. Que no está sola, que me tiene a mí —mi madre dice con una sonrisa amable. A pesar de haber tenido dos embarazos, aún conserva una figura envidiable.

—Bueno, señora Rossi ya es algo tarde, solo viene a saludar a Eileen. Pero ya es hora de que me vaya —dice Casandra, le da un abrazo a mi madre y me lanza una indirecta a mí—. Nos vemos mañana en la escuela.

—Sí, hasta mañana —le digo y veo cómo ella se va. Cuando está a una distancia lejana, mi madre se acerca a mí.

—¿Qué vas a hacer con Adrien? —Veo que mi madre nos escuchó.

—Nada, mamá, y además sabes que te he dicho que eso no me gusta, que escuches lo que hablo con Casandra —le digo mientras dejo el vaso en el lavatrastos.

—Hija, sabes bien que, si quieres empezar tu vida sexual, solo dime y yo te diré todo lo que quieras saber. O dime si es que quieres tener algo con Adrien. —Cierro mis ojos y respiro ante lo que dice mi madre. Pero es buena mamá por intentar hablar de esas cosas conmigo.

—No, mamá, no es nada relacionado con eso, sabes bien y yo te he dicho que el día que yo decida dar ese paso será porque estoy muy segura y enamorada. Además, Adrien ni me interesa. Tú sabes mejor que nadie cómo es nuestra relación —le digo mientras me cruzo de brazos.

—Qué alivio. Sí, hija, sé que ustedes no se llevan muy bien. Pero sabes que no estoy muy contenta con que te pelees con él. Sabes que su familia y la nuestra son buenos amigos y no se ve bien que ustedes se peleen por todo—. Ya va a empezar mi madre con decirme cómo según debo de tratar a Adrien.

—Está bien, mama, intentaré no pelear con él. Pero ya me voy a dormir, es tarde —me acerco a ella y le doy un beso en la mejilla—. Hasta mañana, mamá.

—Hasta mañana, mi niña. —Me da un beso y yo me voy a mi habitación. Entré en ella. Me pongo mi pijama de vestido, es toda de seda, es muy suave y me voy directo a mi cama. Me acuesto y en eso escucho la notificación en mi teléfono. Lo tomo en mi mano y es un mensaje de Casandra.

~ "Te salvó la campana, pero mañana me dirán todo".

Veo su texto y no le contesto. Dejo el teléfono en el buró. Me meto entre las cobijas. Veo como Tom se recuesta en mis pies. Me acomodo en la cama y me quedo dormida...

Capítulo 6

*A*drien

Tomo mi llave y abro el cajón donde guardo mi diario. Lo coloco en el escritorio y me siento, con el corazón palpitando. Tomo un lápiz y abro una nueva hoja.

"Otro día, otra vez lidiando con Eileen. Pero hoy se pasó de la raya. ¿Cómo se atreve a darme una cachetada? Odio la desobediencia. Si fuera otra mujer, la tendría aquí en mis rodillas, castigándola sin piedad. Pero no puedo hacer eso.

Aparte de eso, no entiendo qué me pasó. Cuando estábamos en el baño, hubo un momento en que perdí el control. No sé qué me ocurrió. Tal vez era porque hacía días que no me liberaba de esta tensión.

Esa sensación fue rara, casi eléctrica, cuando toqué su piel. Pero lo que realmente me descontroló fue cuando estuve tan cerca de su cuello. Ese aroma, tan dulce y delicado, su respiración irregular; todo eso hizo que mi cuerpo reaccionara de una manera inesperada. Y ni hablar de cuando, por error, metí mi pierna entre las suyas. Sentí cómo todo se intensificaba."

No entiendo qué me pasó. Estuve a punto de besarla en el cuello, pero por suerte reaccioné a tiempo. Debo estar loco por sentir eso, por dejar que ella me provocara de esa manera, cuando ni siquiera es atractiva. No sé qué me sucedió, pero no volverá a pasar.

De repente, escucho un rasguño en la puerta. Cierro mi diario y lo guardo rápidamente. Me acerco a la puerta y allí está Luna, mi perrita. La adopté cuando tenía 14 años, después de encontrarla en la calle. Es una jasqui.

Al abrir la puerta, Luna entra con su peluche de osito en el hocico. Se dirige a su cama, que está junto a la mía, y se tumba, dejando el peluche a un lado.

—Mi pequeña Luna, extrañas a Daphne igual que yo. —La miro mientras su tristeza se refleja en sus ojos. —Ya regresará en unas semanas. Sabes que mi madre la envió a un retiro.

Luna llora suavemente, su tristeza palpable. Cierro la puerta, me quito la camisa y los shorts, y me acerco a la ventana. Miro hacia la ventana de Eileen. La veo en su típico pijama de vestido. La luz de su habitación se apaga y yo hago lo mismo.

Me acuesto en mi cama y me cobijo. Intento dormir. Cierro mis ojos y me quedo dormido en unos minutos.

****

Siento un olor muy dulce y delicado. Escucho la respiración de alguien muy agitada. Siento como una de sus manos toma la piel de mi hombro bajando por mi pecho. Esas caricias se sienten tan bien. Intento ver quién es la mujer que me toca, pero no la veo, solo veo como su cabello cubre su rostro dejando ver un poco su ojo. Pero no reconozco a esa mujer.

Despierto de golpe, sintiendo una humedad incómoda en mi bóxer. Meto la mano y confirmo lo que temía.

—Carajo. —Me levanto de un salto y enciendo la lámpara. Observo la mancha en la tela y la confirmación de mi peor temor. —¿Por qué me pasó esto? No me ocurría desde hace años.

Arranco los bóxeres y me dirijo al baño, apresurado para limpiarme. Tras unos minutos, vuelvo a la cama, prefiero dormir desnudo. Apago la luz y cierro los ojos, rogando que no vuelva a soñar lo mismo.

A la mañana siguiente, despierto sintiéndome mucho mejor y sin esos sueños perturbadores. Me preparo para la escuela con una rutina mecánica. Al estar listo, abro la puerta y Luna sale junto a mí. Me tomo el licuado, observando la casa vacía como de costumbre. Mi padre se ha ido temprano y mi madre debe estar ocupada con la fiesta de caridad. Mi hermana tampoco está. Termino mi licuado, salgo de la casa y me subo a mi Ferrari.

Llego a la escuela y estaciono el Ferrari en mi lugar habitual. Bajo del auto y me detengo en la entrada, esperando a mis amigos y a Lizbeth, la prima de

Damián. Hoy elegí una camisa blanca con un toque grisáceo, combinada con una chaqueta y jeans, buscando dar una buena impresión.

Veo a mis amigos acercarse, pero Lizbeth sigue sin aparecer. Ellos llegan y me saludan, y de inmediato me dirijo a Damián con la pregunta que me quema en la mente.

—¿Dónde está Lizbeth? —le exijo, con una impaciencia palpable.

—Parece que la ratita de biblioteca te dejó caliente ayer —responde Damián con una sonrisa burlona mientras sigue con sus cosas.

—Cállate, Damián. ¿Dónde está la parte del trato? —mi tono se vuelve más áspero, revelando mi frustración.

—No te pongas impaciente. Ella te estará esperando después de las prácticas del equipo, en la sala de proyección—me responde con un aire de calma. Confío en que cumpla su palabra y esté allí.

—Está bien —le digo y nos dirigimos hacia el interior de la escuela. Nos apoyamos en una de las paredes, esperando.

En ese momento, veo llegar a Eileen con Casandra. Casandra siempre impecablemente vestida, mientras que Eileen no está a la altura. Lleva un abrigo rosa sobre una camisa rosa, el cabello recogido, sus lentes puestos y la mochila colgada de un hombro.

Al observarla detenidamente, me doy cuenta de lo absurdo de lo que sentí ayer. Su cuerpo no tiene nada de atractivo. Me pregunto si realmente estoy tan desquiciado como para haberme dejado llevar por esa sensación.

Ella nos mira con una expresión molesta antes de girar sobre sus talones y alejarse junto a Casandra. Damián, sin perder la oportunidad, le lanza una sonrisa provocadora y un gesto obsceno con la mano mientras yo desvío la mirada, tratando de no ser notado.

La observo de reojo mientras se aleja, su enfado evidente. Tras pasar el resto del día en mis clases, regreso a la de historia. Allí está Eileen, pero decido ignorarla. Me siento en mi lugar sin hacerle caso.

Reto a duelo con el enemigo ♡

La clase termina y me levanto, evitando cualquier interacción con Eileen. Mis amigos y yo nos preparamos para el entrenamiento. Cuando termino, todos los demás ya han terminado de ducharse y se han ido.

Mis amigos también se han ido: uno tiene una cita y el otro está hambriento. Me quedo solo en las regaderas, con el silencio del vestuario a mi alrededor.

Escucho un pequeño ruido y me quedo quieto esperando ver es lo que se escucha.

—¿Hay alguien ahí? —Espero y ver si alguien me contesta. Pero no es de extrañarse siempre las chicas esperar a que todos se vayan para entrar y verme desnudo. No obtengo contestación. Así que sigo bañándome. Al terminar cierro la llave y abro la puerta de cristal.

Tomo mi toalla y me empiezo a secar el cuerpo desnudo. Me pongo mi ropa. Me termino de secar el cabello. Veo en uno de los espejos y me arreglo el cabello de la forma habitual como sé traerlo.

—Es hora de ir por ti, Lizbeth. —Pongo una sonrisa. Tomo mi mochila y me acerco a la puerta. La jalo, pero no se abre, lo vuelvo hacer, pero es en vano — Qué carajo. ¿Por qué está cerrada?

Empiezo a golpear la puerta con mi mano—. ¡Hay alguien ahí! —grito, pero nadie me responde. Veo por la pequeña ventana que tiene la puerta esperando ver a alguien. Pero nadie pasa. Busco mi teléfono, pero me doy cuenta de que no lo traigo conmigo. Busco en mi mochila, pero tampoco está ahí. Vuelvo a ver por la pequeña ventana. Pero en eso veo que se mueve algo— ¡Ey estoy encerrado!

Espero contestación—. Hola Adrien en qué puedo, ayudarte—. Esa voz hace que me moleste.

—Eileen, ¿tú hiciste esto? —digo molesto.

—Pues que comes que adivinas. Creíste que me quedaría con las manos cruzadas después de la humillación que me hiciste, pues déjame decirte

Adrien Giordano que tú estás jugando con fuego y el que juega con fuego se quema —dice y solo provoca que me enoje más y más.

—¡Con un carajo déjame salir! —gruño molesto.

—Mmm deja que lo piense, mmmm, ¡NO! Yo te pedí ayer que te detuvieras y no lo hiciste, así que ojo por ojo y diente por diente. Tu amiguita estará muy triste, ya que no vas a ir. Y por tu teléfono lo tengo yo. Así que aquí lo dejaré a fuera hasta que salgas — Escucho como el teléfono en el piso.

—¡Me las pagarás Eileen Rossi! —Le grito molesto.

—Si esperas mi contraataque, prepárate, porque me complace saber que tu orgullo será pisoteado. Lizbeth es la chismosa número uno de la escuela, así que estaré ansioso por escuchar todo lo que digan de ti mañana. Disfruta tu estadía en las lujosas regaderas, Adrien. Ja, ja, ja —su risa burlona retumba en el vestuario, y la furia me consume. Golpeo la puerta con el puño.

—¡Eileen! ¡Me las pagarás! —Mi grito se pierde en el eco de sus pasos que se alejan, cada vez más distantes.

Me desplomo en una de las bancas, escondiendo mi rostro entre mis piernas. La desesperación se apodera de mí, y me siento atrapado, sin saber cómo reaccionar. ¿Qué voy a hacer ahora?

Capítulo 7

*E*ileen

Al día siguiente llegamos a la escuela y veo a ese grupito de idiotas. Damián tiene el descaro de sonreír y hacerme una seña, observa con el dedo. Sé bien de que se está riendo.

Me voy rápidamente hacia mis clases. Escucho los tacones de Casandra detrás de mí. Muy apresuradamente.

—Ey, no ves que traigo tacones y te vas corriendo —Me detiene al estar cercas de la clase de biología.

—Pues no es mi culpa de que te guste usar esas armas en los pies. Sabes que te lastimas mucho con eso —digo y las dos entramos a la clase.

—Lo qué pasó ayer si te hizo molestar mucho. Pero dime qué tienes planeado hacer. —Ella me mira.

—Solo necesito que me ayudes con algo —Pongo una enorme sonrisa.

—¿Qué tienes en mente? —Veo que ella duda en decirme.

—Solo necesito que me digas con quién va a salir Adrien en estos días. —Ella me mira confundida.

—Ja, ja, ja, no me digas que vas a ir a reclamarle ahí. —Pongo una cara seria ante semejantes idioteces, dice mi amiga.

—Casandra, en veces pienso que tu hámster ya no está corriendo — Veo como se queda callada.

—Ja, ja, ja —río enfrente de ella—. ¿Así que dime con quién va a salir?

—Y tú como sabes que tengo esa información. —Ella pone ambas manos en su cintura.

—Fácil porque se podría decir que eres su más fiel seguidora. ¿Así que dime? —Casandra pasa a un lado de mí y sigue caminando.

—¡Ey!, no trates de ignorarme, me vas a decir con quién va a salir —la sigo hasta que llegamos a nuestra primera clase. Nos sentamos en nuestras mismas sillas—. Casandra dime con ¿quién va a salir?

—¿Por qué te interesa? No puedes mejor dejarlo así. —Ahora veo que defiende a ese idiota.

—Porque no me quedaré con las manos cruzadas ante lo que él me hizo —le digo decidida.

—Está bien solo porque eres mi amiga —escucho atentamente — Tengo informado que hoy después del entrenamiento de fútbol americano se encontrará con Lizbeth.

—¿Qué Ella no es la prima de Damián? —Intentó confirmar.

—Exacto, ella es su prima. Tengo entendido que se verán en la sala de proyección arriba del auditorio. —Digo, aunque no estoy seguro de si eso me interesa o no.

—Gracias, amiga —le digo.

—Espera, vas a deberme algo —responde con una sonrisa enigmática.

—¿Qué es lo que quieres? —la miro con desconfianza.

—En algún momento te lo diré. Así que recuerda, me debes un favor —me advierte, antes de que las luces se apaguen y el maestro encienda el proyector.

Con la información sobre Adrien que obtuve de Casandra, me siento inquieta. No sé exactamente qué busca, pero eso no me detendrá. Mi plan es atacar su orgullo y su ego, lo que le enseñará a no meterse conmigo.

Tuve que esperar hasta que el vestuario se vació por completo. Cuando la última persona se fue, me acerqué sigilosamente a las regaderas. Entré, y confirmé que las cosas de Adrien seguían allí.

Con cuidado, me acerqué a donde estaban sus pertenencias. Tomé su teléfono, pero me resbaló y cayó al suelo. Miré rápidamente hacia la puerta de cristal, viendo su silueta borrosa al otro lado. Me detuve, imaginando lo que se escondía tras esa figura. Negué con la cabeza, incrédula por lo que acababa de ver.

—Que Incómodo —digo en susurro y me voy.

Salgo de las regaderas, intentando borrar de mi mente las horribles imágenes que aún me persiguen. Me froto los ojos con fuerza, como si pudiera borrar el recuerdo con el simple acto de fricción.

Con la llave que le quité al conserje—el mismo que siempre está dormido en su pequeña oficina a esta hora—cierro las puertas con un clic definitivo. Coloco una sonrisa malévola en mi rostro, sabiendo que he hecho algo que lo herirá donde más le duele.

—Eso te enseñará a no meterte conmigo, Adrien —susurro con un tono cargado de satisfacción.

Espero a que él salga y se dé cuenta de la sorpresa que le tengo preparada, anticipando el momento en que pueda restregárselo en la cara.

****

Después de dejar a Adrien atrapado, regreso al conserje, quien sigue profundamente dormido en su silla. Coloco la llave en su mesa, asegurándome de no hacer ruido, y me voy con sigilo.

Al salir al estacionamiento, veo a mi amiga sentada en el capó de mi auto, su expresión refleja enojo mientras yo no puedo ocultar mi satisfacción.

—Parece que te saliste con la tuya —me dice, su tono algo molesto.

—Ah, ¿sí? ¿Ahora te enojas por ese idiota? —Respondo mientras me acerco al auto y desactivo la alarma. Ella sube al vehículo junto a mí, aun visiblemente contrariada.

—Estás jugando con fuego y tarde o temprano te vas a quemar —dice, y siento sus palabras como una amenaza.

—No te preocupes, no me voy a quemar mientras mantenga firme mis objetivos —respondo con determinación.

—Bueno, si tú lo dices. Pero si te caes, ahí estaré para restregártelo en la cara y, después, para levantarte —afirma

—Con una amiga así, ¿para qué quiero enemigas? Primero regañas y luego ayudas —digo con una sonrisa, reconociendo su apoyo.

—Ya me conoces, siempre digo las verdades. Así que mañana no pases por mí —responde, moviendo el cabello con un gesto que sabe que despierta interés.

—Te va a traer Agustín. —La miro y pongo mis ojos en blanco.

—Claro. —Me sonríe.

—Te manoseas con uno y con el otro, te lo... ya sabes. —No quiero mencionar esa palabra.

—Si lo hace rico. Deberías dejar ya la túnica de Virgen y experimentar. —Ya va a empezar a juzgarme.

—No empieces con tus cosas — Le digo y pongo en marcha mi Porsche. Pero sigo escuchando las tonterías de mi amiga....

Al día siguiente no pase por Casandra, ya que ella va a estar muy ocupada con Agustín, si ya me imagino cómo andará.

Llego a la escuela, estaciono mi Porsche. Bajo del auto con mi mochila. Entro a la escuela y de inmediato veo como las chicas se burlan. Así que despistadamente me acerco a ellas para escuchar lo que dicen.

—No, puede ser, pensé que era un hombre Adrien, pero ahora compruebo que no lo es —dice Lizbeth.

—Quien lo viera tan macho que se ve y es un cobarde —dice otra chica que no sé quién es.

—Pero no te sientas mal Lizbeth, tú eres muy hermosa, puedes conseguirte al que quieras, mejores de Adrien —dice una de ellas. Ya es suficiente. Me alejo con cautela.

Veo a mi amiga Casandra sentada en una de las bancas. Trae un vestido de color negro, tiene las piernas cruzadas y se le puede ver un poco de más y trae su bolso de leopardo. Me acerco hasta donde está ella y me siento a un lado de ella.

—Veo que tu plan sirvió. He escuchado que tachan Adrien de poco hombre. ¿Pues qué hiciste? —Voltea a verme.

—Nada solo lo dije encerrado en las regaderas. —Ella me mira atentamente.

—Pues te salió bien esa parte, pero veo que lo único que no viste es que él vendría a reclamarte. —No entiendo a qué se refiere Casandra.

—¿De qué hablas? —me dice y hace una seña para que voltee hacia atrás. Lo hago y veo Adrien acercarse a mí. Observo que tiene una expresión de seriedad. Llega hasta estar a mi lado.

—¿Podemos hablar Eileen? —Veo Que hasta se le olvidaron los modales.

—No tenemos nada de qué hablar —digo, e intento ignorarlo. Pero sin aviso me toma del brezo y me jala.

—Suéltame Adrien —forcejear con él e intento sacarme de su agarre, pero es en vano.

Él simplemente no me responde. Me lleva hasta la parte abandonada del campus donde suelo ir yo. Me suelta y veo que se pone ambas manos en la cabeza. Voltea a verme.

—Ahora si te pasaste Eileen. ¿Por qué hiciste eso? —Me mira enojado.

—La mima pregunta va para ti, ¿por qué hiciste eso? —Veo que aprieta la quijada del enojo.

—Está bien. Entiendo que estamos a mano. Que te parece si yo dejo de molestarte y tú dejas de molestarme. —No creo que sus palabras sean de verdad.

—No lo sé. No confío en ti después de lo ocurrido — Veo que me voltea los ojos.

—No me interesa si me crees o no. Solo quería decirte eso. No me molestes y yo no te molestaré. —Observo como se va. Y minutos después me voy también yo.

Todo el día ha sido muy tranquilo. Adrien se la pasa ignorándome. Me mira, pero no me dice nada y no me hace nada. Veo que lo que me dijo lo decía muy en serio. Bueno, es mejor para mí.

Al regresar de la escuela. Llegó rápidamente hasta mi cuarto. Saco mi diario.

"No puedo crees el indomable Adrien se dejó doblar ante una mujer. Pero para mí me sigue pareciendo muy raro. Así que estaré alerta de todo lo que haga, quizá sea una trampa.

Hombres como él no son de los que se quedan quietos y menos sabiendo lo que le hice. Pero él se lo buscó por molestarme"

Cierro mi diario, voy a mi closet, me quito la ropa de la escuela, me quito el sostén y me pongo una camisa blanca y un par de short de licra oscuro.

Busco a Tom con la mirada. Pero no lo encuentro por ningún lado. En mi habitación no está. Salgo y lo busco por la casa. Veo a mi hermano Eros pegado a su teléfono.

—Eros ¿has visto a Tom? —Mi hermano levanta la vista del teléfono.

—Creo que lo vi afuera en el jardín. —No le contesto y corro hacia afuera.

—¡Tom! ¿Dónde estás? —grito y en eso veo que se trepa por la barda. Salta al otro lado. Corro hasta salir por la puerta y lo veo correr en dirección a la casa de Adrien—. ¡No, Tom regresa!

Corro para alcanzarlo. Veo las cámaras de seguridad y los saludo. Observo que Tom entra por la pequeña puerta que está abierta. Hago lo mismo y entro.

Busco a Tom con la mirada, pero no lo encuentro por ningún lado.

—GUAU... GUAU... GUAU —escucho los ladridos de un perro. Volteo hacia atrás y veo a un jasqui acercarse a mí rápidamente. Comienzo a correr por el jardín.

—Alguien ayúdeme — Grito de miedo. Sigo corriendo hasta ver la enorme alberca y sin pensarlo cuando estoy cercas brinco adentro. Saco la cabeza y veo al perro en la orilla.

—GUAU... GUAU.... GUAU —me sigue ladrando—. Ja, ja, —escucho la risa de alguien. Volteo a ver y es Adrien. "No puede ser."

Capítulo 8

*A*drien

Después de tres interminables horas atrapado en las regaderas, el conserje finalmente se despertó y me liberó. Salí corriendo con la esperanza de alcanzar a Lizbeth, pero ya había desaparecido. En su lugar, encontré una nota que decía simplemente: "Poco hombre".

Esa nota no hizo más que aumentar mi malestar. La verdad es que no pude dormir pensando en lo que me esperaba. Al llegar a la escuela, me recibió una tormenta de risas y burlas. Mi madre había tenido razón al decirme que no debía hacer más olas con Eileen. Decidí seguir su consejo y mantenerme alejado de esa niña para evitar más problemas.

Ignoré a Eileen todo el día, decidido a evitar cualquier confrontación. No quiero complicaciones adicionales.

Al regresar a casa, me sumerjo en los folletos de la universidad de Oxford. La idea de mudarme a otro lugar para asumir el control de la empresa de mi padre se siente cada vez más inminente. Miro el calendario y calculo los días que faltan. La fecha de mi partida se acerca rápidamente.

—GUAU... GUAU.... GUAU —oigo el ladrido de Luna. Me acerco a la ventana y veo como Luna pasa corriendo detrás de algo. Así que decido bajar para ver qué es lo que está pasando.

Escucho los ladridos de Luna acercarse a la piscina. Me voy directo hacia allá y desde la puerta veo que algo cayó en la piscina. En eso veo salir a Eileen.

—Ja, ja, ja. —No aguantó y me rio. Ella voltea a verme. Pone cara de enojada—. La justicia divina existe.

—Cállate Adrien. Mejor llévate a tu perro para poder salir —dice muy enojada, yo salgo y me pongo de cuclillas y la mío atentamente. Luna se me acerca y se sienta a mi lado.

—Primero dime ¿qué haces en mi propiedad? —La miro atentamente a esos ojos verdes.

—No creas que vine a verte —ella me dice mientras se quita el pelo mojado del rostro.

—¿Entonces a qué viniste? —Los dos nos miramos desafiándonos.

—Vine porque mi gatito se metió a tu casa —menciona y dudo en creerle.

—Miau —percibo el maullido de un gato y me levanto, volteó a ver a un lado el minino está sentado en una de las sillas de la piscina. Luna lo mira.

—Guau... Guau... —Luna se lanza contra el gato.

—¡No! Adrien aleja a tu perro —escuchó la voz de Eileen. Escucho que el sonido del agua. Volteo y veo a Eileen completamente mojada y noto que su camisa que era blanca se hizo transparente y puedo ver sus pechos por la fina tela. Me quedo embobado ante esos botones rosas. Ella se da cuenta y voltea a verse el pecho y se tapa con las manos—. Qué pervertido eres.

Me volteo de inmediato—. No es mi culpa que se te olvide ponerte sostén. —Me quito mi camisa dejando a la vista mi torso y le extiendo mi mano hacia atrás para que ella tome mi camisa—. Ten cúbrete.

—No me voy a poner eso. —Ella me dice molesta. En eso vemos qué pasa Luna correteando al gato de Eileen. Siento como mi camisa es jalada de mi mano.

—¡Adrien para a tu perro! —escucho que grita y volteo a ver y va corriendo y poniéndose mi camisa. Me voy corriendo detrás de ella. Observo como su short se pega a su cuerpo. Intento sacarme esos pensamientos de mi cabeza.

Vemos que el gato de Eileen sube al árbol y Luna está abajo ladrándole.

—¡Ey largo! —Le grita Eileen a Luna, pero en eso Luna la mira y se regresa contra ella. Eileen se echa a correr, yo me detengo y ella llega hasta mí y me brinca arriba poniendo sus piernas en mi cintura y sus brazos en mi cuello. Yo sin pensarlo pongo mis manos en sus glúteos para poderla agarrar.

Luna llega hasta mí y comienza a lamer mis manos y las piernas de Eileen.

—Ella no muerde. Pero cuando mira a gente nueva le da gusto y corre a mostrarle cariño, ni lastima a los gatos —digo en el oído a Eileen. Que en cuanto siente mi respiración en su cuello voltea a verme. Los dos nos quedamos mirándonos fijamente a los ojos.

Miro sus ojos, sin sus lentes, revelando una intensidad que no había notado antes. Sus labios, naturalmente rosados, son un contraste fascinante con la palidez de su piel. Me acerco a ella lentamente, notando cómo cierra los ojos y su respiración se vuelve irregular.

Mis manos se posan en sus glúteos, sintiendo la firmeza de su piel. Sus piernas se ajustan perfectamente a mi cintura. Me dejo llevar por el momento, acercándome más a ella. La proximidad de su nariz contra la mía es electrizante, estoy a punto de besarla.

De repente, escucho un grito: "¡Adrien!" Abro los ojos de golpe y empujo a Eileen, quien cae al suelo de espaldas con un grito de dolor.

—¡Auch! —dice Eileen mientras trato de procesar lo que acaba de ocurrir. Mi mirada se dirige hacia la fuente del grito. Es mi hermana, Daphne, que nos observa con una expresión de sorpresa en el rostro.

—Perdón por interrumpir. Mejor me voy —murmura Daphne, inclinando la cabeza mientras se da la vuelta para irse.

—No, está bien, no te vayas, la que se va, soy yo —volteo a ver a Eileen que ya se levantó del piso. Ella se empieza a levantar la camisa para quitársela.

—¡No te la quites! —Le digo sin pensar y es porque no creo aguantar otra vez si veo su cuerpo o sus pechos.

—Pero es tu camisa. —Me dice confundida.

—Mi hermana está aquí y no es apropiado que muestres de más —le digo para salvarme.

—Está bien. Después te la traigo. —Ella de baja la camisa — Tom.

47

Veo que le habla a su gato y él baja del árbol. Llega hasta ella y lo toma en sus brazos. Veo como se acerca a mi hermana. Le dice algo, pero no oigo lo que le dice. Mi hermana observa cómo se va Eileen.

—¿Qué te pasa hermanito? — Me dice y se acerca a mí.

—¿Por qué lo dices? —Me digo y ella se pone a mi lado.

—No me digas que ahora vas por Eileen. —Para ser una niña de 9 años sabe muchas cosas.

—No, ¿por qué lo dices? —Le digo algo fuerte.

—Pues será por lo que acabo de ver. Estuviste a punto de besarla, también ella traía tu camisa y tú estás aquí desnudo del pecho. —Si compruebo que el retiro, en vez de ayudarla, la perjudicó.

—No hagas conclusiones que no entiendes hermanita. Eileen no es mi tipo y si estábamos así es que Luna la asusto y ella por miedo brinco a mí —Intentó encontrar algo para que no vea que tiene razón.

—Aja, haré que te creo. Luna ¿dónde estás? Aquí el único ciego eres tú — Me dice y veo que se va corriendo en busca de Luna.

Me quedo solo pensado en lo que acaba de pasar. En cómo mire más el cuerpo de Eileen, en esos pechos y lo que esconde debajo de toda esa ropa.

Entro a la casa y subo rápidamente hasta llegar a mi habitación. Cierro la puerta y me siento enfrente de mi escritorio, saco mi diario y pongo una página en blanco. Tomo un lápiz.

"Me estoy volviendo loco. Cómo es posible que esa niña cause estas cosas en mí. Pero ver su cuerpo, sus pechos despertó mi amigo, solo porque traía unos vaqueros, me ayudo a que no se notara, pero no puede ser posible, no puedo sentir esto y menos por ella.

Estar tan cercas de ella me hizo sentir algo raro. Al ver su piel mojada, sus ojos verdes y sus labios rozados, fui tentado a besarla. No, eso no pasará de nuevo, los besos solo complican todo. Qué bueno que me iré.

48

Así que lo que me falte de tiempo me mantendré alejado de ella. Hare como si nada paso, para que ella mire que no me interesa."

Reitero esas palabras en mi mente, marcándolas a fuego, intentando internalizarlas. Dejo el diario en su lugar y me tumbo en la cama, con las manos en la cabeza, mirando el techo con atención.

Exhalo un suspiro, cargado de frustración. No entiendo por qué me siento así, pero parece que la vergüenza me ahoga. Me avergüenza que haya sido Eileen, con sus piernas delgadas, la que haya logrado provocarme. Debo estar completamente loco o ciego. Necesito salir y disfrutar con mujeres que realmente merezcan mi atención.

Me levanto de la cama, decido ponerme unos jeans ajustados, mis botas de cuero, una camisa y una chaqueta de cuero negro. Me arreglo el cabello con precisión, me pongo mi colonia favorita, y me aseguro de estar impecable.

Salgo de mi habitación, me dirijo hacia mi Ferrari y me subo al volante. Arranco el motor con un rugido satisfactorio. Me alejo, decidido a divertirme con una mujer que realmente me atraiga. No quiero pensar en Eileen ni un instante más. Ella no es para mí.

Capítulo 9

*E*ileen

Estoy sentada frente a mi ventana. Pienso en lo que acaba de pasar. Me siento totalmente bloqueada. De tan solo pensar en lo que casi estuvo a punto de pasar. Me levanto y tomo mi diario.

"No puede ser, estuve a punto de besarlo, estuve a punto de caer en las garras de ese mujeriego." Pero claro que lo es, miré por mi ventana cómo se iba.

Eileen, debes de mantenerte firme, no debes de caer ante las absurdas tentaciones de él. Piensa, él no es tu tipo. Él solo te va a ver como una presa a la cual tenerla en su casa y después decirle a medio mundo.

Haré como si nada pasaba, que vea que no me interesa y que soy una mujer de la cual no caerá fácil."

Cierro mi diario y me levanto. Paso por enfrente de mi espejo. Noto que todavía traigo la camisa de Adrien, reaccionó rápido y sin pensarlo me la quité. La tengo en mis manos, la miro atentamente, me la acerco a la nariz y me llega el olor de su colonia. Pero en eso reaccionó por lo que estoy haciendo. Tiro la camisa al piso.

Me siento defraudada conmigo, por sentir esto, él no se merece nada de mí y eso lo sé. Volteo de nuevo, miro mi reflejo en el espejo y noto que se me ven los pechos.

Me quito la camisa completamente molesta, la arrojo lejos para no verla, tomo otra camisa obscura. Me acuesto en mi cama, miro el techo de mi habitación. Sé que no pasó nada, pero me siento completamente defraudada conmigo.

Paso la noche en vela, sumida en la angustia de un posible error irreversible. Cada pensamiento gira en torno a cómo en un instante se puede cometer un error del que es imposible volver atrás.

A la mañana siguiente, me despierto tarde, sin tener idea de la hora exacta en la que me quedé dormida. El peso de los pensamientos nocturnos me sigue atormentando. Me levanto de la cama y piso el suelo frío de mi habitación, dirigiéndome automáticamente al baño. Abro la llave de la regadera, ajusto la temperatura del agua, y me despojo de toda mi ropa antes de meterme bajo el chorro tibio.

El agua tibia cae sobre mi piel, envolviéndome en una sensación de alivio que parece disipar parte de la tensión. Me permito un momento de relajación, dejando que el agua acaricie cada rincón. Al salir de la regadera, envuelvo mi cuerpo en una toalla y me acerco al closet.

Me visto con rapidez: ropa interior, un short azul, una camisa blanca y una pequeña chaqueta encima. Me coloco un par de tenis blancos y me cepillo el cabello con cuidado. Salgo de mi habitación y bajo las escaleras, procurando no hacer ruido. La casa está en silencio, un hecho que no me sorprende; mi madre está demasiado ocupada preparando la fiesta de caridad que se celebrará en dos días.

Tomo las llaves de mi Porsche, salgo al exterior y abro la puerta del vehículo. Una vez dentro, arranco el motor y me alejo de la casa sin un destino fijo. Conduzco a lo largo de las carreteras de Mónaco, dirigiéndome a uno de los límites más remotos, en busca de una fuga de mis pensamientos y la oportunidad de ordenar mi mente.

Estaciono el auto y bajo de él, comenzando a caminar por el muelle. La vista es impresionante y me detengo para absorber el paisaje. Me siento en el borde del barandal, inmersa en mis pensamientos.

Mi mente está en un mar de pensamientos. No tengo idea de cómo actuar cuando vuelva a ver a Adrien. Tal vez lo mejor sea decidir no volver a molestarlo.

Si decido mantenerme al margen, evitaré el riesgo de que lo que pasó se convierta en un escándalo, tanto para mí como para él.

De esta manera, podríamos evitar la humillación que vendría de permitir que alguien como yo estuviera cerca de él.

—Si esa es la mejor opción, dejarlo en paz —digo decidida. En eso escucho el timbrar de mi teléfono. Lo saco de mi bolsillo y veo el número de mi mamá. Le contestó: —Hola, mamá.

—Eileen, ¿dónde estás? Deberías de estarte preparando para la fiesta, solo nos quedan dos días y como familia debemos de vernos perfectos. —Mi mamá y sus estereotipos.

—Ya voy de regreso, mamá, no te alteres —me levanto del lugar donde estoy y me voy hacia donde dejé mi auto.

—Eileen, por favor, espero que te pongas tu mejor vestido para esa ocasión —me quedo pensando qué vestido me pondré.

—Haré mi mejor intento, mamá, pero no te preocupes, todo saldrá bien — llegó a mi auto, entro en él y lo pongo en marcha.

—Está bien, hija, confiaré en ti —me dice mi madre.

—Sí, mamá, adiós. Nos vemos en la casa —terminó la llamada. Me pongo el cinturón de seguridad y pongo en marcha mi Porsche.

Han pasado dos días desde que no he visto a Adrien, y ni siquiera he salido de casa. A veces me asomo por la ventana, echando un vistazo hacia donde sé que está el suyo, pero no lo he visto. Parece que estamos en la misma sintonía: a él no le importa y a mí tampoco.

Esta noche es la fiesta de caridad, y mi vestido rosa está listo. Decido prepararme. Me visto y me examino en el espejo. El escote prominente del vestido destaca mi falta de busto, y las partes transparentes en los laterales de mi cintura no hacen mucho por darme forma.

Me pongo unas botas blancas, ya que no soy muy hábil con los tacones. Recojo mi cabello en un moño, coloco una pañoleta del mismo color que el vestido en mi cabeza y, por último, me coloco mis cadenas, pendientes y mi bolsa.

Me siento en la cama, esperando a que mi familia esté lista. Mi madre, si me ve, probablemente me obligará a cambiarme, ya que no soy fan de estos vestidos tan extravagantes.

Me tiro en la cama, sintiéndome un poco abatida. De repente, escucho el timbre de un mensaje entrante. Me levanto y me dirijo a la mesa donde tengo el teléfono. Lo enciendo y veo que tengo un mensaje de Casandra. Lo abro con curiosidad.

—¡Hey!, desaparecida. Hace dos días que no sé de ti. ¿Dónde te metes? —Veo que deja unos emojis de caritas de enojo. Le contestó el mensaje.

—Hola, Casandra. Sorry por desaparecer, es que he estado ayudando a mi mamá. —Le pongo enviar. No pasan ni dos minutos cuando me contestan.

—Aja. Haré que te creo. Estoy segura qué pasó algo con Adrien y debió de ser algo muy vergonzoso como para esconderte. —Me quedo en shock ante el mensaje de Casandra.

Fingiré que no pasó nada—. No sé de qué hablas, no ha pasado nada. Desde que lo dejé encerrado en las regaderas.

No pasa mucho y me contesta—. Esa ni tú te la crees. Pero está bien, te lo tendré que sacar a la fuerza. Así que nos vemos en la fiesta.

—Ok. —Es lo único que sé me ocurre contestarle.

No tengo mucho tiempo de asimilar que mi amiga se ha dado cuenta de que algo pasa. Cuando escucho que alguien toca la puerta.

—Hermana, dice nuestra madre que si ya estás lista —escuchó la voz de mi hermano Eros.

—Sí, ya voy —le grito y guardo mi teléfono en mi bolso y salgo de mi habitación. Me encuentro con mi hermano vestido de traje, pero volteo a ver el rostro de mi hermano. Pues me mira sorprendido—. No digas nada y vámonos.

Veo cómo mi madre, con un vestido rojo ajustado que acentúa sus atributos y un cabello perfectamente arreglado, se mueve por la casa. Al menos, de ella heredé el cabello.

Mis ojos se deslizan hacia mi padre, que está impecablemente vestido con un traje azul. Ambos me miran, y sus rostros muestran sorpresa y admiración.

—¡Eileen Rossi! —Cuando mi mamá dice mi apellido, sé que está enojada—. Te pedí que te arreglarás para la ocasión.

Estoy a punto de contestar, pero mi padre me gana—. Ya déjala, amor. No puedes obligarla. Si ella se siente cómoda, pues entonces dejémosla.

Veo que la vista de mi madre se relaja. Ella da dos respiraciones profundas y me vuelve a ver.

—Está bien, entonces vámonos —dice mi madre mientras toma el brazo de mi padre. Yo hago lo mismo y tomo el brazo de Eros.

Salimos todos y, al llegar a la entrada, los autos que nos llevarán a la fiesta nos están esperando. Mis padres suben a uno y mi hermano y yo a otro. Aprieto mi bolso con fuerza, rezando para no encontrarme con Adrien.

Al llegar al lugar, me impresiona la elegancia del ambiente. Es un evento de alta alcurnia, lleno de gente increíblemente adinerada. Los autos se detienen en la entrada y mis padres bajan primero, seguidos de mi hermano y yo. De inmediato, los flashes de las cámaras iluminan nuestros rostros. Oigo murmullos y comentarios, pero hoy no estamos aquí para ser interrogados.

Entramos al lugar y la opulencia es abrumadora. Tomamos copas de champán mientras mis padres se mezclan con otros invitados. Yo, en cambio, busco a Casandra, sabiendo que me someterá a un interrogatorio en cuanto nos encontremos.

Tan absorta estoy en la búsqueda de Casandra que no me doy cuenta de hacia dónde se dirigen mis padres.

—Hola, señor y señora Giordano qué gusto encontrarlos aquí. —Hasta que escucho que mi madre menciona el apellido Giordano. Veo rápido y si efectivamente son ellos bajo mi mirada al piso, maldiciendo en voz baja y yo rogándome por no encontrármelo. Sé que me está mirando, lo sé...

Capítulo 10

*A*drien

Abro mis ojos, la luz de la ventana me molesta demasiado. Muevo una de mis manos y siento una botella a mi lado.

Comienzo a repasar los últimos dos días en mi mente. Los recuerdos empiezan a aflorar. Tras el incidente con Eileen, salí en busca de distracción, buscando perderme en el mundo con mujeres que no fueran un mero sueño. Y lo logré, me divertí de verdad.

Recuerdo que llegué a casa casi en estado zombi. Al llegar a la cama, caí rendido al instante. Al día siguiente, me levanté temprano y me fui con mis amigos, celebrando sin parar hasta altas horas de la noche.

Agustín me llevó de vuelta porque ya estaba bastante bebido. Ahora entiendo por qué las botellas están por ahí; no quería soltar ninguna.

Dejo de recordar y arrastro mi cuerpo hacia la cama. Pongo mis pies en el frío suelo y me dirijo tambaleándome al baño. Abro la llave de la regadera para que salga agua fría y la toco con la mano. Me despojo de la ropa lo mejor que puedo y me meto en la ducha. El agua fría me hace estremecer, pero también me despierta.

El frío del agua ayuda a que mi cuerpo vuelva a la realidad. Salgo del baño envuelto en una toalla y me acerco a mi closet. Saco mi traje azul oscuro, sabiendo que hoy es la fiesta de caridad. Como mi padre está en el negocio de la publicidad, es imperativo que estemos presentes.

Salgo listo de mi habitación, bajo hasta la entrada y veo a mi hermanita Daphne muy bien vestida, mi madre trae un lindo vestido y mi padre está dándole besos a mi madre en la mejilla.

Ellos voltean a verme—. ¡Qué guapo, mi niño! —Mi madre se acerca a mí y me acomoda el moño.

—Ya no soy un niño, mamá. —Ella sigue acomodando mi moño.

—Para mí siempre lo serás —la termina de arreglar.

—Ya, Amor, deja de chiquear a tu hijo. Él ya es un hombre y pronto estará listo para entregarle la compañía en sus manos. —Veo felicidad en el rostro de mi padre.

—Todavía falta para eso, no te precipites —mi madre le da un beso en la mejilla a mi padre.

—Creo que se olvidan de que estoy aquí —Escucho la pequeña voz de mi hermana. Me acerco a ella y la cargo en mis brazos.

—Eso nunca, tú eres la princesa de la casa —le digo y le doy un beso en la mejilla.

—Entonces vámonos o llegaremos tarde —escuchamos la voz de mi padre. Los cuatro salimos de la casa. Nos subimos a los autos que nos llevarán a la fiesta.

Minutos después llegamos a la imponente mansión. La entrada es majestuosa, con autos lujosos estacionados frente a la puerta. Al bajar, los flashes de las cámaras caen sobre nosotros como una lluvia incesante.

Los paparazzi se agolpan, disparando sin cesar, mientras que unas vallas doradas nos separan del bullicio. Caminamos por una alfombra roja que resplandece bajo los destellos de las cámaras. Me detengo frente a un telón rojo, posando para la foto, y los flashes estallan a mi alrededor.

Una vez que nos dejamos fotografiar, entramos al edificio. Me quedo sin aliento al ver el esplendoroso salón. El lugar está adornado casi en su totalidad con oro, y un enorme candelabro brilla en el centro de la pista de baile. Las flores blancas y doradas complementan la decoración, creando un ambiente lujoso.

Desde mi posición, diviso al grupo que animará la noche. Como parte del evento de caridad, cada canción será solicitada por los asistentes, y el dinero recaudado se destinará a la causa benéfica.

También las parejas que se encuentren bailando. Podrán votar con dinero por alguna. Todo lo que esas parejas ganen también se irá a donación.

Así que el sentido de este lugar es gastar dinero. Esta es la diversión que les gusta tener. Pero está bien, es para una buena causa.

Me la paso pegado a mi familia. Debemos de demostrar que somos una familia muy unida. Tomamos copas de champán. Le doy un pequeño trago. Todo está muy tranquilo, veo cómo mi padre habla de negocios con algunas personas.

—Hola, señor y señora Giordano qué gusto encontrarlos aquí —escuchó la voz de una mujer. Nosotros volteamos a ver y es la familia Rossi. De inmediato mis ojos se cruzan con Eileen, que tiene su vista en el piso.

—Hola, señor y señora Rossi. Si es un gusto encontrarlos —Veo que ellos hablan y hablan. Mientras yo aparto mi vista hacia otro lado. Es mejor no cruzar la mirada con Eileen. Concentré mi mente en otra cosa.

—¡Ey!, hijo. —De repente volteo a ver a mi padre.

—Sí, padre —Lo veo atentamente.

—Pedí una canción para que saques a bailar a la señorita Eileen —me quedó en shock en qué momento lo hizo. Pues, ¿para qué lo pienso tanto si veo a mi hermanita venir de con los músicos? —. Ándale, hijo, sácala a bailar.

—No creo que la señorita Eileen quiera bailar —digo y la veo a los ojos. Ella también está igual de sorprendida que yo.

Esta apuntó de contestarme: — Claro que mi hija quiere bailar con usted, joven Adrien —responde la señora Nohemí.

—Ándale, hijo, ve. —Así que me acerco a Eileen, veo bien y trae un vestido medio raro.

—¿Quieres bailar? —Le extiendo mi mano. Ella me mira con esos ojos verdes. Veo que mira a otro lado y después su mirada regresa a mí.

—Sí. —Pone su mano en la mía y yo la tomo para acercarnos a la pista de baile. Ninguno dice nada. Pero observamos que otras parejas se unen a nosotros.

En eso escuchamos la música comenzar, es una canción que reconozco, es muy famosa, pero ahora está en instrumental.

Empieza la música, pongo mi mano en la cintura de Eileen y con la otra tomo su mano. Me comienzo a mover y Eileen sigue mi paso. Es lento y muy sensual.

Le doy una vuelta a Eileen. Ella lo hace y vuelve a pegarse a mí. Veo que nuestras miradas se unen. Nos movemos en un lindo vals.

—Veo que todos están tomándonos fotos. —Eileen rompe el silencio que hay entre los dos. Volteo a ver a los lados y si los fotógrafos no paran de tomarnos fotos. También veo a gente sacar dinero de sus billeteras.

—También mira, muchos nos están apoyando. —Ella asiente con la cabeza. Olvidó lo que está pasando a nuestro alrededor y vuelvo a ver a Eileen. Ella hace mí mismo. Se vuelve hacer un silencio entre nosotros y ahora intento ser yo el que lo rompa.

—Tu vestido es algo... Inusual. —Es lo único que se me ocurre decir.

—Sí, ya veo que estás en el mismo modo que mi madre. —Ella deja de mirarme. Noto que me he equivocado e intento arreglarlo.

—Pero se te ve bien —no sé cómo salieron esas palabras de mi boca. Pero veo cómo Eileen me mira—. Solo no me vayas a pisar —intento poner otra excusa y veo que funciona.

—No haría un escándalo frente a tanta gente y menos avergonzar a mis padres —ella me dice. Compruebo que, a pesar de molestarme mucho por su edad, es algo madura.

—Eileen. Sobre lo que pasó —intentó ver si es que ella está afectada o soy solo yo.

—Creo que no hay nada que hablar sobre ese tema —ella deja de mirarme. Le doy otra vuelta y la vuelvo a tomar. Noto que el único afectado soy yo. No quiero que ella lo note.

—Solo no quiero que te hagas ilusiones, tú y yo solo somos amigos desde la infancia. —Ella me mira y noto en su rostro que está molesta.

—¡No! Tú y yo no somos amigos. Y no me hago ilusiones, yo no miraría a un hombre como tú. —La canción se termina y ella se separa de mí—. Gracias.

Veo que ella se va muy molesta hacia dónde está su madre. Toma su bolsa y se va. Yo me acerco a mis padres.

—¿Qué pasó? —me pregunta mi madre preocupada.

—Nada madre, solo malentendidos —le digo—. ¿Dónde está Daphne?

—Ella está bailando con el hermano de Eileen. —Busqué en la pista y veo a mi hermanita bailar. Se ve tan hermosa. Pero no me gusta que esté bailando con él.

—Se nota, hijo, que todos están encantados de que los hijos de las dos familias más importantes de Mónaco estén bailando juntos. Se miraban muy bien. Escuchando los murmullos, decían que si fueran pareja se mirarían bien. —Ahora entiendo las intenciones de mi madre.

—Pero Eileen no es de mi tipo —le digo a mi madre y ella cambia su expresión. Se va dejándome solo.

Observó por dónde se fue Eileen. Algo en mí me dice que vaya y otro me dice que no. Siento en mí una batalla a ver quién gana. Pero yo sé quién ganará...

Capítulo 11

*E*ileen

No puedo creer que mis padres estén del lado de ese idiota. Iba a decirles que no pensaba bailar con alguien como él, porque sabía que solo buscaba humillarme. Y ahora veo que tenía razón.

Salgo furiosa al jardín y me alejo sin rumbo hasta llegar a una fuente. Me siento en un pequeño banco, frustrada y furiosa, y tiro mi mochila al suelo.

—Eileen, ¿qué pasó? —Escucho la voz tan familiar de mi amiga. No la volteo a ver. Escucho sus tacones, acercarse a mí, se sienta a mi lado—. ¡No me ignores!

—Pues, ¿qué quieres que te diga? —Cruzo mis brazos en mi pecho.

—¿Dime qué fue lo que pasó? —Veo que pone su mano en mi brazo.

—De nuevo, malentendidos con Adrien. —Suelto un suspiro.

—Para mí eso es más que malentendidos —no le puedo mentir a ella.

—Solo te diré que esta vez fue algo muy embarazoso.

Volteo mi rostro para que ella no vea mi enojo, frustración y lo más raro, tristeza.

—¡No me digas que te entregaste a él!

Volteó de inmediato a verla. Pongo mi rostro, la expresión de enojo más marcada.

—¡Que! Estás loca. No dejaría que un hombre como él me tocara de esa manera porque solos sería un juego para él.

«Ellas pensaron que nadie las escuchaba, pero entre los arbustos se encontraba alguien escuchado toda su conversación. Que al escuchar esas palabras se fue. No quiso seguir escuchando más»

—¿Entonces qué fue lo que pasó mientras bailaban?

Volteo a verla, dudo si decirle, sé que me va a regañar, pero no importa, necesito desahogarme.

—Él quería hablar del tema embarazoso, pero le dije que no había nada que hablar —respondí apretando la quijada.

—Ves el intento de arreglar las cosas —me dice mi amiga poniendo una sonrisa.

—¿De qué lado estás? Pero veo que siempre le echarás flores a él. Si quieres algo más con él, inténtalo y déjame a mí en paz.

—Sabes que para mí es un adonis. Pero yo sé que no entro en su lista, ni en la de conquistas, porque mira él, después de nuestro toqueteo, nunca más me buscó. Así que no estoy interesada en él, solo, es lindo y no me puedo tapar los ojos para no verlo.

Eso me hace reír. A mi amiga se me ocurren semejantes idioteces. Pero sé que está siendo sincera conmigo.

—¿Entonces por qué insistes tanto con él? —le pregunto.

—Porque ustedes dos se ven muy bien, y creo que harían una muy linda pareja.

Me enojo mucho más al escuchar eso, como es posible que mi amiga piense eso. Que no mira lo que odio.

—¡No! Él me dejó en claro que seré una aventura para él. Porque me dijo que no me hiciera ilusiones, que solo éramos amigos.

Volteo a verla para saber qué es lo que ella está pensando y verlo en su expresión.

—¿Te estabas haciendo ilusiones? —me preguntó.

—No. Pero me lo dijo por las cosas que pasaron.

—Bueno, entonces, ¿qué le dijiste? —No veo en el rostro de mi amiga ninguna expresión.

—La verdad es que nunca hemos sido amigos. Así que anhelo el día en que Adrien se vaya.

Mi amiga no dice más, pero con tan solo ver su expresión sé que no está de acuerdo conmigo. Pero así debe de ser. Estos meses se me van a hacer eternos hasta que llegue la graduación.

****

Por fin, después de sufrir toda la noche en esa fiesta. Estamos en casa al fin. El mayordomo se encarga de abrir la puerta.

—Buenas noches —les digo.

Me marcho de ahí subiendo las escaleras y entrando a mi habitación. Me desvisto rápidamente, me pongo el pijama y me aviento en mi cama. En solo cuestión de minutos me quedé profundamente dormida.

Los días siguientes transcurren con una normalidad palpable. En la escuela, Adrien y yo nos evitamos completamente, como si nunca nos hubiéramos conocido. Esta distancia inesperada me resulta sorprendentemente liberadora.

Mientras tanto, me sumerjo en la preparación para asumir el control de la empresa familiar. Investigo meticulosamente cada aspecto de la gestión empresarial, sabiendo que mi padre me confiará este legado. No puedo permitirme cometer errores; necesito estar a la altura y manejar la empresa con la sabiduría que requiere.

Tiempo después

Han pasado los meses y mañana será la graduación de los estudiantes de último año. Mi amiga está emocionada porque, en esta ceremonia, se nombrarán los nuevos Rey y Reina de la promoción. No puedo esperar para ver cómo le quitan la corona a Adrien; sí, él y Mónica son los elegidos de su generación.

Yo, por el contrario, no estoy para nada entusiasmada. Sin embargo, aquí estoy, acompañando a mi amiga mientras escoge su vestido en una de las tiendas más exclusivas de la ciudad. Se supone que debo ofrecerle mi opinión sobre su elección, pero la verdad es que todo esto me resulta indiferente.

Aunque sé que, en el futuro, tendré que aprender sobre moda para la empresa de mi padre, ese día aún está lejos. Por ahora, me concentro en lo que está frente a mí.

—¿Qué opinas de esta, Eileen? —me pregunta mi amiga.

Levantó la vista. Observó que traía puesto un vestido verde con muchísimas lentejuelas, que para mi gusto se ve muy feo.

—¿Puedo ser sincera? —le pregunto antes de decir mi opinión porque es capaz de lanzarme un tacón. Su arma mortal, dice ella.

—Claro, quiero saber la verdad —veo cómo pone ambas manos en su cintura.

—Pues pareces una bola esa de espejos de los clubes —miró el vestido con desaprobación.

—¿Entonces me lo llevo? —ella sonríe muy feliz.

Yo pensé que me regañaría, pero ahora entiendo que lo que quiere es llamar la atención. Pero está bien, es mejor que se lleve toda la atención que yo no quiero.

—Vámonos, ya encontraste tu vestido y yo me quiero ir a estudiar —miro mi teléfono y veo que llevamos horas aquí.

—Pero falta escoger tu vestido —veo que pone su sonrisa de malicia.

—¡No! Yo ya tengo el mío —digo.

—Bueno, espero que no sea el de tu abuelita. Porque el día de la fiesta de caridad quería quitarte, ese vestido y quemarlo ahí mismo —me dice regañándome.

Ella se va a quitarse el vestido, mientras yo guardo todas mis cosas en mi mochila. Minutos después ella regresa con su ropa normal.

—Vámonos — toma su mini bolso y salimos de la tienda.

Subimos al Porsche, nos colocamos los cinturones de seguridad y pongo el motor en marcha. Dejo a Casandra en su casa y me dirijo hacia la mía. De repente, veo el Ferrari de Adrien acercarse. Reduzco la velocidad y lo miro de reojo. Aunque él no me presta atención, no puedo evitar observarlo mientras pasa y acelera hacia la entrada de mi casa. La puerta se abre automáticamente para él.

Aparco mi Porsche en la entrada, bajo del auto con mi mochila en la mano y entro a casa. La casa está vacía; todos están en el partido de fútbol de mi hermano Eros. Subo a mi habitación, abro la puerta y Tom entra conmigo. Cierro la puerta y dejo mi mochila sobre la cama.

Me tiro boca abajo en la cama, saco mi diario y Tom se acomoda a mi lado, ronroneando.

"¿Qué me pasa?" Me pregunto, sin entender por qué me siento así. Sabía que él no se fijaría en mí. Además, no hice el menor intento por acercarme a él ni me fijé en él. Pero entonces, ¿por qué me siento así?

Todos estos sentimientos están mal. Yo estoy mal en pensar y sentir esto. Además, no sé qué es lo que siento realmente. Nunca antes he tenido novio, así que cómo sé que es esto. Para mí que son solo las hormonas de la adolescencia.

Pero no voy a caer.

Cierro mi diario. Me levanto bruscamente de la cama y agarro una caja donde guardo todas mis cosas que no necesito y lo meto ahí.

—Fue un error escribir un diario. —guardó la caja y regresó a la cama, acarició a Tom y ronroneó—. Siempre estarás conmigo, Tom.

—Miau —responde y para mí eso es un sí.

Cierro mis ojos. Sin pensarlo me quedo completamente dormida. Alguien toca la puerta muy fuerte que me despierta de inmediato. Me levanto como puedo y abro la puerta.

—¿Qué pasa? —digo medio adormilada.

—Hola, buenos días. Ja, ja, ja te desperté —la risa de mi amiga me despierta por completo.

—Me asustaste. Pensé que había pasado algo —le digo mientras me froto los ojos.

—Sí, claro, que pasó algo. Arreglarnos para irnos a la graduación —entró a mi cuarto. Veo que trae una maleta—. Hola Tom.

—Miau —responde Tom.

—Esto será muy largo —cierro la puerta frustrada.

****

Entramos en la escuela, listas para la fiesta. Casandra lleva un deslumbrante vestido espejo que brilla con cada movimiento. Yo, en contraste, opté por un vestido negro simple, una coleta desordenada y mis cómodos tenis.

Al llegar al gimnasio, quedo sorprendida por la elegante decoración: luces parpadeantes, un DJ que marca el ritmo y globos flotando por doquier. La atmósfera está cargada de sofisticación, con todos luciendo impecables y bailando al ritmo de la música. Casandra y yo nos retiramos a un rincón, observando la escena.

De repente, la música se detiene abruptamente. —¿Pueden prestar atención, por favor? —anuncia el director desde el escenario.

Mis ojos se centran en Adrien mientras sube al escenario, impecable en su traje negro. A su lado, Mónica se une a él, y juntos portan las coronas de Rey y Reina.

—Como saben, la costumbre de nuestra escuela. Es momento de quitarles las coronas a nuestros reyes y ponérselas a los nuevos. Así que, como ya saben en este sobre, tengo los nombres de los ganadores que ustedes mismos escogieron. —Abre el sobre—. Así que el Rey es Lorenzo Cellario.

Qué sorpresa. Es esta en el grupo B así que, pues por eso, casi no lo vemos. Pero él es compañero de Adrien en el equipo de fútbol americano. Así que no me extraña. Él sube y Adrien le entrega la corona. Él se la pone.

—Bueno, sigamos, la Reina es Casandra Smith —no me sorprende escuchar el nombre de mi amiga. Porque yo voté muchas veces por ella.

—Amiga, soy la Reina —me dice feliz y sube al escenario. Mónica le entrega la corona y se la pone.

—Así que les presento a sus nuevos reyes. ¿Cómo es costumbre que DJ pon la música para que nuestros Reyes bailen?

Nos apartamos a un lado mientras la música comienza a resonar. Casandra y Lorenzo bajan al centro de la pista y se lanzan al baile con una energía contagiosa. Pronto, todos se les unen, dejándome a un lado, apartada.

Mientras mi amiga se mueve con una felicidad desbordante, yo me siento como un extraña en esta celebración. Sin encontrar mi lugar, decido escapar de la multitud. Caminar hasta el campo de entrenamiento de fútbol americano es una huida que me ofrece un respiro.

Veo una pelota tirada a mitad del campo. Me acerco hasta ella. Y la tomo. Me imagino cómo es lanzar esta pelota.

Reto a duelo con el enemigo ♡

—Así no se lanza y no se sostiene así —escucho la voz de alguien a mis espaldas. Volteo y veo Adrien.

—Yo no sé mucho de este juego, así que no sé cómo es que se sostiene —le digo y veo que se acerca a mí.

—Déjame mostrarte —pone su mano arriba de mi mano, la que tiene el balón—. Debes de tener la mirada fija en tu objetivo.

Escucho su voz susurrando cerca de mi oído. Siento su mano en mi cintura y, con un movimiento sincronizado, lanzamos juntos la pelota que vuela por el aire.

Volteo ligeramente para encontrarme con sus ojos. Él también me mira, y por un momento, ambos ignoramos por completo dónde cayó la pelota. Puedo sentir sus dedos entrelazados con los míos, la conexión inesperada entre nosotros crea un silencio denso y cargado.

Finalmente, él rompe el hechizo de la quietud con una frase que me resulta absurda y dolorosa:

—Ya te dejé claro que no te ilusiones conmigo.

Sus palabras actúan como un jarro de agua fría. Me aparto de él de inmediato, el silencio vuelve a invadirnos, y la distancia entre nosotros se vuelve palpable.

—El que se está haciendo ilusiones eres tú conmigo —le digo enojada.

—¡Ja, ja, ja! ¿Crees que me fijaría en una mujer como tú? Solo mírate, no sabes ni cómo combinar tu ropa. Además, ¿crees que andaría con unos cuatro ojos para qué se burlarán de mí? —Me doy cuenta de que está igual de molesto que yo.

—Y supones que yo me fijaría en un hombre mujeriego, fiestero, arrogante y lo peor idiota. Así que me alegra que te vayas y me dejes en paz —me volteó.

—Seré todo esto, pero de perdido no soy Virgen. Te aseguro que ningún hombre estaría dispuesto a tocarte y mucho menos ver el cuerpo de tabla que tienes. ¿No provocarías a ningún hombre? —Intento irme, pero él me toma de la mano.

—Eileen... perd... —me habla.

No dejo que termine la frase. Así que con mi otra mano libre le doy una cachetada en la cara.

—Vete a la mier.... —no terminó la frase y me voy molesta. Entro de nuevo a la escuela. Pero me voy directo al estacionamiento. Me subo a mi Porsche y las lágrimas comienza a caer por mis ojos.

Me veo en el espejo del retrovisor. Me quito los lentes y comienzo a ver bien mi rostro. Soy un desastre. Pero ya no será así. Te arrepentirás Adrien....

Capítulo 12

*E*ileen

El tiempo ha pasado volando. Después
de terminar la secundaria, me lancé directamente a la universidad y, con
mucho esfuerzo, obtuve mi licenciatura en dirección y administración de
empresas. Además, me sumergí en el mundo del modelaje, tomando clases
para perfeccionar mi caminar en tacones y aprender todos los secretos de la
pasarela.

Todo ese aprendizaje ha dado frutos. A mis 24 años, mi padre me confió la
dirección de la empresa familiar, y a los 26, sigo manejándola con éxito. Me
mudé de la casa de mis padres y compré mi propio departamento, mientras
Casandra, mi amiga, se dedica a la fotografía. Es increíblemente talentosa y
captura imágenes magníficas.

Hoy es un día especial, ya que se inaugura su nueva exposición. Me
preparo con cuidado, eligiendo un vestido oscuro, ajustado y elegante, que
llega justo por encima de la rodilla. El escote en V y los hombros descubiertos
le dan un toque sofisticado. Me pongo unos pendientes delicados y me
maquillo de manera natural, lista para apoyar a mi amiga en su gran noche.

Todavía recuerdo cuando usaba mis lentes y mi rara forma de vestir. Pero
me operaron y dejé de usar los lentes y de usar esa ropa.

En eso escucho que alguien toca la puerta. Me acerco y la abro. Veo a mi
amiga Casandra.

—¿Te pintaste el pelo? —le pregunté. Ella entra y cierra la puerta.

—Claro, la ocasión lo amerita —me dice y ya la veo arreglada—. Nos
vamos.

—Sí, vámonos —tomo mi bolso de color rojo que hace juego con mis
tacones.

Abrimos la puerta y veo que el departamento que está frente al mío. Algunas personas están metiendo cosas.

—No me habías dicho que el depa estaba en venta —me dice Casandra.

—Lo ha estado por semanas. Pero veo que tendré nuevo vecino —en eso uno de los hombres pasa con algunos trofeos.

—Por lo visto vas a tener a un hombre de vecino. Solo espero que esté guapo y soltero —dice Casandra.

—No me interesa. Mejor ya vámonos —le digo y cierro la puerta.

Caminamos por el pasillo. Presionamos el botón del elevador, las puertas se abren y las dos bajamos al estacionamiento. Entramos al auto de Casandra, nos ponemos los cinturones de seguridad.

Casandra pone el auto en marcha y nos vamos. Minutos después llegamos a la galería. Entramos esquivando a todos los paparazzi.

Adentro ya está toda la gente reunida. Mirando las fotos de mi amiga. Veo algunas sorprendentes de la naturaleza. Otras de las ciudades. Camino para verlas todas. Mi amiga va a mi lado.

Llegamos a una parte donde hay fotos de rostros de personas. En eso veo tres fotos mías en blanco y negro: una de perfil, otra el cabello cubre mi rostro y en la última estoy oliendo una rosa.

—Casandra, pero ¿por qué me incluiste a mí? —la miro estupefacta.

—Porque desde muy jóvenes somos amigas y esta es mi forma de demostrarlo —me toma de la mano.

—Pero esas fotos son cuando fuimos a Francia. Donde conocí a Christina. —Veo las fotos y recuerdo ese momento.

Estaba haciendo mucho aire. Por eso el cabello cubría mi rostro. Las dos estábamos en una cafetería. Cuando llego un hombre y me entregó esa flor que estoy oliendo.

Debo de decir que me puse la difícil para aceptar esa flor, no sabía las intenciones de ese hombre. Pero estuvimos los tres hablando y me agrado.

Salimos por unos meses, él trabajó para una empresa de publicidad. Después me pidió que fuera su novia y yo acepté gustosa. Duramos dos años de novios y posteriormente en una cena con mis padres me pidió que fuera su esposa.

Fue algo muy lindo y romántico, no podía negarme. Y menos después de tantos años, alejada de los hombres hasta que llegó él. Acordamos que la boda sería en un año y medio. Después de que yo tuviera más tiempo, él también. Así que todavía falta.

—Es muy lindo —digo mientras veo las fotos.

—La linda eres tú —escuchó esa voz tan familiar. Volteo y es Christian. Me lanzo a sus brazos y le doy un beso. Veo esos lindos ojos azules y esa barba que me encanta.

—¿Qué románticos son? —Nos dice mi amiga Casandra.

Nos separamos y él me agarra de la mano. En eso vemos a la asistente de Casandra acercarse a ella.

—Señorita Casandra. Las tres fotografías de la señorita Eileen se acabaron de vender por el doble del precio que tenían —todos la miramos atentamente.

—¿Quién las compró? —menciona Christian.

—No lo sé, señor. Su asistente fue el que arregló todo —dice la joven.

—Bueno, ahora tengo celos porque otro hombre tiene las fotografías de mi prometida —levanta mi mano y le da un beso—. No importa, yo tengo la original.

—Vamos a seguir viendo las demás fotos —le digo y los dos nos vamos.

Miramos cada una de las fotos de mi amiga, son muy buenas fotos. Las horas pasan rápido. Busco a Casandra. La veo hablando con un hombre. Me acerco a ella.

71

—Disculpen por interrumpir —me llevó a Casandra a un lado—. Ya me voy. Es algo tarde. Mañana tengo una reunión con un inversionista extranjero. Necesita a una modelo para un comercial.

—Si está bien, Eileen. ¿Te va a llevar, Christian? —me pregunta.

—Sí —le digo cortante.

—Mmm. Traviesos —creo que eso es lo único que no sé me quitará a mi amiga.

—Si ya vas a empezar, va a hacer mejor que me vaya —le digo e intento irme.

—Está bien. Que les vaya bien y Eileen afloja la pelvis —me dice y yo solo niego con la cabeza.

Salimos del lugar y de inmediato los paparazzi nos toman fotos. Escucho que algunos nos preguntan acerca de la boda. Pero hoy no tengo paciencia para lidiar con ellos. Y eso es lo que estoy comprometida con uno que se dedica a la publicidad. Pero bueno, con él lo tengo.

El valet trae el de Christian. Él baja y le da las llaves a Christian. Me ayuda abriéndome la puerta del BMW. Yo entro y después él entra del otro lado. Nos ponemos los cinturones de seguridad.

Pone en marcha el auto. Después de unos minutos llegamos a mi departamento. Vamos subiendo por el elevador.

Se detiene en mi piso y las puertas se abren. Salimos los dos y caminamos por el corredor. Hasta llegar a la puerta de mi departamento. Paso la tarjeta.

Abro la puerta y en eso sale Tom. Pasándose por mis piernas y por las piernas de Christian.

—Hola, Tom —le saluda.

—Miau —responde Tom.

—¿No quieres pasar? —le pregunté.

—Ya es tarde. Es mejor que me vaya —me dice y me da un beso en los labios. Pegándome a su cuerpo—. Descansa, mi amor.

—Hasta mañana, amor —le digo y nos separamos.

—Mañana pasaré por ti para ir a comer —me dice.

—Está bien, te esperaré —le digo.

Veo cómo se va. Presiona el botón del elevador. Las puertas se abren y él se va. Le mando un beso.

En eso estoy por cerrar la puerta de mi departamento. Pero en eso, volteo a la puerta del nuevo vecino y noto que está entreabierta. Mi curiosidad me gana y me acerco a la puerta.

Veo por la pequeña apertura y por lo poco que noto miro cosas de hombre. Pero en eso veo que pasan unas piernas velludas por mi vista y me alejo rápidamente entrando a mi departamento y cerrando la puerta. Recargo mi espalda contra la puerta.

—Eso te ganas por chismosa —habló sola.

—Miau —escuchó a Tom.

Veo que está en mis pies. Rozando mis piernas. Me agacho y lo tomo en mis brazos y me voy directo a mi habitación...

Capítulo 13

*A*drien

Han pasado diez años desde que me fui. Mi padre hace unos años me entregó su empresa. La estuve manejando desde larga distancia. Pero ya era momento de regresar.

Todos estos años en la universidad. Fue algo tranquilo y estresante. Me esforcé todo lo que pude y logré mi licenciatura en Mercadotecnia. Lo que necesito para manejar la empresa que ahora es mía.

Aunque en Inglaterra no ha sido un solo estudio. Me la he pasado muy bien durante estos años. Conociendo a lindas francesas, son mujeres muy hermosas.

Pero también por petición de mis padres y por negocios. Me presentaron a mi prometida. Pero no sé si estoy totalmente convencido de casarme. Mis padres me dijeron que a mis 28 años ya debería de sentar la cabeza. Pero con mi Citlali, no sé si esté convencido, pero todo por qué los negocios sigan bien.

—Señor —escucho la voz de mi asistente.

—¿Qué pasa, Joel? —le pregunté.

Pero prosigo haciendo ejercicio en mi gimnasio que tengo en mi departamento.

—Su nuevo departamento en Mónaco está listo. Puede llegar esta misma noche si es que lo desea. —Dejo de correr en la caminadora y me accedo a él.

—Si escogiste uno donde pueda llevarme a Luna. —Luna ha estado conmigo todo este tiempo en Inglaterra.

—Si señor admiten animales —me confirma—. Aquí están las fotos para que vea cómo es en el interior.

Tomo la Tablet y comienzo a ver las fotografías. Es perfecto. Lo bueno es que Citlali no podrá ir porque debe de quedarse por su trabajo, así que estaré solo.

—Perfecto. Que preparen en jet, salgo en una hora —le entrego la tableta y me siento en una de las máquinas de ejercicio.

—Sí, Señor —dice mi asistente.

Escucho que cierra la puerta. Yo miro por la ventana. Observó todas las casas y edificios.

Pero si tendrá sus cosas buenas, podré divertirme sin que los celos de Citlali estén presentes.

En eso, mi teléfono comienza a timbrar, ya sé quién es. Es tan celosa que siempre me habla para saber dónde estoy.

Veo en la pantalla de mi teléfono el nombre de Citlali. Doy un suspiro de frustración y contesto la llamada.

—Hola, amor —le digo cariñosamente.

—¿Dónde estás? ¿Ya te fuiste? —No me contestó mi saludo.

—Bien, amor, estoy bien y ¿tú? —le digo para que capte.

—Perdón. Hola, también estoy bien. Pero ya dime dónde estás —escuchó la desesperación en su voz.

—Estoy en mi departamento, todavía no me voy, pero me voy en una hora —le digo.

—Está bien, en una hora llego a tu departamento —no me deja responder y termina la llamada.

Ya te lo había dicho, Citlali es muy celosa. Así que con más razón no estoy tan seguro si estoy haciendo lo correcto. Pero si hago lo correcto por mi empresa.

Después de arreglar todo, uno de mis choferes se llevará a Luna. Estoy listo para subirme al auto, cuando en eso veo un auto venir rápidamente y ya sé quién es. Ella se estaciona mal y baja del auto.

—Pensabas irte y no despedirte de mí —me dice molesta.

—No, amor, ¿cómo crees? —le digo y me acerco para darle un beso. Ella pone sus labios, pero yo le doy el beso en la mejilla.

—No sé si soy tu prometida porque no me has dado ningún beso —me dice molesta.

—Tú ya lo sabes desde el inicio, te lo dije y así me aceptaste —le digo.

—Está bien. Pero no sé por qué tienes que ir —me dice.

—Sabes que tengo que manejar la empresa de mi padre —la abrazó y ella pone sus brazos alrededor de mi cuello. Se acerca y siento sus labios en mi cuello. En eso siento un pequeño dolor. Me separo de ella.

—Para que vean que tienes dueña —me dice y sé que me hizo una marca en el cuello.

—Está bien —no le digo nada más, pero estoy molesto.

—Iré a verte en dos meses. Así que espero que contestes a todas mis llamadas y podremos hacer videollamadas candentes —me dice y pasa su mano por el escote de su vestido.

—Claro, lo estaré esperando. Pero ya debo de irme —le doy otro beso y me separé de ella. Subo al auto, nos vamos el chofer, mi asistente y yo.

Después de un vuelo de seis horas. Por fin estoy en mi departamento. Durante el viaje me quité la pequeña marca que me hizo Citlali. No voy a andar con eso por la calle. Veo a Luna acostada en su cama en la sala.

Mis padres se fueron de vacaciones junto con Daphne. No regresarán en unas semanas. En eso escucho que alguien toca la puerta. Me acerco para abrirla.

—Hola, amigo, ¿cuánto tiempo sin verte? —me dice Damián.

Veo en mi puerta a ese par de alimañas Damián y Agustín.

—Sí, amigo, cuánto tiempo sin verte —me dice Agustín.

—Hola. Si ha pasado muchos años —es lo único que les contesto.

Les estrecho la mano a los dos y los hago pasar adentro.

—Pero no creas que solo vinimos a saludar. Vamos a ir a una exhibición de fotografías y ahí podremos conseguir chicas para irnos de fiesta —dice Agustín.

—Pensé que iríamos a un club nocturno, no a tus aburridas exhibiciones — contesta Damián, molesto.

—Pues a mí me gustaría ir —contestó y veo que Agustín pone una sonrisa.

—Entonces no se diga más, vámonos —mis amigos se acercan a la puerta. Le dejo agua y comida a Luna y nos vamos. Me voy con la misma ropa: unos vaqueros y una camisa oscuros.

Nos subimos al elevador. Nos deja en el primer piso. Vamos directo al estacionamiento, donde nos está esperando un auto negro. Subimos los tres y el chofer se pone en marcha.

—¿Cómo sabían que hoy llegaría? —Les pregunto mientras veo que Damián está en tu teléfono.

—Por tus padres. Ellos les dijeron a los nuestros que llegarías hoy y que si podíamos venir a recibirte —me dice Agustín.

—Sí, y más porque recuerdas a Casandra —me dice Damián guardando su teléfono.

—Si la recuerdo —le contestó.

—Pues la exhibición es de ella, se puso tan hermosa y bien buena —dice Damián mientras se muerde el labio y cierra los ojos.

Ahora que me recordaron a Casandra, de inmediato recuerdo a Eileen, pero dudo si preguntar.

"Será mejor no hacerlo. Ellos pueden captar que me interesa y no es así. Todo este tiempo lejos me ayudo a que mis sentimientos estaban mal"

Después de un rato en el auto, llegamos a la entrada y nos estacionamos. Al salir, me encuentro con una multitud de paparazzi. El chofer nos abre la puerta y mis amigos bajan primero. Finalmente, soy yo quien sale y noto de inmediato la reacción entusiasta de los fotógrafos ante mi presencia.

Escucho las preguntas sobre mi familia y mi futuro en la empresa, entre otros temas, pero hoy no tengo ganas de conversar con ellos.

Entramos rápidamente en la galería, donde me sorprenden las impresionantes fotografías expuestas. Puedo ver que Casandra es verdaderamente talentosa en su trabajo.

Mis amigos se alejan mientras yo continúo admirando las fotografías. Llego a una sección dedicada a retratos y me detengo frente a tres imágenes en blanco y negro que captan de inmediato mi atención.

En la primera, una mujer está de perfil; su rostro es verdaderamente hermoso. En la segunda, su cabello cubre su cara, lo que dificulta ver sus rasgos, pero sigue irradiando belleza. En la última, está oliendo una rosa con los ojos cerrados, revelando unas pestañas delicadas y encantadoras.

Veo a una joven encargada de la galería y me acerco a ella.

—Hola, buenas noches —le digo amablemente.

—Hola, señor, buenas noches. ¿En qué puedo ayudarlo? —me contesta amablemente.

—¿Quién es la modelo que posó para esas tres fotos de haya? —le señaló a las fotos.

—Lo siento, señor, eso es información privada, no puedo decirle. Lo siento —dice—, me siento decepcionado.

—¿Pero están en venta? —le digo.

—Sí, señor, están en venta —me siento feliz por eso.

—Entonces las quiero. Así que no las venda a nadie más, en un momento mandaré a alguien a llenar todo —le digo y veo que anota algo en la tableta que trae.

—Por supuesto, señor. Pero solo tiene de plazo hasta mañana para obtenerla si no las volveré a poner en venta —me dice.

—Está bien. Gracias —le digo y me alejo de ella.

Saco mi teléfono y marco el número de mi asistente. Sé que es tarde y que apenas llegó a instalarse, pero no perderé tiempo para obtener esas fotografías.

—Hola señor. Buenas noches —me contesta Joel.

—Hola, Joel. Necesito que vengas a una galería y me arregles todo el papeleo para comprar tres fotografías —le digo de inmediato.

—A sus órdenes, señor. Solo mándeme la dirección de la galería y cómo se llaman las fotografías para encontrarlas —me dice.

—Está bien, te mando la dirección y el nombre —le digo y termino la llamada. Me acerco de nuevo a la joven.

—Disculpe, ¿cuál es el nombre de las tres fotografías? —le digo.

—Sí, claro. Su nombre es belleza escondida —me dice.

—Gracias —me alejo de ella y le mando todo a mi asistente.

Tras unos minutos más admirando las fotografías, salimos de la galería y nos dirigimos a un club. Mientras mis amigos disfrutan bailando con varias chicas, yo también me uno a la pista. Sin embargo, a pesar de estar en medio de la diversión, mi mente sigue ocupada con el rostro de la mujer de las fotografías.

79

"Debo de encontrarla".

—Eres muy guapo —me dice la mujer que baila conmigo.

—Si lo sé, me lo dice mucho —le digo y seguimos bailando.

—¿Quieres ir a un lugar más privado? —me dice.

Ella me toma de la mano y me guía hacia el baño. Una vez dentro, se baja las bragas y se sube al lavabo, abriendo sus piernas. Me coloco en medio de sus piernas y la observo cerrar los ojos, esperando un beso. En lugar de eso, le doy un beso suave en el cuello, lo que la hace sonreír.

Saco un pequeño envoltorio plateado de mi bolsillo y me lo coloco. Sin previo aviso, entro en ella, notando cómo arquea su espalda mientras se aferra a mi cintura con las manos. Empiezo a moverte con un ritmo rápido y firme, siguiendo mi estilo preferido. Sus gemidos comienzan a llenar el baño, y yo tapo su boca con la mano para controlar el sonido, manteniendo mi ritmo.

De repente, el sonido de mi teléfono me distrae, y ya sé quién es. Intensifico mis movimientos, haciéndolos aún más fuertes y rápidos. Siento el clímax apoderándose de mí y, finalmente, me retiro. Me quito el preservativo, lo amarro cuidadosamente y lo tiro a la basura. Salgo del baño, tomo mi teléfono y pido un taxi.

Cuando llega, le doy la dirección y, al llegar al estacionamiento, pago al conductor. Salgo del taxi y me dirijo a mi destino.

Subo por el elevador. Se detiene en mi piso y me bajo. Camino por el pasillo. Llego a mi puerta. Pongo la tarjeta y se abre.

—¡Miau! —Escucho un gato. Me volteo y veo la puerta de mi vecino.

—Mi vecino tiene un gato —me meto y le doy un pequeño aventón a la puerta esperando a que se cierre.

Veo a Luna caminar hacia mí y parándose en dos patas. Le acaricio la cabeza, tomo mi teléfono y le hago una videollamada a Citlali.

Ella me contesta y veo cómo está molesta. Mientras yo finjo una sonrisa.

—Hola, amor —veo cómo ella está haciendo puchero.

—¿Dónde estabas? ¿Por qué no me contestaste? —me dice celosa.

—Perdón, estaba terminando de arreglar todo —le digo—. No te enojes, mi amor.

—Mmm. Está bien, pero vas a quitarte toda la ropa y me dejarás verte —ella me dice.

—Está bien —le digo.

Pongo el teléfono en la mesa y me comienzo a quitar mi camisa. Después mis zapatos, mis vaqueros y, por último, mi bóxer. Tomo de nuevo el teléfono.

—Ya está —le digo.

—Pero yo quiero verte completo —me dice y yo solo doy un suspiro.

Así que me voy caminando por el pasillo. Hasta llegar a mi habitación. Pongo el teléfono en la repisa y dejo que ella me mire completo. Veo que esta noche será muy larga...

Capítulo 14

Escucho mi alarma sonar y la apago con un gesto automático. Me froto los ojos y, al apartar las manos, veo el techo de mi cuarto. Me asomo bajo las cobijas y confirmo que sigo desnudo.

Los recuerdos de la noche anterior regresan a mi mente. Recuerdo cómo Citlali insistía en que me tocara para verla mejor, e incluso quería que gimiera. Tuve que fingir, aunque ella nunca lo sabrá. Si se enterara, probablemente se enojaría y me reprocharía que su cuerpo no me provoca lo suficiente.

La verdad es que, a veces, sí me provoca, pero solo cuando tengo necesidad. Sé que no suena bien, pero este matrimonio es una cuestión de conveniencia, ya que mis padres tienen una buena relación con los suyos.

La verdad es que no tengo intención de casarme realmente. Solo espero encontrar una forma de liberarme de este compromiso que siento como una soga al cuello.

En fin, tengo que prepararme para la reunión de hoy. Un nuevo socio de Inglaterra se ha puesto en contacto con mi empresa para discutir un posible negocio. Es probable que quiera que le promocione algún producto o servicio que está vendiendo. Espero que todo salga bien, ya que es un socio muy rico e importante, y espero poder cerrar el trato con él.

Me levanto de la cama y me pongo las sandalias. Camino con seguridad por la casa, completamente desnudo.

Entro al baño, donde me doy una ducha rápida y recorto un poco la barba y el bigote, que ya estaban algo largos. Luego, me dirijo al clóset y me pongo la ropa interior, seguida por el traje que llevo para trabajar.

Salgo a la sala y veo a Luna comiendo y jugando con su peluche. Me acerco a ella y la acaricio en la cabeza. Tomo mi teléfono y me dirijo hacia la puerta.

Al tomar el picaporte, me doy cuenta de que la puerta estaba abierta. Me quedo un momento tratando de entender cómo pudo haber quedado así. Reviso el interior del departamento para asegurarme de que no falta nada y confirmo que todo está en orden.

—Bueno, ¿será que no me di cuenta de que no la cerré? —digo y salgo.

Me aseguro de que ahora sí cierro la puerta. No quiero regresar y ver que Luna no está. El cierro bien con la tarjeta.

Comienzo a caminar por el pasillo. Llego hasta el fondo y presiono el botón del elevador. Espero unos minutos.

En eso escucho el ruido de una puerta abriéndose. Estoy por darme la vuelta. "Bip" el elevador llega y abre las puertas. Me meto y presiono el primer piso.

En eso las puertas se están cerrando cuando veo que una mujer sale del departamento frente al mío. Pero no logro verle la cara porque su cabello la cubre. Las puertas se cierran por completo y el elevador comienza a bajar.

"Bueno, al menos tendré una vecina con quien pasar un buen rato".

En mi mente, pienso en lo que acaba de ocurrir. De repente, veo que las puertas se abren y salgo del elevador. Mi chofer ya me está esperando para llevarme a la empresa familiar.

Subo al auto, y el chofer me observa por el retrovisor. Le hago una señal para que ponga el vehículo en marcha. Minutos después, llegamos a la empresa, que ahora es mía.

El chofer abre la puerta del auto y salgo. Me acomodo el saco y empiezo a caminar hacia la entrada. Al ingresar a la empresa, noto que todos me observan de inmediato.

—Buenos días, señor Adrien —me dice una mujer muy hermosa.

—Un gusto tenerlo con nosotros, señor Adrien —me dice otra mujer que creo que ella está a cargo de la recepción.

—Buenos días a todos y todas —les digo y sigo caminando hasta entrar al elevador. Presionó el último piso y las puertas se cierran.

Veo como todas las mujeres me miran. Al cerrarse las puertas por completo pongo una sonrisa maliciosa.

"Creo que tendré algo de diversión. Pero no lo sé debo de ser inteligente y no arruinar mi reputación entre las mujeres de mi empresa"

Alejo esos pensamientos de mi mente. Entro a mi oficina. Veo todas las cosas en su lugar. Recuerdo cuando era adolescente y mi padre hacía que viniera con él. Compruebo que todo está igual.

Me siento en la silla frente al escritorio. Veo unos documentos que tengo que revisar. Joel me dijo que solo tenía que firmarlos. Pero primero tengo que leerlo y ver qué todo está bien.

Después de un momento de leer y firmar los documentos. Escucho que tocan la puerta.

—Pasen —gritó.

—Señor, lo esperan en la sala de reuniones —escuchó la voz de Joel.

—Ya voy, Joel —me levantó de la silla.

Me acomodó mi saco, me acerco a la puerta y la abro. Salgo de ahí y comienzo a caminar en dirección hacia donde está la sala de reuniones. Joel se va a un lado de mí.

—Tráenos un café —le digo.

—Claro, señor —me dice.

Llegamos frente a la puerta de la sala. Tomo la manija y abro la puerta. Mis ojos se encuentran con las de un hombre como de 45 años o eso, tanteo yo y por su color de piel deduzco que es un árabe. Me acerco hasta él.

84

—Hola, señor Abadí, qué gusto conocerlo —le digo.

Le extiendo la mano para saludarlo y él estrecha su mano con la mía.

—Hola, señor Giordano. Al contrario, el placer es todo mío. Más por conocer al hijo de Tadeo Giordano los más importantes en publicidad —me alaga y terminamos el saludo.

—Bueno, siéntese, señor Abadí, y dígame en qué puedo ayudarlo —los dos tomamos asiento frente al otro.

—Veo que usted sí es hombre de negocios, pero dígame, Danilo. Bueno, iremos al grano. Verá que lanzaré una colección de lencería y trajes de baño. Y quiero que usted sea el encargado de todo el marketing, que la publicidad llegue a todo el mundo —me dice.

—Claro que será un honor trabajar para la publicidad de su lencería y trajes de baño, señor Danilo. Solo diga: ¿cuándo hacemos el contrato? Y ¿dónde vamos a tener que ir para tomar fotografías de los productos y si vamos a tomarle fotos a la modelo? —le digo ya bien entusiasmado.

—Sí, claro, pero no tendrá inconveniente con trabajar con otra persona — el señor me dice.

—¿Con quién? —le pregunté.

—No es nadie malo, solo que quiero un trabajo espectacular. Así que le parece si vamos con mi otro socio para que usted pueda hablar con él y podamos firmar el trato de los tres —me dice.

—Me parece muy bien. Entonces no se diga más, vámonos —le digo— y los dos nos levantamos; salimos de la sala de reuniones.

—Verá que quedará encantado —me dice el señor Danilo.

En eso veo a Joel acercarse con dos tazas de café. En cuanto nos mira salir, deja las tazas en una mesa y se me acerca.

—Joel, cambia todas mis reuniones de la tarde para mañana y ven conmigo porque cerraremos un trato hoy —le digo y los tres seguimos hasta salir de mi empresa.

Subimos los tres en un auto. El chofer pone en marcha el auto. Minutos después veo el lugar donde nos ha llevado. Y me quedo observando el enorme lugar...

Capítulo 15

*E*ileen

Siento que algo me da cosquillas en la nariz. En eso despierto. Pero no veo nada. Pongo ambas manos en mi rostro y siento a Tom acostado en mi cara.

—Tom, pero ¿qué haces en mi cara? —le digo y lo quito.

—Miau —me mira y se acuesta en la cama.

—Si te estoy hablando a ti —le digo como si fuera una persona.

Me levanto de mi cama. Me voy directo al baño y Tom se mete conmigo. Abro la puesta de la regadera y Tom entra.

—Tom, no, es hora de tu baño —lo tomo en mis brazos y lo saco del baño.

Abro la llave de la regadera y ajusto la temperatura del agua. Me quito el pijama y entro en la ducha. El agua tibia comienza a caer sobre mi piel. Me aplico champú en el cabello y luego uso una esponja con un poco de jabón con aroma a granada.

Al terminar de bañarme, me pongo una camisa oscura sin mangas, unos jeans ajustados y tacones elegantes. Suelto mi cabello y me maquillo de manera natural.

Le doy comida y agua a Tom, luego agarro mi bolso y me acerco a la puerta. Al tomar la perilla y abrir la puerta, mi teléfono se cae al suelo y me agacho para recogerlo. Mientras lo hago, mi cabello cae sobre mi rostro. Escucho el sonido del elevador y, al levantar la vista, veo que las puertas se cierran.

—Mi vecino también sale temprano —digo.

Levanto mi teléfono del suelo y cierro la puerta detrás de mí. Me acerco al elevador y presiono el botón. En unos minutos, el elevador llega y entro en él, presionando el botón del primer piso. Las puertas se cierran y el ascensor comienza a descender.

Al llegar al primer piso, el chofer me está esperando en la entrada. Me abre la puerta del auto y yo entro en el vehículo. Él se sienta en el asiento del conductor, pone en marcha el auto y, minutos después, llegamos frente a mi empresa.

El chofer estaciona y apaga el motor. Baja rápidamente y me abre la puerta. Salgo del auto y empiezo a caminar hacia la entrada.

A medida que avanzo, veo a algunas de mis modelos caminando por el pasillo y a otras chicas jóvenes que están entregando su información para postularse a trabajar conmigo.

Llego al elevador y presiono el botón del quinto piso, donde se llevará a cabo la llegada del nuevo socio de la empresa.

El elevador se detiene en el quinto piso y veo a todas las modelos de la categoría mencionada en el contrato que él me envió.

Mis chicas en cuanto me ven entrar se levantan de sus asientos. Y forman una fila. Me acerco a ellas.

—Buenos días, señorita Rossi —me saludan todas en unísono.

—Buenos días, chicas. Espero que estén preparadas. Porque, como lo saben hoy, alguna de ustedes será elegida para modelar una ropa de una marca elegantísima —les digo y todas se ponen felices.

—Sí, señorita Rossi estamos felices de esta oportunidad. Verá que no la decepcionaremos. Verdad, chicas —dice Kimberly.

—Si estamos felices y no le quedaremos mal —me responden las demás en unísono.

En eso timbra mi teléfono. Lo tomo y veo que es mi asistente.

—Hola, Katia —le digo.

—Hola, señorita Eileen, el señor Danilo acaba de llegar y con su socio que le había comentado —me dice.

—Gracias, tráelos hasta el quinto piso —le digo.

—Está bien —me dice.

Termino la llamada y volteo a ver a mis chicas. Intento guardar la compostura. Pero también me emociona cerrar trato con Danilo Abadí.

—Chicas, compórtense, el señor Abadí debe de verlas muy profesionales —les digo y en eso se abre la puerta.

Mi mirada se pone en un señor ya mayor de unos 40 años. Se acerca a mí.

—Hola, señorita Rossi. ¡Qué gusto de verla! —los dos estréchanos nuestras manos.

—No puede ser.... Es él —escucho que dicen mis chicas.

En eso veo que todas se lanzan. Pienso que van con el señor Abadí, pero veo que ellas nos pasan de largo y todas hacen un círculo alrededor de alguien.

—Chicas, cálmense y apártense —les digo.

Las chicas comienzan a apartarse, alejándose una a una. Mis ojos se abren de par en par al encontrarme con ese color de ojos tan familiar, ese rostro y esos labios.

No puede ser. Está increíblemente guapo. Pero ¿qué te pasa, Eileen? Concédele la importancia que merece. Recuerda que estás comprometida.

Descarte esos pensamientos y observo que él también me mira atentamente. Sin embargo, parece no reconocerme del todo.

—Ahora veo, señor Adrien Giordano, que será un desafío elegir a la modelo adecuada. Pero lo bueno es que yo seré quien la elija —digo, confirmando mi identidad ante él.

El señor Danilo se acerca y me toma del brazo, guiándome hacia el hombre.

—Señor Adrien, permítame presentarle a Eileen Rossi. Ella es la socia que colaborará con usted y que también necesitará su apoyo —dice Danilo.

En su rostro se refleja una ligera sorpresa que intenta ocultar rápidamente. Él extiende la mano hacia mí, pero yo lo observo con atención. Me doy cuenta de un pequeño cambio en su apariencia; no es mucho, pero parece un poco más mayor.

—Hola, señorita Eileen Rossi. Ha pasado tanto tiempo que no la reconocí —me dice.

—Hola, señor Adrien Giordano. Sí, ha pasado mucho tiempo —los dos estrechamos nuestras manos. Siento cómo una corriente recorre desde mi mano y sube por mi brazo.

—Veo que ustedes se conocen. Entonces será mucho más fácil para trabajar en equipo. Eso es algo muy bueno —dice el señor Danilo. Yo suelto la mano de Adrien.

—Señor Danilo, en serio tengo que trabajar con él —le digo.

—Sí, señorita Rossi. Ustedes dos son los más importantes en sus áreas, así que sé que juntos me darán un trabajo final excelente. ¿Pero ahí hay algún problema? —me dice.

No dejaré que esta oportunidad se me vaya. Pero no pensé que estaría frente a frente con Adrien después de 10 años.

—No, señor Danilo. Solo que me tomé algo por sorpresa. Pero continuemos, señor. Mire, aquí tiene a todas mis chicas que cumplen con los requisitos que me pidió —le digo.

Él comienza a caminar frente a cada una de ellas, apartándose de mí. Mientras escucho cómo unos pasos se acercan a mí.

—¿Quién lo diría? Volvemos a vernos después de 10 años y ahora tener que ser socios, se nota que la mala suerte me rodea. Pero sabes, me sorprende que estés así de cambiada. ¿Quién diría que el patito feo llegaría a convertirse en...? Esto. —Me dice todo eso para molestarme.

—Si tienes razón, ¿quién diría que un socio tan importante se fijaría en un bueno para nada como tú y la de la mala suerte soy yo? Pensé que nunca más te miraría, pero veo que siempre alguien intenta arruinar mis momentos felices. Y sabes, al menos yo cambié, pero tú sigues igual, nunca madurarás —volteó mi cabeza hacia un lado y veo sus ojos.

—Se nota que sigues siendo igual de.... Respondona —me dice.

—Y tu igual de mujeriego y arrogante —le digo.

Olvidó por completo al señor Abadí. Por estar peleando con Adrien. Pero dice: el que es el que tiene mala suerte soy yo. Sin embargo, será un problema trabajar con él. Pero no dejaré ir esta oportunidad.

—Señorita Eileen, creo que ya escogí a la modelo —la voz del señor Abadí me saca de mis pensamientos y volteo a verlo.

—¿A quién escogió, señor? —le digo con una sonrisa.

Yo volteo a ver hacia dónde están mis chicas, esperando que el señor Abadí me diga a cuál escogió.

—A usted —volteo a verlo.

—Señor Abadí, no pensé que fuera bromista. En serio, ¿dígame a quién escogió? —le digo.

—Es en serio que la escojo a usted. Por lo que tengo entendido, usted también sabe cómo modelar y ser una modelo —me dice y veo que ha investigado muy bien.

—Así es, señor, sé muy bien todo acerca del modelo —le digo.

—Entonces no se diga más, señorita Eileen. Usted será la modelo. Mañana haré llegar el contrato para que lo lea y más aparte el pago extra por ser mi

91

Reto a duelo con el enemigo ♡

modelo para mi ropa. Entonces vamos para firmar el contrato donde la empresa Rossi y la empresa Giordano serán aliadas en este proyecto —me dice.

Les hago una seña a mis chicas para que se vayan. Pero noto que se quedan embobadas con Adrien. Lo volteó a ver y él las saluda y les sonríe.

—Chicas, ya se pueden ir —les digo y ellas se van. —Por aquí, señor Abadí.

Los tres salimos hacia el elevador. Presiono el botón y pasan unos segundos, el elevador se detiene y las puertas se abren.

Entramos y presiono el botón del último piso donde está mi oficina. Las puertas se abren y salimos. Veo a mi asistente Kimberly. Nota la presencia de Adrien y veo como la expresión de su rostro cambia. Nos acercamos hasta ella.

—Katia, ¿me puedes traer el contrato? —le digo.

—Sí, señorita Eileen —está justo para irse.

—No se preocupe, aquí traigo el nuevo contrato para que lo lean. Es todo lo relacionado con que trabajarán juntos —nos dice.
Continuamos caminando hasta llegar a mi oficina. El señor Danilo se sienta en una de las sillas, Adrien hace lo mismo y yo me siento en la mía, frente a ellos.

El señor Danilo saca dos contratos, uno para Adrien y otro para mí. Empezamos a leerlos detenidamente. Pasamos unos minutos revisando las cláusulas del contrato. Todo parece en orden, sin nada fuera de lo común. El único inconveniente es que él pasará tiempo en mi empresa y yo en la suya.

Durante las secciones, conferencias y entrevistas estaremos juntos en todo momento. Eso que va a hacer un problema porque no quiero estar cerca de él.

—Bueno, aquí está el contrato original. ¿Señor Adrien puede firmar si está de acuerdo o algo le parece mal del contrato? —le dice. Veo que firma el contrato.

—Todo está bien —le contestó. Veo qué firma. Ahora me pasan el contrato a mí.

—Señorita Eileen, ahora su firma. Espero que no tenga ningún inconveniente, si los hay, dígame —me dice.

Yo tomo la pluma y miro la línea donde dice mi nombre. Veo la firma de Adrien que está pegado junto a la mía y la del señor Danilo. Me detengo antes de firmar....

Capítulo 16

Veo cómo me mira Adrien. Sé que es lo que está pensado, que no firmaré porque no quiero verlo. Pero yo tengo definido bien mis sentimientos. Quiero a Christian.

Así que no dejaré que esté tonto, me siga humillando. Ahora le haré pagar tantos años de humillaciones.

Lo veo a los ojos. Pongo una sonrisa y firmo el contrato. Veo al señor Danilo y está feliz.

—Entonces está hecho. Mañana me mandaré el contrato donde usted será mi modelo. También en tres días vendré para tomar algunas medidas, estoy ideando nuevas cosas —dice muy entusiasmado.

—Está bien, señor Danilo. Las puertas de mi empresa están abiertas —le digo.

—Entonces, señor Danilo. Las fotografías que tomaremos tienen un lugar en específico o podremos darle ideas —le dice Adrien.

—Pues verán. Yo quiero que, como ustedes son los mejores de sus áreas, me creen algo espectacular, así que les dejo mi confianza en sus manos para hacer lo que gustes y no se preocupen por el dinero, eso es lo de menos —dice el señor Danilo.

—Está bien, señor. Nos podremos a trabajar. ¿Pero tiene la fecha de cuando quiere el trabajo terminado? —le pregunto para saber el tiempo que tenemos.

—Seis meses, tenemos de tiempo antes de dar el anuncio de la lencería y sacar las fotografías junto con la publicidad —nos dice.

—Está bien, señor Danilo. Solo espero mañana el contrato de acerca de mi contrato como modelo para su marca y me pondré manos a la hembra —le digo toda profesional.

En eso veo que él toma su teléfono. Hace una llamada y se pone el teléfono en el oído. Habla en su idioma natal durante unos minutos. Mientras volteo hacia Adrien que me mira. Esa mirada no me gusta para nada. Tiene cara de pendejo.

—Listo, señorita Eileen —me dice.

Sacándome completamente de mis pensamientos y haciendo que corto contacto visual con Adrien, volteando de inmediato para verlo.

—¿Qué está listo? —lo veo confundida.

—Su contrato estará en su escritorio esta misma tarde. Así que yo me retiro y los dejo para que me hagan un trabajo espectacular. Confío en ustedes plenamente —se levanta de su asiento.

Yo me levanto con él. Adrien hace lo mismo. Él me estrecha la mano y después a Adrien.

—Lo acompañó a la salida —le digo.

Vamos los tres juntos. Salimos de mi oficina. Entramos al elevador. Presionamos el botón del primer piso. El elevador comienza a bajar. Se detiene el elevador y las puertas se abren en el primer piso. Comenzamos a caminar rumbo a la salida.

—Espero que juntos me hagan un trabajo extraordinario —nos dice el señor Danilo.

—Verá que no lo decepcionaremos, o bueno, de mi parte tendrá un excelente trabajo, pero no sé de la parte de la empresa, Giordano —le echó una mirada Adrien.

El señor Danilo voltea a verlo cuando mira que mueras miradas se encuentran.

—¡Ja, ja, ja, qué buen sentido del humor tiene, señorita Eileen! —El señor Danilo se ríe.

—Sí, Eileen, qué buen sentido del humor tienes. Antes eras muy amargada —dice Adrien.

—Bueno, me retiro. Porque sé que ustedes tienen que hablar. Así que, señor Adrien espero y no le importe que no pueda llevarlo de regreso, pero si gusta, le hablo a otro de mis choferes para que lo lleve a su empresa —dice el señor Danilo.

—No se preocupe. Señor Danilo, ahorita, le hablo a mi chofer —Veo como Adrien mira al señor Danilo.

—Entonces me retiro. Regresaré en tres a cinco días para ver su propuesta —nos dice ambos.

—Claro, lo tendremos listo —le digo.

—Hasta luego, señorita Eileen y señor Adrien —nos dice muy profesional.

Comienza a alejarse de nosotros, hasta llegar a su auto. El chofer le abre la puerta y él entra de inmediato al auto. Vemos cómo se pone en movimiento el auto alejándose de nuestra vista.

—¿Quién lo diría? Nos volvemos a encontrar, Eileen, y vamos a trabajar juntos. Esto será divertido, ¿no crees? —rompe el silencio Adrien.

—Ya, Adrien, basta de juegos. No era algo imposible. Venimos del mismo lugar y nuestras empresas están en el mismo país, así que era bastante predecible. No te hagas el tonto. Y no hay nada divertido en esto, solo es trabajo, así que deja las tonterías. Pareces un niño —respondo, dándome media vuelta para alejarme.

—Si eres tan madura, ¿por qué sigues siendo tan respondona? Así nunca encontrarás pareja —dice, y no entiendo por qué menciona eso. Me detengo y vuelvo a mirarlo.

—Adrien. Este no es el lugar para hablar así y otra no es de tu incumbencia si tengo o no novio. Así que, en pocas palabras, que te importa. Es mi vida, no la tuya —le digo.

Vuelvo a darme la vuelta y comienzo a caminar hasta el elevador. Presiono el botón y las puertas se abren. Entro adentro y en eso, justo cuando está por cerrarse la puerta. Veo el brazo de alguien detener las puertas y es Adrien quien entra. Las puertas se cierran y el elevador comienza a subir.

Adrien parece a punto de decir algo, pero lo interrumpo para aclarar las cosas.

—Señor Giordano, dejemos las cosas claras. Los problemas que tuvimos en el pasado eran simples tonterías adolescentes. Ahora somos adultos, y a usted no le interesa mi vida privada ni a mí la suya. Lo único que nos une es el contrato con el señor Abadí, así que propongo que nos enfoquemos en hacer un buen trabajo. A mí no me gusta que las cosas salgan mal, así que espero que lo entienda —le digo.

En ese momento, el elevador se detiene en el piso de mi oficina. Salgo y empiezo a caminar hacia la puerta. Escucho los pasos de Adrien siguiéndome. Abro la puerta de mi oficina y él entra detrás de mí, cerrando la puerta.

—Está bien, como usted desee, señorita Rossi. Queda claro que no le caigo bien, pero tendrá que soportar mi presencia porque volveré mañana —me dice.

Estoy a punto de contestarle cuando en eso me entra un mensaje de Christian.

"Amor estoy en la entrada para irnos a comer"

Tomo mi teléfono y rápidamente le contesto el mensaje.

"Ya voy, amor." Solo estoy arreglando unos asuntos bajos en 10.

"Ok"

Es lo último que me dice. Busco mi bolso y meto mi teléfono en él. Me lo pongo en mi hombro. Veo Adrien que me mira confundido.

—¿Pasa algo? —le pregunté.

—No porque debería —me contesta.

—Entonces, desgraciadamente, nos vemos mañana. Tengo otras cosas que hacer —le digo.

Me acerco a la puerta y la abro, haciendo una seña para que Adrien salga. Él lo hace de inmediato y sale del despacho.

Yo también salgo y comienzo a caminar hacia el elevador. Presiono el botón nuevamente y las puertas se abren. Entramos al elevador y Adrien me sigue.

Durante el breve trayecto, ninguno de nosotros dice una palabra. Me resulta extraño, ya que hace un momento Adrien no paraba de hablar, y ahora, de repente, el ambiente se vuelve serio. Pero no me preocupa.

El elevador llega al primer piso y las puertas se abren. Salgo rápidamente y me encuentro con Katia, que se acerca a mí de inmediato.

—Katia, en unas horas llegará un contrato para solicitar una modelo, pero estará a mi nombre. Quiero que lo leas bien y me envíes sabiendo que esté todo listo. También quiero que les programes a las chicas para que pasado mañana les daré las clases especiales —le digo.

—Sí, señorita Eileen —le digo.

Ella se va y yo continúo caminando hasta salir de mi empresa. En eso veo a mi lindo novio recargado junto a su auto. En cuanto lo veo, corro a sus brazos y le doy un beso en los labios.

—Hola, mi amor, cuánto te extrañé —le digo.

—Hola, yo también te extrañé mucho —me dice feliz.

En eso veo que mueve su vista a un lado y la deja ahí un momento. Yo volteo hacia donde mira él y está mirando a Adrien. ¿Qué nos mira? Pero al percatarse de inmediato corta la conexión visual y se mete a un auto oscuro.

—¿Quién es? —me preguntó.

Suelto un suspiro de frustración. —Te lo digo después. Ahora disfrutemos de nosotros.

—Tienes razón —me da un beso en la frente.

Me abre la puerta del auto y entro en él. Después él se va por el lado del conductor y entra también. Nos abrochamos los cinturones de seguridad y nos vamos del lugar...

Capítulo 17

*A*drien

Después de irme de la empresa de los Rossi. Regresé a la mía y me encerré en mi oficina.

Sigo reflexionando sobre cómo mi respiración cambió al llegar a ese lugar. No puedo creerlo. Pensé que evitaría encontrarme con Eileen, pero el señor Danilo me llevó allí como si todo fuera parte de un plan.

Debo admitir que su transformación me sorprendió enormemente. Al verla, nunca imaginé que sería ella. Se veía increíblemente bien.

Sabía que la empresa era de ellos, pero no pensé que esa mujer sería Eileen. Aún la imaginaba como la misma chica mal vestida de nuestra adolescencia. Pero ahora, había cambiado, incluso dejó de usar lentes.

Sin embargo, experimenté algo muy extraño. Al tocar su mano, sentí una especie de pellizco o algo difícil de describir. Fue tan raro que me dejó confundido.

Además, cuando firmé el contrato, asumí que ella no lo haría. Estaba casi seguro de que preferiría perder al señor Danilo antes que trabajar conmigo. Pensé en cómo llevarme al señor Danilo de allí, pero no salió como esperaba.

Lo que realmente me desconcertó fueron algunas frases que salieron de mi boca, sin saber cómo llegaron allí.

—Cómo fui tan estúpido en decirle lo del patito feo. Eso no iba al caso. La segunda, como se me ocurrió decir que no encontraría novio, ella lo puede malinterpretar y pensar que estoy interesada en ella cuando no es así —pongo la mano en mi frente.

Me levanto de mi silla que está frente a mi escritorio y me acerco a la enorme ventana. Tengo una vista hermosa de toda la ciudad de Mónaco. Meto mis manos en mis bolsillos.

Otro acontecimiento reciente invade mi mente: la imagen de cómo ella se acercó a ese hombre y lo besó.

Sentí una sensación extraña, como si una corriente recorriera todo mi cuerpo. Mi rostro empezó a calentarse.

No sé qué me pasó. Me fui lejos durante años para dejar atrás esos sentimientos adolescentes. Estoy seguro de que se trataba de hormonas descontroladas.

Pero ¿por qué permití que esto me afectara ahora? Además, soy un hombre comprometido, no debería estar pensando en estas cosas. Como ella misma dijo, no me interesa su vida.

En eso, siento una mano tocando mi hombro. La voz de mi asistente Joel me saca de mis pensamientos.

—Señor Adrien, ¿me escucha? —pregunta Joel.

—Sí, ¿qué pasa, Joel? —respondo.

—Sus padres dejaron un mensaje diciendo que regresarán antes de lo esperado. El equipo está listo para recibir las órdenes —me informa.

—Está bien. Mañana iré de nuevo a la empresa de los Rossi para arreglar dónde iremos a tomar las fotografías —le digo.

—Bueno, señor Adrien si no sé qué le ofrece nada más, me iré —me dice.

—Joel, espera —le digo.

—Sí, señor, ¿qué pasa? —me dice.

—¿Me puedes investigar a alguien? —le digo.

—Claro, señor, solo dígame: ¿quién es? —me dice.

—Ese es el problema que no sé quién es. Pero ¿recuerdas al hombre con quien se fue la señorita Eileen? —le digo.

—¿Quiere que investigue a ese hombre? —me dice. Con un tono de voz diferente.

—Sí, y quiero la información para mañana a primera hora —le digo.

—Está bien, señor. Pero si me permite, señor, ¿por qué quiere saber de ese hombre? —me pregunta.

—Joel, tú solo has tu trabajo y retírate —le digo.

—Disculpe, señor, mañana le tendré un informe —escuchó sus pasos, al alejarse hasta escuchar la puerta, cerrarse.

Pasó toda la tarde en mi oficina, distrayendo mi mente de las cosas locas que me acabaron de pasar.

Cuando ya es tarde, salgo de mi empresa y mi chofer me lleva hasta mi departamento. Bajo del auto y me meto al edificio.

Me voy directo hasta llegar al elevador. Presiono el botón y las puertas se abren, yo entro adentro y presiono el botón de mi piso.

El elevador se detiene y yo comienzo a caminar por el pasillo hasta llegar a la puerta de mi departamento. Pasó la tarjeta y se quita el seguro.

Yo entro y de inmediato Luna se arroja sobre mí quedando en dos patas.

—Hola, Luna. ¿Me extrañaste? —le digo y ella mueve la cola.

—¡Guau! —me contesta feliz.

Ella se baja de mí y cierra la puerta detrás de sí. Me quito el saco y lo coloco sobre el sillón. Me desabrocho las mangas y me dirijo directamente a mi habitación.

Allí, me quito la ropa de trabajo y me dirijo al baño completamente desnudo. Tomo una ducha rápida para calmar mi cuerpo y mi mente.

Al salir del baño, me visto con algo mucho más cómodo. Luego, salgo de mi habitación y me dirijo a la cocina para preparar algo de cenar.

Coloco la pasta en una olla con agua y la pongo a fuego medio. Preparo un espagueti.

Una vez listo, sirvo el espagueti en un plato y lo coloco en la mesa, acompañado de una copa de vino.

También sirvo un poco de comida en el plato de Luna y lo pongo en el suelo a un lado de la mesa. Luna se acerca y comienza a comer.

—Bon apetite —le digo.

Me siento en la silla frente a mi plato. Tomo los cubiertos y comienzo a tomar un bocado en mi tenedor. Justo estoy para dar mi primer bocado cuando escucho que tocan la puerta.

Dejo los cubiertos en el plato y me levanto de mi silla. Me acerco a la puerta y la abro. En eso veo esos ojos y rostro tan familiar.

—Hola, Daphne —le digo.

—Hola, hermanito —me dice.

Se lanza y me abraza. Yo le correspondo el abrazo, estoy tan feliz de ver a mi hermanita. Nos separamos.

—Pasa, hermanita —le digo.

Ella entra y yo cierro la puerta. Ella observa todo lo de mi casa. Siempre ha tenido eso que le gusta ver hasta el más mínimo detalle.

—Tienes lindo departamento, hermanito —me dice.

—Gracias. ¿Ya cenaste? —le pregunto.

—No. Acabo de llegar —me dice.

—Toma asiento. Te serviré un poco de pasta y me cuentas por qué no regresaste con nuestros padres —le digo.

Me voy directamente hacia la cocina, tomo otro plato y le sirvo pasta a mi hermana. Tomo los cubiertos. La veo que ya está sentada en la mesa. Le pongo su plato enfrente de ella.

—¿Todavía haces tu pasta? —me dice.

—Si recuerdo que de niña te encantaba —le digo.

Me siento frente a ella. Y tomo de nuevo mis cubiertos.

—Veo que malcrías a Luna todavía —me dice.

—Ella ha sido mi compañera por tantos años, se lo merece. Pero dime, ¿por regresarte primero? —le digo.

—Eso. Pues en primera mis padres en el viaje se la pasan muy acaramelados y ya los conoces, pero ellos regresarán en dos semanas y segundo, porque en unos días iré a los castings para iniciar con mi carrera como modelo en la empresa de los Rossi —me dice.

—¡Qué! ¿Cómo que vas a ir? —le digo sorprendido.

—¿Qué tiene de malo? Además, antes ustedes eran amigos muy cercanos de tenerla a ella cargada de tu cintura y tú tocándola. Porque yo te miré —ya empezó con eso.

—Se nota que nunca lo vas a olvidar —me dice.

—No porque, como te dije hace años, yo sé que tú sientes algo por ella e intentas ocultarlo con él, según compromiso con Citlali —me dice.

—Está bien, hazlo. Pero nos miraremos en la empresa de los Rossi porque estaré trabajando al lado de Eileen en un proyecto —le digo.

—¡Oh! No me digas que ya la viste. ¿Dime qué piensas? Se ve muy linda, verdad. Se dice que muchos hombres andan detrás de ella —me dice.

—Pues la veo igual —le digo.

—¡Ja, ja, ja, eso, ni tú te la crees! —me dice.

—Mejor, ya comete tu pasta —cambio de tema.

Me pongo a comer mi pasta. Ahora me siento más mal por mis palabras que le dije acerca de su novio. ¡Qué vergüenza!

—¿Sabes, hermanito? Creo que ya pronto vas a tener cuñado —me dice, sacándome de inmediato de mis pensamientos.

—¡Qué! Tú estás muy chica para tener novio —la reprendo.

—Por si no lo sabes, tengo 19 años, ya no soy una niña y sabes que no te haría caso —declara y se mete otro bocado de pasta.

—¿Dónde lo conociste? —preguntó.

—Fue que hace un momento que estaba entrando al edificio, lo miré un poco. Después subimos los dos al elevador y veníamos los dos al mismo piso que coincidencia —me dice.

—Daphne me estás diciendo que apenas lo conociste y ya piensas en otras cosas mayores —le digo.

—Sí. Además, me dio su número y es tan lindo —me dice.

Pone sus codos en la mesa y apoya su barbilla en sus manos y suelta un enorme suspiro. Yo solo niego con la cabeza...

Capítulo 18

*E*ileen

Veo por la ventana. ¿Por qué Adrien me dijo eso relacionado con mi novio? Obviamente que no pienso que sea porque le interesó. Eso sería completamente ilógico.

—¿En qué piensas? —me dice Christian.

—En nada. Cosas de trabajo —le digo y volteo al frente.

—Es segura. Desde que viste a ese hombre, estás algo tensa. Me dirás, ¿quién es? —me dice.

Suelto un suspiro. Me quedo un momento pensando en si sea correcto decirle. No quiero que después él desconfíe de mí por mis acciones del pasado.

—Si te lo digo, creo que arruinaré nuestra cita —declaro.

En eso él se orilla a un lado de la carretera. Se detiene en el auto. Toma mi mano y yo volteo a verlo.

—Sabes que soy tu prometido. Y te prometo que no me moleste por nada, en fin, creo que él es parte de un pasado —me dice.

—Sí. Pero un pasado con malos recuerdos —confirmó.

—Me lo contarás —lo veo a los ojos.

—Si necesitas saberlo. No quiero ocultarte nada —agrego.

—Bien, entonces te escucho —me dice. Pero no suelta mi mano.

—Ese hombre, creo que, si lo conoces, trabajas para publicidad en su empresa —le doy una pista.

—Si tienes razón, él es Adrien Giordano mi jefe —me dice.

—¿Qué? —le digo.

—Si recuerdas que te dije que decidí cambiar de compañía, pero que no te diría hasta obtener respuesta de ellos. Pues apenas hoy fui aceptado a trabajar en la compañía de publicidad de los Giordano —me dice.

—No sé qué decir. Pues felicidades —me alegro por eso.

—Gracias amor. Pero sígueme contando.

Me quedo en pausa un momento. Aunque tengo diferencias con Adrien, si le cuento sobre el encuentro cercano que tuvimos en nuestra adolescencia, podría arruinarle su oportunidad de trabajar en una empresa de publicidad tan importante y destacada.

Christian merece abrirse a nuevas oportunidades y conocer más inversionistas y empresas que puedan llevar su talento aún más lejos.

—¡Amor!, ¿estás bien? —me pregunta, sacándome de mis pensamientos.

—Sí, amor. Solo pensaba en algo. Adrien es un tonto que me causó muchos problemas. Nos conocíamos desde niños, vivíamos en la misma calle; la casa de sus padres estaba justo enfrente de la mía. Siempre nos peleábamos y no nos llevábamos bien. Por eso me miraba así —le explico.

Él me mira cómo he pensado si creerme o no. Pero es verdad lo que me conté. Solo que no le conté todo.

—¿Entonces solo fueron peleas de adolescentes? —pregunta.

—Si él y yo nunca nos hemos caído bien. Pero ¿te acuerdas del señor Abadí? —le cambié de tema.

—Sí, claro que lo recuerdo, ¿qué pasó? —me dice.

—Firmé el contrato con él y además quiere que yo sea la modelo de su nueva colección de lencería y trajes de baño —le digo.

—Qué bueno, amor. Eso es algo muy bueno, pero muy bueno. Sabes que te apoyo en todo y, aunque no me siento bien en saber que más hombres conocerán tu cuerpo, pero no importa, es una buena oportunidad y no la tienes que desaprovechar —me dice.

—Gracias, amor. Pero lo malo es que tendré que estar trabajando con Adrien Giordano. Por si lo ves mucho por mi empresa o me miras a mí en la de él, es por el contrato que firmamos hoy —agrego.

—Está bien, amor. Lo importante es que obtengas fama más internacional con la empresa de modelaje —me dice.

—Gracias por entender, amor —le digo y le doy un beso en los labios.

—Y gracias a ti por contarme todo de tu pasado con mi jefe —me dice.

—Tenías derecho a saberlo —le digo. Pongo una sonrisa.

—¿Todavía quieres ir a comer? —me dice.

—Mejor vamos por algo para llevar y comemos en mi departamento. ¿Qué te parece? — propongo.

—Está bien, mi amor —me suelta mi mano. Pone en marcha de nuevo el auto y nos vamos.

Después de pasar por un restaurante para recoger comida para llevar, nos dirigimos directamente a mi departamento. Dejamos el auto estacionado en el aparcamiento.

Salimos del auto; yo tomo mi bolso y Christian lleva la bolsa con la comida. Caminamos hasta el elevador.

Presiono el botón y, después de unos minutos, las puertas se abren. Ambos entramos y presiono el botón para el piso de mi departamento. Las puertas se cierran y el elevador comienza a ascender.

Pocos minutos después, el elevador se detiene y las puertas se abren. Salimos y comenzamos a caminar por el pasillo hasta llegar a la puerta de mi departamento. Coloco mi tarjeta en el lector y la puerta se abre.

Entra primero, y luego Christian se une a mí. En ese momento, veo a Tom correr hacia mí y rozar mis piernas mientras la puerta se cierra detrás de nosotros.

Tom se percata de la presencia de Christian y se separa de mí para ir con él. Yo dejo las cosas en la mesa.

—Hola, Tom —escucho que Christian saluda a mi gato.

—Miau —saluda Tom.

Christian deja las cosas en la mesa también. Mientras yo tomo el tazón de Tom para servirle su comida.

—No puede ser —escucho que dice Christian. Volteo a verlo.

—¿Qué pasa? —le digo.

—Se me olvidó mi teléfono en el auto. Iré por él en un momento de regreso —me dice.

Escucho la puerta abrirse y cerrarse de nuevo mientras me dirijo a mi habitación. Me cambio a algo más cómodo: un short y una camisa de tirantes, y recojo mi cabello en una coleta.

Salgo de la habitación y me dirijo a la cocina. Sirvo la comida en dos platos y la coloco en la mesa, junto con una botella de vino tinto y dos copas.

Tomo mi lugar en la mesa y espero a que llegue Christian. Oigo la puerta abrirse y, al verlo entrar, noto que está distraído con su teléfono. Al acercarse, guarda el dispositivo.

—Te pusiste sexy para mí —me dice.

—No es sexy, es solo un short y una camisa de tirantes —lo contradigo.

109

—Para mí, sí lo es. Ya estoy esperando el día en que seas mi esposa y pueda verte así todos los días —responde con una sonrisa.

—Me haces sonrojar. Ahora siéntate y cenemos —le digo.

Christian sonríe y ambos comenzamos a disfrutar de la cena. Después de una comida deliciosa, nos acomodamos en la sala para ver una película.

Yo tengo mi cabeza recargada en su hombro. Él tiene su brazo por arriba de mis hombros. En eso siento cómo mete su mano dentro de mi camisa. Acariciando mi pecho.

Yo volteo a verlo. Noto como sus pupilas están dilatadas. Me besa de inmediato. Yo correspondo su beso. En eso me recuesta en el sillón. Se mete en medio de mis piernas. Pero sigue besándome, baja por mi cuello. Siento sus manos acariciar mi estómago.

En eso siento que quiere meter su mano dentro de mi short.

—Christian espera —le digo.

Él se detiene y me mira a los ojos. Noto la lujuria en su mirada.

—¿No me amas? —me preguntó.

—Claro que te amo. Pero mejor otro día —le digo.

—Soy tu prometido —me dice y se levanta de mí. Se para y se pone frente a mí.

—Si lo eres, pero. —No terminó la frase.

—Eileen, te amo y quiero tenerte que sean mías. Saber que soy el único hombre que ha recorrido tu piel —me dice.

Mi vista se desvía hacia su pantalón y noto que está un poco excitado. Aunque soy virgen, he leído bastante sobre el tema y entiendo que su cuerpo está buscando alivio.

—Seré tuya, Christian. Nos casaremos, pero ten paciencia. En el momento menos esperado, seré tuya —le digo.

Me levanto del sillón y me pongo frente a él. Le doy un beso en los labios, y él me abraza con ternura.

—Está bien. Pero prométeme que seré el único —me dice.

—Ya sabes que sí —le digo y él me abraza.

—Me tengo que ir. Si me quedo más tiempo, no soportaré no hacerte mía —me dice.

Me da un beso y veo cómo se va. Sé que está molesto porque no es la primera vez que quiere intimar conmigo y yo me niego. Pero no sé, hay algo que me detiene...

Capítulo 19

A la mañana siguiente, me despierto temprano y me preparo rápidamente. Katia me ha enviado un mensaje informándome que el contrato ya está listo desde ayer y que estará en mi oficina para que lo firme.

Elijo un vestido rosa y unas elegantes zapatillas a juego. Mi maquillaje es sencillo y natural. Coloco algunas prendas adicionales en un bolso grande, preparándome para las clases que daré a mis chicas.

Salgo de mi departamento y me dirijo al elevador. Bajo hasta el primer piso, donde mi chofer ya me espera. Entro al auto, él cierra la puerta detrás de mí y me lleva a la empresa.

Al llegar, estaciona el auto en la entrada, baja y me abre la puerta. Salgo y comienzo a caminar hacia la entrada del edificio.

En cuanto entro me encuentro con Katia que se pega a mí. Las dos nos vamos hasta donde está el elevador. Katia presiona el botón y entramos las dos.

—Buenos días, señorita Eileen —me saluda.

—Buenos días, Katia. Dime qué mensajes tengo nuevos —le preguntó. El elevador cierra las puertas y comienza a subir.

—Su hermano Eros le dejó un mensaje que vendría en unos días a la empresa para el casting de modelaje. Sus padres organizarán una fiesta y quieren que esté presente. Su amiga Casandra dijo que vendría más tarde para hablar de un favor que le debe —me informa.

—Está bien, Katia. Yo me encargaría de contestarles, gracias. ¿Ya están todas mis chicas en el salón? —vuelvo a preguntar.

—Sí, señorita Eileen, ya solo la están esperando a usted —me dice.

Cuando las puertas del elevador se abren, bajamos juntas y entramos en una sala dedicada exclusivamente a las chicas que tienen contratos especiales con la empresa. Estas chicas están aquí para demostrar su valía y ganarse su lugar.

Además, tengo otra pequeña empresa donde me asocio con celebridades, proporcionando a mis chicas oportunidades para ser extras en coreografías o en películas. Hoy, se llevará a cabo su entrenamiento de baile, y yo misma seré la encargada de impartirlo.

Veo a todas mis chicas ya en sus ropas deportivas. Me acercó a ellas.

—Buenos días, chicas —les digo en voz alta.

—Buenos días, señorita Eileen —me responden todas en unísono.

—¿Están listas para repetir la coreografía?

—Claro que sí —confirman todas.

—Entonces me cambio y regreso. Así que espero que ya calentarán —digo.

Me dirijo a mi vestidor privado y me cambio a un conjunto de entrenamiento: un short de leggins oscuros, un top de tirantes a juego y zapatillas deportivas. Me recojo el cabello en una coleta práctica.

Salgo preparada y me coloco frente a todas mis chicas, quienes ya están alineadas en sus lugares.

—Espero que estén listas. Katia, por favor, pon la música —ordeno con determinación.

La canción que mis chicas eligieron comienza a sonar. Es evidente que han optado por una pieza del género urbano. Katia inicia la coreografía con los movimientos que les he mostrado, y yo las observo detenidamente.

Algunas ejecutan los pasos a la perfección, mientras que otras aún necesitan mejorar. No digo nada por el momento; prefiero que terminen su rutina y vean por sí mismas los errores antes de corregirlas y bailar junto a ellas para guiarlas.

Reto a duelo con el enemigo ♡

La canción termina y ella me mira atentamente esperando mi crítica. Saben que si me quedo callada es que falla todavía en algo.

—Bueno, casi todo está bien, solo que en la vuelta sean un poco más despacio que vean que lo están disfrutando y Kimberly es una coreografía normal, no un solo para hombres, así que menos toqueteó en los pechos, por favor —la regaño—. Se va a volver a repetir la canción y ahora bailaré con ustedes para que vean cómo debe de ser.

Le hago una seña a Katia para que vuelva a reproducir la canción. En eso se escucha la música de nuevo comienzo a bailar la coreografía que tanto me esforcé en hacer para ellas.

Vamos a la mitad de la coreografía y me dejo llevar. Me encanta bailar. Así que cierro mis ojos y me dejo llevar. Me muevo un poco sensual, bajo y subo.

—No puede ser, es el que de nuevo escucho que murmuran.

Abro mis ojos y veo que todas mis chicas están paradas volteando a otro lado. Miro a donde ellas miran y volteo los ojos al ver que es Adrien de nuevo.

Lo miro y veo que se quedó como en shock. No se mueve ni nada, solo tiene la boca un poco abierta.

—Hola, Adrien. Pensé que llegarías más tarde y cierra la boca, se te meterá una mosca —mencionó.

Volteo a ver a mis chicas que están murmurando entre ellas y a la vez miro como sacan suspiros.

—Hola, Eileen. Soy muy puntual y además tenemos que planear bien cómo vamos a trabajar y todo —responde.

—Está bien. Chicas, se pueden retirar la clase, se terminará antes —les digo.

Ellas toman sus cosas y comienza a acercarse a la puerta. Veo como algunas le entregan papelitos a Adrien. Eso me molesta y niego con la cabeza.

Espero a que todas salgan para poder hablar con él. Se cerró la puerta y quedó a solas con él. Me voy hasta tomar mi toalla.

—¡Adrien con mis chicas, no! —declaro molesta.

—No es mi culpa que ella quiera conmigo —pone una excusa.

—Veo qué mujeriego nunca se te va a quitar —digo en tono de frustración.

—Pues eso suena como si estuvieras celosa —me dice.

—Yo celosa por ti. ¿Estás loco o te haces? Por si no lo sabes, tengo mi prometido —le digo molesta.

—Pues no sé si creerte —expresa.

—Adrien a mí no me interesa si me crees o no. Ni me interesa con qué mujeres estés, solo mientras no sean las chicas de mi empresa. Está bien —digo—. Así que a lo que vienes. Vámonos a trabajar.

Me voy hasta el vestidor de nuevo. Me pongo mi ropa que traía y salgo de nuevo. Adrien sigue ahí. Pero noto que está pensativo.

—¿Estás listo? —indagó.

Él gira hacia mí, pero su expresión revela que está sumido en sus pensamientos. Me acerco y noto que sus pupilas están dilatadas, aunque decido no darle importancia.

Voy hacia la puerta, la abro y salgo. Escucho los pasos de Adrien siguiéndome. Me dirijo al elevador, presiono el botón y, al abrirse las puertas, entramos juntos. Una vez dentro, presiono el botón del piso de mi oficina.

Después de unos minutos, el elevador se detiene y las puertas se abren. Salimos y caminamos por el pasillo hasta llegar a la puerta de mi oficina. La abro y Adrien entra primero, seguido por mí.

Me dirijo a mi silla frente al escritorio y me siento. Veo el contrato del señor Abadí sobre el escritorio y lo firmo, tal como Katia me indicó que estaba en orden. Luego cierro la carpeta y la coloco a un lado.

—Toma asiento, señor Giordano —le digo. Él toma asiento enfrente de mí.

—Bueno, señorita Rossi. ¿Dígame qué propuestas tiene de a dónde ir para tomar las fotografías de usted en la lencería y trajes de baño? —me dice muy profesional.

—Primero dígame qué tiene en mente usted para ver si estamos de acuerdo, al menos en trabajo.

—Bueno, yo estaba pensando qué para el escenario de los trajes de baño estaría bien en crear un escenario de playa. Para ahorrarnos transporte de material —me dice.

—Pues en ese escenario de playa estoy de acuerdo con usted para los trajes de baño. Pero estoy en desacuerdo en hacer un escenario falso. Yo opino que estaría mejor ir a una playa. Sé que gastaríamos más, pero será más real y así podremos tener mejores resultados y también debemos de arriesgarnos porque tanto usted como yo sabemos que la competencia es muy grande y debemos de dar lo mejor —le digo.

—Está bien, tiene razón. Me encargaré de llevar todo el equipo a la playa que elijamos juntos con el señor Abadí —él me dice.

—Sugiero la playa Ponta de piedad en Lagos, Portugal. Sé que está lejos, pero es una linda playa y es perfecta para las fotos —le digo.

—Sí, es muy linda la playa. Está un poco lejos, son dos horas con treinta minutos en avión, pero está bien. Si es señor Abadí, le agrada la idea, yo llevaré todo hasta allá —le digo.

—Está bien. Y para la lencería estaría bien un cuarto oscuro luciéndola, así será más llamativo y la atención se iría a la lencería, pero eso lo podemos ver ya estando en Portugal, tal vez encontremos una opción mejor —le digo.

—Está bien —me dice.

Se escucha su teléfono, comienza a timbrar. Veo que lo saca de su pantalón y contesta.

—Hola —dice.

—¿Por qué no me contestas? —se escucha la voz de una mujer en el altavoz.

—Adrien quítale el altavoz —lo regaño. —

—¡Estás con otra mujer! ¿Dime quién es? —Es lo último que escucho cuando Adrien le quita el altavoz.

—Ella es una socia, estamos en una reunión —le platicó.

Veo que Adrien voltea a verme y me lanza una mirada que de inmediato sé qué se significa. A mí solo me da risa. Creo que su chica se molestó. Él me hace una seña de que se va a ir y yo le digo que sí con la cabeza.

Veo como se levanta de la silla. Se acerca a la puerta y se va. Cierra la puerta y no aguanto la risa.

—¡Ja, ja, ja! Buena suerte con tu chica celosa, Adrien —digo en voz alta mientras me río.

Paro de reírme y comienzo a pensar en esa llamada de Adrien. Entonces tienes novia o amante o lo que sea. Pero ¿para qué pienso que eso no debe de interesarme? Bueno, pero es un buen chisme.

Capítulo 20

*A*drien

Después de una conversación con mi hermana, me siento dividido entre la sorpresa y el desconcierto por su sinceridad a los 19 años. Su honestidad me hace recordar un momento en el que estuve tan cerca de Eileen.

Mi mente revive esos recuerdos con claridad: su calor, la suavidad de su piel, esos ojos verdes y su cabello mojado. Pero lo que más destaca en mi memoria es su figura, visible a través de la ropa empapada.

—Señor Adrien ya llegamos a la empresa de los Rossi —me comunica el chofer sacándome de mis pensamientos.

—Gracias —le agradezco. Me quito el cinturón de seguridad y abro la puerta para salir.

Pongo mis pies en el cemento de la calle. Me acomodo mi saco y comienzo a caminar hacia la entrada de la empresa.

Me voy caminando directo a donde está el elevador. Pero durante mi trayecto veo como las mujeres me miran muy atentamente. Yo sonrío y veo a una que a otra dándole una pequeña sonrisa y mi mirada de conquista.

Me detengo frente al elevador, presiono el botón, pasan unos minutos y las puertas se abren. Entro y veo a todas las mujeres que me miran, yo no aparto mi vista de ellas y sin ver presiono el botón. Las puertas se cierran. En eso miro el botón que presioné.

—Mierda, presioné otro que no era —digo en voz alta.

Las puertas se abren y veo que donde me encuentro está totalmente diferente. Parece un área como para bailar o para hacer ejercicio. Porque veo algunos espejos y ropa de ejercicio. Eso llama mi atención y comienzo a caminar.

"Eileen es toda una cajita de sorpresas"

Escucho música y sigo el sonido hasta encontrar su origen. Al llegar, me doy cuenta de que la música se ha detenido momentáneamente, pero pronto vuelve a sonar. Me apresuro y entro en una sala donde veo a muchas chicas bailando, con Eileen en el centro.

La observo mientras mueve las caderas con un ritmo cautivador. El short que lleva destaca cada uno de sus movimientos, revelando su figura de manera tentadora. La forma en que se mueve es fascinante, y la forma en que su top deja al descubierto parte de su espalda y su abdomen no hace más que intensificar mi atracción.

Mi mirada no puede apartarse de Eileen, y siento cómo mi cuerpo responde involuntariamente. Las otras chicas pronto se dan cuenta de mi presencia y dejan de bailar, enfocándose en mí con curiosidad.

Veo que murmuran entre ellas y Eileen deja de bailar volteando a donde estoy yo. De inmediato veo la expresión que pone y voltea los ojos. Eso me hace molestar.

****

Después de un breve saludo entre Eileen y yo, dejo de lado los pensamientos inoportunos que había tenido. Observo cómo despide a las chicas, que comienzan a acercarse a mí. Algunas me entregan papeles que me ayudan a disimular lo que acababa de suceder. No quiero que Eileen se percate de nada.

Cuando todas se han ido, vuelvo a mirar a Eileen. La expresión en su rostro refleja un claro malestar, y aunque ya entiendo la razón, decido mantenerme al margen y actuar con indiferencia.

****

Después del regaño de Eileen por mi comportamiento coqueto con sus chicas, no puedo evitar notar que siente celos, a pesar de que ella diga lo contrario.

Ya sabía que su prometido trabaja para mi empresa; Joel me entregó el informe esta mañana. Sin embargo, hay algo extraño en todo esto. Aunque se presenta como fotógrafo, su diploma parece sospechoso. Planeo investigar más a fondo.

Además, me doy cuenta de que mis comentarios sin pensar solo terminan revelando cosas que Eileen podría malinterpretar. No entiendo por qué digo esas cosas sin reflexionar.

A pesar de todo, debo admitir que verla bailar me hace imaginar cómo se movería en otras circunstancias. Mi mente no puede evitar crear imágenes de Eileen en diferentes contextos.

—¿Estás listo? —escuchó la voz de Eileen.

De inmediato, alejo esos pensamientos de mí. Antes de que mi cuerpo me vuelva a traicionar. Como si fuera un adolescente sin experiencia.

No logro contestar nada cuando ella ya se está yendo. Yo la sigo al mismo paso que va ella. Los dos llegamos hasta el elevador, ella presiona el botón y en unos minutos las puestas se abren, entramos los dos.

Ella presiona un botón, las puertas se cierran y el elevador comienza a subir. En unos minutos las puertas se abren y Eileen baja. Yo la sigo y veo como mueve la cadera y su forma de caminar tan sensual.

"Adrien Giordano, deja de pensar en eso"

Volteo mi vista a otro lado, Eileen abre la puerta de su oficina y yo entro. Ella cierra la puerta y veo que se acerca a su silla y se sienta. Veo que mira los documentos en su escritorio y los firma y los hace a un lado. Para después verme.

—Toma asiento, señor Giordano —me dice. Señalándome a la silla. Yo tomo asiento frente a ella.

****

Después de quedarme en un acuerdo con Eileen. En eso escucho que mi teléfono empieza a timbrar. Lo tomo y veo quién es.

—Hola —le digo a Citlali.

—¿Por qué no me contestas? —Me doy cuenta de que está el altavoz activado.

—Adrien quítale el altavoz —me regaña Eileen y eso me asusta porque Citlali puede oírla.

—¡Estás con otra mujer! ¿Dime quién es? —Qué vergüenza Eileen acaba de escuchar los celos de Citlali.

—Ella es una socia, estamos en una reunión —le digo.

Miro a Eileen y me hago una seña con mi mano que guarde silencio. Me levanto, sé la silla y me acerco a la puerta, le vuelvo a hacer una seña a Eileen que me voy a ir.

Salgo de la oficina de Eileen y los reclamos de Citlali siguen y siguen.

—¿Dime quién es esa mujer, Adrien? —me reclama.

—Ya te lo dije, amor, es mi nueva socia, recuerdas en contrato con Abadí. Pues yo no sabía que tendría a una socia en el proyecto, pero solo es puro trabajo —le digo.

—¿Es hermosa? —me dice sacándome de onda.

—No, porque piensas eso —le digo.

—Porque tú solo eres para mí y si es hermosa, tal vez ella pueda fijarse en ti y querer meterse contigo —no puedo creer que ella salga con sus idioteces.

—No, amor, ella no es hermosa. No te preocupes, pero hablamos, después tengo otra reunión con otro inversionista. Saldré un poco de noche porque tengo que hacer unos contratos para llevar material para las fotos de mi nuevo contrato con el señor Abadí —le digo.

—Más te vale y no sea mentira y no quieras hablar conmigo, o tus padres y los míos se darán cuenta —me dice enojada.

—No, amor, te lo digo de verdad. Bueno, después hablábamos —le digo amablemente.

Ella no me dice más y termina la llamada. No dejo salir un suspiro. Meto mi teléfono a mi bolsillo y vuelvo a entrar a la oficina de Eileen.

—Disculpa por eso. Pero recuerda que mañana es tu turno de ir a mi empresa y nos vemos, yo tengo algunos contratos y cosas que hacer —le digo. Ocultando mi malestar.

—Está bien, señor Adrien nos vemos mañana a su empresa —me dice.

Salgo de la oficina de Eileen y tomo el elevador hacia el primer piso. Las puertas se cierran y el elevador comienza a descender. Al llegar, las puertas se abren y salgo con un gesto de irritación, ignorando a las personas que me rodean.

Me dirijo a mi auto y mi chofer me lleva a la empresa. Tras una tarde agotadora, en la que gestioné todos los arreglos necesarios para enviar el material a Portugal, regreso a mi departamento completamente exhausto.

Coloco mi tarjeta en la puerta y la abro con un empujón. Entro, cierro la puerta de un golpe y me dirijo directamente a mi habitación.

Me despojo de toda mi ropa y me dirijo al baño, donde me doy una ducha rápida. Salgo envuelto solo en unos bóxeres, sintiendo el alivio del agua caliente después de un día tan cansado.

Enciendo la luz de mi buró. Me acuesto en mi cama. Cierro los ojos esperando y dormirme.

—¡Miau! —escuchó un maullido.

Abro los ojos, me levanto de mi cama y veo en la puerta de mi cuarto un gato. Me acerco hasta él y lo tomo en mis brazos.

—Hola, amiguito —lo acarició—. ¡Ey, yo te conozco...!

Reto a duelo con el enemigo ♡

Capítulo 21

*E*ileen

Después de la pequeña muestra de celos de la chica de Adrien y de despedirme, noté que su reacción había sido incómoda. Tal vez le dio vergüenza la escena que su novia había armado.

La tarde la pasé revisando papeles y contratos sin descanso. Esperaba a mi amiga Casandra, pero tras múltiples intentos de contactarla sin éxito, supongo que me llamará mañana cuando termine lo que esté haciendo. No es difícil adivinar qué podría ser.

Al llegar a mi departamento, recibo un mensaje de Christian informándome que trabajará hasta tarde. Sé que se siente frustrado por la falta de intimidad entre nosotros, pero pronto seré su esposa y cumpliré con lo que se espera de mí. Es parte de mis obligaciones.

Empujo la puerta para que se cierre y veo a Tom acercándose, rozando mis piernas. Le dejo comida en su tazón y me dirijo directamente a mi habitación.

Me quito las zapatillas y me encamino hacia el baño. Me despojo de todas mis prendas hasta quedar completamente desnuda y me doy una ducha rápida.

Salgo envuelta en una toalla, con otra en mi cabello. Me dirijo al clóset, saco mi conjunto de pijama color marrón carmesí y me visto con un vestido de tirantes de satén que tiene el cuello fruncido. Me miro en el espejo y noto que me queda muy bien y es bastante cómodo. Dejo la bata en la cama y me siento más relajada.

Me acerco al tocador, quitándome la toalla del cabello y tomando el secador. Empiezo a secarme el cabello, asegurándome de que quede bien peinado para evitar enredos mientras duermo. Una vez seco, me levanto de la silla y decido buscar a Tom.

Lo busco en su castillo para gato y en su cama de la sala, pero no está en ninguno de esos lugares. Al fijarme en la puerta, noto que está entreabierta.

Rápidamente vuelvo a mi habitación, me pongo la bata sin atarme el cinturón y salgo al pasillo.

—¡Tom!, ¿en dónde estás? —llamo, mirando hacia el pasillo. La puerta de mi vecino está abierta.

Me asomo con cautela, pero no veo a Tom por ninguna parte. Sabiendo que probablemente él haya entrado en el departamento vecino, me armo de valor y toco la puerta.

Espero unos momentos, escuchando pasos acercándose. Finalmente, la puerta se abre y me quedo sorprendida al ver a Adrien. Nuestras miradas se encuentran y mis ojos se abren de par en par ante su presencia inesperada.

Veo su torso que está completamente desnudo, mi mirada baja a sus brazos y veo que trae a Tom cargando. Mi mirada sigue bajando hasta ver que solo trae una toalla enredada en la cintura.

Mi vista regresa a su rostro y veo que él también me mira de pies a cabeza. Me quedé en shock al ver su cuerpo tan bien ejercitado. Intento regresar a la realidad.

—Buenas noches, vecino. Disculpé, la molestia es que vine por mi gato —le digo con la voz algo temblorosa.

—Con razón decía que conocía a este amiguito. Ten, aquí está, llévatelo —él extiende los brazos.

Me acerco para tomar a Tom, pero él salta cayendo al piso y corriendo de nuevo al departamento de Adrien.

—¡Tom, ven acá! —entró al departamento de Adrien sin pensarlo.

Veo que Tom se mete debajo del sillón de la sala de Adrien. Me pongo en cuclillas para buscarlo, pero no me hace caso.

—Señorita Rossi a usted le gusta jugar con fuego, verdad —escucho la voz de Adrien y me levanto. Doy la vuelta para verlo, la puerta está entreabierta y él se ha alejado de ella.

—¿Por qué lo dice? —le digo viéndolo cómo se acerca a mí.

—Porque acaba de entrar a mi departamento sin mi permiso. ¿Qué pasaría si su novio o prometido se da cuenta de que entró al departamento de un hombre soltero y guapo, estando usted semidesnuda? —me dice y volteó a ver que tengo la bata abierta, dejando ver mi pecho y mis piernas.

Intento cubrirme con la bata. Volteo a ver Adrien que se está acercando a mí poco a poco. Dejándome ver bien su bien tonificando cuerpo. Poco a poco comienzo a retroceder hasta que mi espalda choca contra la pared. Él llegó hasta mí, poniéndose frente a mí. Veo que apoya una de sus manos a un lado de mí.

—Contésteme, señorita Rossi o no me diga que el ratón le comió la lengua —me dice mientras nuestras miradas están fijas en el otro.

—Señor Giordano... Yo.... Yo.... Yo... —comienzo a tartamudear.

—O, no me digas que te gusta lo que estás viendo —me dice mientras veo que se acerca más y más a mí.

No sé qué decir, el silencio llena el aire entre nosotros. Siento el contacto de sus dedos rozando mi piel, subiendo y bajando por mi brazo, provocando una sensación extraña. Sus movimientos son suaves, pero su cercanía me pone nerviosa.

Me acerco instintivamente, pero al mismo tiempo intento apartarme, volteando mi rostro hacia un lado mientras cierro los ojos. Mi respiración se acelera, y el pulso en mi cuello se vuelve más intenso.

Siento el calor de sus labios cuando deposita un beso húmedo en mi cuello. Sus labios continúan su descenso, y cada toque provoca una respuesta en mi cuerpo, despertando mis sentidos de una manera desconocida. Mi piel se estremece y mi pecho parece latir con más fuerza.

126

Él continúa su recorrido, sus labios y su lengua rozan la superficie de mis pechos, que se perfilan a través de la seda de mi pijama. La sensación es nueva y abrumadora, haciendo que incline la cabeza hacia atrás en un intento de soportar la intensidad.

Él toma mi rostro con una mano, forzándome a abrir los ojos. Me encuentro con sus pupilas dilatadas, cargadas de una intensidad inquietante. Él se acerca a mí, con una lentitud alarmante.

—Por favor, no —le digo con mi respiración totalmente agitada.

—Tú dices que no, pero tu cuerpo dice lo contrario —me dice tan delicadamente.

Los pocos centímetros que nos separaban se desvanecen en un instante. Adrien me besa con una intensidad que me deja sin aliento. Mi respiración se vuelve irregular, casi asfixiante, a medida que correspondo a su beso.

Su mano baja lentamente hasta una de mis piernas, elevándola hasta su cintura y pegando aún más nuestros cuerpos. Mis manos se aferran a su pecho, sintiendo la firmeza de sus pectorales bajo mis palmas.

De repente, siento una presión incómoda cerca de mi intimidad, lo que me provoca una reacción instantánea. Con un empujón, aparto a Adrien, alejándolo de mí.

Mi corazón late desbocado mientras busco a Tom, que está recostado en el sillón. Lo tomo en mis brazos con desesperación y corro hacia la puerta. Con manos temblorosas, agarro el picaporte y lo giro, abriendo la puerta para salir de la habitación.

—¡Eileen! Espera, tenemos que hablar —escucho que Adrien me dice.

Pero yo no me detengo y sigo corriendo totalmente asustada. Entro a mi departamento y cierro la puerta. Le pongo el seguro y recargo mi espalda en la puerta. Siento mi respiración tan agitada.

—Eileen abre —él toca la puerta—. Tenemos que hablar. Eileen, Eileen.

Escucho cómo Adrien me grita para que abra la puerta. Pero lo ignoró por completo. Pasa un momento hasta que mi respiración regrese a su estado normal. Pero escucho cómo los pasos de Adrien regresan a su departamento.

Yo suelto a Tom y me levanto del piso. Pongo mis dedos en mis labios y en mi cuello. Bajo hasta mis pechos que siguen todavía despiertos por esa sensación.

—Miau. —Tom se saca de mis pensamientos y volteo a verlo.

—¿Por qué me haces esto, Tom? ¿Pensé que éramos amigos? Ya me lo había hecho una vez y ahora lo volviste a hacer. Ahora dime qué hago, lo tendré que ver mañana y después de esto me voy a morir de vergüenza —veo que Tom se va.

—Si estoy loca, él es solo un gato —digo yo hablando sola.

Me voy hasta mi habitación. Pero voy directo al baño, me enjuago la boca y me la vuelvo a lavar. Me echo agua en el cuello y la limpio con una toalla.

Veo mi reflejo en el espejo. Observó cómo mis labios están hinchados por el beso. También observó cómo mi rostro está todo rojo. Comenzó a pensar de nuevo en lo que acaba de pasar.

—Pero cómo sus besos me llevaron al cielo, como sus caricias despertaron esa sensación nueva en mí que jamás había sentido. —Paso mi mano por mi cuello y labios—. Pero ¿qué diablos están pensando, Eileen Rossi cómo fue posible que hicieras eso? Es estuviste a punto de entregarte a él, sentiste a su amigo cerca de tu parte y tú estás comprometida y él lo más seguro es que tenga novia. Él solo quiere jugar contigo, pero como diablos me dejé llevar por sus caricias y su boca en mis pechos. Hay no cómo le voy a hacer para verlo todos los días, como sopórtate trabajar con él después de esto. Sí que eres tonta, Eileen.

Me echo agua en la cara, me seco con la toalla y regreso a mi habitación. Me acuesto en mi cama. Cobijándome con las sábanas.

"Tienes que actuar normal, Eileen, demuéstrale que eres fuerte." Que no te dejarás intimidar por nada. Y métete en la cabeza, él es solo un mujeriego....

Reto a duelo con el enemigo ♡

Capítulo 22

*A*drien

Escucho que alguien toca la puerta. Así que dejo al gato en mi cama y tomo una toalla, me la enredo en mi cintura. Regreso y tomo de nuevo al gato que es muy familiar para mí.

Salgo de mi habitación y me voy directo a la puerta. Tomo el picaporte y lo que veo me sorprende demasiado. Mis ojos se agrandan como platos.

Es Eileen casi desnuda. Recorro su cuerpo desde la cabeza a los pies. Me quedo en shock al verla así. Llegan a mi mente un millón de cosas sucias que me encantaría hacerle.

****

Veo a Eileen entrar en mi departamento, buscando a su gato. Afortunadamente, Luna no está aquí; mi hermana se la llevó unos días. Eileen se agacha, tratando de alcanzar a Tom que se ha metido debajo del sillón.

Mientras se mueve, su vestido se ajusta y se sube ligeramente, revelando más de lo que esperaba. La forma en que sus piernas se separan y el ajuste del vestido en su trasero no hace más que intensificar mis pensamientos. La visión de Eileen así me provoca una oleada de deseos. Siento una necesidad apremiante de acercarme, de tomarla y tenerla más cerca, en mi regazo.

Sin embargo, el recuerdo de que Eileen mencionó a su prometido me frena. El enojo crece en mí, nublando mi juicio.

****

Veo su nerviosismo, no puede ni terminar una frase. Sé muy bien que ella también me desea. ¿Por qué si no fuera así? No me estaría viendo cómo lo hace.

Me acerco a ella, hasta que su espalda pega contra la pared. Pongo una de mis manos en la pared y el otro toco ligeramente la piel de su brazo haciendo movimientos de arriba hacia abajo.

Nuestras miradas no se despegan, así que sigo acercándome más y más a ella. Pero veo como voltea si rostro, pero me deja completamente el acceso a su cuello.

Así que me acerco y deposito en beso en su cuello. Me llega su aroma tan familiar que ha tenido desde que éramos adolescentes. Mis besos continúan bajando por su pecho.

En eso veo cómo sus pechos sobresalen por la tela de su vestido y de inmediato me llega a mi mente la imagen que tuve de ellos tan redondos y rosados. No logro contenerme y paso mis labios y mi lengua por ellos.

Verlos así tan duros y reaccionando a mis caricias provoca una acción tan familia en mi amiguito.

Dejo de besar sus pechos y mi mirada se dirige a sus ojos, cerrados en un momento de intensa vulnerabilidad. Sus labios, ligeramente entreabiertos, me llaman con una fuerza irresistible.

Me muerdo el labio, sintiendo una atracción abrumadora por esos labios. Con delicadeza, tomo su rostro entre mis manos. Al abrir los ojos, veo cómo sus pupilas están dilatadas, reflejando la misma intensidad que siento. Me acerco lentamente, nuestras caras a solo unos centímetros de distancia.

—Por favor, no —me dice. Noto su voz tan agitada.

—Tú dices que no, pero tu cuerpo dice lo contrario —le digo, porque noto cómo su cuerpo se estremece como el mío.

Así que sin más que esperar la beso. Siento su sabor tan dulce como el néctar. Ella corresponde a mi beso, eso me provoca mucho más y mi amiguito crece más.

Siento las manos de Eileen en mi pecho. Sentir la delicadeza de sus manos en mi pecho me provoca más y más. Que sin más tomo su pierna y la pongo en mi cintura.

En mi mano siento la suavidad de su piel. Mi amiguito desea ser liberado y sin pensarlo acerco mi cintura a su parte. Que sé que, aunque traiga la toalla, si amiguito se puede notar y sentir con facilidad.

Pero en eso siento como Eileen me empuja con las manos en mi pecho. Me separo de ella. Y veo cómo ni me mira solo toma a su gato y sale corriendo. Totalmente asustada.

—¡Eileen, espera, tenemos que hablar! —le digo.

Pero veo que ella no se detiene y sigue corriendo. Corro tras ella. Veo cómo entra a su departamento y cierra la puerta. Intento abrirla, pero ella le pone seguro.

—Eileen abre —tocó la puerta—. Tenemos que hablar. Eileen, Eileen.

Ella no me hace caso y mucho menos me responde. Conozco a Eileen y sé que no me va a abrir. Así que decido mejor irme. Entro de nuevo a mi departamento y esta vez cerré bien la puerta.

Me desplomo en el sillón, llevando una mano a mi frente.

—¿Qué demonios me pasó? ¿Cómo pude atreverme a besarla así, y precisamente a ella? Rompí una de mis reglas, no besar a ninguna mujer. Pero lo que más me asusta es que no solo lo disfruté, sino que no me arrepiento en absoluto. Sus labios... esos labios. El sabor de ellos fue una revelación, y me provocaron de una manera que nunca había experimentado. Fue como si hubiera un magnetismo entre nosotros, algo que me mantenía pegado a su cuerpo. Dios, al verla tan sensual, con esas curvas y esos pechos, y cómo reaccionó a mi toque, me dejó una sensación de elevación que jamás había sentido.

Veo como mi amiguito sobresale de la toalla.

—Pero ahora, como me la quito, no puede ser que tendré que recurrir a los métodos de adolescencia. Pero juro que no podré dormir así, me duele, parece como si debajo de mi toalla estuviera una cama de campaña.

Así que sin más me levanto del sillón, me voy directo hasta mi habitación, entrando a mi baño. Me quito la toalla y el bóxer que me están molestando. Veo cómo sale mi amiguito disparado.

Me acerco a la llave de la regadera y la abro la llave del agua fría. Me meto en la ducha y el agua helada comienza a caer en mi pecho.

Después de darme una ducha de agua fría. Y de hacer lo que todo hombre hubiera hecho en mi caso.

Estoy recostado en la cama más tranquilo y cómodo. Pensado en todo lo qué pasó hace unos instantes.

—Debo de hablar con ella, no quiero que ella vaya a pensar que solo me quise aprovechar de ella, ¿pero en verdad qué siento por ella? Es atracción o solo es que, como tengo días en abstinencia de verla así, la bestia que está dentro de mí salió sin ser llamada. Pero también debo de averiguar todo con ese "fotógrafo". Ahí hay algo que no me cuadra y no dejaré que se aproveche de Eileen.

Con esos pensamientos en mi mente. No sé a qué hora me dormí. Pero escucho la alarma de mi buró. La apago y me levanto.

Después de una ducha estoy listo. Salgo de mi departamento y veo la puerta del departamento de Eileen. Los recuerdos de anoche llegan a mí de nuevo. Pongo mi mano en su puerta.

"Debo hablar con ella"

Recorro el pasillo hasta el elevador, presiono el botón y las puertas se abren. Entro en el elevador y selecciono el primer piso. Las puertas se cierran y el ascensor comienza su descenso.

Cuando llego al primer piso, mi chofer ya me está esperando en la entrada. Subo al auto y él cierra la puerta tras de mí antes de subir y poner el vehículo en marcha.

Al llegar a la entrada de mi empresa, mi chofer estaciona el auto, baja y me abre la puerta. Salgo del vehículo, me acomodo el saco y me preparo para entrar.

De repente, veo a Eileen bajando de un auto cercano. Una sonrisa se dibuja en mis labios al verla, pero se desvanece tan pronto como el fotógrafo baja del otro lado del vehículo.

Volteo mi rostro de nuevo, no quiero que ella mire mi malestar y menos porque no sé por qué sigo reaccionando así. Me voy directo a la entrada de mi empresa.

Siento bien la presencia de Eileen y el fotógrafo. Me voy directo hacia mi elevador privado que va directo a mi oficina. Presiono el botón y las puertas se abren. Espero a Eileen, que veo de reojo como el fotógrafo la besa en los labios.

Ella viene caminando hasta mí y noto su expresión de seriedad. Ella llega hasta mí. Le hago una seña con mi mano para que entre primero y lo haga. Entro detrás de ella y presiono el botón del piso donde está mi oficina.

En eso veo cómo las puertas comienzan a cerrarse. Tengo que aprovechar este momento para hablar con ella...

Capítulo 23

*C*hristian

Estoy frustrado; todo el esfuerzo parece no dar frutos. Las recompensas, cuando llegan, son tardías y escasas.

Eileen es una mujer increíblemente hermosa, con un cuerpo espectacular. Aunque he tenido solo unos breves momentos para admirarla, su belleza es indiscutible. Sin embargo, ha sido extremadamente difícil acercarme a ella, especialmente después de descubrir que sus padres provienen de una de las familias más influyentes de Mónaco, mientras que yo soy solo alguien que apenas terminó la secundaria.

...~

Tuve una novia que era experta en fotografía y provenía de una familia adinerada, pero no le importó. Me enseñó mucho y tomé algunas clases de fotografía con ella, aprendiendo a capturar imágenes espectaculares.

Nuestra relación terminó debido a su familia. Su padre descubrió nuestro vínculo y la separó de mí bajo el pretexto de que debía gestionar la empresa familiar. Sabía que su verdadero motivo era alejarnos. A pesar de nuestra ruptura, hemos mantenido el contacto.

Hace unos años, me enteré de que conoció a un hombre rico que, según sus padres, era lo que ellos buscaban después de hacer inversiones fallidas. Aunque sus padres creen que se deben a malos negocios, sé que en realidad son unos corruptos.

Decidí que no podía quedarme de brazos cruzados y depender de las limosnas de mi ex.

Aunque no tenía un diploma ni certificación, decidí que debía acercarme a Eileen. Al enterarme de que era propietaria de una prestigiosa empresa de modelaje, me propuse obtener un diploma en fotografía para integrarme en su círculo y estar cerca de ella.

Le pedí a mi exnovia que consiguiera un diploma falso y que me ayudara a posicionarme como un fotógrafo profesional. Ella lo hizo, introduciéndome en el círculo social en el que se movían. Así comencé mi carrera ficticia de fotógrafo y logré acercarme a la esfera social de Eileen.

Conozco bien a la familia Rossi, a sus padres, su hermano, y a su gato Tom, al que parece querer más que a mí. Pero, en fin, eso no me molesta demasiado.

He sido bien recibido por toda la familia Rossi y nadie sospecha de mi falsa identidad. Incluso llegué a comprometerme con Eileen, lo que fue un gran éxito.

Sin embargo, todo comenzó a complicarse con la llegada de Adrien Giordano. Puedo notar que algo ocurrió entre ellos, por la forma en que Eileen reacciona cuando habla de él o cuando está cerca.

Sé que Eileen me está ocultando algo. La última vez que le pregunté por Adrien, no me dijo toda la verdad; algo más debe estar sucediendo. Quizás haya tenido una aventura con él, y necesito descubrir qué está pasando.

No puedo preguntar a su amiga Casandra. Aunque es hermosa, es extremadamente leal a Eileen. Si le hago alguna pregunta o intento coquetear con ella, en menos de cinco minutos Eileen sabrá lo que he hecho.

Sin embargo, he descubierto que la hermana de Adrien, una chica joven y muy atractiva, parece algo ingenua. Noté que se interesó en mí, así que al menos tendré algo de diversión por un tiempo. Solo debo tener cuidado; si ella está en contacto con su hermano, mi fachada podría desmoronarse.

De repente, la pantalla de mi teléfono se enciende. Es un mensaje de Eileen.

"Hola, amor. No estés enojado conmigo. Puedes venir por mí."

Una sonrisa se dibuja en mis labios. Hacerme el enojado podría hacer que Eileen se esfuerce más por acercarse a mí.

"Está bien, en diez minutos, paso por ti".

Reto a duelo con el enemigo ♡

Me termino de vestir, tomo las llaves de mi auto y me voy directo hacia su departamento. Observó que ya está parada en la entrada. Me estacionó y ella sube.

Se acerca para darme un beso, yo le correspondo, pero noto que está algo rara. Como está nerviosa, lo noto porque cuando está nerviosa se agarra el dedo donde tiene el anillo y le comienza a dar vueltas en su dedo.

—¿Todo está bien, amor? —le digo. Ella voltea a verme.

—Sí, amor, todo está bien. Hoy me puedes llevar a la empresa donde trabajas, tengo una reunión con el señor Giordano.

¿Con qué es eso? Dice estar bien, pero está muy nerviosa y eso lo puedo notar. No le digo nada más y pongo el auto en marcha. Llegamos a la empresa. Veo el auto del señor Giordano también llegar.

Eileen baja y veo que el señor Giordano también. La sonrisa en su rostro desaparece al cruzar nuestras miradas, y su expresión se torna más neutral.

Decido bajar y, al encontrarnos, su sonrisa se desvanece por completo. Él comienza a caminar, y yo tomo a Eileen por la cintura, siguiéndolo. Se dirige a su elevador privado, accesible solo para él, su familia, sus socios, o con autorización especial.

Al verlo entrar, decido demostrarle a Adrien que Eileen es mía. El beso en los labios y, de reojo, veo que él nos observa. Eileen se separa y entra al elevador con Adrien. Las puertas se cierran detrás de ellos, y me doy la vuelta para regresar a mi cubículo.

Me siento en mi silla y mi teléfono comienza a sonar. Es una llamada de mi exnovia. A pesar de que terminamos, mantenemos una buena comunicación, y no es de sorprender que ella, igual que yo, sea extremadamente ambiciosa.

Tomo el teléfono y contesto a su llamada.

—Hola, mi nene —escuchó la voz de mi ex.

—Hola, mi pequeña zorrita —le contestó.

—¡Ja, ja, ja! ¿Sabes que no me gusta que me digas así? —me dice en todo de risa.

—Tú sabes que no es un insulto, sino que un alago. Pues, a pesar de estar comprometida, te aseguro que esas piernas no están cerradas —le digo.

—Me conoces bastante bien. Pero estas piernas se quieren abrir, pero en tu cintura —menciona atrevidamente.

—Estoy comprometido —le recuerdo.

—Lo sé y de cuándo acá te ha importado eso. Sé bien que, aunque tengas a la apretada de tu prometida, te aseguro que, si no es en este momento, justo antes te acaba de llegar el mensaje de una conquista —expresa la descarada.

En eso escucho el sonido de que me llegó un mensaje y separo mi teléfono de mi oído para ver quién es y es ni más ni menos de Daphne.

—Creo que tuve razón —sé que tiene una sonrisa, aunque no la vea.

—Nos conocemos bastante bien. Pero sabes que cuando vengas a Mónaco eres bien recibida por mí —respondió con mucha cortesía.

—Mmm, espero que los días pasen rápido para ir —añade.

En eso veo a uno de mis compañeros que antes rápidamente y llega hasta mí. Veo que está preocupado.

—Después te hablo —termino la llamada —¿Qué pasa porque estás así?

—Es que el señor Giordano y la señorita Rossi se acaban de quedar atrapados en el elevador —dice en tono de desesperación.

—¡Que! —digo.

Me levanto y me voy caminando rápidamente seguido de mi compañero. Veremos qué encuentro si es qué pasa algo entre ellos....

Capítulo 24

Las puertas se cierran.

Dejándonos completamente en la privacidad del elevador. Y esta oportunidad no la voy a desaprovechar.

—Eileen, necesitamos hablar de lo que pasó anoche —le digo y volteo para verla.

—Adrien, no puedes simplemente hacer que no pasase nada —me dice.

Y eso me molesta un poco y me acerco a ella más y más. Ella retrocede un poco.

—No puedo dejarlo pasar y fingir que nada pasó —le digo.

En eso el elevador se detiene de repente. Las luces se apagan, pero la luz tenue de emergencia se mantiene encendida.

Siento como Eileen me toma del brazo y se paga a mí. Yo veo su reacción.

—¿Qué pasó? —dice con su linda voz.

—Creo que se fue la luz del elevador —le digo.
No aparto mi vista de ella mientras la luz tenue del elevador realza el leve brillo en sus labios entreabiertos. Sin pensarlo demasiado, la coloco contra la pared del elevador, y nuestros ojos se encuentran de nuevo.

—Adrien, no lo hagas. Sabes que estoy comprometida y tú también estás en una relación. ¿Qué está pasando aquí? —su voz tiembla con una mezcla de agitación y deseo.

—Mis labios te lo explicarán —respondo, acercándome a ella.

Nuestras miradas se entrelazan, y veo cómo sus pupilas se dilatan. Ella coloca sus manos en mi rostro, y nos sumergimos en un beso apasionado. Siento la urgencia de tocarla, de sentir cada rincón de su cuerpo. Pongo mis manos en su esbelta cintura, ignorando las explicaciones y la realidad que nos rodea.

No me importa que estemos atrapados en este elevador. Es el único lugar en el que quiero estar, sintiendo la intensidad de su contacto. Ella no es una mujer para pasar el rato; despierta en mí emociones y deseos que ninguna otra ha provocada.

A medida que mis manos exploran su cuerpo, siento cómo mi deseo se intensifica. No puedo esperar más, así que bajo mis manos hasta sus piernas y la coloco a horcajadas sobre mi cintura, sintiendo la conexión ininterrumpida entre nosotros.

Ella se sorprende por ese acto. Pienso que me va a separar, pero solo se me queda viendo y pone sus brazos en mi cuello. Noto cómo tiene sus pupilas dilatadas y sus labios rojos e hinchados.

Sin más la vuelvo a besar. Pegándonos más a la pared del elevador. Con mi mano siento la suavidad de su piel. Comienzo a subir mi mano por su pierna, entrando en la falda de su vestido que se ha subido ligeramente.

Escucho sus gemidos ahogados, que deja en mi boca. Eso solo me hace confirmar que ella igualmente me desea, como yo la deseo a ella.

Mi mano sigue subiendo hasta su cadera, donde siento la tela de sus bragas. Con mi bajo por la tela de sus bragas, hasta acercarme a su parte y tocarla ligeramente; noto de inmediato que está tan húmeda. Haciendo que me provoque a un más.

Pero en eso ella reacciona. Baja las piernas de mi contra y me vuelve a empujar. Me separo un poco de ella, pero me quedo mirándola. Noto que tiene los labios hinchados, las mejillas sonrojadas, cabello desarreglado y la falta del vestido también desarreglada.

Ella se comienza a acomodar la falda. Y después voltea a verme. Veo que mira mi parte baja y se queda un momento ahí. Pero aparta la vista.

Yo también miro mi parte y sí observo que está muy notoria. Pero no me importa que ella mire lo mucho que me provoca y la deseo. Sé que debo de parecer un adolescente sin experiencia, pero ella provoca muchas cosas en mí.

En eso intento acercarme a ella de nuevo. Pero Justo estoy muy cercas de ella y pone su mano en mi pecho. Deteniéndome.

—Adrien por favor, tenemos que respetarnos, estamos trabajando juntos, tenemos parejas y se nos tiene que estar haciendo costumbre de estarnos besando y tocando. Esto no puede seguir así, es absurdo, a ti solo te gusta jugar, ya no somos unos adolescentes, tenemos que aclarar esta situación, pero primero tenemos que salir de aquí y que calmes a tu amigo. Nadie debe de saber qué pasó aquí —me dice.

—Está bien, espero y sea cierto, que aclaremos esto y me digas la verdad. Sí, te gustó —me dice.

—Espero que tú también seas sincero conmigo y me digas la verdad si solo quieres jugar conmigo —me dice.

Me separo de Eileen y me alejo hacia la esquina del elevador, tratando de acomodar mi ropa y disimular el desorden. Me esfuerzo por calmarme y desviar mis pensamientos del cuerpo de Eileen.

Las luces del elevador se encienden con su brillo habitual mientras continúa su descenso. Observó a Eileen peinándose el cabello y arreglándose el maquillaje, tratando de recuperar su compostura.

Yo también me acomodo, ajustando mi traje para parecer lo más normal posible. El elevador se detiene y las puertas se abren, revelando a varios empleados, entre ellos al fotógrafo.

Nuestras miradas se cruzan brevemente, pero lo ignoro y salgo del elevador. Veo al fotógrafo acompañando a Eileen mientras se alejan.

—¿Amor, estás bien? —escucho que me dice.

—Sí —escucho que ella responde.

Sigo hasta llegar a mi oficina y entro. Dejo la puerta entreabierta porque sé que Eileen viene detrás de mí.

Eileen

Yo, rogándole al cielo por no tener que estar a solas con Adrien y mirando el cielo, no me quiere. Hace todo lo contrario y me pone en la situación más y más comprometedora.

—¿Segura que estás bien, Amor? —escuchó de nuevo la voz de Christian.

—Sí, amor, estoy bien —le digo.

—Entonces, ¿por qué tienes el cabello algo desarreglado? —me dice y pienso en algo rápidamente.

—Amor, tú sabes que cuando me asusto o me estreso, tengo la maña de agarrarme el cabello y el anillo. Y pues no se siente nada bien estar encerrada en un espacio pequeño, me dio algo de miedo —le digo.

—Si tienes razón —me dice.

—Pero no te preocupes, estoy bien. Debo de irme, el señor Giordano me espera para seguir con nuestro trabajo —le digo. Cambiando de tema.

—Está bien, Amor. Te esperaré para irnos juntos —me dice y me da un beso en los labios.

—Está bien. Nos vemos luego —le digo. Me voy caminando por donde se fue Adrien.

Veo la puerta de su oficina ligeramente abierta. Respiro hondo. Lo que me espera al pasar esas puertas. Entro y en eso de inmediato alguien me jala del brazo y cierra la puerta.

Me toma de la cintura y me pega a su cuerpo. Los dos nos miramos fijamente. Adrien me lleva hasta que llegamos a su escritorio.

Veo que me quiere besar de nuevo. Pongo mis manos en su pecho, deteniendo ese acto.

—No, Adrien no podemos estar besándonos así. No somos nada, solo dos personas que se conocen desde niños y que siempre se odiaron —le digo. Él se separa de mí.

142

—No te odio —me dice.

—Claro que me odias. Recuerdas lo que pasó en nuestra adolescencia y que hiciste actuaste como si nada. Hasta cuando bailamos juntos, me dijiste que no me ilusionara y no te importó, cómo me hiciste sentir —le digo toda molesta.

—Yo no te odiaba. Y no te odio. En ese entonces era solo un adolescente que tuvo miedo a lo que sintió. Y más por ver qué tú eras totalmente indiferente a mí. Y escuchar de tu voz que estarías loca si dejabas que un hombre como yo te tocara. Lo recuerdas —me dice.

En eso me pongo a pensar y si recuerdo que cuando hablé con Casandra le mencioné algo así por todo el enojo que sentía en ese momento.

—¿Me seguiste? —le pregunté. Él la mira un momento y después vuelve a mirarme.

—¡Sí! —me responde.

Eso me tomó por sorpresa. Algo en mí se siente bien y mal a la vez. No sé qué pensar. Justo estoy por decirle algo cuando en eso se abre la puerta. Los dos volteamos a ver y es el señor Abadí.

—Lo siento si interrumpí algo. Pero necesito urgentemente hablar con los dos —nos dice— y entra a la oficina y cierra la puerta.

—No se preocupe, puede pasar, señor Abadí —le digo. Pasó, por un lado, de Adrien. Y me toma del brazo.

—Nuestra plática no ha terminado —me susurra al oído.

Yo no respondo nada y tomo asiento en una de las sillas frente al escritorio y Adrien en su silla principal. El señor Abadí se sienta a un lado mío.

—Señor Giordano, señorita Rossi, me temo que no traigo buenas noticias —nos dice.

—¿Qué pasa? —le dice Adrien.

—El comercial debe de estrenarse antes. Por razones de que alguien se enteró de mi nueva lencería y trajes de baño y no quiero que nadie me robe mis diseños. Así que se editó que se estrene antes. Por favor, díganme que ya tienen por lo menos algo listo —veo que está muy desesperado.

—Si señor Abadí. Ya tenemos el lugar donde será grabado el comercial y tomadas las fotos. Es la hermosa playa de Ponta de piedad en Lagos, Portugal, y el señor Giordano acaba de mandar todo el equipo para allá —le digo y volteo a ver a Adrien. Que me mira atónito.

—Me parece perfecto y yo tengo un hotel que está por estrenarse en esa ubicación. Será perfecto para darle publicidad a mi hotel. Y si el señor Giordano ya mandó todo; listo. Entonces espero que no estén en desacuerdo, que viajemos en tres días —nos dice— y eso nos sorprende a los dos.

—Está bien —le digo. Él voltea a ver Adrien.

—Me parece bien, señor Abadí —responde Adrien.

—Perfecto. Entonces me tengo que ir para preparar todos mis diseños y mi equipaje. Así que les recomiendo que vayan empacando, en tres días partimos en mi jet privado —nos dice. Vemos cómo se va muy contestó, abre la puerta y la cierra al marcharse.

—Estás loca, Eileen. Es muy poco tiempo para llevar el equipo para allá — me dice Adrien molesto.

—Pues con tus conexiones no me digas que no puedes hacer eso —le digo desafiándolo.

—Claro que puedo —me dice.

—Entonces no veo el problema. Y si no te molesta, tengo cosas que arreglar para el viaje —le digo esa excusa para no quedarme a solas con él.

Me levanto de la silla y me voy hacia la puerta. La abro.

—Eileen. Espero que no estés huyendo de nuestra plática pendiente —me dice y me detengo en seco.

—No, solo tengo muchas cosas que hacer para dejar mi empresa en buenas manos, para mi ausencia —le digo.

Salgo de su oficina. Tomo mi teléfono y marco el número de Casandra.

—Hola —responde.

—Nada de hola, necesito que vayas a mi oficina ahora mismo —le digo y me acerco al elevador.

Estoy por presionar el botón, pero recuerdo lo que pasó y decido tomar las escaleras.

—Está bien, ahí estaré —me dice y terminó la llamada.

Veo que son muchas escaleras. Pero prefiero las escaleras a llevar elevador....

Capítulo 25

*C*asandra

—Le iba a pedir a tu hermana que me ayudara contigo —le digo. Mientras lo abrazo de la cintura.

—¡Ja, ja, ja, tú necesitas ayuda para tenerme, no te creo! —me dice. Mientras siento su mano en mi espalda.

—Sí, es que me debe un favor desde hace años, y como no sé cómo cobrármelo, pues cuando supe que volverías. Decidí usarlo. ¿Por cierto no le has dicho que estás aquí? —le digo. Recostándome en su pecho. Donde tiene unos lindos vellos dorados.

—No, apenas tengo unos días aquí. Y además no hemos salido de estas cuatro paredes —me dice muy feliz.

—Sí. Cuando se entere de que me metí con su hermano, me dirá que soy una pedófila —me acerco para darle un beso en esos hermosos labios.

—Pero si ya no soy un niño. Además, no me estás obligando, sino todo lo contrario lo estoy disfrutando —me dice, correspondiendo a mi beso.

En eso escucho que mi teléfono comienza a timbrar. Lo busco y está tirado en el piso, entre mi ropa. Lo tomo y veo en la pantalla el nombre de mi amiga.

—Hablando de ella, ya la invocamos —le digo. Contestó la llamada: —Hola.

—Nada de hola, necesito que vayas a mi oficina ahora mismo —me dice, pero noto su voz muy agitada.

—Está bien, ahí estaré —le digo. Ella termina la llamada.

146

—¿Qué pasa? —me dice.

—No lo sé Eros. Pero por cómo escuche su voz noto, qué pasó algo emocionante —le digo.

Me levanto de la cama completamente desnuda. Me voy directo al baño. Abro la llave de la regadera, dejando salir el agua tibia. Me meto y siento como cae el agua por mi piel.

En eso siento como unas manos me rodean por la cintura. Pongo una enorme sonrisa. Siento sus labios en mi cuello.

—¿Qué te parece si hacemos un rapidín? —me dice. Y yo me doy la vuelta para verlo.

Noto que su amiguito ya despierto. Lo tomo con una de mis manos y comienzo a jugar con él. Acariciándolo de arriba hacia abajo.

—Me parece una idea perfecta —le digo. Le doy un enorme beso.

Después de un breve encuentro en el baño, nos dirigimos hacia el auto. Eros está al volante y yo ocupo el asiento del copiloto. En pocos minutos, nos encontramos frente a la imponente sede de la empresa de los Rossi.

Eros detiene el vehículo y se baja rápidamente para abrirme la puerta. Extiende su mano para ayudarme a salir del auto. Aunque no somos novios y no me agrada del todo su gesto, acepto su ayuda; es una forma de compensarle por su habilidad en la conducción.

Bajamos del auto y Eros me toma de la mano. A pesar de que no me resulta del todo cómodo, prefiero no comentar nada y seguir el juego. Entramos a la empresa y noto que varias modelos nos observan con curiosidad. Ignoro sus miradas y levanto la cabeza con confianza.

Llegamos al elevador y presionamos el botón para el piso de la oficina de Eileen. Dentro del elevador, siento cómo empieza a moverse hacia arriba.

Al llegar al piso de la oficina de Eileen, salimos del elevador y nos dirigimos a la puerta de su oficina. Me encuentro con Katia en el pasillo.

—Hola, Katia. ¿Está la señorita Eileen? —le pregunto. Katia levanta la vista de su tableta y me dirige una sonrisa cordial.

—Hola, señorita Casandra y señor Eros. Sí, ella la está esperando. Le haré saber que está aquí —me dice.

—No te preocupes, yo puedo anunciarme yo sola —le digo. Y Eros y yo comenzamos a caminar hasta las puertas de la oficina. Tocó la puerta.

—Adelante —escuchó la voz de Eileen.

Abro la puerta y veo a Eileen sentada en uno de los sillones, mirando hacia la vista que tiene la oficina. En eso voltea a verme. Notó de inmediato su cara de que algo pasaba.

—Qué bueno que viniste. Tenemos que hablar —me dice. Pero su mirada se desvía a Eros.

—¿Eros? ¿Cuándo llegaste, hermanito? —Ella se levanta y se acerca a nosotros. Me saluda dándome un beso en la mejilla. Después se va con Eros y lo abraza.

—Hola, hermanita. Perdón por no avisar, pero ya tengo unos días aquí — Eros le dice. Los dos se separan.

—Espera si ya tienes días aquí. ¿Dónde está...? —ella voltea a verme. Noto sí, mirada de enojo y a la vez asombro—. ¡Bueno, después hablamos, hermano! Por el momento me puedes dejar a solas con Casandra.

—Está bien, hermanita. Nos vemos después, Cass —me dice y me guiña el ojo.

Yo pongo una sonrisa. Mientras veo cómo se va. Justo en eso la puerta se cierra. Y volteo a ver a Eileen.

—Ahora entiendo por qué no sabía nada de ti. Pero, Casandra, ¿por qué con mi hermano? Tú eres más vieja que él —los regaños de Eileen no se hacen esperar.

—Y eso qué. Tu hermano, por si no lo sabes, tiene 21 años y, pues, yo tengo 26, no es tanta la diferencia. Pero no vinimos a hablar de mí, ¿sí? —le digo. Pongo mis manos en mi cintura.

—Bueno, despées hablamos si vas a hacer mi cuñada. Pero te hablé por otra cosa. Y es mejor que te sientes, porque te vas a caer de espaldas cuando sepas qué es lo que está pasando —eso me asusta, pero a la vez me intriga. Así que tomo asiento. En el sillón donde ella estaba sentada hace un momento.

—Bueno, a ver dime el chisme —le digo. Cruzo las piernas.

Veo cómo Eileen camina de un lado a otro. Noto que está algo histérica. Veo que respira hondo.

—Me besé con Adrien Giordano y no solo eso me tocó, pude sentir a su amigo cerca de mi parte —eso me deja completamente impáctala.

—¡Qué! —le digo. Levantándome de mi asiento —Pero que él no está en Inglaterra.

—Pues lo estaba. Pero ¿recuerdas del trato que estaba haciendo con el señor Abadí? —Asiento con la cabeza—. Pues el señor no me informó que con quién tenía que trabajar era con Adrien y lo trajo aquí a mi empresa. Y cómo no quería perder a un socio, cómo él aceptó el contrato. Pero también para llevarle la contra a Adrien porque sé bien que él pensaba que no iba a firmar.

—¡Oh! Pero dime, ¿sigue igual de guapo o es más? —le pregunto—. Necesito detalles.

—¡Casandra! Ese no es el punto. Pero si está mucho más que cuando estaba en la adolescencia —veo que se sienta. Yo me siento a su lado.

—Pero dime cómo es que lo besaste, según tú, no te ha interesado nunca y además tienes a tu prometido "Christian". —Digo el nombre de Christian y con mis dedos hace seña de comillas.

—Pues lo sé que siempre lo he odiado. Pero ¿recuerdas del acontecimiento que tuvimos donde no te quise decir? —me dice y yo asiento con la cabeza—. Pues lo que no te dije es que él y yo estuvimos a punto de besarnos y peor a uno lo vi sin camisa y él vio mis pechos porque me caí en la piscina y mi camisa se transparentó.

—¿En serio pasó eso? —le digo sorprendida.

—Sí, Casandra —me dice y veo que pone cara triste.

—Y dime, ¿qué sentiste cuando pasó eso? —le preguntó. Ella me mira a los ojos.

—No lo sé, Casandra. Una parte de mí me decía que él solo quería jugar conmigo. Pero otra parte de mí quería estar cerca de él —me dice.

—¿Y qué sentiste esta vez? —le pregunté.

—No lo sé. Lo único que sé es que mi cuerpo me traiciona. Sus caricias y besos me gustaron —me dice. Mientras voltea la cara.

—Pues eso es claro. Él te gusta —ella voltea de nuevo y me mira con una expresión de asombro. Se levanta del sofá.

—Eso está mal, Casandra. Yo estoy comprometida. Estos sentimientos, atracción, ganas o lo que sea no pueden ser. Yo tengo que serle fiel a Christian. Es será mi esposo y además sé que Adrien tiene pareja —me dice en un tono fuerte.

—Tú sabes que yo siempre he tenido mis sospechas de Christian, aunque tú me digas que estoy mal. Pero para mí no hay nada más claro que el té gusta, te atrae y la verdad yo estaría feliz de que tú y Adrien fueran algo más. Desde la secundaria te lo dije y siempre no negaste.

—Ya, Casandra, no digas idioteces. Pero quedé de hablar con él acerca de lo que pasó. Aun así, tengo otro problema: en tres días tendré que viajar a Portugal para sacar las fotos y todo para el comercial. Y peor a uno soy yo, la modelo —me dice. Me levanto y me pongo frente a ella.

—¡Oh! ¡Qué buena amiga, yo sabía que este cuerpo era digno de ser fotografiado! Pero, amiga. Sabes que te quiero mucho, y aunque tú no lo veas como un buen consejo. Te recomiendo que busques más, aviéntame, más, deja de pensar en lo que dirán. Christian es el único novio que has tenido. Para mí, cuando decidiste casarte con él, fue algo muy apresurado. Es mejor que experimentes. Y sé lo que verdaderamente quieres. Antes de que sea tarde —le digo. Y le doy un fuerte abrazo.

—Pero no puedo hacer eso. Y además no puedo estar cerca de Adrien —me dice entre sollozos.

—Si no aclaras lo que pasa con Adrien. Nunca estarás tranquila contigo misma —le digo separándome de ella y mirándola a los ojos—. —Así qué amiga. Toma el toro por los cuernos.

—Ese viaje será más largo de lo que tengo previsto —es lo único que me dice.

—Pues siempre estás tan metida en tu trabajo. Así es que tu momento de brillar. Adelante, todos cometemos errores, pero yo siempre estaré aquí para ayudarte a levantarte —le digo.

—Gracias, Casandra, y más por no restregarme lo de Adrien en la cara —me dice.

—Verdad por poco y lo olvidaba. ¡Te lo dije! ¡Yo tenía razón! —gritó.

—Ya cállate, Casandra —me grita Eileen.

—¡Ja, ja, ja! —me da risa, porque me arrojó uno de los cojines—. Pero cuéntame, ¿dónde se besaron? Cuéntemelo todo en cada detalle.

—Está bien, Casandra, pero será una historia algo larga —me dice. Yo tomo asiento.

—Qué suerte que tengo todo el tiempo. Así que comienza —le hago una seña con la mano.

Y ella comienza contante cada detalle. Y se sorprende más porque ya fueron dos veces. Pero esto de verdad que si es un verdadero chisme...

Capítulo 26

*E*ileen

Sé que mi amiga Casandra está loca. Pero es muy buena amiga, a pesar de todo siempre me apoya, aunque no se lo dije, sé que ella tuvo razón.

Aun así, después de que Casandra se marchara, le pedí que le dijera a mi hermano que quiero hablar con él. Escucho que alguien toca la puerta.

—Adelante —digo en voz alta.

Escucho la puerta abrirse y a la vez escucho cuando se cierra. Yo estoy viendo el panorama por la ventana de mi oficina.

—¿Qué quieres que hablemos? —escucho la voz de mi hermano Eros. Me doy la vuelta para verlo.

—Es algo serio, hermano. Como verás, tengo algunos negocios que debo hacer y tendré que viajar entre una o dos semanas a Portugal. Y quiero que te quedes a cargo de la empresa Rossi —él se sorprende.

—Pero en una semana será el casting para los nuevos modelos y sabes bien que quiero ser uno. Si acepto estar al mando, me lo perderé, no podré entrar al casting —me dice algo disgustado.

—Lo sé, Eros. Pero no hay a nadie más que le tenga la confianza para dejarle lo más importante de nuestra familia y, además, tú tienes que comenzar a manejar más la empresa. Por si en algún momento me llegará a pasar algo, tú debes de estar bien capacitado —le digo. Me acerco a él y pongo mi mano en su hombro.

—No lo sé, Eileen. Sé que nuestros padres me han capacitado para una emergencia, pero sabes bien que para mí no es mi prioridad tomar la empresa. Quiero tener lo mío por mis propios méritos, al igual que tú lo estás haciendo, expandiéndote a más partes del mundo —me dice.

Reto a duelo con el enemigo ♡

—Por favor, Eros. Cuando regreses, yo te ayudaré a que ingreses a los nuevos modelos —le digo.

—No. Quiero lograr todo por mi cuenta. Pero te ayudaré, hermanita. Sé que me tendré que esperar hasta el año que entra para el siguiente casting —me dice. Pero veo algo de tristeza en su rostro.

—Gracias hermanito. Pero ten en cuenta que tú eres el que estará en los castings para ver a las candidatas. No estarás totalmente presente. ¿Sabes que estarás detrás de la pared falsa viendo de las sombras? Así que los nuevos modelos hombres y mujeres serán decisión tuya. Elígelas y elígelos bien —le digo.

—Claro que sí las y los escogeré bien —me dice.

—Sé que lo harás, confío plenamente en ti para dejarte cargo —le digo y pongo una enorme sonrisa.

—¿Cuándo te irás? —me preguntó.

—Me voy en tres días. Así que, si lo deseas, puedes venir estos tres días para dejarte al tanto de todo o si vienes después de que me vaya —le digo. Amablemente.

—Claro, quiero estar al tanto de todo —me dice.

—Está bien, entonces te espero mañana temprano —le digo toda profesional.

—Me quedaré desde hoy —me dice. Yo pongo una enorme sonrisa.

—Entonces, señor Eros Rossi vamos a la reunión que tengo dentro de cinco minutos —le digo.

—Claro —me dice. Los dos salimos de la oficina.

Después de pasar toda la tarde mostrando la empresa a mi hermano Eros, finalmente llego al elevador para subir a mi piso, donde está mi departamento.

153

Me quito las zapatillas antes de que se abran las puertas del elevador. Salgo y comienzo a caminar por el pasillo hasta mi puerta. Al llegar, paso la tarjeta para abrir. Justo cuando estoy a punto de entrar, mi mirada se desvía hacia la puerta de mi vecino. Suelto un fuerte suspiro.

"Deja de pensar en eso y entra a tu departamento, Eileen."

Entra a mi departamento, cierro la puerta con un golpe seco y tiro las zapatillas al suelo. Me dirijo directamente a la cocina y me sirvo un vaso de agua. Mientras bebo, mi teléfono empieza a vibrar.

Lo tomo y veo en la pantalla el nombre de Christian. Respondo la llamada.

—Hola, amor —escucho.

—Hola. Disculpa por no avisarte que me iría antes de tiempo. Es que el señor Abadí nos dio algunas noticias y tenemos que apresurar todo para el comercial —le digo. Mientras le doy otro trago a mi vaso.

—Así y qué noticias fueron para haberte ido sin decirme —escuchó un malestar en su voz.

—Pues que el comercial se tiene que estrenar antes por razones privadas y pues tenemos que viajar antes de lo esperando a dónde se grabará el comercial porque será en un hotel que está por abrir el señor Abadí en Portugal —le digo la verdad.

—Mmm, está bien. Me gustaría ir contigo, pero por desgracia no me escogieron para ser el fotógrafo —me dice. Y yo suelto un suspiro de alivio.

—Qué mal amor. Ya será para la próxima. Pero amor, lo siento por tener que dejarte, es que tengo muchas cosas que hacer. Sin embargo, como es una salida muy rápida, tengo muchas cosas que dejar listas para cuando me tenga que ir —le digo.

—Está bien, amor. Quería que saliéramos a cenar, pero tienes razón. Tienes toda una empresa que dejar lista antes de irte. Pero si necesitas algo, no dudes en decírmelo —me dice muy amable.

—Gracias, amor por comprender. Pero cuando termine todo esto, te recompensaré muy bien —le digo y hago el sonido de un beso.

—Mmm, qué emoción espero y sea algo muy bueno —me dice—. Entonces te dejo para que termines.

—Adiós, amor —le digo y termino la llamada.

En eso escucho que alguien toca la puerta. Veo el reloj. Ya es algo tarde, como para que sea la señora que viene a limpiar. Me acerco a la puerta y estoy a punto de ver por la mirilla de la puerta.

—Eileen. Estás en casa —escucho la voz de Adrien.

De inmediato pegó mi espalda a la puerta. Y con cuidado pongo el seguro a la puerta. Intento no hacer ruido ni contestarle a Adrien.

—¡Eileen! —vuelve a gritar.

En eso ahora sí miro por la mirilla. Veo Adrien parado frente a la puerta. Noto que está solo en pantalón de dormir y no trae camisa.

"Ahora veo tus intenciones Adrien. Tú solo quieres jugar conmigo. O si no entonces porque vienes sin camisa. Tú solo quieres poner tentación en mi camino"

Así que me alejo de la puerta. En eso siento por mis piernas algo peludito. Volteo abajo y veo a Tom.

Lo tomo en mis brazos y me voy directo a mi habitación, ignorando por completo Adrien. Si él piensa que soy una de las mujeres con las que puede jugar, está muy equivocado...

Eros

Llego a mi departamento, entro y me dirijo directamente a mi habitación. Después de tomar un baño relajante, me echo en la cama y cierro los ojos.

Es difícil aceptar que me voy a perder los castings en los que tenía tantas ilusiones de competir. La oportunidad de estar en el centro del mundo de la moda y demostrar mi valía es algo que anhelaba. Pero ahora, mi enfoque debe estar en la responsabilidad de liderar una de las empresas de modelaje más importantes de Mónaco. Espero estar a la altura y manejar la presión con eficacia.

Sé que tarde o temprano debía enfrentar el desafío de demostrar mis habilidades. Espero que tanto mis padres como Eileen se sientan orgullosos de mí por asumir esta responsabilidad.

Eso también significa que debo mantener mi mente centrada en un solo objetivo. A pesar de lo que me duela, tendré que dejar de ver a Casandra.

Casandra es una mujer increíblemente bella e interesante, pero no puedo ignorar que su interés en mí no es tan profundo como me gustaría. Su malestar y la indiferencia que muestra, especialmente cuando la tomé de la mano, son claros indicadores de que no está completamente comprometida.

Pero no por eso haré sentir mal a Casandra. Con la mujer con la que esté, sea o no mi novia, siempre trato de mantener un trato respetuoso. No quiero que mi imagen sea vista como la de un mujeriego, especialmente considerando que constantemente estoy bajo el ojo público.

Sin embargo, algo interesante ocurrió hoy. Al salir de la oficina, mientras me dirigía hacia mi auto, mi mirada se cruzó con la de una joven que me resultó muy familiar. Sé que la he visto antes en algún lugar, aunque no logro recordar exactamente dónde. Desde que comencé mis estudios y mi vida se ha vuelto más ocupada, he notado que muchas cosas y personas han cambiado.

Espero tener la oportunidad de volver a encontrarme con esa joven. Tenía un cabello castaño muy bonito, ojos azules brillantes, piel clara, y unos labios carnosos y hermosos. Su figura esbelta y su presencia destacaban mucho. Es una chica realmente hermosa...

Capítulo 27

*E*ileen

Estos tres días se me han pasado volando, y he tenido que ser cautelosa para evitar hablar con Adrien. A pesar de que ha estado tocando mi puerta cada noche, sé que no es solo para una conversación; él solo quiere confundirme y besarme.

Pero ahora es el momento de enfrentarlo, después de haber soportado la tentación durante dos semanas.

—Señorita Eileen, ya hemos llegado a la pista —escucho la voz de mi chofer, sacándome de mi trance.

Volteo hacia la ventana y veo un enorme jet azul en la pista. También noto que el señor Abadí y Adrien ya están allí. El chofer me abre la puerta del auto y bajo con cuidado, ajustando mis zapatillas al asfalto.

Hoy decidí ponerme un conjunto elegante: pantalones blancos con una camisa de tirantes blanca y escote en forma de corazón. Tomo mi bolso y me pongo los lentes de sol.

Empiezo a caminar hacia ellos, y de inmediato notan mi presencia. Adrien está vestido con un short azul, una camiseta blanca y unos lentes de sol, mientras que el señor Abadí lleva un conjunto blanco, tanto el short como la camisa.

Camino muy decida hasta llegar y ponerme frente de ellos.

—Hola señorita Rossi —me saluda el señor Abadí.

—Hola señor Abadí y también hola para ti Adrien —les digo a los dos.

—Hola Eileen —me saluda Adrien y de inmediato siento su mirada en mí.

—Señor Abadí una pregunta ¿En su hotel acepta mascotas? —veo que me mira atentamente.

—Pues mi hotel es nuevo, Señorita Eileen, pero ¿por qué la pregunta? —me dice y a la vez no separa su vista de mí.

—Es Que traigo a mi más fiel amigo Tom. Mi gatito y siento viaja conmigo. Por eso preguntaba —le digo y en eso le hago una seña a mi chofer para que traiga la caja de viaje de Tom.

Mi chofer llega hasta mí y me entrega la caja. Le muestro al señor Abadí a Tom que está dentro de su caja.

—Miau —maúlla Tom.

—Claro que mi hotel acepta mascotas. Así que no se preocupe, puede llevar a su amiguito peludo —me dice con una sonrisa.

—Se lo agradezco demasiado, señor Abadí —le digo.

—Entonces si no hay más preguntas podemos irnos. Primero las damas —me hace una seña.

Yo con la caja de viaje de Tom y comienzo a subir las escaleras. Adrien viene detrás de mí y sé que lo más probable es que me esté viendo en trasero.

Como sea, no me importa. Llegamos hasta arriba y entramos la jet. Es muy grande y lujoso.

—Pónganse cómodos. Escojan el asiento más cómodo que desean —nos dice el señor Abadí.

Yo tomo uno de los asientos dobles. Veo Adrien irse detrás de los asientos donde estoy yo. En eso entra una señorita y el piloto. Cierran la puerta.

—Bueno, pasajeros, abróchense los cinturones que en unos minutos despegaremos —Yo hago lo que el piloto dice. Me abrocho el cinturón y tomo la caja donde viene Tom. Mientras la señorita nos dice algo de las mascarillas de aire y los chalecos salvavidas.

En unos minutos, como había dicho el piloto, el jet comienza a moverse. La señorita Eileen empieza a caminar por el pasillo y, de reojo, veo cómo le guiña el ojo a Adrien.

Volteo hacia la ventana y observo cómo todo se vuelve cada vez más pequeño. Las nubes se despliegan bajo nosotros mientras ascendemos.

Una vez que estamos en el aire, dejo la caja de Tom en el asiento, donde él está acurrucado en una bola.

Adrien se acerca, toma la caja con Tom y se sienta a mi lado. Lo miro con atención mientras acaricia a mi gato.

—Hola, Tom, qué lindo gatito —le dice Adrien, y puedo ver que le tiene mucho cariño.

—Por supuesto que lo quiero mucho. Él ha estado conmigo desde que tenía 16 —respondo—. Recuerdo que tú también tenías una mascota, un perro.

—Sí, Luna. Al igual que Tom, ella siempre ha estado conmigo. Aunque ahora mi hermana Dafne la tiene en su casa —me dice, lo que me sorprende porque no la había notado antes—.

—Qué bien. Pero, por favor, devuélveme a mi gato —le pido, tomando a Tom de vuelta.

Vuelvo a mirar por la ventana, pero ya no veo nada. Un inmenso sueño se apodera de mí y mis ojos comienzan a cerrarse poco a poco hasta quedar completamente dormida.

Despierto lentamente y me ajusto a la luz. Me doy cuenta de que tengo un brazo alrededor de mis hombros. Al abrir los ojos por completo, veo que estaba dormida en el hombro de Adrien.

Me separo de él toda asustada, busco la caja de Tom, pero no lo encuentro por ningún lado.

Reto a duelo con el enemigo ♡

—Si buscas a Tom. Está con la azafata, porque tú podrías haberlo tirado al piso —escucho la voz de Adrien. En eso abre los ojos y veo sus enormes y hermosos ojos azules grisáceos.

—Gracias. Iré al baño —le digo. Para irme sé esa situación tan vergonzosa.

Llego hasta la parte trasera y me meto en el baño. Veo mi rostro en el espejo, está todo rojo, así que tomo un poco de agua y me la pongo en las mejillas.

"Pareces novata Eileen. O para él parecerá que quieres coquetear con él solo por haberte quedo dormida en su brazo"

Después de un momento regañándome a mí misma. Salgo de baño y me siento en otro asiento diferente. Pero traigo a Tom de nuevo.

—Queridos pasajeros en unos minutos estaremos aterrizando en Lagos, Portugal, así que abróchense los cinturones —yo hago lo que me pide y abrazo la cajita de Tom.

Justo como había anunciado el piloto, veo por la ventana cómo el jet comienza a descender. Finalmente, aterrizamos. El avión se detiene y todos nos levantamos de nuestros asientos.

Tomo la caja de Tom y me dirijo hacia el señor Abadí, quien se encamina hacia la salida. Adrien me sigue de cerca. Bajamos las escaleras hasta llegar al asfalto de la pista. Dos autos nos están esperando.

—Señor Adrien, señorita Eileen, casi hemos llegado a nuestro destino —nos informa el señor Abadí.

Subimos a uno de los autos, mientras que en el otro se cargan todas las maletas. Después de una hora de viaje, llegamos finalmente a la playa. A través de la ventana, puedo ver que es un lugar hermoso. A lo lejos, se erige un enorme y elegante hotel. Los autos se estacionan frente a la entrada principal.

Un asistente nos abre la puerta. Primero baja el señor Abadí, seguido por Adrien, y por último yo. Caminamos hacia la entrada del hotel y llegamos a la recepción.

—Hola señor Abadí. Qué gusto de verlo —dice la señorita.

—Hola Yolanda. Dales a mis dos invitados las dos suites de lujo. Los gastos corren por cuenta mía —nos dice.

—Me podrían dar sus nombres —dice muy amable.

—Eileen Rossi —le digo.

—Adrien Giordano —dice él.

Veo como teclea en la computadora y nos da una tarjeta dorada a cada uno.

—Bueno señor Adrien, Señorita Eileen. Mañana empezaremos con todo. Así que tienen el día de hoy para salir, divertirse, tomar el sol, lo que gusten, todos sus gastos de comida y diversiones ya están pagados. Así que los veo mañana temprano —nos dice el señor Abadí y se marcha.

En eso me voy sin decirle nada más, Adrien. Subo sola al elevador, no dejaré que me vuelva a tomar por sorpresa.

Llego hasta mi cuarto y llevo a Tom conmigo. Pongo la tarjeta en la puerta y esta se abre. Entro.

En cuarto es muy pero muy elegante y hermoso. Tiene una hermosa vista de la playa. Dejo la caja de Tom en el piso y le abro la puerta para que salga. Le pongo un poco de agua y comida.

Mientras yo me tomo un baño. Me pongo una linda falda de playa con adornos florales y un top a juego y una gabardina ligera del mismo estampado. Me pongo protector solar, un par de lentes y me suelto el cabello.

—Ven Tom, iremos a la playa —le digo y tomo a mi gato en mis brazos.

Bajo nuevamente por el elevador. Llego al primer piso y las puertas se abren. Salgo del hotel y me dirijo directamente hacia la playa.

Al salir, me encuentro con una vista impresionante: una enorme piscina y una playa repleta de gente disfrutando del sol. Mientras camino, una pelota de playa vuela cerca de mí. La sigo con la mirada y veo a Adrien jugando, corriendo y abrazando a chicas en bikini. Cierro los ojos con desdén; no me sorprende, ya que sé bien que Adrien es un mujeriego.

Ignoro el espectáculo y continúo mi camino. Varios chicos me lanzan cumplidos, pero los paso por alto. Finalmente, llego a una parte de la playa más tranquila y alejada, donde encuentro algo de paz.

Me siento en la arena y pongo a Tom a mi lado. Me quedo viendo lo hermoso Del Mar.

—¿Por qué estás tan sola? —Escucho esa voz tan familiar. Volteo a verlo y si es el Adrien.

—Me gusta estar sola —le digo y volteo mi rostro.

Él llaga hasta mí y se sienta a mi lado. Pero yo intento ignorarlo.

—Sabes ahora que estamos solos, nosotros tenemos una plática pendiente —me dice y yo pongo los ojos en blanco.

—No hay nada de qué hablar —le digo.

—Claro que sí —me dice. Yo volteo a verlo y me quito los lentes de sol.

—Pues para mí no hay Nada de Que hablar. Entiende, yo no soy un juego y además estoy comprometida —le digo.

—Y quién dice que eres un juego —eso me sorprende. Pero no sé qué contestar. Veo que él también se pone algo raro.

—Sabes cambiando de tema. Tienes un gato muy extraño —me dice.

—¿Por qué lo dices? —le digo.

—Por qué veo que tu gato está nadando en el mar. Ya se considera un pez gato —me dice y volteo a ver dónde deje a Tom y no está.

Veo hacia el mar y si como me dijo Adrien efectivamente, Tom está en el mar nadando. Me levanto de inmediato, me quito mis lentes y mis sandalias y corro hacia el mar.

—¡Tom! Ven acá —le digo.

Siento como el agua toca mis pies, subiendo por mis piernas hasta llegar a mi estómago. Mientras veo a Tom jugar en el agua divertido. En eso que Justo estoy por agarrarlo, piso una roca y está, se mueve y me caigo al agua profunda.

—¡Ah! —grito.

—¡Eileen! —escucho a lo lejos mientras me meto por completo al agua.

Trago agua, pero en eso siento que alguien me toma por la cintura y me saca a la superficie. Yo me aferro a quien me saco del agua. Comienzo a toser.

—Eileen, ¿Estás bien? —me dice Adrien.

Lo miro atentamente, notando cómo sus pestañas y su cabello están empapados. Su rostro refleja una expresión de sorpresa que me deja sin palabras. Observa cómo pone un mechón de mi cabello mojado detrás de mi oído, y luego se acerca a mí con una delicadeza inesperada.

Sus ojos, llenos de intensidad, me hipnotizan. Siento la humedad de su camisa en mis manos y la firmeza de sus bien definidos músculos a través de sus brazos.

Se aproxima cada vez más, acortando la distancia entre nuestros labios hasta que los centímetros se vuelven casi inexistentes...

Capítulo 28

*A*drien

Puedo sentir su piel, esa piel hermosa que tanto me fascina. Agradezco a Tom por lo que hizo, aunque me sorprendió ver a Eileen hundirse como una piedra en el agua.

Aquí estoy, contemplando esos ojos verdes intensos, esos labios perfectos y su cabello completamente empapado. Me acerco a ella lentamente, incapaz de resistir la atracción de sus besos. Recuerdo mi promesa de no besar a nadie en mi adolescencia, pero con ella, todo es diferente.

Cuando estamos a unos milímetros de distancia, ella coloca su mano en mi boca.

—Adrien, esto no está bien —me dice, y me separo de ella al instante.

—Eileen, no quiero jugar contigo ni pretendo hacerlo —le aseguro, armándome de valor.

—Entonces, ¿por qué estabas jugando con esas chicas en la playa hace unos momentos? —me pregunta, con un toque de celos en su voz que no puedo ignorar. Aunque no lo admitirá, sé que se siente herida.

—No hice nada malo. Simplemente estaba jugando al voleibol con ellas. Así que no temas, Eileen... tú... tú... tú —tartamudeo, sintiéndome torpe y nervioso.

—Tú, ¿qué? —pregunta, mirándome con atención.

—Tú me gustas —murmuro, en un susurro.

—¿Qué? —Ella parece no haberlo oído. Respiro hondo y repito más fuerte.

—Tú me gustas, Eileen —le digo con firmeza. Ella me observa con asombro.

El silencio se instala por un momento. Su rostro está impasible, y eso siempre me pone nervioso. No sé qué está pensando realmente.

—¿En serio? —pregunta, y asiento con la cabeza. Luego añade—: Entonces, ¿quién es la chica con la que hablaste aquella vez en mi oficina?

Me quedó callando un momento. No sé cómo explicarle la situación. Pero sé que ella debe de saber la verdad. Estoy por contestarle, pero en eso ella me interrumpe.

—Sabes mejor no me respondas. No estoy en posición de reclamar nada —me dice.

Pero veo que baja la mirada. Pongo mi mano mojada en su barbilla y la levanto para que ella me mire.

—Tú no eres un juego para mí y sé que estás comprometida, pero a mí eso no me detiene si es que tú me correspondes —no sé cómo me estoy armando de valor para decir todo esto.

—No lo sé Adrien. Todo esto es tan repentino —me dice.

—Solo confía en mí —le digo intentando de que me crea.

—Ese no es el problema. El problema es si es que puedo confiar en mí y además no quiero hacer algo que no me gustaría que me hicieran —me dice y sé que tiene razón.

Pero lo que ella no sabe es que su prometido, el fotógrafo, oculta algo. Estoy en eso de investigar, pero es como buscar una aguja en un pajar. Ha escondido muy bien su pasado y eso levanta más sospechas.

—Solo te pido una oportunidad por pequeña que sea. Antes de que se casen y si después no quieres nada yo me iré —me debo de oír muy cursi. Pero no sé cómo estoy diciendo tanta cosa que hasta me empalaga a mí.

Ella me mira atentamente. Y yo a ella. Noto como abre ligeramente los labios. Veo que se acerca a mí y estoy preparado para recibir sus labios con los míos. Pero ella toma mi rostro con su mano y ladea mi cabeza a un lado. Desposta un beso en mi mejilla.

—Nos vemos mañana, señor Giordano —me dice y veo cómo se comienza a salir del agua.

Sale por completo y veo a Tom acostado en la arena. Ahora veo que ese gato es muy listo. Pero dejo de ver a Tom y veo el cuerpo de Eileen. Que su falda se ha pegado a su cuerpo, dejándome ver su escultural figura.

No sé cómo es que me voy a hacer cuando la vea en traje de baño. Estará casi totalmente desnuda. Lo que me espera mañana.

Veo que Eileen se agacha para toma sus lentes y su trasero se le marca muy bien. Se los pone en el cabello y vuelve a ponerse erguida.

—Sé que me estás mirando —me dice. Volteo mi vista, pero me percato de que mi amigo se despierta. Eileen se marcha con su gato Tom de atrás de ella.

Mientras veo cómo se aleja, cuando está a una distancia alejada salgo Del Mar con mi muy notoria elevación. Me frustra ponerme así de tan solo ver a Eileen.

—Parezco adolescente. Porque me traicionas —le hablo a mi parte como si me fuera a escuchar y a responder.

Espero un momento a que se me baje y me voy directo al hotel. Pero al pasar por la piscina unas chicas se me acercan.

—Hola guapo. Que te parecería divertirte con nosotras —me dice la rubia.

—Sí, hermoso ven y diviértete con nosotras. No vez que estamos muy solitas —me dice una morena.

Ni me dan tiempo de contestar cuando las dos me hablan de la mano y me llevan hasta la piscina y me arrojan en ella y después ellas detrás de mí.

Veo como un camarero trae bebidas y una de ellas me da una a mí. Mientras que ellas también toman algunas y se pegan a mi lado. Comienzo a beber un poco de mi bebida.

"Bueno, no creo que pase nada si me paso un rato con ellas"

**Eileen **

Mis ojos se abren al sentir los primeros rayos de sol filtrándose por la ventana. Al revisar mi teléfono, veo un mensaje de Christian. Lo abro y leo:

"Hola, mi amor. Ayer no te envié mensajes porque sabía que necesitabas descansar después del vuelo. Pero todo el tiempo he estado pensando en ti. Espero que todo salga bien."

Una sonrisa boba se dibuja en mi rostro, aunque pronto se desvanece al recordar los eventos de ayer en la playa. Adrien me dijo que le gustaba.

Me siento confusa. Adrien tiene novia, y yo tengo a Christian, quien ha sido muy bueno conmigo, respetándome y esperándome. No quiero traicionarlo ni hacerle daño. Decido dejar esos pensamientos a un lado y le respondo a Christian:

"Hola, amor. Eres muy considerado. Ayer estaba tan cansada que tanto Tom como yo nos desplomamos en la cama. También estuve pensando en ti."

Presiono enviar y dejo el teléfono en la mesa. Me siento en la cama, reflexionando sobre la mentira que acabo de decirle a Christian. Luego me levanto y me dirijo al baño.

Me doy una ducha caliente y me visto con un conjunto de playa: un short rosa y una camisa sin mangas del mismo color. Suelto mi cabello y me aplico un mínimo de maquillaje, ya que hoy me maquillarán. Finalmente, me pongo unas sandalias de playa con plataforma.

Una vez lista, voy a la zona de Tom, le pongo agua y comida, y le dejo su caja con arena.

Tomo mi teléfono y mi bolso. Me acerco a la puerta.

—Nos vemos Tom —le digo a mi gato y abro la puerta.

Salgo de mi habitación. Tomo el elevador y llego al primer piso. Camino por el pasillo. Salgo a donde está la piscina para llegar a la playa.

En eso en la piscina veo que hubo diversión anoche. Porque hay ropa flotando en el agua.

Sigo caminando y ahora me quedo contemplado bien la hermosa vista qué hay. Me detengo en donde están las sillas de descanso y me siento.

Contemplo el hermoso jardín que rodea la piscina, con sus palmeras y flores exóticas. Es un lugar realmente idílico. De repente, escucho un ruido, como si ramas estuvieran quebrándose.

Me giro hacia el sonido y veo unos arbustos al borde de la piscina. Estoy alerta, pensando que podría ser Tom, pero él se quedó en la habitación. Estoy a punto de levantarme para investigar cuando, para mi sorpresa, Adrien emerge de entre los arbustos completamente desnudo.

Mis ojos se abren con asombro al ver su cuerpo expuesto. Mi mirada recorre su pecho, su abdomen bien definido y, finalmente, el vello que desciende por su vientre. Me doy cuenta de que él no me ha notado aún.

En eso cierro mis ojos y pongo una de mis manos en ellos.

—Esta no es mi habitación —escucho que dice Adrien.

—¡Adrien, estás desnudo! —le grito enojada.

—¡Que! ¿Cómo pasó esto? —solo escucho que habla sorprendido porque ya me vio.

—¡Eres un pervertido, un mujeriego y un exhibicionista! ¡Por eso razón no te creo, me dicen según cosas y mira, solo me volteo y estás desnudo! —le digo molesta.

—Pero yo no hice nada. No recuerdo lo qué pasó —me dice.

—¿Ya estás vestido? —le pregunto.

—Si —me responde.

Así que por poco y me destapo los ojos. Corroborando que no está jugando conmigo y si se ha tapado con una toalla. Que la verdad no sé dónde encontró.

Intento irme, no quiero hablar con él y menos porque siento que estoy roja de la cara.

—Eileen espera. Déjame explicarte —me toma del brazo.

—No, suéltame. Tú no cambias —le digo.

—No es lo que parece —me suelto de su agarre y me comienzo a ir—. ¡Eileen no pasó lo que piensas!

No le respondo. Me voy de ahí, no quiero hablar con él. Sé que solo me va a mentir. Bajo por unas escaleras para llegar a la playa. Es mejor que busque al señor Abadí....

Capítulo 29

*A*drien

Como carajos es que termine desnudó y más que Eileen me miro. Ahora veo que no fue buena idea estar con esas chicas. Pero a ver Adrien recuerda que fue lo qué pasó.

Me siento en una de las sillas de descanso, colocándome las manos en la cabeza mientras intento recordar los eventos de la noche anterior.

**Recuerdo que llegué con ellas, me dieron una bebida, y pasé un rato en el agua con ellas. Una de ellas quiso que la besara, pero yo no acepté. Me sorprendió porque no tenía intención de besarla, pero al menos estaba dispuesto a tocarla. Sin embargo, ella y su amiga se molestaron y se fueron. Poco después, regresaron con otra bebida y me la ofrecieron como una especie de "ofrenda de paz" por el intento fallido. Bebí lo que me dieron, y poco después empecé a sentirme mareado. Luego, mi memoria se vuelve borrosa. **

—Esas dos víboras me drogaron o me dieron algo en la bebida. Estoy seguro de que me desvistieron y me dejaron aquí tirado —murmuro con enojo. Me levanto de la silla, decididamente. — Las voy a encontrar y me las van a pagar.

Camino al borde de la piscina, donde encuentro mi ropa flotando en el agua. Usando un accesorio de limpieza, saco las prendas del agua y me las pongo, preparando mi mente para enfrentar a las responsables de esta situación.

En mi short veo que está mi teléfono todo mojado. Intento prenderlo, pero está arruinado.

—Mi... da. Si me marca Citlali me hará el drama de su vida por no contestarle —me voy hacia el hotel.

Reto a duelo con el enemigo ♡

Después de ir a mi habitación, regreso completamente vestido. Con un conjunto de plata, de short y camisa. Me voy hacia la playa, lo más probable es que ya estén esperándome.

Me voy hasta la playa y sí, efectivamente, veo a Eileen y al señor Abadí. Llego hasta ellos.

—Buenos días. Perdón por la tardanza —me disculpo.

—Buenos días, señor Giordano. Pero no se preocupe, apenas acabé de llegar. Así que es mejor que nos vayamos porque, como le comentaba a la señorita Rossi iremos a otra playa donde tengamos más tranquilidad. Ya el equipo está listo, solo esperamos a la modelo —el señor Abadí le dedica una sonrisa a Eileen.

—Entonces no los hagamos esperar —dice Eileen.

El señor Abadí coloca su brazo en mi espalda, y Eileen lo toma. Caminamos un poco hasta llegar a un muelle, donde se encuentra una lancha, un yate y un crucero. Subimos a la lancha, y un hombre al mando está listo para zarpar. El señor Abadí le hace una señal con la mano, y el hombre pone la lancha en marcha.

Veo a Eileen de reojo; está en la proa, mirando al frente. Aunque me echa un vistazo por un momento, rápidamente desvía la mirada. Sé que sigue enojada conmigo, y entiendo por qué. Mi prioridad ahora es encontrar a las mujeres responsables de la situación y aclarar lo que ocurrió.

Durante el trayecto en la lancha, me sorprende ver una pequeña isla en la distancia. No sabía que el señor Abadí poseía una isla privada. La lancha se detiene en el muelle de la isla, donde me encuentro con todo mi equipo y varias personas, tanto hombres como mujeres.

A lo lejos, se erige una casa de madera de color rojizo. Es sencilla pero encantadora. En el otro extremo de la isla, hay una pequeña palapa con un techo de zacate. Todo tiene un aire acogedor y natural. Bajamos de la lancha y, al instante, un hombre se acerca al señor Abadí y le susurra algo al oído. El señor Abadí nos mira, señalando que se ha recibido algún tipo de información importante.

—Buenos, señorita Rossi la están esperando para maquillarla y para que se ponga el primer conjunto —le dice.

—Está bien —ella dice y el hombre se la lleva. Veo cómo mueve las caderas, es tan sexy y hermosa.

—Veo que le gusta la señorita Eileen —me dice el señor Abadí, sacándome de mis pensamientos.

—Soy muy obvio —le digo y pongo una media sonrisa.

—Se podría decir que sí. Aunque yo sé que no debo de meter en vidas que no son las mías, me permite darle un consejo —lo veo atentamente.

—Claro —le digo amablemente.

—Primero vamos a sentarnos —me señala con la mano unas sillas debajo de una carpa de playa. Los dos tomamos asiento.

—A lo poco que he estado en contacto y de ver a la señorita Rossi puedo deducir que es una mujer hermosa, pero también no es de las mujeres que les guste que jueguen con ella —lo veo algo incómodo, siento que se está refiriendo a mí—. No sé qué diferencias tuvieron. Pero desde lejos se nota que a ella le gusta usted y usted a ella. Así que mi consejo como socio y amigo es que no tema revelar lo que siente. Pero dos orgullosos en una relación no van a llegar a nada. Solo a que en un futuro se arrepientan de sus decisiones.

Algunas cosas que me dice tienen razón. Pero el señor Abadí no sabe que estoy comprometido y ella también lo está. Eso lo hace el doble de complicado. Además, también en ocasiones pienso en la mujer de las fotos que compré. Pero siento que nunca la encontraré, siempre será una incógnita.

—Señor Abadí, no puedo decir que no tiene razón. Sí, yo y la señorita Eileen nos conocemos desde que éramos unos niños. Pero siempre ha habido unas indiferencias, porque siempre desde niños no hemos peleado. Así que por el momento no sé mucho lo que siento. Pero lo que tengo claro es que Eileen me gusta demasiado, por lo cual yo he hecho cosas que nunca pensé hacer y no quiero lastimarla —me sorprendo a mí mismo con mis palabras.

—Señor Adrien por lo que veo usted está enamorado de Eileen. El amor te hace cambiar. Pero dígale a la señorita Eileen sus sentimientos y sabrá si es verdaderamente correspondido o, a menos que quiera averiguarlo de otra manera, —esas palabras me hacen pensar.

Le dije a Eileen que me gusta mucho y que me diera una oportunidad. Pero no sé si soy capaz de declararle mi amor. Ella es capaz de rechazarme como cuando éramos jóvenes.

—Gracias por el consejo, señor Abadí. Me armaré de valor y le diré mis sentimientos a Eileen. Pero le pido de favor que no le cuente nada de esta plática —le digo. Él sonríe y a la vez asiente con la cabeza.

—Señor Abadí. La señorita Eileen ya está lista —sale una señorita. Los dos volteamos a ver.

—Qué alegría que venga para verla y empezar con estas fotografías —dice el señor Abadí.

En eso veo que se comienza a acercar Eileen. Está casi completamente desnuda. Tres puestos, un traje de baño multicolor y a la vez con unos toques de flores, también trae un pequeño collar y unos lentes de sol.

Me quedo con la boca abierta al verla así. Es tan hermosa. No puedo creer que la jovencita que conocí cuando tenía 16 años no tenía esa apariencia y mira ahora. Tiene una figura impresionante.

—Cierre la boca, señor Adrien —me susurra el señor Abadí.

Y de inmediato la cierro. Veo como en el rostro de Eileen se pone una pequeña sonrisa. Creo que me vio que quede impactado con ese atuendo.

—Qué hermosa la señorita Rossi. Sin duda, escogí a la mejor modelo —el señor Abadí la alaba.

—Gracias —ella sonríe y a la vez se pone un mechón detrás del oído.

—Bueno, comencemos —grita el señor Abadí—. ¿Señorita Rossi se puede poner cerca de la casa? Pero, por favor, despiste que no está mirando la cámara.

173

Ella asiente y se acerca a la casa. Se posa muy naturalmente y voltea su rostro hacia otro lado donde no está la cámara.

—¡Qué naturalidad! Siga así —grita el señor Abadí.

Mientras veo cómo él se levanta de su silla y se va hasta quedar al lado del fotógrafo. Veo cómo ella posa de diferentes maneras. Mientras la observo de pies a cabeza.

En eso veo que el señor Abadí le pone una orquídea amarilla en el oído a Eileen y una pulsera roja en la mano. Eileen sonríe con naturalidad.

Mientras que ellos siguen hablando y Eileen posando de diferentes maneras. Yo me imagino tocar cada parte de su piel.

****

Después de una larga mañana y una tarde llena de trabajo, regresamos al hotel en barco. Eileen sigue sin dirigirme la palabra, y eso me entristece, porque lo que más deseo es hablar con ella, abrazarla, besarla.

—Nos veremos mañana en el mismo lugar. Aún faltan muchas fotos por tomar —nos dice el señor Abadí.

Asentimos con la cabeza. Al llegar de regreso al hotel, Eileen baja rápidamente y se aleja sin mirar atrás. Yo también bajo y me dirijo hacia el hotel, pero decido no seguirla. Sé que está molesta y no me escuchará si intento hablarle ahora.

Ya casi de noche, estoy sentado junto a la piscina, perdido en pensamientos sobre cómo hacer que Eileen deje de estar enojada conmigo. De repente, la veo pasar por allí, dirigiéndose hacia el minibar.

En ese momento, unas chicas se acercan y mis ojos se agrandan al reconocer a una de las chicas de anoche. Me levanto y me dirijo directamente hacia ella.

—Hola, ¿puedo hablar contigo? —le digo, y ella me mira con curiosidad.

—Hola, veo que ahora estás más animado —me responde con una sonrisa que parece seductora.

El tomo de la mano y la llevo a un lugar más apartado.

—No pensé que estuvieras tan desesperado —le digo con una mezcla de reproche y urgencia.

—No quiero hablar de eso. Pero quiero que me digan qué fue lo que me dieron en mi bebida —la miro.

—¡Ja, ja, ja, ah, es eso! Pues fue una pequeña pastilla para que estuvieras servicial —me dice.

—No me digan que ustedes se atrevieron a tocarme —le digo molesto.

—Pues ese era el plan. Pero cuando te estábamos besando y tocando, tú no dejabas de decir un nombre de una mujer y con eso hiciste que las ganas se fueran. Así que solo te desvestimos y te dejamos tirado ahí —sonríe muy satisfecha.

—Pues ahora vendrás conmigo —la jalo de nuevo.

—¿Dónde me llevas? —ella me dice enojada.

—Pues iremos a hablar con mi chica para que arregles todo esto que hiciste —le digo y me voy hacia donde se fue Eileen.

Llegamos a donde está el minibar que está junto a la playa y busqué con la mirada a Eileen. Eso, mis ojos se topan con la ella, pero veo que está con otro hombre.

Ella se está riendo con él. Con ver eso, suelto a la chica y siento cómo mi cara se comienza a sentir caliente.

—No me digas que ella es tu chica, Eileen —dice la chica—. Pues yo diría que no es tu chica porque ya te cambié. Pero ese galán que está con ella es todo un adonis. Yo me quedaría con él.

Sus palabras me hacen enojar más. Pero veo cómo Eileen sonríe con ese hombre.

—Bueno, si me necesitas de nuevo para algo más emocionante, aquí está mi número —me pone un papel en la mano.

Escucho sus pasos marchándose. Yo hago el mismo camino en dirección hacia donde está Eileen, pasando a un lado de ellos dos. Ella voltea a verme y nuestras miradas se cruzan. Yo no puedo ocultar mi malestar y sé que ella lo acaba de notar porque quita su sonrisa.

Me voy de ahí. Comienzo a caminar por la playa. Pero sigo sintiendo mi rostro caliente, así que corro y me meto al mar. Nado un poco y después me detengo. Me limpio mi rostro con las manos.

"Eres un idiota"

Golpeó el mar completamente furioso. Esperando desquitar mi enojo....

Capítulo 30

*E*ileen

Noté que Adrien no apartaba la mirada de mí durante la sesión de fotos. En su mirada había un deseo evidente, casi tangible. Al principio, eso me resultaba emocionante; era halagador saber que mi cuerpo le provocaba esa reacción. Pero ese entusiasmo se desvaneció rápidamente al recordar cómo lo había encontrado la última vez.

Después de la sesión de fotos, regresé al hotel y me encerré en mi habitación, dándole vueltas a todo lo que había pasado. Entonces recordé las palabras de Casandra, que me dieron la determinación de actuar.

Me di un baño rápido y me puse un elegante vestido de playa blanco con encaje, y debajo, un traje de baño blanco. Solté mi cabello y me apliqué un maquillaje ligero. Antes de salir, le dejé comida y agua a Tom, y tomé mi bolso blanco a juego con mi atuendo.

Salí del hotel y me dirigí al minibar junto a la playa. Al pasar por la piscina, vi a Adrien sentado allí. No lo miré directamente, pero pude verlo de reojo.

Pasé de largo y llegué al minibar. Me senté en la barra y, casi de inmediato, uno de los bar-tender se acercó a mí.

—Buenas tardes, señorita, ¿qué le vamos a dar? —me dice amablemente.

—Buenas tardes. Me puede preparar un sex on the beach. Por favor —le digo.

—Me permite su identificación —me dice— y yo saco de mi bolso mi identificación y se la muestro. Él la mira y me la devuelve—. ¡Gracias! En un momento se lo traigo.

Saco mi teléfono y comienzo a ver las cosas que publican sobre mí. Veo cada noticia. Algunos los pasos no me interesan ver chismes que no son verdad. Pero en eso aparece la fotografía que nos tomaron a Christian y a mí juntos.

Leo el comentario puesto en bajo la fotografía.

La noticia en el teléfono me sacudió: "La empresaria y modelo señorita Eileen Rossi, hija del ex magnate Roderick Rossi y de la exmodelo Diana Rossi, finalmente ha encontrado el amor. Después de años en la soltería, el hombre que ha cumplido con todas sus expectativas es nada menos que el famoso fotógrafo Christian Martín. La pareja, considerada la más glamorosa del momento, está rodeada de rumores de compromiso. ¡Las campanas de boda están cerca! ¡Qué envidia!"

Miro el rostro de Christian en la pantalla y, con una sensación amarga en la boca, apago el teléfono y lo guardo en mi bolso. La realidad de mi infidelidad me golpea con fuerza.

—Aquí está su bebida —dice el barman mientras coloca el vaso frente a mí.

—Gracias —respondo, dando un sorbo para intentar ahogar ese sentimiento desagradable.

De reojo, veo a un hombre acercarse por el pequeño muelle al lado del minibar. Su mirada se fija en mí con intensidad.

Lo examino detenidamente: lleva una camisa oscura, jeans ajustados del mismo tono y una barba perfectamente arreglada. Su cabello está peinado hacia atrás con cuidado. Es indudablemente atractivo.

Dejo de verlo para no ser tan obvia. Y sigo tomando mi bebida. Pero de reojo veo cómo se comienza a acercar a mí.

Escucho sus pasos por el piso de madera. Hasta que se detienen a un lado de mí.

—Hola. ¿El lugar está ocupado? —Levanté mi vista para verlo.

Reto a duelo con el enemigo ♡

—Hola. No, el lugar está libre para el que se quiera sentar —le digo y pongo una sonrisa.

—Eso me alegra —él se sienta a mi lado.

—¿Qué le vamos a dar, señor? —el Barman se vuelve a acercar.

—¿Me puede dar un old fashioned? —Lo dice muy profesional, como si siempre lo pidiera.

—Me permite su identificación —el hombre que está a mi lado se la muestra y el barman la mira y se va.

—Sabes me gusta mucho eso. Que te pidan la identificación porque hay muchos menores de edad que intentan tomar y después pasan desgracias —él me mira y yo veo de reojo que tiene una sonrisa. Volteo a verlo.

—Opinó lo mismo. Aunque en mi juventud nunca tome por mis padres —le digo.

—Qué interesante. Pero primero me dirás tu nombre o seguirás en el misterio —me dice y pone una de sus manos en su barbilla.

—Claro. Mi nombre es Eileen Rossi. Y ¿me dirá su nombre o permanecerá en el anonimato? —le digo. A la vez que extiendo mi mano.

—Un gusto, señorita Eileen Rossi y qué bello nombre. Y mi nombre es Hugo Sorni —estrecha su mano con la mía.

Pero en eso toma mi mano y se la lleva hasta sus labios, depositando un beso en ella. Yo sonrío y él me mira atentamente. Él me suelta.

—Un gusto conocerlo, Hugo Sorni —le digo y me doy un sorbo a mi bebida.

—Sabes, me dejaste intrigado por lo que me dijiste que no tomaste por tus padres. Te gustaría contarme —me dice.

—Claro. Pues yo no tomé por qué soy la hija mayor y cómo tenía un hermano menor, pues no quería decepcionarlo y también a mis padres. Tenía que dar todo de mí —le digo.

—Qué interesante. ¿Se podría decir que yo pase por lo mismo? —me dice.

—Sí. Yo soy un hijo único y tenía que darlo todo para estar a la altura de mi padre —me dice.

—Exactamente, eso fue lo que me pasó a mí —le digo.

—¿A qué te dedicas? —me dice.

—Tú, ¿a qué te dedicas? —Quiero ver si me dice la verdad.

—Yo soy el CEO de la empresa de arquitectura de mi padre —ahora noto por estar tan bien vestido.

—Y yo soy CEO de la empresa de modelaje de mi padre y una microempresa donde me asocio con famosos para aparecer en videos o películas, pero esa yo la creé —le digo.

—Qué interesante mujer tengo frente a mí y me tiene muy intrigada —el Barman aparece y le da su bebida.

Yo sonrío antes los comentarios de Hugo. Él me cuenta cómo es que en su adolescencia se calló en una piscina por estar observando a una chica que no le hacía caso por no vestirse bien.

—¡Ja, ja, ja, a mí me pasó lo mismo, yo también me caí en una piscina mientras me perseguía un perro! —él sonríe.

En eso veo que entra Adrien, agarrando a una chica. Pero intento ignorarlo, y me enfoco en nuestra plática y en nuestras pasadas experiencias.

Aun así, de reojo veo cómo él habla con esa joven. A la vez que él se me queda mirando. Pero yo sigo con mi sonrisa y hablando con Hugo. Adrien pasa a un lado de mí y yo volteo a verlo de reojo y noto cómo sus orejas están rojas. Y si cara de pocos amigos. Ahora entiendo que está molesto.

Yo quito mi sonrisa a la vez que él se va. Pero noto cómo Hugo me mira y después lo mira a él.

—Se nota la tensión entre ustedes. ¿Es tu ex? —Lo veo atentamente.

Niego con la cabeza —No. Él y yo nunca hemos sido nada. Pero no sé qué es lo que le pase.

—Está bien. ¿Qué te parece si nos vamos? —me dice.

—Claro —le doy otro sorbo a mi bebida.

Él se levanta de su silla y me ayuda a levantarme de la mía.

—Me puedes cargar las dos bebidas a mi cuenta —le dice al barman y veo que eso asiente.

—No, cómo crees, yo puedo pagar mi bebida —le digo algo asombrada. Pero Christian no hace eso.

—No tengo problema en pagar tu bebida, así que mejor vámonos —me dice muy dulcemente.

Me ofrece su brazo y yo lo tomo enseguida. Siento su piel en mi mano y a la vez que también siento sus fuertes músculos.

Los dos salimos del minibar hacia la playa y comenzamos a caminar y a charlar.

—¿Qué te trae por aquí a Portugal? —me preguntó.

—Pues trabajo. Estoy siendo modelo en un nuevo comercial de trajes de baño y lencería —le digo.

—Mmm, espero que ese comercial se anuncie pronto —ese comentario me causa risa.

—¿Y a ti qué te trae a Portugal? —le preguntó.

—Igual que tú negocios. Vine para inspeccionar cómo quedó este hotel y para hablar con mi socio, el señor Abadí —eso me sorprende.

—En serio, yo también estoy trabajando con él —le digo.

—Mira, qué coincidencia. ¿O es el destino que nos unió? —Eso suena a muy romántico.

—No lo sé —le contestó.

—¿Y de dónde eres? —me preguntó. Veo que está interesado o será por amabilidad.

—Yo soy de Mónaco y ¿tú? —le digo mientras aprieto más mi mano a su brazo.

—Yo soy de Italia —me contestó.

—¿Qué vas a hacer mañana? —son muchas preguntas.

—Mañana tengo que seguir con la toma de fotografías para un comercial y después creo que nada —le digo.

—Espero que no lo tomes a mal. ¿Quieres salir conmigo mañana? —Eso me sorprende.

—No lo sé. Tendrás que conversarme. Pero ya me tengo que ir. Tengo que descansar para salir bien en las fotos. Cosas de modelos —le digo.

—Está bien. Pero aquí tienes mi tarjeta. Mi número privado está ahí por si quieres hablar conmigo —me dice el muy coqueto. Yo la tomo.

—Gracias —soltó su brazo.

—¿Te estás quedando en el hotel? —me vuelve a preguntar.

—Sí —le digo.

—Qué coincidencia, yo también creo que te parece si nos vamos juntos —me mira.

—Está bien, vamos —me vuelve a ofrecer su brazo y yo lo tomo.

Los dos nos vamos caminando despacio. Pero a la vez platicando un poco. Llegamos a la entrada del hotel y entramos los dos.

—Bueno, nos vemos, Hugo —le digo.

Él toma mi mano de inmediato y vuelva a llevársela hasta los labios.

—Fue un gusto y honor hablar contigo, Eileen. Anhelo que nuestro próximo encuentro sea pronto —vuelve a decirme cosas románticas.

—Eso ya lo veremos, solo ten paciencia —le digo y le me suelta.

—Hasta luego —me dice.

—Hasta luego —le contestó.

Sigo mi camino hacia mi habitación, insertando la tarjeta en la cerradura. Al notar que la puerta está entreabierta, entro con cautela, revisando si alguien ha entrado en mi habitación. Todo parece estar en su lugar y apagado.

De repente, siento a Tom frotarse contra mis piernas. Lo levanto y comienza a ronronear con satisfacción. Me quito los zapatos y me dirijo directamente a la cama, acomodándome con Tom en brazos. Enciendo la lámpara del buró para iluminar la habitación.

Mientras acaricio a Tom, un sonido extraño llama mi atención. Es un susurro, casi como una respiración, que no consigo identificar. Volteo lentamente y lo que veo me sorprende profundamente: Adrien está dormido en la cama.

Capítulo 31

Mierda, ¿cómo es posible que Adrien esté en mi habitación? Veo una copa y una botella de licor en el buró al otro lado de la habitación. Observé cómo comienza a moverse lentamente. Abre los ojos y me mira.

—¿Qué haces aquí, Adrien? —le pregunto, furiosa.

Se reincorpora y se sienta en la cama, mirándome intensamente.

—¿No es obvio? Estoy esperándote —responde con una expresión seria.

—¿Cómo entraste? —le cuestiono, aún molesta.

Se levanta de la cama y se acerca a mí. Retrocedo hasta que siento la pared a mi espalda.

—Dejaste la puerta abierta —me dice, acercándose aún más.

Apoya sus brazos a ambos lados de mi cabeza, en la pared. Nos miramos a los ojos, intensamente.

—¿Estás borracho? —le pregunto, notando un ligero olor a alcohol.

—No. Estoy consciente. Solo me tomé una copa, al igual que tú. Pero a diferencia de mí, yo estaba solo y tú tenías buena compañía —responde con un tono celoso.

Sus celos me dan la oportunidad perfecta para provocarlo.

—Qué lástima, ¿no me digas que estás celoso? —mantengo mi mirada fija en la suya.

Sé que me lo va a negar, pero en un movimiento rápido, toma mi cintura con ambas manos y me atrae hacia su pecho. Me hace retroceder hasta quedar pegados a la pared.

184

—Sí, estoy sumamente celoso de ver a otro hombre coqueteando contigo. ¿No ves que me encantas? Me gustas y estoy loco por ti —confiesa, dejándome sin palabras.

—¿Y qué vas a hacer al respecto? —lo desafío, sabiendo que me estoy exponiendo.

Sin decir una palabra más, me besa con una pasión abrumadora, como si quisiera devorarme. Le correspondo, colocando mis manos en su cuello. Siento que su ropa está húmeda, pero prefiero no preguntar por qué.

Sus besos empiezan a bajar por mi cuello, y esa familiar sensación vuelve a apoderarse de mí. Sus manos recorren lentamente mis piernas, subiendo hasta llegar a uno de mis glúteos. Me aprieta con fuerza y, de un solo movimiento, me levanta, envolviendo mis piernas alrededor de su cintura. Se aparta apenas un poco, y nuestras miradas se encuentran. Respiramos con dificultad, nuestras bocas entreabiertas.

Se acerca a mi oído y susurra:

—Quiero hacerte el amor.

Sus palabras me provocan un espasmo en la parte baja del vientre, y siento cómo mis mejillas se encienden. Pero entonces, recuerdo lo de la mañana.

—¿Qué pasó esta mañana? No voy a ser una aventura más para ti —le digo, tratando de mantener la firmeza en mi voz.

—No pasó nada. La chica que llevé era para que escucharas cómo ella y otra me drogaron y me dejaron tirado, desnudo —me explica.

—¿Estás seguro? —insisto.

—Sí, desde que te volví a ver, no deseo a otra mujer que no seas tú. Anhelo hacerte el amor, cumplir todos los pensamientos sucios que tengo contigo —me dice con una voz cargada de deseo.

No sé qué responder. Las palabras de mi amiga resuenan en mi mente y me impulsan a actuar sin pensar más. Así que lo beso de nuevo, profundamente, dándole mi respuesta sin necesidad de palabras.

Me sujeta con firmeza y me lleva hasta la cama, donde me deposita con la suavidad con la que se colocaría un objeto precioso. Se aparta un poco y comienza a quitarse la camisa, revelando su torso desnudo. Lo observo con atención, admirando cada detalle de su cuerpo bien definido. Luego regresa a mí y se coloca sobre mí.

Me besa de nuevo con la misma pasión arrolladora, mientras sus manos recorren mi cuerpo, acariciando mis pechos antes de deslizarse lentamente hacia abajo. Nos dejamos llevar entre besos y caricias, sintiendo cómo me sube el vestido, despacio, pasando por mi estómago, mis pechos, hasta que finalmente lo quita por completo.

Lanza el vestido al suelo y noto cómo su mirada recorre mi cuerpo, analizando cada centímetro de piel. Intento disimular que es mi primera vez; no quiero que lo sepa y se sienta más confiado de lo que ya está.

Me besa de nuevo, esta vez en el cuello, y yo me dejo llevar por todas las sensaciones embriagadoras que recorren mi cuerpo.

Adrien me despoja del sostén, dejando mis pechos al descubierto. Siento cómo toma uno de ellos en su boca, succionándolo con ansias, mientras su otra mano acaricia el otro, provocando una oleada de placer que recorre mi cuerpo.

Mis gemidos empiezan a escapar de mi boca, y trato de ahogarlos cubriéndome con una mano, pero el placer se vuelve demasiado intenso para contenerlo.

Su mano se desliza lentamente por mi estómago, descendiendo por mi vientre hasta colarse por dentro de mis bragas. Adrien introduce sus dedos en mi interior, rozando mi punto más sensible con un toque experto.

—Ah... —un gemido más fuerte se me escapa, mientras él continúa con su juego, masajeando y dibujando círculos alrededor de mi clítoris, provocando que mi respiración se agite aún más.

El placer crece dentro de mí, una ola imparable que se intensifica con cada movimiento. Me dejo llevar completamente por esta sensación embriagadora, sintiendo cómo el placer se acumula en mi vientre hasta que, de repente, explota en una ola que me arquea la espalda.

—Ah... —gimo, mientras Adrien calma mis sonidos con un beso ardiente en los labios.

—Buena chica —susurra con una voz ronca.

Lo veo separarse de mí, sus ojos me observan con la intensidad de un depredador. Mis ojos recorren su cuerpo hasta detenerse en la evidente erección que sobresale de su short. Se deshace de su ropa, quedando completamente desnudo. Mis ojos se agrandan al verlo; es grande, mucho más de lo que imaginaba, y me invade un nerviosismo inesperado.

Intento mantener la compostura, pero él percibe mi tensión. Toma algo de su short y, con una mirada fija en la mía, comienza a acercarse a la base de la cama. Me observa, y yo no puedo apartar los ojos de él. Se sube a la cama y abre mis piernas suavemente con sus manos, colocándose entre ellas.

Con destreza, deshace los agarres de mis bragas y me las quita. Adrien sigue mirándome fijamente, sus ojos ardientes me recorren con una mezcla de deseo y devoción. Se inclina sobre mí, besándome los labios, luego desciende por mi cuello, sigue por mis pechos, acariciando mi estómago, hasta que su boca llega a mi centro.

Agarro con fuerza las sábanas de la cama, mi cuerpo temblando bajo el efecto de su lengua. Él juega con ella en mi parte más sensible, provocando que cada fibra de mi ser se encienda en llamas.

Mis gemidos llenan la habitación sin demora. Permanecemos en esa posición por un momento, hasta que la misma sensación vuelve a apoderarse de mí, explotando en mi vientre y provocando que arquee la espalda en un espasmo de placer.

—Ah... —dejo escapar, totalmente consumida por la intensidad de lo que estoy sintiendo. Abro los ojos al notar que Adrien se aparta de mi cuerpo.

Lo veo, con los ojos entrecerrados, mientras se llame los labios con satisfacción. Entonces, lo observo ponerse el preservativo, su mirada fija en la mía.

Adrien vuelve a colocarse sobre mí, acercándose a mi oído mientras se acomoda entre mis piernas.

—Eres deliciosa —susurra.

No respondo, mi respiración sigue entrecortada. Él coloca sus brazos a ambos lados de mi cabeza y, de repente, en una sola estocada, entra en mí.

—Ahhh... —grito, entrelazando el dolor con el placer, clavando mis uñas en su espalda mientras me aferro a su pecho.

—¿Estás bien? —me pregunta, con voz preocupada. Me separo ligeramente de él, recostándome de nuevo en la cama.

—Sí —respondo, tratando de calmar mi respiración.

—¿Eras virgen? —inquiere, su voz cargada de curiosidad.

—No es momento para hablar de eso. Si no vas a terminar, entonces vete. Ya vendrá otro que sí lo hará —replico molesta, sin querer profundizar en el tema.

—No me iré —responde, su voz firme—. He soñado con tenerte, y no necesitas contestar mi pregunta para saber que sí lo eras. No te preocupes, haré que nunca olvides tu primera vez —dice, antes de besarme en los labios con una mezcla de ternura y deseo.

Su expresión cambia; sus movimientos se tornan más suaves y calculados. Comienza a moverse despacio, mientras su boca vuelve a encontrar uno de mis pechos, succionándolo con ansia renovada. Mis uñas siguen marcando su espalda. Al principio, el dolor persiste, pero poco a poco sus caricias hacen que ese dolor se transforme en algo mucho más placentero.

Se aparta de mí por un instante y se coloca de rodillas en la cama, tomando mis piernas y levantando ligeramente mis caderas. Comienza a moverse con más rapidez, sus movimientos se vuelven más intensos. Su mano

Reto a duelo con el enemigo ♡

baja y vuelve a acariciar mi punto más sensible, provocando que los espasmos regresen a mi cuerpo con más fuerza.

No sé cuánto tiempo llevamos en este frenesí de sensaciones. Todo se vuelve difuso. La habitación parece girar a nuestro alrededor, como si el mundo entero se redujera a este instante. Ya es la tercera vez que me dejo llevar por esta oleada de placer que se apodera de mí.

—Ah... —gimo de nuevo, perdida en esta embriagadora pasión.

Adrien cae sobre mí, sus movimientos cada vez más bruscos. Toma mis manos y las coloca sobre mi cabeza, mientras su otra mano se apoya en mi cadera, guiándome a su ritmo, empujándome más allá de cualquier límite que haya conocido antes.

—Ah, ¡Eileennnnn! —escucho cómo grita mi nombre.

Cae sobre mí, su respiración tan agitada como la mía. Permanecemos así durante unos minutos, hasta que nuestras respiraciones se normalizan.

Él se retira de mi cuerpo y se recuesta a mi lado. Yo cierro los ojos, sintiendo el cansancio invadirme.

Percibo cómo Adrien se levanta de la cama, pero no quiero abrir los ojos. Quizás simplemente se va a ir, pero prefiero no saber qué está haciendo. Me doy la vuelta y me tapo con la sábana, quedándome dormida rápidamente.

Capítulo 32

*A*drien

Me dirijo al baño, tomo un poco de papel, envuelvo el preservativo y lo arrojo a la basura. Luego, hago mis necesidades, me lavo las manos y me echo agua en el rostro.

Cojo la toalla y me seco, observándome en el espejo. A través del reflejo noto algo rojo sobre mi hombro y, al girarme un poco, veo las marcas de los rasguños que Eileen me dejó.

Algunas de las marcas me duelen, confirmando que ella realmente era virgen. Al pensar en lo bien que se sintió, noto cómo mi miembro comienza a despertar de nuevo.

Lo tomo con mi mano y acaricio la punta; siento un ligero malestar, no un dolor fuerte, pero sí una molestia sutil. Supongo que es normal, nunca había estado con una virgen y, además, entré en ella con un poco de fuerza.

Decido dejar de pensar en eso y salgo del baño. Veo a Eileen, hecha una bolita, cubierta con la sábana. Me acerco a la ventana para cerrar las persianas.

Me giro y observo su hermoso rostro, durmiendo tranquilamente. Me siento en el pequeño sofá que está allí.

Miro su figura, tan serena mientras duerme, pero mis ojos también se detienen en las manchas rojas sobre la sábana. Eso confirma totalmente que la mujer que descansa allí me entregó su primera vez.

Siento una mezcla de felicidad y tristeza. Pero una cosa es clara en mi mente: no quiero alejarme de ella.

—Miau —escucho a Tom, que llega corriendo hacia mí.

Lo recojo en mis brazos y lo acaricio. Él me mira y comienza a ronronear.

Reto a duelo con el enemigo ♡

—Tú sabías bien que entre Eileen y yo había algo más, ¿verdad? —le digo al gato.

—Miau —responde.

—Tomaré eso como un sí —le digo, sonriendo.

Bajo a Tom al suelo y me levanto del sillón. Camino hacia el otro lado de la cama y me acuesto al lado de Eileen. El abrazo, pegando su espalda a mi pecho. Ella se mueve un poco, pero vuelve a quedarse dormida. Yo también caigo en el sueño en unos minutos.

Un ruido me despierta de repente.

—¡Ouch! —escucho algo caer al suelo.

Veo que Eileen ya no está en la cama, pero la sábana cuelga hacia el suelo. Me asomo por el borde de la cama y la veo allí, tirada en el suelo.

—Buenos días, Eileen —le digo con una sonrisa.

Ella abre los ojos y me mira, mientras se incorpora lentamente.

—Buenos días, Adrien —me responde, observándome con detenimiento. Se da cuenta de que estoy desnudo y añade—: Pensé que te irías.

Eso me sorprende. —¿Por qué me iría?

—Pues ya obtuviste lo que querías de mí, ahora ya puedes tacharme de tu lista —sus palabras me hieren más de lo que esperaba.

Sin pensarlo, me levanto rápidamente de la cama. No me importa que ella me vea completamente desnudo. Me acerco a ella, notando cómo sujeta la sábana con fuerza, como si temiera que se la quite.

—Te lo dije, no eres un juego. Y quieres saber algo...

La miro fijamente, sin apartar los ojos de los suyos, y ella sostiene mi mirada con la misma intensidad.

191

—¿Qué? —me responde con cautela.

La tomo por la cintura y la atraigo hacia mí. A pesar de la sábana que la envuelve, puedo sentir su figura a través de la fina tela.

—Después de lo que pasó anoche, no hago más que desearte cada vez más —digo, mientras ella desvía la mirada hacia la cama.

Veo cómo se queda fija en algo, y cuando sigo su mirada, noto lo que la ha capturado. Las pequeñas manchas de sangre en las sábanas son prueba de que fui el primero. Una felicidad inexplicable se instala dentro de mí; significa que, a pesar de los años separados, ella se guardó para mí... o al menos eso quiero creer. Sin embargo, no quiero preguntar; conozco su carácter, sé que lo negará todo.

En un instante, reacciona y se aparta de mí, tirando de la sábana y haciendo una bola para ocultarla con su cuerpo. Se va corriendo al baño, y yo la sigo, decidido a no dejarla sola en este momento.

Llega al baño y cierra la puerta con seguro. No puedo entrar, pero tampoco quiero dejarla sola.

—Eileen, por favor, ábreme —le pido con calma.

—Vete, Adrien —me responde, y noto un temblor en su voz que no había escuchado antes.

Me alejo un poco, tomo mi bóxer del suelo y me los pongo. Luego vuelvo a acercarme a la puerta.

—Eileen. Ábreme, por favor. Te prometo que no te preguntaré nada —insisto con suavidad.

Escucho pasos acercándose a la puerta, y eso me da esperanzas de que me deje entrar.

—Está bien.

La puerta se abre, y Eileen está envuelta en una toalla. De reojo, veo las toallas en el lavabo, y entiendo que estaba lavándolas, probablemente para borrar cualquier rastro de lo que ocurrió.

Sin pensarlo, dejo de mirar las toallas y la abrazo con fuerza. Ella apoya su rostro en mi pecho, y nos quedamos así por un momento. Pienso en qué decirle, buscando las palabras para no hacerla enojar.

—Eileen —digo suavemente, buscando su mirada—, no quiero que pienses que te voy a dejar. Nunca lo haré. Pero ¿me permites hacer algo?

—¿Qué? —me mira con desconfianza.

—¿Me permites limpiarte? —pregunto, sosteniendo su mirada con ternura.

—No lo sé —me dice.

—Por favor —le ruego.

—Está bien Adrien. Pero yo también te limpiaré a ti —pongo una sonrisa.

—Me parece justo —la llevo hasta un pequeño banco que está ahí y la siento.

Me voy hacia la bañera y abro la llave del agua caliente un momento y después la cierro. Voy directo al estante donde están las sales de baño y vierto un poco. Eso me ayudará a Eileen para que sus músculos se relajen y si tiene dolor para que disminuya.

Dejo que se disuelvan y Abrego la llave de agua fría y empiezo a regular la temperatura del agua. Observó que se llene hasta el nivel apropiado y cierro la llave.

Voy por Eileen y el tomo de la mano. Ella se levanta y comienza a caminar. Llegamos los dos hasta la bañera.

—¿Puedo quitártela? —le pido permiso.

Ella asiente con la cabeza y yo tomo el pliegue de la toalla. Se la quito y veo el cuerpo completo de Eileen, siento que las ganas llegan a mi cuerpo de nuevo.

Aparto esos pensamientos de mi mente y la cargo en mis brazos, depositándola con cuidado en la tina. Ella me observa en silencio, sus ojos están fijos en mí. Me quito los bóxeres, y su mirada no se desvía en ningún momento.

Se mueve un poco hacia adelante, dándome espacio para entrar detrás de ella. Cuando me acomodo, la tomo de la cintura y hago que su espalda quede pegada a mi pecho.

Cojo la esponja que está a un lado, vierto un poco de jabón de lavanda sobre ella, la sumerjo en el agua y la agito hasta crear espuma. Luego empiezo a frotar su piel con cuidado.

Paso la esponja sobre sus pechos y siento cómo, ante mi toque, comienzan a endurecerse. Pero sigo concentrado en mi tarea.

Deslizo la esponja lentamente por su abdomen hasta llegar a su entrepierna, acariciándola con suavidad. Escucho cómo suelta un leve suspiro.

—¿Te lastime? —le pregunto.

—No —es lo único que me dice.

Sigo limpiando con cuidado su parte con la esponja y sus piernas. Continuó masajeando su parte con cuidado, pero la toco con mis dedos. Veo como ella cierra los ojos a la vez que suelta uno que otro pequeño gemido. Yo siento como con tan solo verla así mi amiguito esta tan duro. El comienzo a besar en el hombro, ella pone su cabeza a un lado. Pero después se separa.

—Es mi turno —me dice.

Dejo de acariciar su parte y saco mi mano del agua. Ella me quita la esponja y a la vez veo como se levanta dejándome ver su hermoso trasero. Se da la vuelta y se vuelve a sentar dentro de la tina. Poniendo sus piernas a los costados de mi cintura.

Reto a duelo con el enemigo ♡

La observo mientras mete la esponja en el agua y comienza a tallarme el pecho, moviéndola suavemente por mis hombros y descendiendo por mi estómago. Siento cómo baja más abajo.

Ella abre un poco más los ojos al notar mi excitación, pero sigue con su tarea. Toma mi miembro en su mano y empieza a limpiarlo con movimientos que para mí son más bien caricias muy placenteras.

Sé que mis expresiones deben ser evidentes, pero no puedo resistir la tentación y el tomo de la cintura, colocándola en mi regazo. Espero que no se moleste, pero ella hace todo lo contrario, rodeándome con sus piernas.

Comienzo a besar su cuello y sus pechos mientras ella continúa con la esponja. En esta posición, empieza a limpiar mi espalda y, en uno de los roces de la esponja, siento un leve ardor

—Ouch —digo en voz baja.

—Lo siento por los rasguños—me dice a la vez que me mira a los ojos.

—No te preocupes. Me lo merecía —le digo y me acerco para besarla en los labios.

Ella me corresponde el beso, pero luego se aparta ligeramente. Sin embargo, sigo besando su cuello y sus pechos, rozando mi parte contra la suya y notando cómo ella se estremece. Lamentablemente, no puedo llevar esto más lejos en este momento ya que no tengo otro preservativo a la mano.

Continúo besándola y acariciando su cuerpo mientras escucho sus gemidos suaves. De repente, un golpe en la puerta interrumpe el momento.

—Buenos días, señorita Eileen —se oye la voz de una mujer.

—Buenos días —responde Eileen, mientras yo sigo besando sus pechos.

—Perdón por entrar sin previo aviso, estuve llamando un rato y no contestaban —ignoro la conversación mientras continúo.

—Está bien. ¿Qué sucede? —pregunta Eileen.

—El señor Abadí la está esperando en la playa —Eileen se aparta de mí y sale de la tina. Se envuelve en una toalla para cubrirse.

—Dile que bajaré en un momento.

—Claro —escucho los pasos que se alejan. Eileen se acerca a la regadera, abre el grifo y se enjuaga antes de salir y cubrirse nuevamente con la toalla.

Salgo de la tina, me seco con una toalla y me pongo los bóxeres. Al salir del baño, veo a Eileen poniéndose las bragas.

Eileen se pone el sostén y me acerco a ella, tomando los broches. Ella me mira, pero no protesta, dejándome abrochárselo. Le doy un beso en el hombro mientras la abrazo por la cintura.

—Tenemos que irnos, Adrien. Hay cosas que hacer —dice, separándose de mí. Se dirige a su maleta y saca una minifalda y una camisa roja. Deja la ropa en la cama y vuelvo a acercarme a ella, tomándola de la mano y acomodando un mechón de su cabello detrás de su oreja.

—Te veo abajo. Necesito ir a mi habitación a cambiarme —le digo, dándole un beso en los labios.

—Está bien.

Me visto con la ropa de ayer, me acerco a la puerta y noto a Tom dormido en su cama junto a la ventana. Salgo de la habitación de Eileen, camino por el corredor y llego a mi propia habitación al otro extremo.

Me pongo unos bóxeres limpios, un short verde menta y una camiseta oscura. Me arreglo el cabello y salgo de mi habitación para encontrarme con Eileen y el señor Abadí.

Capítulo 33

*E*ileen

Veo que Adrien se ha marchado, así que suelto un suspiro y me siento en la cama. Mi mente empieza a revivir los recuerdos de lo ocurrido anoche.

Me sorprendió mucho encontrar a Adrien aquí. Pensé que se iría después de conseguir lo que quería. Incluso intenté hacer que se fuera al decirle eso, pero parece que no era su intención.

Sin embargo, siento una mezcla de culpa y confusión. Él fue mi primera vez y no puedo entender cómo sucedió. ¿Cómo me entregué a él?

Siento que he decepcionado a Christian, a quien le prometí que él sería el primero. Mira lo que acabo de hacer.

Lo que más me sorprende, y también me asusta, es que todo lo que hizo Adrien me gustó mucho. Fue muy atento y gentil conmigo.

No sé cómo enfrentaré a Christian, pero sé que tendré que decirle la verdad. Mi mente está hecha un mar de dudas.

Lo que tengo claro es que no permitiré que Adrien juegue conmigo. No puedo permitirme ser una mujer tímida.

Sé que él tiene una novia o algo por el estilo. No tengo el valor para reclamarle nada, ya que estoy en una situación similar.

—Meow —escucho el maullido de Tom.

Veo que se ha subido a la cama y se acurruca a mi lado. Lo acaricio, buscando un poco de consuelo en su compañía.

—Gracias, Tom, por devolverme a la realidad —le digo al gato mientras me levanto de la cama y me pongo mis sandalias de plataforma.

Me miro en el espejo, tomo mi cepillo y me peino un poco. Luego, aplico un maquillaje ligero.

Tomo mi bolso y me dirijo a la sala. Le coloco comida y agua a Tom antes de salir de la habitación y asegurarme de cerrar la puerta con llave.

Camino por el pasillo hasta el elevador. Presiono el botón para que venga, y cuando las puertas se abren, entro y presiono el botón para el primer piso. Las puertas se cierran y el ascensor comienza su descenso.

Al llegar al primer piso, las puertas se abren de nuevo. Salgo del elevador y me dirijo hacia la salida, tomando la misma dirección que ayer.

Llego al lugar donde está el señor Abadí y veo que Adrien ya está con él. Ambos notan mi llegada y me miran. Adrien tiene una gran sonrisa en el rostro. Me acerco a ellos.

—Buenos días, señor Abadí, y buenos días también para usted, señor Adrien —trato de actuar como si no hubiera sido consciente de la mirada de Adrien.

—Buenos días, señorita Eileen —me saluda amablemente el señor Abadí.

—Buenos días, Eileen —dice Adrien, y su sonrisa permanece.

—Disculpen la tardanza, anoche no pude conciliar el sueño —ofrezco una disculpa sin mencionar lo que realmente ocurrió.

—No se preocupe, señorita Eileen. Entiendo que puede haber muchas distracciones aquí, pero es mejor que nos vayamos —dice el señor Abadí.

Él me ofrece su brazo y lo tomo con gusto. Caminamos juntos hasta el barco, subimos y yo me dirijo directamente a la proa.

Siento el aire fresco en mi rostro, lo que me ayuda a calmarme y aclarar mi mente. Pronto escucho unos pasos acercándose.

—Me encanta esa falda —susurra Adrien en mi oído mientras acaricia ligeramente mi pierna. Tomo su mano y la aparto suavemente.

—Adrien, aquí no hay gente que pueda vernos —le digo, sin apartar la vista del mar.

—¿Te arrepientes de lo que ocurrió? —me pregunta. Me giro para mirarlo. —Dime la verdad. No importa cuál sea la respuesta.

—Adrien —hago una pausa antes de continuar—. No me arrepiento.

Veo cómo su rostro se ilumina con una gran sonrisa. —Pero eso no significa que debemos dejar que todos nos vean juntos. Tú tienes a tu novia y yo tengo a mi prometido. Mientras aclaramos nuestra situación, es mejor que cada uno mantenga su distancia.

Se acerca y me abraza por la cintura. Coloco mis manos en sus brazos y observo cómo el viento mueve su cabello.

—No prometo nada, porque lo que menos quiero es alejarme de ti. Quiero tocarte, besarte y abrazarte. Sentir tu dulce aroma —sus palabras son tentadoras y dulces.

En ese momento, llegamos a la isla. Agradezco el cambio de escenario, porque no sabía qué más decirle.

—Después hablamos —le digo mientras me separo de él.

Bajo del barco, y el señor Abadí me ayuda a descender dándome la mano. Justo entonces, llega la joven encargada de mi maquillaje, y me apresuro a ir con ella. Necesito alejarme de Adrien; no puedo pensar con claridad cuando estoy cerca de él.

—Aquí está el vestuario, señorita Eileen —me dice, entregándome un traje de baño rojo.

—Gracias, regresaré en un momento —le respondo.

Me dirijo al vestidor, me cambio y vuelvo a salir con ella.

—Señorita Eileen, ¡le queda hermoso! —dice mientras sonríe.

—Gracias —le devuelvo la sonrisa.

—Vamos a maquillarla —me indica, señalando una silla frente a un espejo. Me siento y ella comienza a aplicarme un maquillaje más intenso y a ondularme el cabello. —Ya está lista, señorita.

Me levanto de la silla y me observo detenidamente en el espejo.

—Me encanta cómo me has maquillado —le digo.

—Gracias. Pero, señorita Eileen, ¿qué es esto? —me pregunta, señalando mi cadera. Al mirar donde me señala, noto unos pequeños moretones en mi piel, evidencias de los dedos de Adrien.

—No sé cómo me lo hice ni dónde me golpeé —le digo, mintiendo.

—No se preocupe, con el maquillaje no se notará —dice, tomando un poco de base para cubrir las marcas. —Listo, señorita Eileen.

—Gracias —le agradezco y salgo de la sala.

Llego a la playa, donde tomaremos las próximas fotografías. Me acerco a donde están el señor Abadí y Adrien. Ambos me miran al instante, y noto que en el rostro de Adrien se dibuja una mirada intensa, casi depredadora.

—Qué hermosa le queda, señorita Rossi —comenta el señor Abadí—. Bien, comencemos.

El fotógrafo me indica dónde colocarme y comienza a tomar algunas fotos, pero luego se detiene.

—Señor Abadí, tengo una idea. ¿Podrían traer una camisa blanca? —sugiere el fotógrafo.

—Traigan la camisa —ordena el señor Abadí, y de inmediato se la traen. Él me la entrega y me indica que me la ponga.

—Mucho mejor. Ahora, señorita Eileen, quiero que ponga una mirada como si estuviera mirando a un hombre que quisiera conquistar con su mirada. Coloque una mano al lado de su rostro, la otra en su vientre, y acomode su cabello de lado. Así está perfecto —dice mientras toma muchas fotos.

Después de varias tomas con el traje de baño, me dirijo al vestidor y me cambio al otro traje de baño, de color verde en la parte superior y blanco en la inferior.

La sesión de fotos continúa un rato más, y luego regreso al vestidor para cambiarme. Me miro en el espejo y noto un brillo especial en mis ojos. En ese momento, escucho un golpe en la puerta.

—Pasen —digo, mirando por el espejo y viendo que es Adrien. Me vuelvo para enfrentarlo.

—¿Qué haces aquí? —lo miro atentamente.

Él entra al vestidor, cierra la puerta y la asegura. Se acerca lentamente hacia mí, y yo intento detenerlo colocando mi mano en su pecho, pero él toma mi mano y la aparta, acercándose aún más.

—Te ves hermosa en traje de baño. Verte durante la sesión ha sido un placer y a la vez una tortura. Cada vez que tomabas una nueva posición, solo deseaba arrancarte ese bikini —me dice.

Coloca su mano en mi rostro, nuestras miradas se encuentran y, sin más, me besa. Yo correspondo a ese beso salvaje y apasionado.

Adrien me abraza por la cintura y me levanta, colocándome suavemente sobre la mesa frente al espejo.

Nuestro beso sigue siendo tan apasionado como antes. Siento cómo sus manos exploran mis pechos, metiendo los dedos por debajo del sostén. Nos separamos brevemente del beso.

—Me encantaría volverte a tener así —susurra con sensualidad—, pero sé que, aunque no lo aceptes, fue tu primera vez y no quiero lastimarte si no estás lista. Después de anoche, solo quiero estar dentro de ti de nuevo; todo en ti es tan delicioso. Tus besos, todo lo que eres, es exquisito.

—¿Ya obtuviste lo que querías o vas a seguir detrás de mí? —le pregunto, con una mezcla de desafío y curiosidad.

—Ya te dije que no me iré. Solo quiero estar cerca de ti. Te deseo tanto —me responde, mientras su mano se mueve hacia mi parte íntima.

Siento un ligero malestar, pero es mínimo. Me acerco a su rostro, y él abre ligeramente los labios, esperando el beso. Sin embargo, lo tomo por el cuello de su camisa y lo jalo hacia mí. Él me mira atentamente y retira su mano de mi parte íntima para apoyarse en la mesa y evitar caer.

—Solo una cosa —le digo con firmeza—: yo no soy tuya. Si deseas eso, debes ganártelo. No porque fueras el primero significa que solo seré tuya. Así que aquí no es el momento.

Le doy un beso, pero al mismo tiempo lo alejo de mí. Me dirijo hacia la puerta y la abro para que pueda salir. Adrien me observa un momento, luego se acerca, pero antes de irse, se detiene frente a mí, entendiendo mi mensaje.

—Cuando lleguemos al hotel, ten por seguro que no te dejaré dormir esta noche —me susurra Adrien con una sonrisa provocativa.

—Seré yo la que no te deje dormir —le respondo con audacia.

—Mmm, me encantan las mujeres atrevidas —dice mientras se saborea los labios antes de alejarse.

Cierro la puerta y me visto nuevamente con mi ropa normal. Salgo del vestidor y me dirijo hacia el barco. Subo a bordo y el barco zarpa rumbo al hotel.

Al llegar, soy la primera en bajar. Mantengo un paso firme, sabiendo que Adrien estará cerca, y me dirijo hacia la piscina.

—Eileen —escucho que alguien me llama.

Me detengo en seco y giro hacia la fuente de la voz. Veo a Hugo, saliendo de la piscina con su cuerpo bien esculpido y gotas de agua escurriendo por su piel.

—Hola, Hugo —le saludo, intentando ocultar mi sorpresa.

—Qué alegría verte de nuevo —responde, escurriendo el agua de su cuerpo.

—Lo siento por no haber hablado antes, he estado ocupada con trabajo —digo, echando un vistazo furtivo hacia Adrien, que está a unos metros, mirando con evidente enojo. Hugo nota mi mirada y se dirige hacia la misma dirección.

—No te preocupes. Pero ahora que te veo, ¿qué te parece si salimos juntos esta noche? —le propongo a Hugo, mientras de reojo noto la expresión de Adrien, que parece molesto.

—¡Perfecto! Pasaré por ti a las 6 en la entrada del hotel —responde Hugo, claramente entusiasmado.

—Está bien. Nos vemos esta noche —le digo con una sonrisa antes de alejarme.

Siento los pasos de Adrien acercándose detrás de mí, así que acelero el paso hasta llegar al elevador. Presiono el botón para llamar al ascensor y cuando las puertas se abren, entro rápidamente. Adrien parece apresurarse para entrar también, pero presiono varias veces el botón para que las puertas se cierren. Por suerte, las puertas se cierran justo antes de que él pueda entrar.

Ahora, me concentro en prepararme para la noche con Hugo. Mientras camino hacia mi habitación, me doy cuenta de que es raro que Christian no me haya enviado ni un mensaje ni una llamada. Quizás esté ocupado...

Capítulo 34

*E*ros

Han pasado varios días desde que mi hermana se fue de viaje de negocios. Debo admitir que ella es excelente en su trabajo; me dejó casi todo listo. El casting es mañana, así que he decidido adelantarlo un poco. Me siento algo decepcionado por no poder participar, pero primero está el negocio familiar.

—Señor Eros, ya todo está listo para el casting de mañana —escucho la voz de la asistente de mi hermana, Katia.

—Gracias, Katia. ¿Cuántas participantes hay este año? —le pregunto mientras reviso unos papeles.

—Como ordenó la señorita Rossi. Primero será el turno de las mujeres mañana y, la siguiente semana, el de los hombres —me responde.

—Perfecto. Entonces puedes marcharte, Katia. Nos vemos mañana en el casting —le digo. Escucho el sonido de sus tacones alejándose a medida que sale de la oficina.

Dejo el documento que estaba revisando y pienso para mí mismo: "Mi hermana tuvo una gran idea al incluir más hombres este año. Esto nos permitirá expandirnos mucho más."

En ese momento, mi teléfono comienza a timbrar. Lo saco del bolsillo de mi saco y veo que es mi madre quien llama.

—Hola, mamá —respondo con alegría.

—Hola, Eros. ¿Cómo estás, hijo? ¿Sabes dónde está Eileen? He intentado contactarla, pero no contesta sus llamadas —me dice, claramente preocupada.

—Estoy bien, mamá. Estoy al mando de la empresa porque mi hermana se fue a un viaje de negocios con el señor Abadí y el señor Giordano —le explico.

Reto a duelo con el enemigo ♡

—Eileen va a escuchar de mí. ¿Cómo se le olvida avisar a sus padres? ¿Y por qué no mencionó que también iría el señor Giordano? —escucho la voz de mi mamá, enojada.

—Debes entenderla, mamá. Los planes de viaje estaban programados para después, pero el señor Abadí necesitaba el comercial antes de lo esperado y solo les dio tres días para prepararse. Eileen se concentró en dejar todo listo en la oficina antes de irse —intento calmarla.

—Creo que tienes razón. Eileen es muy enfocada en su trabajo. Pero no olvides que dentro de dos semanas debes asistir a nuestra fiesta. Sabes que invitaremos a todos nuestros socios de años, y si es posible, ven con una acompañante o una novia —comienza a insistir mi mamá.

—Mamá, sabes que soy muy joven y aún quiero conocer a más chicas antes de decidir cuál es la indicada para ser mi novia —le respondo.

—Estás igual que Eileen, con los mismos pensamientos. Casi todos los hijos de nuestros socios ya tienen esposos, esposas e incluso hijos —comienza a regañarme.

—Pero Eileen ya está comprometida —le aclaro.

—Sí, eso es bueno, pero me preocupa que te falte a ti —me dice.

—Te prometo, mamá, que estaré con los ojos bien abiertos para encontrar una buena mujer —le aseguro.

—Está bien, hijo, eso ya me tranquiliza un poco.

—Mamá, una pregunta. ¿Por qué te interesa saber que el señor Giordano acompañó a Eileen en el viaje de negocios?

—Sabes que me gusta estar al tanto de qué socios tiene Eileen —responde, lo cual suena sospechoso.

—Pero la empresa Giordano ha sido socia nuestra durante años —le recuerdo.

—No tiene nada de malo querer saber, hijo.

No quiero seguir interrogando a mi madre; sé que no me dirá más. Pero es muy raro que se interese en saber que también iba él.

—Bueno, mamá, tengo mucho trabajo que hacer. Hablamos luego —le digo.

—Está bien, hijo, cuídate y avísale a tu hermana sobre la fiesta.

—Sí, mamá. Hasta luego.

—Hasta luego, hijo.

Termino la llamada, dejo el teléfono en la mesa y me rasco las sienes. Mi madre me causa estrés con sus insistencias sobre el matrimonio y la necesidad de tener una novia.

Tomo de nuevo mi teléfono y marco el número de mi hermana Eileen. Coloco el teléfono en mi oído y escucho el tono de llamada.

—Hola, hermanito. ¿Todo bien? —escucho la voz de mi hermana.

—Hola, hermanita. Sí, todo está bien por aquí. Pero cuéntame, ¿cómo va todo por allá?

—Bien, he tenido mucho trabajo y no he tenido mucho tiempo libre.

—Ya lo veo. Nuestra mamá me acaba de llamar quejándose de que no le avisaste que te ibas de viaje de negocios —le digo.

—Es cierto, lo olvidé por completo. Pero esta misma noche le marcaré —me dice.

—Está bien. También me mencionó que, cuando regreses, debes estar lista para asistir a la fiesta que estamos organizando para todos los socios de tiempo —le digo.

—Gracias por avisarme, hermano.

—Hola. Mi nombre es Eileen Rossi —responde la joven con confianza.

Reto a duelo con el enemigo ♡

Mi corazón late un poco más rápido al escuchar su nombre. La misma mujer que conocí el otro día está aquí, frente a mí. La miro con más atención, tratando de evaluar cada detalle mientras se presenta.

—Eileen, ¿verdad? —repito su nombre para confirmar. —Bien, cuéntame un poco sobre ti y por qué estás interesada en este casting.

Ella empieza a hablar con seguridad sobre sus experiencias y motivaciones, y aunque su voz es tranquila, hay una chispa de determinación en sus ojos. Me doy cuenta de que su presencia es cautivadora y su actitud, impresionante.

—Muy bien, Eileen. Gracias por compartir eso —le digo, haciendo una anotación rápida. —Puedes pasar al siguiente paso del casting.

Ella asiente y se dirige hacia la siguiente fase con la misma confianza con la que entró. Mientras la observo, no puedo evitar pensar en lo que me dijo el otro día. Esta joven parece estar destinada a destacar.

Vuelvo a concentrarme en mi tarea, pero el pensamiento de Eileen sigue en mi mente.

—Hola. Mi nombre es Daphne Giordano —me sorprende escuchar el nombre.

—Muy bien, señorita Giordano. ¿Cuántos años tiene? —pregunto, tratando de mantener la formalidad.

—Tengo 19 años —responde con una voz clara y agradable.

—También veo en su portafolio que ha trabajado en cinco comerciales como modelo para la compañía Giordano Publicidad —dice la señorita a mi lado mientras revisa el portafolio.

Yo también examino la copia del portafolio, que incluye una foto de su rostro y otra de cuerpo completo. También se menciona su experiencia en la empresa de los Giordano.

Reto a duelo con el enemigo ♡

—Así es, he trabajado como modelo en varios comerciales —confirma Daphne.

—Entonces, ya tiene un concepto básico del modelaje. Si ha trabajado en una empresa grande, ¿qué espera lograr trabajando aquí? —le pregunto.

—Seré sincera con ustedes. Sé que, por mi apellido, están al tanto de quién soy y de mi familia. He trabajado para la empresa familiar, pero deseo abrirme paso por cuenta propia. Quiero hacerlo en la empresa de modelaje más importante de Mónaco. Mi objetivo es demostrarme a mí misma, y no solo a ustedes, que puedo avanzar sin la ayuda de nadie. Por eso estoy aquí —explica con determinación.

Todos, incluida yo, nos quedamos reflexionando. Ella tiene una visión clara y una determinación que resuena conmigo.

—Está bien, señorita Giordano. Sus pensamientos son muy válidos. Puede colocarse frente al fondo blanco para tomar algunas fotos —indico.

Daphne se mueve con gracia hasta la ubicación de la cámara.

—Primero, una foto de perfil —dice una de las asistentes, y Daphne se pone de perfil.

—Ahora, una foto de frente —ella obedece con confianza.

—Y, por último, una de cuerpo entero —añade la asistente. Daphne posa adecuadamente. Es evidente que tiene experiencia previa como modelo; su postura y la forma en que lleva la ropa son prueba de ello.

—Bueno, señorita Giordano, eso es todo. Aquí tenemos su portafolio y su número de teléfono; nosotros la llamaremos —dice Katia.

Veo cómo Daphne gira su mirada hacia donde estoy. Es como si me estuviera mirando directamente. Me aflojo la corbata al notar cómo se muerde el labio, pero finalmente se despide y se va.

Después de ver a Daphne, he perdido un poco de interés en las siguientes participantes. La foto de Daphne en su portafolio es realmente impresionante. Aunque soy el CEO y debo ser justo con todas, no puedo evitar que sus rasgos me impresionen. Sin embargo, sé que tengo que revisar la opinión de los demás antes de tomar una decisión final.

Pero por ahora, sigamos trabajando...

Daphne

Espero haber dejado una buena impresión. La verdad, deseo lograr el éxito por mis propios méritos. Salgo de la empresa y veo a Christian esperándome en la entrada.

Subo al auto y cierro la puerta, dándole un beso en los labios a Christian.

—¿Cómo te fue? —me pregunta.

—Bien, estoy impaciente por saber si seré seleccionada —le respondo.

—Verás que sí. Una belleza como tú es difícil de opacar. ¿Qué te parece si vamos a celebrar? —sugiere, mientras coloca su mano en mi pierna.

Miro su mano y me pregunto por qué está siendo tan insistente. Después de todo, soy yo quien decide con quién duermo. Coloco mi mano sobre la suya y digo:

—Pensaba lo mismo, pero ¿qué tal si lo dejamos para después? Tengo que ir con mi mamá —le doy una excusa.

Con una ligera presión, quito su mano de mi pierna. Aunque Christian es guapo, su actitud no me agrada.

—Está bien. Te llevaré a tu casa —responde, visiblemente molesto.

—Gracias —le digo mientras él pone el auto en marcha.

Miro por la ventana mientras el auto avanza. Al llegar a mi departamento, le doy un pequeño beso que él no corresponde, pero no me importa. Me bajo del auto y veo cómo se aleja rápidamente.

Entro al edificio y, al llegar a mi departamento, Luna se lanza hacia mí, moviendo la cola con alegría.

—Hola, Luna —le digo, acariciándola.

—¡Guau! —responde, ladrando felizmente.

Ella se aparta de mí y me quito los tacones. Me dirijo directamente a mi cama y me acuesto.

—No puedo creer que, después de tantos años, siga siendo tan guapo —sonrío, pensando en él.

Espero volver a verlo pronto. Sé que también me ha mirado. Aunque sé que a Adrien no le gustará, si me dice algo, le recordaré lo de Eileen...

Capítulo 35

*A*drien

Observo cómo ese hombre está hablando nuevamente con Eileen. La frustración me embarga al ver que ella sabe que estoy aquí y continúa conversando con él.

Cuando ella se va, él también lo hace. Decido seguirla rápidamente para alcanzarla, pero veo que entra al hotel y luego al elevador. Intento seguirla, pero las puertas se cierran antes de que pueda entrar.

—¡Maldición! —los celos me consumen.

Entonces, veo al señor Abadí acercándose a la recepción. Se me ocurre un plan y espero que él pueda ayudarme. Corro hacia él para alcanzarlo.

—Señor Abadí —le llamo, deteniéndose de inmediato.

—¿Señor Giordano? —me saluda, algo sorprendido.

—¿Puedo pedirle un favor, señor Abadí? —le digo, notando que me mira con curiosidad.

—Claro, ¿en qué puedo ayudarle?

—Sé que no es conveniente pedir esto, pero ¿podría darme una copia de la tarjeta del cuarto de la señorita Eileen?

—¿Por qué debería dársela? —me pregunta, con una expresión de desconfianza.

—Le seré sincero, señor Abadí. Me gustaría hacerle una sorpresa a Eileen para mostrarle mis sentimientos. Estoy siguiendo su consejo —le explico.

Reto a duelo con el enemigo ♡

—Mmm, no estoy seguro. Esto es algo muy confidencial. Pero, solo por ayudar al amor, está bien. Sin embargo, si ocurre algo, será su responsabilidad —me advierte.

—Claro, me hago responsable —le aseguro.

—Bien, permítame un momento —dice, y se dirige a la recepción.

Lo observo desde mi posición mientras él habla con la recepcionista y le entrega otra tarjeta. Regresa a mí y me la pasa con cautela.

—Espero que sorprenda a la señorita Rossi. Ella se lo merece —me dice.

—Gracias, señor Abadí —le agradezco sinceramente.

Veo cómo se va y yo también me dirijo hacia afuera. Necesito tener paciencia. Decido ir a la piscina, en la parte trasera del hotel, para pensar.

Eileen

Mi hermano me llamó y, efectivamente, no le avisé a mis padres sobre mi viaje. Después de mi cita con Hugo, les hablaré para recibir mi regaño.

También necesito contactar a Christian para saber qué ha hecho o dónde está, ya que no he tenido noticias de él, lo cual es muy raro. Pero eso será después; por ahora, tengo algo importante que hacer.

Faltan unos minutos para las 6. Me pongo una falda blanca con puntos rojos y un corte hasta el muslo. El top es rojo con escote en forma de corazón y las mangas caídas. Completo el look con sandalias blancas de correas y un bolso a juego.

Me ondulé el cabello, me hice un maquillaje natural y elegí un labial rojo que combina con mi atuendo.

Estoy lista y salgo de mi habitación. Cierro la puerta con cuidado y camino por el corredor hasta el elevador. Presiono el botón y, cuando las puertas se abren, entro y selecciono el primer piso.

Al llegar al primer piso, salgo del elevador y me dirijo directamente hacia la puerta. Mis ojos se encuentran con Hugo, que está vestido elegantemente con una camisa blanca y un pantalón negro. Su cabello está perfectamente peinado. Le sonrío y me acerco a él.

Hugo me mira, se quita los lentes para verme mejor y sonríe ampliamente. Llego hasta él y me toma de la mano.

—Qué hermosa, señorita Eileen —me dice amablemente.

—Gracias, señor Hugo —le agradezco.

—Bueno, vámonos. Tengo algo que mostrarle y espero que sea de su agrado —me dice, mientras coloca mi mano en su brazo.

Me guía por la parte trasera del hotel y pasamos junto a una pequeña piscina. Mis ojos se encuentran con los de Adrien, que está sentado al borde de la piscina, sin camisa. Su cuerpo está bien esculpido y su malestar es evidente.

A pesar de que solo me mira un momento antes de desviar la vista, no puedo evitar notar su atractivo físico. Mi mente divaga, recordando la noche anterior y las marcas que le dejé en la espalda. Es claro que, a pesar de todo, sigue siendo extremadamente atractivo.

—Eileen —escucho la voz de Hugo, que me saca de mis pensamientos.

—Sí —respondo, volviendo mi atención a él.

—¿Estás bien? —me pregunta.

—Sí, solo estaba recordando algunas cosas del trabajo que olvidé hacer. Pero las terminaré cuando regrese —le digo, ocultando la verdad.

—Eres muy dedicada a tu trabajo —me comenta.

—Sí, como ya te he dicho, hay muchas personas que esperan mucho de mí y no puedo decepcionarlos —respondo, mientras comenzamos a caminar de nuevo.

—Sí, te entiendo. Pero también es importante que pienses en ti misma y en lo que realmente deseas. No pasará nada si te tomas un momento para ti —parece que Hugo ha notado mi mirada hacia Adrien.

—Gracias por el consejo —le sonrío.

—De nada. Pero vámonos —dice, tomándome de la mano.

Continuamos caminando, pero de reojo veo que Adrien nos observa atentamente. Vuelvo a mirar hacia el frente, tratando de no pensar en él.

Llegamos al muelle y veo un barco espléndido. Hugo me toma de la mano y subimos juntos. En la proa, hay una mesa decorada con rosas, dos copas, y pétalos esparcidos por el suelo. Es un ambiente muy romántico.

—Qué hermoso, Hugo —le digo, admirando el arreglo.

—Una mujer tan hermosa e impresionante como tú se merece esto y mucho más —dice, colocando su brazo en mi cintura.

Me ayuda a sentarme y luego él se sienta frente a mí. Me sirve una copa de vino, luego se sirve a sí mismo. Brindamos y tomamos un sorbo.

Un hombre nos sirve una cena exquisita. Durante toda la comida, siento la mirada de Hugo fija en mí. Cuando terminamos, solo queda la botella de vino en la mesa.

—Señorita Eileen, con una belleza como la suya, ¿cómo es posible que no tenga novio? —me pregunta. Sé que está tratando de sondear mis sentimientos, pero creo que es justo que sepa la verdad.

—Lo siento si le decepciono, pero estoy comprometida —le muestro el anillo en mi mano.

—Mmm, qué lástima. Su prometido es un hombre afortunado —dice.

—¿Y usted no tiene novia? —le pregunto, interesada.

Reto a duelo con el enemigo ♡

—La verdad es que no. Estuve comprometido hace tiempo, pero justo cuando íbamos a casarnos, ella no llegó a la iglesia. Luego me envió una carta diciendo que amaba a otro. Desde entonces, me ha costado creer en las mujeres. Sin embargo, hay algo en usted que me llama la atención —responde, siendo sincero.

—Veo que es muy directo —comento.
—Ser directo es mejor que ocultar lo que uno siente, de lo contrario, uno mismo sufre al no decir la verdad y evitar lo que me pasó. Si mi pareja hubiera sido sincera, no me habría lastimado —reflexiona Hugo, y noto que tiene razón.

—Sí, tienes razón —asiento.

—Pero sé respetar las relaciones, señorita Eileen. Si estás comprometida, respeto tu relación. Sin embargo, me gustaría ser tu amigo y quizás, en el futuro, un socio —me dice, y esto me confunde un poco.

—Gracias por comprender, señor Hugo. Claro, acepto tu amistad, pero ¿cómo relacionarías la arquitectura con el modelaje? —pregunto, notando que aún me lanza miradas que sugieren que podría haber algo más.

—Ya lo verás. Pero por ahora, no estamos aquí para hablar de negocios —responde con una sonrisa.

Después de la cena, conversamos sobre nuestras familias, estudios y otros temas. Hugo se muestra muy agradable, y aunque sabe respetar, su mirada aún revela un interés. Es tarde y él me lleva de regreso a la entrada del hotel.

—Gracias por la cena, señor Hugo. Estuvo deliciosa —le agradezco sinceramente.

—El placer fue mío, pero gracias a ti por aceptar —me dice, tomando mi mano y dándome un beso.

—De nada, eres muy amable.

—Me gustaría salir contigo de nuevo, pero mañana tengo compromisos con el señor Abadí y luego regreso a Italia. Espero verte antes de mi partida —me dice.

215

—Claro, te enviaré un mensaje después de terminar mi trabajo —le aseguro.

—Perfecto. Entonces, hasta mañana —se acerca para darme un beso en la mejilla, pero se acerca tanto que nuestros labios casi se tocan.

Me deja sorprendida, pero se despide sin decir más. Lo veo alejarse y luego me dirijo directamente a mi habitación.

Mientras estoy en el elevador, veo que tengo una llamada perdida de mi madre y decido devolverle la llamada. Cuando las puertas se abren, me dirijo por el pasillo hacia mi habitación. Pongo la tarjeta en la cerradura y entro.

—Hola, hija —escucho la voz de mi madre al otro lado.

—Hola, mamá. ¿Cómo están? Primero, perdón por no avisarles de mi viaje; fue todo tan repentino —le explico.

—Estamos bien, hija. Tu hermano me comentó sobre tu viaje. Entiendo, pero dime, ¿está el señor Giordano por ahí? —su pregunta me sorprende.

—Sí, mamá, ¿por qué lo preguntas? —le pregunto, intrigada.

—No es nada, hija. Solo era una pregunta —responde ella de manera evasiva.

Me quito los zapatos y empiezo a caminar hacia mi habitación. Enciendo la lámpara y continúo la conversación con mi madre.

—Tu pregunta sobre él no es casualidad, mamá —le digo.

—No, no es nada importante. Solo quería saber. Pero, cambiando de tema, no olvides que tienes que asistir a la fiesta —me recuerda.

—Sí, lo tengo presente, mamá. Pero ahora necesito descansar para mañana. Hablamos después. Adiós —le digo, despidiéndome.

—Adiós, hija. Descansa bien.

Termino la llamada y dejo mi teléfono sobre la mesa. Me acerco al espejo para darme una última mirada antes de acostarme.

—Espero que te hayas divertido —escucho la voz de Adrien detrás de mí, y me doy vuelta sorprendida.

Capítulo 36

*E*ileen

El ambiente en la habitación se torna tenso y cargado de emociones. Mientras Adrien se acerca, no puedo evitar sentir una mezcla de confusión y desafío.

—Sabes, existen calzoncillos para tu información —le digo, intentando mantener mi postura firme a pesar de la situación.

—No creo necesitarlo esta noche —responde con una determinación que solo acentúa el desafío en el aire.

Adrien se acerca aún más, con una mirada que mezcla enojo y una intensidad depredadora. Me observo en el espejo, dándome cuenta de la situación: él está completamente desnudo, y yo estoy en una posición en la que no tengo mucho margen para moverme.

—Dime, ¿te gustó lo que te hizo él? —pregunta, su voz cargada de una tensión que no puedo ignorar.

Decido aprovechar su confusión para jugar un poco más.

—Y si te digo que sí, ¿qué harás? —le contesto, provocadora.

Veo cómo aprieta la quijada y antes de que pueda reaccionar, Adrien me carga de manera inesperada. Coloca mis piernas alrededor de su cintura y me lleva hacia la cama con un movimiento decidido. Mi corazón late con fuerza mientras siento la presión de su cuerpo contra el mío.

Me tira suavemente sobre la cama y se inclina sobre mí, sus ojos fijos en los míos. La mezcla de deseo y frustración en su rostro es evidente, y yo me encuentro atrapada entre la sorpresa y la anticipación de lo que pueda suceder a continuación.

218

—Te haré olvidar cada una de las caricias de él —susurra mientras empieza a besar mi cuello.

Coloco mi mano en su boca y lo detengo, girándolo para que quede debajo de mí.

—Esta vez tomaré yo el control —le susurro al oído, lamiendo su mejilla con la lengua.

—Veremos qué sabes hacer —responde con una sonrisa.

Levanto mi rostro y encuentro sus ojos fijos en los míos.

—No te muevas y déjate hacer lo que yo quiera —le indico, mientras él sonríe.

—Espero que aproveches la oportunidad —dice con expectativa.

—Verás que sí la aprovecharé muy bien —le sonrío. —Así que quédate ahí y no te muevas.

Me levanto de encima de él y voy directo a mi maleta. Tomo un par de medias y regreso a la cama. Me subo de nuevo sobre él y ato sus manos a la cabecera de la cama. Intento poner en práctica todo lo que he aprendido a lo largo de los años.

Una vez asegurado, me aparto y me dirijo hacia los pies de la cama, para que pueda ver todo lo que planeo hacer.

Comienzo a quitarme el top con cuidado, dejando mis pechos al descubierto. Coloco mis manos en mi cuello y empiezo a bajar lentamente y de manera sensual por mi pecho hasta tocar y acariciar mis pechos.

Lo observo mientras se muerde los labios. Veo cómo su deseo empieza a hacerse evidente. Sonrío con satisfacción al notar su reacción.

Luego, bajo mi falda, quedando solo en la ropa interior. Me alegra haber elegido una tanga de encaje blanco. Finjo que me la quito, pero al final no lo hago.

Vuelvo a mirar a Adrien y noto su impaciencia al ver cómo agarra las medias con fuerza. Para jugar un poco más, comienzo a bailar sensualmente, tocándome el cuerpo. Me doy la vuelta y muevo mi trasero de forma provocativa.

Finalmente, me acerco de nuevo a la cama y a Adrien. Le doy un beso en los labios, que él corresponde con intensidad.

—Auch —murmura.

Me separo de él al sentir un leve sabor metálico en mi boca. Lo miro y noto que lo he mordido ligeramente. No parece molesto; al contrario, sonríe.

Empiezo a besar su cuello, bajando por su pecho y estómago hasta llegar a su parte baja. Le doy algunos besos y lo tomo en mi mano, acariciándolo mientras observo su rostro, que no aparta la vista de mí.

Bajo mi mirada de nuevo a su parte y lo beso nuevamente. Lo tomo en mi boca y comienzo a jugar con él, al principio con cuidado para adaptarme a su tamaño y longitud. Luego, aumento la velocidad de mis movimientos. Coloco mis manos en sus caderas, sintiendo cómo Adrien se estremece ante mis caricias.

Sus gemidos llenan la habitación, y siento cómo él mueve sus caderas hacia arriba, lo que me hace sentir satisfecha al saber que le gusta. Acelero mis movimientos, aunque sé que mi boca podría doler después, no me importa.

—Eileen... Ah.

Continúo con mis movimientos, ajustándome a su ritmo mientras sostengo sus caderas.

—Ah...

Adrien gime nuevamente, y siento un líquido caliente en mi boca, que dejo pasar por mi garganta. Me aparto y lo miro; él me observa con atención, su respiración está agitada.

—¿No que eras virgen? —pregunta, y eso me saca una sonrisa.

Reto a duelo con el enemigo ♡

—Pero no soy monja —le respondo con una sonrisa.

—¿A quién más le has hecho esto?

—Eso no es de tu incumbencia —le digo, sin revelar que él es el primero. No quiero alimentar su ego.

—Espero que ya hayas terminado.

—¿Por qué? —le pregunto, curiosa.

—Porque es mi turno —dice con una sonrisa traviesa, y en un movimiento rápido rompe las medias que me había puesto. Me toma y me coloca debajo de él.

—Consejo para la próxima: usa amarres más seguros —le digo, tratando de mantener la compostura.

—Lo tendré en cuenta —responde, con un tono burlón.

Me besa apasionadamente, y luego baja por mi cuello, deteniéndose en mis pechos, que besa y acaricia. Continúa su descenso por mi estómago, pero se detiene y, con un gesto decidido, rasga mis bragas.

—¡Hey, me debes unas nuevas! —exclamo, sorprendida.

—Te compro todas las que quieras —dice mientras se levanta, recoge su short del suelo y saca algo de él. Regresa a la cama, pero en lugar de subirse, me toma de los tobillos y me jala hasta el borde de la cama.

Veo cómo rasga el envoltorio del preservativo y se lo coloca. Luego, toma mis piernas y las eleva hasta sus hombros.

—Espero que esto no te deje tan cansada —murmura, y antes de que pueda responder, siento su entrada. Esta vez es diferente a anoche; es más salvaje, más intensa.

Siento cada embestida con una fuerza que me hace gemir y maldecir. Aprieto con fuerza las sábanas de la cama con mis manos, tratando de mantenerme en control.

—Ah...

Los gemidos se escapan con cada embestida salvaje que me da. Cierro los ojos ante el placer abrumador que siento. Él quita mis piernas de sus hombros y las abre para posicionarse en medio de mis piernas. Lo abrazo de la cintura mientras él cae ligeramente sobre mí.

—Dime quién es mejor, ¿él o yo? —me susurra al oído.

No puedo responder porque sus movimientos no se detienen. Los espasmos vuelven a apoderarse de mí, y en una de sus embestidas, siento cómo explota en mi interior.

—Adrien... Ah.

Sin darme cuenta, clavo mis uñas en sus hombros mientras los espasmos se disipan. Abro los ojos y veo una enorme sonrisa en el rostro de Adrien. Entiendo bien a qué se debe esa sonrisa y no tengo dudas.

Él baja hasta mí y me besa en los labios. Hace una pequeña mueca de dolor por la mordida, pero no le importa y sigue besándome.

—Esto todavía no termina —me susurra en los labios.

Se separa de mí y sale, tomándome de las caderas y dándome la vuelta para que quede boca abajo. Siento cómo se separa por un breve momento, y luego regresa. Lo que estaba haciendo se vuelve claro para mí. Me acomoda para que quede de rodillas en el borde de la cama.

Siento cómo me hace una trenza con mi cabello antes de entrar de nuevo en mí con la misma intensidad. Me toma de la trenza y me la jala ligeramente. Las embestidas se vuelven tan intensas y placenteras que es imposible no gemir.

Después de estar en esa posición y de volver a sentir los espasmos de nuevo en mí y embriagarme en esa inmensa pasión. Estoy acostada boca abajo mientras siento como Adrien besa mi espalda.

—Tu piel es tan linda y suave —me susurra al oído a la vez que lo muerde ligeramente.

En eso me levanto y me recuesto arriba del pecho de Adrien lo veo atentamente.

—Enserio dime ¿dónde aprendiste lo que me hiciste? o ¿acaso me engañaste y no eras Virgen? —yo me rio ante eso.

—Hay formas de aprender, pero es difícil ponerlo en práctica.
—Pues conmigo puedes poner en práctica lo que quieras. Así que la inocente Eileen es toda una diablilla sádica —le digo, con molestia en la voz.

—Sádica no. Si lo fuera, te habría golpeado, cosa que no me gusta. Pero sí, he leído sobre eso. Más bien, lo que me llama la atención del BDSM es el bondage, aunque sin llegar a la sumisión y el sadismo. Lo demás me parece más extremo, y no me gusta decirle a nadie "amo" porque no soy la mascota ni la propiedad de nadie. Como te dije, hay formas de aprender, pero no de practicarlas. Además, cuando se espera mucho de ti, terminas fingiendo ser quien los demás quieren que seas.

—Eso me da a entender que fui el primero, y entiendo que muchos esperan grandes cosas. Yo he sentido lo mismo —me dice, dándose cuenta de algo. Aparentemente, ha sentido lo mismo que yo, pero no me interesa tocar ese tema con él.

—No lo sé, quizás sí, quizás no —intento evitar ser descubierta.

—Sé que fui el primero, aunque lo niegues. Pero me encantan las mujeres que saben lo que quieren y cómo lo quieren. Así que no te aburriré.

—¿Y quién dijo que solo tendría relaciones contigo? —le respondo, esperando molestarlo.

—¿Porque tú eres mía? —pone su mano en mi cabeza, forzando que me acerque a él.

223

—Ya te lo dije, no soy de nadie. Si quieres algo, tendrás que ganártelo. Así que yo soy la que decide con quién está y no tú —quito su mano de mi cabeza.

—Eso lo veremos —me dice desafiándome.

—Ahora lo que verás es que haré que estés tan desvelado mañana que no te querrás levantar de la cama —le sonrío.

—Veremos quién gana —me responde con una sonrisa.

Le doy un beso en los labios, y a él no le importa que lo haya mordido. Con mi mano, exploro cada parte de su cuerpo, tan bien esculpido. Parece que será una noche bastante larga...

Capítulo 37

*C*hristian

Me alegra que Eileen esté lejos, porque
así puedo hacer lo que quiera a mi antojo. Aunque tengo un poco de
desconfianza hacia Giordano, sé que él anda detrás de Eileen y que ella, de
alguna manera, le atrae.

Además, pensé que tener a la hermana de Giordano podría ser una buena
oportunidad, pero solo es una chica mimada, y la verdad, no estoy interesado
en ese tipo. Solo traen berrinches y complicaciones.

Llego a mi departamento, sintiéndome ansioso y frustrado. Necesito
descargar mi energía, y ya sé con quién.

Tomo mi teléfono y marco su número. Lo pongo en mi oído y escucho
cómo entra la llamada.

—Hola, mi papi —me contesta ella.

—Hola, mi zorrita —respondo con una sonrisa descarada.

—¿Me extrañas? —me pregunta.

—Sí, en estos momentos tengo muchas ganas de ti. ¿Qué te parece si
vienes a Mónaco y me haces una visita? Mi prometida no está, y, además, ella
no me deja tocarla.

—Mmm, creo que me acabas de convencer. Tenía previsto ir en unas
semanas, pero con semejante propuesta no puedo negarme.

—Entonces, cuando estés aquí, me avisas para ir a recogerte —le digo,
sintiéndome victorioso.

—Claro, mi amor. Espero que me tengas algo realmente emocionante.

—Ya lo verás.

—Entonces, espera mi llamada. Bye —dice.

—Bye, te esperaré con muchas ganas.

Al terminar la llamada estoy feliz porque desahogaré todas mis ganas y frustraciones con mi zorrita.

Citlali

Creo que le voy a dar una sorpresa a mi querido Adrien y armaré el escándalo del año. He intentado contactarlo durante días sin éxito.

Le marqué hace unos días a su madre para averiguar dónde demonios estaba, pero sabía que la señora encubre mucho sobre su hijo. Tuve el descaro de decirme que su hijo estaba muy ocupado trabajando.

Pero sé que está con esa zorra, así que tengo otra razón para ir y descubrir dónde diablos está. Y si está con ella, es hora de demostrarle quién es la verdadera dueña de todo esto.

Tomo mi maleta, la coloco sobre la cama y empiezo a empacar todo tipo de ropa: casual, sensual, normal, elegante, mi lencería, y, por último, mis zapatos. No llevaré tantos, a diferencia de los que Adrien me compró. También organizo todos mis productos de belleza, maquillaje y cremas.

Tomo mi teléfono y hago una llamada mientras cierro la maleta, escuchando cómo la llamada entra.

—Hola, señorita Brown —responde mi asistente.

—Hola, Dulce. Quiero que me reserves un vuelo de ida para Mónaco en el primer avión que salga.

—A sus órdenes, señorita.

—Gracias, adiós —termino la llamada y marco otro número.

—Hola, hija —responde la voz de mi padre.

Reto a duelo con el enemigo ♡

—Hola, papá. Te llamaba para informarte que me iré unas semanas a Mónaco para visitar a mi prometido, y quería que tú tomes el mando en mi ausencia.

—Solo porque está en juego emparentarse con los Giordano. Si fuera por otra cosa, no te dejaría ir, ya que es tu responsabilidad por eso tanto que me exigiste tener el mando —empieza a regañarme mi padre.

—Está bien, padre. Hay muchas cosas en juego, así que tengo que hacerlo. Bueno, ya te informé. Te llamaré cuando esté en Mónaco.

Termino la llamada antes de que mi padre pueda continuar con sus regaños. No tengo tiempo para escucharlo. Busco el número de mi chofer en mi teléfono, lo marco y espero unos segundos hasta que me contesta.

—Hola, señorita Brown… —me saluda amablemente, pero no lo dejo terminar.

—Hola, Samuel. En diez minutos quiero que tengas listo el auto y me lleves al aeropuerto.

—A sus órdenes, señorita Brown.

Cuelgo y me doy una ducha rápida. Al salir, me dirijo a mi clóset y elijo algo realmente sexy: un vestido negro ajustado que cae por debajo de mis caderas, con un escote pronunciado, sin mangas y tacones elegantes de aguja.

Me maquillo con elegancia, aplicando un labial rojo en mis labios. Recojo mi cabello en una coleta alta para resaltar el vestido.

Cuando estoy lista, tomo mi maleta y mi bolso y me dirijo a la salida de mi departamento. Camino por el corredor hasta el elevador, presiono el botón y espero a que las puertas se abran. Entro y selecciono el botón del primer piso. Las puertas se cierran y, en unos minutos, se vuelven a abrir.

Camino con mi maleta hacia la entrada. Mi chofer me abre la puerta del auto, y yo me subo mientras él coloca mi maleta en el maletero. Me acomodo en el asiento y nos dirigimos al aeropuerto.

Reto a duelo con el enemigo ♡

Espero a que me abra la puerta. Entro al auto, veo cómo coloca mi maleta en la cajuela y se acomoda en el asiento del conductor. Enciende el motor y nos ponemos en marcha.

Minutos después, mi teléfono suena. Lo saco del bolso y veo que es una llamada de Dulce. Contesto rápidamente.

—Dime, Dulce. ¿Conseguiste mi boleto?

—Sí, señorita Brown. El avión sale en una hora.

—Envíame el boleto a mi teléfono. Adiós.

Cuelgo y vuelvo a guardar el teléfono en el bolso.

Tras llegar al aeropuerto, registrar mi maleta y pasar por seguridad, finalmente estoy a bordo del avión.

Después de un vuelo de seis horas, aterrizo en Mónaco. Estoy realmente estresada. Recojo mi maleta y salgo del aeropuerto. Saco mi teléfono nuevamente y marco el número de Christian.

—Hola, mi zorrita. ¿Ya estás aquí? —me pregunta su voz familiar.

—Hola, mi amor. Sí, ya estoy aquí.

—Perfecto, creo que ya te vi.

Miro hacia donde están los autos y, a través del cristal, reconozco la cara de Christian. Termino la llamada y observo cómo se acerca en su auto.

Se estaciona, baja para ayudarme con la maleta y luego me abre la puerta. Él se sienta al lado del chofer y nos ponemos en camino.

—No sabes cuánto te he extrañado —me dice mientras coloca su mano en mi pierna y comienza a acariciarla.

Sube lentamente por mi pierna. Abro las piernas para darle acceso completo, y él toca mi parte íntima con sus dedos. Aparta mis bragas a un lado y mete uno de los dedos dentro de mí.

Reto a duelo con el enemigo ♡

~Ah~

Gimo de placer, pero él retira sus manos.

—Espera, quiero que primero lleguemos a mi departamento. Quiero ver cada expresión que hagas —susurra en mi oído mientras me da una suave lamida en la mejilla.

—Entonces apresúrate.

Siento cómo acelera un poco más y, poco después, llegamos a un enorme departamento. Parece que a Christian le ha ido bien con su monjita.

Se estaciona, baja rápidamente del auto y me ayuda a salir. Entramos al edificio y nos dirigimos directamente al elevador, que nos lleva al piso de Christian.

En el elevador, Christian me da besos apasionados. Al abrirse las puertas, se separa de mí, me toma de la mano y caminamos por el pasillo hasta llegar a una de las puertas. Introduce la llave y la puerta se abre.

Entro y él me sigue. Al cerrarse la puerta, Christian me da la vuelta y me levanta, colocándome en su cintura.

Me lleva hasta el sofá en la sala y se sienta. Mientras me quita las bragas rápidamente, saca un envoltorio plateado y se baja el pantalón con agilidad. Se pone el preservativo y se aplica un poco de saliva en la mano antes de colocármela en mi parte íntima.

Siempre me ha parecido algo asqueroso, pero sin más, entra en mí de inmediato. Comienza a moverse con rapidez, y en cuestión de segundos, termina, dejándome insatisfecha. Ahora entiendo por qué su prometida no quiere estar con él.

—Lo siento, Citlali, pero estaba muy urgido. Después te lo compensaré —me dice con una sonrisa.

—Está bien. Pero cuéntame, ¿por qué tu prometida no quiere tener relaciones contigo? Me has dejado intrigada.

229

Siento cómo sale de mí, mientras veo cómo se quita el preservativo y lo tira en un bote de basura.

—Verás, hemos estado juntos durante mucho tiempo, pero ella me dijo que quiere llegar pura al altar y nunca ha querido tener relaciones conmigo. A veces me provoca, pero nunca termina el trabajo.

—Parece que te conseguiste una verdadera monja, ¿no crees?

—No diría eso —responde, lo que me confunde aún más.

—¿Por qué lo dices?

—Porque desde que tiene como socio al señor Giordano he notado algo muy diferente en ellos...

—¿Qué? —me levanto de un salto.

—¿Qué pasa? —me mira atentamente.

—Que el señor Giordano es mi prometido —digo furiosa.

—¿En serio?

—Sí, y ahora dime qué cosas has visto entre ellos.

—Una vez que fui a recogerla a su empresa, él estaba saliendo y se miraban muy atentamente. Después tuvieron un accidente y quedaron atrapados en el elevador de la empresa de Giordano. Cuando los rescataron, noté a mi prometida algo desaliñada y nerviosa.

—No puede ser. Tu prometida es una cualquiera. ¿Por qué no me dijiste esto antes?

—Porque tú no quisiste decirme quién era tu prometido.

—De todas maneras, ¿dónde vive tu prometida? Le enseñaré a respetar lo que es mío.

Reto a duelo con el enemigo ♡

—Pues tendrás que aguantarte, porque ella se fue de viaje de negocios a Portugal con tu prometido.

—¡¿Qué?! ¿Sabes a qué parte de Portugal fueron?

Me mira confundido, pero noto una ligera sonrisa en su rostro.

—Podría decirse que sí.

—Entonces empaca tus cosas, iremos a Portugal.

—¿Y si no quiero ir?

—¿Cómo demonios no vas a querer ir? ¿No tienes celos de que tal vez tu monjita ya no sea virgen y tú estés aquí como un idiota?

—Bueno, tienes razón. Arreglaré mi maleta para irnos.

Lo veo alejarse mientras yo me dirijo a una mesa con bebidas. Me sirvo una copa y la bebo de un trago.

"Ya verás, pequeña. Te mostraré quién es la verdadera dueña de ese hombre. Te enseñaré que él no te tomará en serio porque yo soy la principal."

"Y a ti, Adrien, no te dejaré que te burles de mí. Te destruiré si es posible. Pero si no eres mío, no serás de nadie."

Capítulo 38

*A*drien

Siento algo en mi rostro, una ligera cosquilla en la nariz. Me despierto, todavía medio inconsciente, y tomo lo que me está molestando, jalándolo suavemente.

—¡Auch! Ese es mi cabello —escucho la voz de Eileen y abro los ojos de inmediato.

Suelto el cabello que tenía en la mano y veo a Eileen girándose hacia mí.

—Perdón —le digo, sin apartar la vista de su hermoso rostro, de sus ojos brillantes y sus labios tentadores.

—Te ves tan hermosa —añado, mientras pongo mi mano en su mejilla y me acerco para besarla. Su sabor es dulce y embriagador.

Nos besamos por un momento. Siento cómo la temperatura de mi cuerpo se eleva de nuevo. Coloco mi mano en su espalda y la acerco más a mí.

Ella se separa ligeramente y un leve gemido escapa de su boca, haciéndome estremecer aún más.

Intento besarla de nuevo, pero en ese instante comienza a timbrar un teléfono. Recuerdo que el mío no funciona, así que debe ser el de Eileen. Ella se aparta de mí, se sienta en el borde de la cama, se envuelve en la sábana y se levanta.

Se acerca a la mesa, toma su teléfono y lo pone en su oído.

—Hola, buenos días, señor Abadí —dice, con una voz que parece indicar que es una llamada importante.

Me estiro en la cama, sin saber qué están diciendo, pero veo que Eileen se acerca a mí y pone el teléfono en altavoz.

Reto a duelo con el enemigo

—¿Me lo puede repetir, señor Abadí? —pregunta, con una expresión de atención en su rostro.

—Claro que sí, señorita Eileen. Le decía que hoy empezaremos un poco más tarde. Teníamos previsto comenzar con los conjuntos de lencería, pero ha habido un retraso y llegarán un poco después. Además, podría avisarle al señor Giordano, ya que he intentado contactarlo, pero su teléfono no está en área —responde el señor Abadí.

—Buenos días, señor Abadí —le dice Eileen, lanzándome una mirada de enojo.

—Qué bueno que esté con la señorita Rossi, señor Giordano —responde el señor Abadí.

—Gracias por avisar. Entonces, cuando tenga listos los siguientes conjuntos, nos hace saber.

—Claro que sí, señorita Eileen.

—Bueno, adiós —concluye Eileen, terminando la llamada.

Inmediatamente, se vuelve hacia mí con una expresión de furia.

—Estás loco. ¿Cómo se te ocurre hablar? —me reprocha.

—¿Por eso pusiste el teléfono en altavoz? —le pregunto, confundido.

—No, ahora el señor Abadí sospechará de nosotros —dice, visiblemente nerviosa.

—No te preocupes, el señor Abadí no pensará nada malo, y menos lo dirá si es que eso te preocupa.

Ella me observa atentamente, luego se acerca a la cama y se sienta a mi lado. Yo la atraigo hacia mí, colocando mi mano en su cintura.

Estamos acostados de lado, y mientras la miro intensamente, paso mi mano suavemente por un mechón de su cabello, colocándolo detrás de su oreja.

"Es tan hermosa"

Justo cuando me inclino para besarla de nuevo, el teléfono de Eileen vuelve a timbrar. Ella se aparta de mí y contesta la llamada con un cambio notorio en su expresión. Reconozco al "fotógrafo" por su nombre en la pantalla. Eileen me lanza una mirada preocupada y se dirige rápidamente hacia la sala, como si quisiera evitar que escuchara la conversación.

No puedo quedarme con la duda sobre lo que están hablando. Me levanto de la cama, busco mi bóxer y me los pongo rápidamente. Me dirijo con cautela hacia la sala, tratando de no hacer ruido.

Encuentro a Eileen sentada en el sofá. Me acerco a ella sigilosamente desde atrás, manteniéndome lo más callado posible. La curiosidad y la ira dentro de mí superan cualquier sentimiento de culpa por espiar.

Me coloco a una distancia que me permite escuchar la conversación sin ser notado.

—Estoy en el hotel —dice Eileen, con un tono tenso en su voz.

—..........

—Si te estoy diciendo la verdad.

—..........

—Yo sola con quien más puedo estar.

—..........

—Claro que estoy segura.

Por lo que escucho, él la está interrogando sobre con quién está. Parece que el fotógrafo ya está empezando a sospechar de nosotros.

—Bueno, sí, estoy con Tom nada más —responde Eileen, intentando sonar despreocupada.

—......

—Se me olvidó. Tengo tantas cosas en la cabeza con todo lo que tengo que hacer. ¿Pero dime a qué se debe este interrogatorio? ¿Ya desconfías de mí?

—......

—Bueno, entonces dime por qué no me has hablado ni enviado ningún mensaje.

—...........

—Es lo mismo contigo; solo te preocupas por el trabajo y te olvidas de mí. Así que no me digas nada cuando yo también tengo trabajo.

El enojo en la voz de Eileen es palpable, y mi frustración crece al escuchar cómo le responde.

—Como que no me enoje. Si escucha tus palabras. En vez de que me preguntaras ¿cómo estás? ¿Necesitas algo? O incluso un té extraño. Pero no.

—........

—No, Christian, yo no soy la que se equivoca, eres tú. Así que medita tus palabras y déjame trabajar. Adiós.

Veo cómo ella termina la llamada. Internamente, me siento dividido entre una satisfacción inquietante y una creciente frustración.

—¿Qué quería tu "fotógrafo"? —le pregunto sin poder contenerme.

Ella se gira hacia mí, y noto que su enojo ahora se dirige hacia mí.

—¿No sabes que es de mala educación escuchar conversaciones ajenas? —me reprocha con un tono molesto.

Me acerco y me siento a su lado. Aunque ella me mira con desdén, el encuentro increíblemente hermoso. Sin pensarlo, la beso.

Al principio, ella no responde, pero la acerco más a mí y, finalmente, corresponde al beso. Nos fundimos en un apasionado intercambio de caricias. Justo cuando estoy a punto de explorar más, ella se separa de mí.

—Sigo molesta contigo, así que ni pienses que te voy a dar algo —declara con firmeza.

Se levanta del sofá y camina hacia el baño, moviendo las caderas de una manera que claramente está destinada a provocarme.

La sigo, pero ella acelera el paso y se encierra en el baño, asegurando la puerta con el seguro.

Llego hasta la puerta del baño y empiezo a golpearla suavemente.

—Eileen, ábreme. Nos la pasaremos bien si nos bañamos juntos.

—No, vete a bañar a tu habitación. Nos veremos abajo para ir con el señor Abadí —responde ella desde dentro.

—Eileen —insisto, golpeando la puerta nuevamente.

De repente, escucho música proveniente del interior del baño. No sabía que había un sistema para poner música allí. Comprendo que no tengo posibilidad de que me abra.

Así que me visto de nuevo, dejo de insistir y salgo de la habitación de Eileen, dirigiéndome directamente a la mía.

Eileen

Después de salir del baño, me sorprende no ver a Adrien por allí. Pensé que no se iría, pero en cierto modo, me siento aliviada.

Sin embargo, no debería sentirme así. A la vez, estoy confundida porque Christian me preguntó si estaba sola. Siento que él podría saber algo que no debería.

"Deja de pensar en eso, Eileen."

Me levanto de la silla frente al espejo, tomo mi bolso y me preparo. Hoy me he arreglado de manera natural, con un conjunto rosa.

Dejo comida y agua a Tom y salgo de mi habitación. Camino por el pasillo y sigo mi rutina habitual para bajar al primer piso. Al llegar, veo a Adrien y al señor Abadí esperando frente a la puerta principal del hotel. Me acerco a ellos.

—Hola, señorita Rossi. Espero que ya esté preparada.

—¿Preparada?

—Sí, le estaba comentando al señor Giordano que el modelo que iba a acompañarla en las fotos de lencería no pudo venir. Le ofrecí al señor Giordano que él sea su compañero en las fotos. ¿Qué opina?

—Pues la verdad....

Esa noticia me sorprende, y hago una pausa para procesarla.

—Esa es decisión del señor Giordano, así que él debe escoger.

Ambos miramos a Adrien, quien me responde con una pequeña sonrisa.

—Claro que acepto, señor Abadí.

—Perfecto, entonces vámonos. Tengo una idea para una de las fotos, y esta vez iremos a otro lugar. Solo necesitaremos hacer una foto allí, y es perfecta para los dos.

Reto a duelo con el enemigo ♡

Nos dirigimos los tres hacia un auto, y después de un rato de viaje, llegamos a un lugar alejado que no reconozco. Allí, el fotógrafo y un pequeño equipo están listos para la sesión de fotos.

—Bien, prepárense. Recuerden, tienen que fingir ser una pareja que se atrae, que quiere tocarse. Demuestren esa química.

Suena extraño, especialmente considerando lo que pasó esta mañana. Estoy segura de que el señor Abadí sospecha algo entre nosotros. Sin embargo, es lógico; en una sesión de fotos de lencería, la atracción es parte del trabajo.

Adrien y yo nos dirigimos a los vestidores para cambiar de ropa. Aunque el ambiente está cargado, intento mantener la calma. El trabajo es lo primero, y debo concentrarme en cómo debo actuar para cumplir con la sesión de fotos.

Me dirijo hacia el área de vestuarios donde la maquilladora me prepara con un maquillaje natural y me alisa el cabello. Me entrega una caja con la lencería y unos jeans, que me parecen fuera de lugar.

—¿Los jeans para qué? —pregunto, confundida.

—No estoy segura de la idea del señor Abadí, solo me dijo que te los diera y que te los pusieras.

Dado que son órdenes del señor Abadí, no puedo hacer nada más que seguirlas. Ella se retira para darme privacidad, y me visto con la lencería negra de encaje y los jeans que me proporcionaron.

Al salir de la tienda, me encuentro con Adrien, quien está sin camisa, pero lleva una chaqueta de mezclilla y vaqueros del mismo color. Ha sido peinado y retocado, y su presencia me cautiva. Justo cuando estoy a punto de decirle algo, el señor Abadí se acerca.

—Bien, espero que estén listos. Por favor, diríjanse hacia esas rocas.

Adrien y yo nos dirigimos hacia el área señalada, preparados para la sesión de fotos. Mientras caminamos, el ambiente entre nosotros se vuelve tenso y

Reto a duelo con el enemigo ♡

cargado. Intento concentrarme en el trabajo y en cómo debo actuar para cumplir con las expectativas de la sesión, a pesar de las circunstancias.

Nos acercamos a las rocas, sin saber exactamente qué tiene planeado el señor Abadí.

—Perfecto, señorita Eileen, recárguese de frente en la roca. Señor Adrien, póngase de espaldas a la señorita Eileen, dejando su torso al descubierto y metiendo su mano en el bolsillo del vaquero. Muy bien. Y usted, señorita Eileen, coloque una mano en su cabello y voltee hacia acá. Excelente. Ahora, por favor, finjan que se atraen, que tienen un romance prohibido. Hagan que su posesión se vea tan natural que todos deseen usar la lencería que lleva puesta la señorita Eileen para provocar a hombres como el señor Adrien.

El fotógrafo nos instruye, y sus palabras me sorprenden, como si estuvieran dirigidas a una descripción que no puedo captar del todo. Intento no pensar en ello y me dejo llevar. Nos toman varias fotos en esa pose.

Después de estar allí durante horas, finalmente terminamos y nos dirigimos de regreso al hotel.

Durante el trayecto en el auto, no he dicho ni una palabra. No pensé que Adrien modelaría de esta manera, y mucho menos que su proximidad tan cercana a mis glúteos fuera intencionada. Sé que se pegó más a mí con un propósito.

El auto se detiene en la entrada del hotel, y de inmediato Adrien y yo descendemos. El señor Abadí no baja, pero vemos cómo baja la ventanilla del auto.

—Ha sido perfecto. Demuestran una atracción muy real. Los veré mañana para continuar con las siguientes sesiones.

—Está bien, señor Abadí. Nos vemos mañana —le digo.

—Si nos vemos.

Él responde y vemos cómo se marcha. Solo quedamos Adrien y yo. Él me ofrece su brazo para caminar juntos hacia el hotel. Lo tomo y sonrío.

—¿Qué te parece si vamos a divertirnos juntos? Quizá esta noche podamos ir a mi habitación...

No termina la frase cuando una mujer llega y, con un fuerte tirón, lo aparta de mí. Ella salta sobre él, envolviendo sus piernas alrededor de su cintura y lo besa. Quedo helada, pero un sentimiento de enojo comienza a brotar en mí.

Después de un momento, ella se aparta de él y se baja.

—Hola, amor. No sabes cuánto te extrañé —le dice la mujer, con una sonrisa.

—Citlali, ¿qué haces aquí? —digo, viendo la sorpresa en la cara de Adrien.

—Pues vine contigo, amor.

Adrien clava su mirada en mí, y Citlali se vuelve para mirarme con una expresión de desdén. Luego se agarra del brazo de Adrien.

—Amor, ¿quién es ella?

Adrien me observa en silencio, pero finalmente rompe el silencio.

—Ella es mi amiga y socia, la señorita Eileen Rossi.

Un dolor inesperado me atraviesa al escuchar que después de pasar dos noches intensas con él, ahora soy solo su amiga y socia.

—Mucho gusto. Y ¿tú quién eres? —pregunto, tratando de ocultar mi malestar. Adrien está a punto de responder, pero Citlali se adelanta.

—Yo soy Citlali Brown, la prometida de Adrien —dice ella, mostrando una enorme sonrisa. Adrien permanece en silencio. Me siento triste, enojada y frustrada.

—Es un gusto conocerla, señorita Brown. Pero, si me disculpan, tengo algunas cosas que hacer —digo amablemente y me doy media vuelta, lista para irme.

En ese momento, escucho la voz de Christian.

—Hola, Eileen, mi amor —dice mientras se acerca rápidamente.

Llega hasta mí, me abraza y me da un beso en los labios.

—Christian, ¿qué haces aquí? —le pregunto, sorprendida.

—No me sentí bien con la discusión que tuvimos, así que vine a verte. Pero dime, ¿quiénes son ellos?

Señala a Adrien y su prometida, y yo giro la cabeza.

—Él ya lo conoces, es el señor Adrien Giordano, y la mujer a su lado es su prometida —digo, sintiendo un sabor amargo en la boca.

Veo de reojo a Adrien, notando su expresión de enojo y celos, pero decido ignorarlo por completo y demostrar que no me afecta. No quiero parecer débil.

—Amor, ¿qué te parece si vamos a comer? —le propongo a Christian.

—Claro, vamos —responde.

—Nos vemos, señor Giordano y señorita Brown.

Sin más, me voy, con Christian poniendo su mano en mi cintura mientras nos dirigimos hacia la salida. Lo único que quiero ahora es beber algo y quitarme el mal sabor de boca.

Capítulo 39

*A*drien

¿Qué demonios hace Citlali aquí? Y qué raro que el fotógrafo apareciera también el mismo día. Esto es muy extraño.

Me da mucha rabia ver cómo ese fotógrafo la toca y la besa, y más aún que ella se va con él. Aunque sé que, por el momento, Eileen no va a querer hablar conmigo.

Ellos se alejan mientras yo sigo absorto en mis pensamientos, al punto de olvidar todo lo demás.

—Amor, ¿me estás escuchando? —me pregunta Citlali, sacándome de mi ensoñación.

—¿Qué pasa? —le respondo, volviendo la mirada hacia ella.

—Ahora me entra más la duda de que ella no es solo tu amiga y socia. Estoy segura de que hay algo más entre ustedes.

—Citlali, por favor, no empieces. Ella y yo nos conocemos desde que éramos niños. Estuvimos juntos en las mismas escuelas hasta que yo me gradué, y luego cada uno tomó su rumbo.

—Mmm, no sé si creerte. Pero cambiando de tema, ¿por qué no me contestabas las llamadas? De seguro fue por estar pendiente de tu amiga.

—Se me cayó el teléfono al agua y no he tenido tiempo para reemplazarlo. Tengo demasiado trabajo y necesito descansar para continuar con la sesión de fotos mañana.

—Qué emocionante. Ya quiero verte mañana en la sesión, te estaré animando. Pero, ahora que mencionas descansar, ¿qué te parece si vamos a tu habitación y nos divertimos un rato? No sabes cuánto deseo estar contigo.

Se acerca a mí, poniéndose de puntitas para susurrarme esas cosas al oído.

—No lo sé. Estoy algo cansado.

Veo cómo se cruza de brazos y pone una expresión de puchero, que parece de niña y me molesta.

—Yo te convenceré de lo contrario.

Me toma de la mano y caminamos juntos hasta el elevador. Ella presiona el botón y las puertas se abren. Entramos juntos.

—Pon el número del piso donde está tu habitación —me dice.

Presiono el botón y las puertas se cierran. De inmediato, ella se abalanza sobre mí y empieza a besarme. Yo sigo el ritmo con desgano, porque en este momento solo deseo los besos y las caricias de Eileen.

Las puertas se abren y me separo rápidamente de Citlali. Para fingir normalidad, la tomo de la mano y la llevo hasta mi habitación.

Abro la puerta y Citlali entra con una sonrisa feliz. Yo entro después de ella y dejo escapar un suspiro. Ahora más que nunca, necesito encontrar una manera de separarme de ella. Aunque no sé cómo, necesito hallar la mínima razón para romper este compromiso.

Eileen
Christian y yo estamos caminando por la playa. Ya es algo tarde cuando veo, desde lejos, la figura de un hombre acercarse. De inmediato reconozco quién es.

—Hola, Eileen —me saluda Hugo.

—Hola, Hugo —respondo mientras Hugo mira a Christian y viceversa. — Hugo, déjame presentarte a mi prometido, Christian. Amor, déjame presentarte a un amigo que conocí aquí, el señor Hugo Sorni.

Hugo extiende la mano a Christian para saludarlo. Veo que Christian duda un momento, pero finalmente le devuelve el saludo.

—Un gusto conocerlo, señor Christian. Permítame felicitarlo por su compromiso con la señorita Eileen.

—El gusto es mío y gracias, señor Sorni. Mi prometida es mi tesoro más grande. Espero que pueda asistir a nuestra boda.

—Será un honor asistir. Pero bueno, señorita Eileen, solo venía a despedirme. Fue un placer conocerla y espero, en un futuro, hacer un negocio con usted.

—Gracias, señor Hugo. El placer fue todo mío. Y claro, las puertas de mi empresa están abiertas para usted.

—Gracias. Entonces, me retiro.

Veo cómo se da media vuelta y se aleja. Si Christian no hubiera estado presente, lo habría abrazado y despedido de manera más afectuosa.

—Amor, ¿qué te parece si vamos a la habitación? Estoy algo cansado del viaje.

—Está bien, vamos.

Christian me toma de la mano y caminamos nuevamente hacia el hotel. Al llegar, entramos y nos dirigimos directamente al elevador. Presiono el botón para el piso de mi habitación, y las puertas se abren delante de nosotros.

Entramos y vuelvo a presionar el botón del piso. Las puertas se cierran, y después de un breve trayecto, llegamos a nuestro destino. Salimos del elevador y damos unos pasos cuando escucho gemidos provenientes de una de las habitaciones cercanas. No hay duda de que esos sonidos provienen de la prometida de Adrien, ya que la habitación de Adrien está en el mismo piso que la mía.

Al escuchar eso, siento que mis mejillas se encienden de nuevo. Estoy molesta con él y conmigo misma. Me cuestiono si fue correcto haberme entregado a él. Me siento como una tonta, habiendo caído tan fácilmente ante sus palabras dulces.

Sin perder más tiempo, tomo la mano de Christian y nos dirigimos hacia la puerta de mi habitación. Coloco la tarjeta en la cerradura y abro la puerta. Entramos, enciendo las luces y veo a Tom correr hacia nosotros. Lo levanto en mis brazos y nos dirigimos al cuarto, con Christian siguiéndome.

Me siento en la cama con Tom en brazos.

—Iré a ducharme para descansar. ¿No quieres acompañarme? Tal vez podríamos intentar experimentar algo nuevo como pareja.

—Ya sabes lo que te he dicho, Christian. No estoy lista para eso. Ve tú a bañarte, yo me bañaré después de ti.

—Está bien —me dice mientras me da un beso en la frente y se dirige al baño.

No sé si Christian ya sospecha algo. No lo creo, él siempre ha sido así de insistente en cuanto a las relaciones.

Dejo a Tom en el suelo y me dirijo a mi maleta. La coloco en el piso y me pongo de rodillas para sacar un pijama. Al mirar hacia abajo, noto algo debajo de la cama y me acerco a investigarlo. Encuentro una camisa de Adrien, y la tomo en mis manos. No puedo evitar acercarla a mi nariz para inhalar su perfume.

—Eileen —escucho la voz de Christian.

Rápidamente guardo la camisa de Adrien en el fondo de mi maleta y me levanto, tomando a Tom de nuevo en mis brazos. Christian sale del baño en solo bóxer, y yo bajo la mirada para no verlo.

—¿Estás segura de que no quieres venir? —me pregunta.

—Sí, estoy muy segura, Christian. Báñate.

Él vuelve a entrar al baño y cierra la puerta. Aprovecho para tomar mi pijama y cerrar la maleta, asegurándome de que Christian no vea la camisa.

Reto a duelo con el enemigo ♡

A la mañana siguiente, me despierto de inmediato al sentir un brazo pesado en mi cintura. He pasado casi toda la noche pensando en lo que he hecho y sé que debo ser sincera con Christian cuando aclare mis sentimientos.

Me levanto y me preparo para la sesión de fotos. Me visto con shorts blancos y un top rosa, me maquillo y me peino de manera natural.

—¿Ya te vas? —me pregunta Christian.

—Sí, tengo que ir a la sesión de fotos —respondo.

—¿Puedo ir?

—Supongo que si mientras no vayas a interferir.

—Está bien.

Christian y yo bajamos al primer piso, y mis ojos se encuentran con los de Adrien, quien está acompañado por su prometida y el señor Abadí.

—Buenos días, señor Giordano, señorita Brown y señor Abadí —saludo con una sonrisa.

—Buenos días, señorita Eileen —responde el señor Abadí.

—Buenos días, señorita Eileen —dice Adrien, aunque su prometida se limita a mirarme con desdén.

—Señor Abadí, permítame presentarle a mi prometido, Christian. Quería saber si podría asistir a la sesión de fotos.

—Un gusto conocerlo, señor Christian —le dice el señor Abadí, estrechándole la mano. —Está bien, puede acompañarnos. Vamos.

Llegamos a un lugar en la ciudad y, al entrar, veo de inmediato el fondo negro, tal como había discutido con Adrien.

—Bien, señor Giordano y señorita Rossi, pueden prepararse. Quiero que mantengan la misma conexión de ayer —dice el señor Abadí.

Me dirijo al vestidor, donde me cambio a un sostén negro con bragas a juego. Me maquillo de manera natural y me rizo el cabello.

Salgo con una bata y veo a Christian y a Citlali sentados en unas sillas detrás de las cámaras. En ese momento, Adrien aparece con una chaqueta de cuero negra y unos vaqueros.

—Bien, señorita Eileen, puede quitarse la bata y dirigirse al centro —dice el fotógrafo.

Hago lo que me pide y me coloco en el centro del escenario.

—Señor Giordano, por favor, póngase frente a la señorita Eileen. Eileen, puede tomarlo del cuello de su camisa, como si lo estuviera atrayendo hacia usted. Perfecto. Ahora finjan que son una pareja enamorada.

—¿Por qué deben estar tan juntos? —pregunta Citlali, cuyos celos son evidentes.

—Señorita Brown, esto es una sesión de fotos de lencería. Le agradecería que guarde silencio —responde el fotógrafo.

Citlali se vuelve a sentar, mientras Adrien y yo retomamos la pose. El fotógrafo nos toma varias fotos.

Luego cambiamos de pose, pero seguimos con la misma lencería.

—Señor Giordano, ahora debe quitarse la chaqueta. Perfecto, ahora póngase detrás de la señorita Eileen. Y Eileen, toque ligeramente un mechón de cabello.

Nos preparamos para la siguiente toma, y noto cómo la prometida de Adrien se pone roja de celos.

No estoy segura de cuántas fotos llevamos, pero ya hemos estado aquí un buen rato. Cambiamos al siguiente atuendo, que es casi igual al primero que usé ayer. Adrien ahora lleva una camisa de cuadros.

—Bien, para esta toma, señor Adrien, puede sentarse, y la señorita Eileen debe sentarse en su pierna y abrazarlo —indica el fotógrafo.

—¿Cuántas horas más estaremos aquí? Y, ¿por qué ella tiene que sentarse en las piernas de mi prometido? —interrumpe Citlali.

—Señorita Brown, ya le dije que esto es solo una sesión de fotos. Esta es la quinta vez que nos interrumpe.

Ella se acomoda nuevamente en su silla, mientras Christian ha permanecido en silencio durante toda la sesión. Sin embargo, en su rostro se refleja el malestar, y sé que está muy celoso.

Finalmente, el fotógrafo toma las últimas fotos, y por fin puedo volver a ponerme mi ropa normal.

Salimos al exterior y vemos a todos reunidos, con copas en las manos. Nos acercamos, y nos entregan una a cada uno.

—Señor Adrien, Señorita Eileen, hoy tuvimos más fotos porque este será el último día de nuestra sesión. En unas horas habrá una fiesta en un club para celebrar todo nuestro esfuerzo, así que espero que puedan asistir.

—Claro que sí, señor Abadí —respondo con entusiasmo.

—Ahí estaré —contesta Adrien.

—Entonces brindemos por el amor, los buenos socios y los acuerdos exitosos —dice el señor Abadí.

Todos bebemos de nuestras copas, pero noto de reojo que Adrien no deja de mirarme. Sé que durante la sesión no dijo nada porque su prometida estaba presente.

Sin embargo, por sus caricias y gestos, intuyo que lo que más desea es tocarme. Estoy segura de que quiere hablar conmigo.

Si esta es nuestra última noche aquí, sé qué hará todo lo posible para conseguirlo. Pero yo no soy un segundo plato. Veamos qué nos depara esta noche...

Reto a duelo con el enemigo ♡

Capítulo 40

Adrien

Después de la sesión de fotos, cuando Abadí nos informó que era el final, una sensación de tristeza me invadió. No podré estar cerca de Eileen, al menos no como quisiera.

Pero debo hacer todo lo posible por decirle la verdad. Que es ella quien realmente me importa y que romperé el compromiso con Citlali.

Decidido, me vestí para ir al club y poder hablar con Eileen.

Me puse unos vaqueros oscuros, arreglé mi cabello como de costumbre, me calcé las botas y terminé de remangar las mangas de mi camisa.

Estaba listo para salir. Citlali mencionó que iría de compras; dice que no tiene un vestido apropiado para la ocasión. Sinceramente, no entiendo cómo, si ya tiene tanta ropa, sigue comprando más. Supongo que es uno de esos misterios de las mujeres.

Además, no quiero discutir con ella, porque la verdad no importa lo que se ponga ya no provoca nada en mí.

Como anoche se puso a fingir que gritaba y gemía según por la razón que yo no quise tocarla. Se molesto conmigo diciéndome que si no se lo hacía yo lo aria ella sola.

Me fui directo a mi habitación mientras ella seguía en la sala, haciendo todo su escándalo. Quizá esperaba provocarme, pero no lo logró.

Me puse algodón en los oídos y me quedé dormido. Solo la sentí cuando llegó a mi lado y me despertó con un codazo en las costillas.

Pero ya basta de pensar en lo que ha pasado. Abro la puerta de mi habitación y me dirijo al elevador.

Presiono el botón, las puertas se abren y entro. Selecciono el primer piso y, al cerrarse las puertas, me preparo para lo que sigue.

Cuando llego al primer piso, salgo del elevador y camino directo hacia la entrada. Desde aquí puedo ver a Eileen en la playa, y parece que su fotógrafo está solo.

—Señor Giordano —escucho a alguien llamarme por detrás. Me giro y veo a Hugo.

—Hola, señor Sorni. ¿En qué puedo ayudarlo? —respondo con cortesía.

Aunque sé que Hugo también está interesado en Eileen, decido escuchar lo que tiene que decir.

—¿Podemos hablar en privado? —me pregunta.

Su petición me parece extraña, pero no tengo razón para negarme.

—Claro —respondo con amabilidad.

—Sígame.

Lo sigo hasta la parte trasera del hotel. Pasamos por una pequeña piscina y llegamos a un auto negro estacionado. Un hombre abre la puerta para que Hugo entre. Dudo por un momento, pero termino subiendo también. La puerta se cierra detrás de mí.

—Bien, señor Sorni. ¿De qué quiere hablar conmigo?

—Verá, creo que usted sabe reconocer cuando alguien oculta algo, tal como yo lo supe cuando escondía lo de su prometida.

—Parece que es un hombre muy observador —le respondo.

—Por supuesto. Pero no es de eso de lo que quiero hablar. Mire, señor Giordano, soy un hombre directo, así que seré sincero con usted. Sé que está interesado en la señorita Rossi. He notado cómo coquetean con las miradas.

Sin embargo, la señorita Rossi tiene un prometido, y ese hombre también miente sobre todo lo que dice ser —hace una pausa.

—¿Y cómo sabe eso? —le pregunto.

—Por la misma razón que sé que está trabajando en su empresa. Supongo que ya ha revisado su currículum —me sorprende escucharlo.

—Así es —respondo.

—Entonces, dígame, ¿no ha notado nada raro?

—Sí, he encontrado algo extraño. Su certificado de fotógrafo no parece legítimo. He estado investigando, pero la escuela que supuestamente lo emitió dice que no puede revelar información sobre sus exalumnos.

—Entonces estamos en la misma línea —responde Hugo—. Yo también tengo a mis hombres investigando a ese tipo. Desde el día que lo conocí, su rostro me resultó familiar. Además, la señorita Rossi me importa, y no quiero que ese hombre le haga daño.

—A mí también me interesa Eileen —le digo sin pensarlo.

—No quiero entrometerme en lo que no me corresponde, pero con esa supuesta prometida, no parece que realmente te interese —me quedo en silencio. Tiene razón, pero al mismo tiempo, siento una punzada de celos al saber que Eileen también le interesa.

—No te preocupes —continúa Hugo—. Como le dije a la señorita Rossi, no soy del tipo que se mete en medio para arruinar relaciones. No buscaré ventaja para ganármela, sabiendo que ella ama a otro. Pero si me elige, será decisión suya, no mía. Mientras tanto, te enviaré la información que reúna sobre Christian Martín. Ya dependerá de ti si decides contárselo a la señorita Rossi.

—Gracias, señor Sorni —respondo.

—Antes de que te vayas, permíteme darte un consejo —me dice.

—Claro.

Reto a duelo con el enemigo ♡

—Si yo fuera tú, no cambiaría oro por carbón. Si realmente amas a la señorita Rossi, lucha por ella, porque tu prometida no es precisamente una santa —eso me desconcierta.

—¿Sabes algo de Citlali? —le pregunto.

Hugo se queda en silencio, como si dudara si decírmelo o no.

—Solo te aconsejo que investigues más a fondo a las personas que te rodean. Estamos en un mundo donde todos llevan una máscara y fingen ser lo que no son. Así que te deseo lo mejor —concluye.

Su advertencia me deja pensativo, cuestionando en quién puedo confiar realmente.

La puerta del auto se abre, y me doy cuenta de que hemos llegado al club. Estaba tan distraído que ni noté que el auto estaba en movimiento. Me giro para agradecerle a Hugo, pero ya se ha marchado.

Me dirijo a la entrada del club y me encuentro con el portero.

—¿Nombre? —pregunta.

—Adrien Giordano —respondo, y de inmediato escucho los murmullos de algunas chicas detrás de mí.

—Pase —dice, y me deja entrar.

Me alegra que me haya dado paso antes de que esas chicas se me abalanzaran. Es uno de los inconvenientes de ser alguien conocido en el mundo del marketing.

Entro en una sala enorme donde la música resuena y muchas personas bailan. Al mirar hacia arriba, noto otra sala, la zona VIP.

En ese momento, veo al señor Abadí, quien me hace una señal para que suba. Me acerco a la mesa donde está y, para mi sorpresa, Eileen está con él.

Lleva una camisa oscura de tirantes y una minifalda blanca. Se da cuenta de mi presencia, pero sigue enfocada en el señor Abadí.

—Buenas noches, señor Abadí, señorita Eileen —los saludo a ambos.

—Buenas noches, señor Giordano. Por favor, siéntese —responde Abadí, y tomo asiento junto a Eileen.

—Buenas noches, señor Giordano —me saluda ella, aunque apenas me mira de reojo.

Sin pensarlo, paso mi brazo por encima del respaldo del sillón, justo a la altura de los hombros de Eileen. No me importa que el señor Abadí esté presente.

—Si me disculpan esa canción me gusta mucho así que iré a bailar. Me permite salir señor Giordano —yo me levanto, ella sale y veo cómo se va.

—Veo que la situación está algo tensa entre ustedes —me dice el señor Abadí.

—No que lo diga. Pero sin importar que tenga a Citlali mi mente y mi corazón quiere estar con Eileen.

—Señor Giordano ¿porque está comprometido con la señorita Brown? Si de lejos se nota que no tiene la misma mirada como cuando está con la señorita Eileen.

—Es difícil de explicar es un arreglo entre mis padres y sus padres de Citlali. Según ellos por algo de la empresa, pero nunca he sabido la razón — ahora me pongo a pensar en eso.

—Adrien porque no investigas más a fondo tu supuesto compromiso con esa señorita. ¿Porque no creo que estés feliz de casarte con ella?

—Tiene razón señor Abadí no quiero casarme con ella. Lo que quiero es casarme, pero con la señorita Eileen —me quedó en shock por las palabras que acabo de decir.

—Entonces Que bueno que a su prometido de la señorita Eileen y a tu supuesta prometida les mande la dirección equivocada porque la verdad tenerlos en la sección de fotos solo me ha sacado canas verdes.

—Jajaja, ¿enserio? —le digo.

—Si, no me vez las canas —se toca el cabello disimulando que se busca las canas —Así que aprovecha esta oportunidad para hablar con ella y no te preocupes si de presentan por aquí mis hombres estarán en la puerta y no los dejarán pasar.

—Gracias señor Abadí.

Me levanto del sillón y camino hacia el balcón. Desde allí, mis ojos encuentran a Eileen, que se mueve al ritmo de "Dancing Kizomba". Sus movimientos son hipnóticos, llenos de sensualidad. Sin pensarlo dos veces, bajo rápidamente y me abro paso entre la multitud. Varias chicas me rozan, tratando de captar mi atención, pero mi mirada no se aparta de Eileen.

Finalmente llego hasta ella. Su cuerpo se mueve con una gracia natural, y sin dudarlo, pongo una mano en su cintura. Ella se detiene un instante, gira el rostro para ver quién es, y al reconocerme, simplemente sigue bailando. Coloco ambas manos en su cintura y la acerco más a mí, dejándome llevar por el ritmo de su cuerpo.

Inclino mi cabeza hacia su cuello, inhalando su aroma embriagador. Todo parece detenerse alrededor nuestro.

De repente, Eileen se aparta de mí y se gira, mirándome directamente a los ojos. Empieza a bailar sola, de una manera aún más sensual. Se acerca de nuevo y presiona su cuerpo contra el mío, obligándome a seguir su ritmo. Nos movemos juntos, bajando lentamente, y luego subimos al mismo compás. Se aleja otra vez, y ahora tomados de las manos, continuamos bailando.

Cuando la canción termina, nos damos cuenta de que todos han dejado de bailar para mirarnos. Los aplausos llenan el lugar.

Eileen suelta mi mano de repente y se aleja apresurada. La sigo, viendo cómo se dirige hacia el baño de mujeres. Sin pensarlo, me acerco, asegurándome de que nadie me vea, y entro tras ella, cerrando la puerta a mis espaldas. Eileen me observa, sorprendida, cuando cruzo el umbral.

—¿Qué haces aquí? —me dice enojada.

—Tenemos que hablar —le digo y le pongo seguro a la puerta.

—No hay nada de qué hablar Adrien —me dice.

—Si hay mucho de qué hablar específicamente de lo qué pasó entre nosotros —le digo.

—Lo qué pasó entre nosotros solo fue un simple error que cometimos los dos —ella me responde enojada.

Eso me hace sentir triste y enojado a la vez. Y sin importar me acerco a ella. Ella está de espaldas al lavamanos. La tomo sin pedirle permiso y le siento arriba del lavado.

—Si fue un error. Dime todo lo que has sentido fue fingido y si te vuelvo a tocar no sentirás nada —le digo.

Y abro sus piernas y me meto en medio de ellas. Empiezo a meter mi mano por su pierna hasta llegar a su parte sensible. Ella tiene ligeramente abierta su boca y me mira atentamente.

En eso me toma del cuello de mi camisa y me jala hacia ella besándome con una enorme pasión y yo correspondo a esos salvajes besos...

Capítulo 41

*E*ileen

No puedo crees que baile así de sensual con Adrien la verdad es que si estoy mal. Pero en mi interior mi cuerpo anhela estar pegado a él, tocarlo y besarlo. Pero mi mente me dice que él tiene su prometida y yo tengo el mío.

En eso escucho que la puerta se abre y de inmediato veo que es Adrien el que acaba de entrar.

—¿Qué haces aquí? —mi tono de voz es enojada por verlo aquí.

—Tenemos que hablar —me dice y veo que cierra la puerta.

—No hay nada de qué hablar Adrien —le digo enojada.

—Si hay mucho de qué hablar específicamente de lo qué pasó entre nosotros —me dice.

—Lo qué pasó entre nosotros solo fue un simple error que cometimos los dos —le digo. Pero a la vez siento algo de remordimiento porque sé que no es así.

Veo cómo Adrien se acerca, con una mezcla de tristeza y enojo en su mirada. Se detiene frente a mí, y sin previo aviso, me toma y me sienta en el lavamanos.

—Si todo esto fue un error, dímelo. Dime que todo lo que has sentido fue fingido, y que, si te vuelvo a tocar, no sentirás nada —susurra con intensidad.

Con una mano, abre mis piernas y se coloca entre ellas. Su toque sube lentamente por mi muslo, despertando sensaciones que me inundan, deseando más. Nuestros ojos se encuentran, y en ese momento, sin pensarlo, lo tomo por el cuello de su camisa y lo atraigo hacia mí, besándolo con una pasión desenfrenada. Él me corresponde con la misma intensidad.

Mis manos se deslizan bajo su camisa, recorriendo su abdomen bien definido, mientras siento cómo sus manos exploran mis pechos, apretándolos suavemente. Me aparto de su boca, dejando escapar un gemido al sentir sus dedos juguetear con mis pezones, que ya están duros de deseo.

Adrien comienza a besarme el cuello, y en respuesta, mis manos se dirigen a su pantalón, desabrochándolo con urgencia.

—Veo que alguien está impaciente —me susurra al oído, con una voz cargada de deseo.

—Pues tú, no creo que estés impaciente si ayer escuche los gritos de tu prometida ¿Dime lo disfrutaste?

No sé de dónde me salió el valor para decirle eso. Pero no me importa; quiero saber si tuvo algo con ella.

—Ella ya no me provoca nada y yo no le hice nada. Todos esos ruidos los hizo ella para ver si me provocaba, pero la única que me provoca eres tú —dijo mientras me desabrochaba el sostén y comenzaba a tocarme uno de los pechos.

Sin decir más, porque la verdad no sé qué más podría decirle, me acerqué y lo besé de nuevo, mientras desabrochaba su pantalón. Él me ayudó a bajarlo y pude sentir su miembro rozando con mi intimidad, notando que estaba completamente erecto.

Eso me estremeció y de mi boca comenzaron a salir palabras obscenas y gemidos de placer.

—¿Quiero hacerte mía? —me susurró al oído.

—¿Y qué esperas? —le respondí.

Vi cómo sonrió y sacó un envoltorio plateado de su pantalón. Lo rompió con los dedos y sacó un preservativo. Observé atentamente cómo se lo ponía, ya que no lo había visto antes.

—¿Quieres que te lo ponga? —me preguntó.

—Pero nunca he puesto uno —le respondí.

—No te preocupes, yo te enseño —dijo.

Me entregó el preservativo. Debo decir que su textura es diferente a como la describen en los libros.

Me explicó cómo colocarlo. Lo puse en la cabeza de su miembro, sintiéndolo firme, lo que aumentó mi deseo.

Cuando me dijo que estaba listo, no aparté mi mano de su miembro; al contrario, lo tomé y, apartando mis bragas a un lado, comencé a introducirlo en mi entrada.

De una sola estocada, entra en mí, haciéndome estremecer.

Me aferro a sus hombros mientras él comienza con sus embestidas intensas. Intento seguirle el ritmo.

Siento su mano en uno de mis pechos y comienzo a jugar con él. Esas caricias empiezan a llenar mi cuerpo de un inmenso placer que ya había experimentado antes.

Él me agarra por la nuca y pega su frente contra la mía mientras sus embestidas continúan con fuerza. Nos miramos fijamente a los ojos.

—Vente para mí, Eileen. Grita mi nombre —me susurra con voz sensual.

Y como si sus palabras fueran órdenes, mi cuerpo empieza a reaccionar. Intento no dejar de mirarlo, pero el placer recorre todo mi ser.

—Ah...

Mi cuerpo explota en un éxtasis abrumador. Apoyo mi cara en su cuello y en un grito ahogado digo su nombre.

—¡Adriiienn!

Siento cómo él aumenta la velocidad de sus movimientos.

—Ah... ¡Eileeeen!

Él también grita mi nombre en un alarido ahogado, como yo lo hice.

Nos detenemos, con las respiraciones agitadas e irregulares. Permanecemos en silencio, sin mirarnos, hasta que comenzamos a recuperar el aliento.

Levanto la vista y lo encuentro con las pupilas dilatadas. Algunos mechones de mi cabello están pegados a mi cara por el sudor.

Nos miramos fijamente hasta que Adrien aparta un mechón de mi cara y lo coloca detrás de mi oído.

—Te amo, Eileen —dice, dejándome en estado de shock.

—¿Qué? —es todo lo que logro responder. Lo observo bajar la mirada por un instante antes de volver a encontrarme con sus ojos.

—Lo que escuchaste, te amo. No quiero ocultar mis sentimientos —me confiesa. —¿Eileen, dime que sientes lo mismo? ¿Me quieres?

No sé qué responder. Me quedo paralizada, mi mente en blanco.

—Pero Adrien, yo estoy comprometida y tú también estás comprometido —le digo, apartándolo de mí, bajando del lavamanos y alejándome a una distancia segura. Le doy la espalda para que pueda acomodarse el pantalón.

—Yo no quiero a Citlali. Mi familia arregló ese compromiso, pero si tú me dices que sientes lo mismo que yo siento por ti, haré todo lo posible por romperlo.

Siento cómo pone una mano en mi hombro y me obliga a darme vuelta. Mantengo la vista en el suelo, pero luego me armo de valor y lo miro a los ojos.

—Pero yo sí acepté casarme con Christian —le suelto, y es la verdad.

—Pero él no es quien tú piensas, no te merece y solo quiere engañarte —responde con un tono más alto.

—Dime, ¿no te mordiste la lengua? Tú, un mujeriego de primera que durante toda su vida solo ha engañado a mujeres que realmente te amaron.

Él se queda en silencio, lo que solo aumenta mi irritación. Ahora dice que me ama y además intenta difamar a Christian para salirse con la suya.

—He cometido muchos errores, pero lo que siento ahora es algo que nunca había experimentado. Y si no me crees sobre tu prometido, te lo mostraré con pruebas —insiste.

—Entonces te reto a que me lo demuestres, tanto tu "según amor" como tus sospechas sobre mi prometido.

—Acepto el reto y te demostraré que mis sentimientos son reales. Tu "fotógrafo" no es lo que tú crees.

Sus palabras solo aumentan mi enojo. No creo que su supuesto amor sea verdadero o sincero.

—Así que, señor Giordano, nuestra asociación termina esta noche. No hay nada que nos obligue a seguir trabajando juntos. Si necesitas hablar conmigo, será únicamente por videollamada. Me despido de usted y le deseo lo mejor.

Veo cómo su quijada se tensa de enojo. Si cree que se la pondré fácil, está muy equivocado. Me acerco a la puerta y le quito el seguro.

La abro ligeramente, y en ese momento, me toma de la cintura, haciéndome girar y empujando mi espalda contra la puerta. Lo miró fijamente a los ojos, y él hace lo mismo.

—Si crees que con eso me asustarás o que es un obstáculo, déjame decirte que no me importa si tengo que sacar a todos tus empleados para entrar en tu empresa. Y si es necesario, derribaré la puerta de tu departamento para verte, tocarte, besarte y hacerte mía. ¿Y sabes por qué?

—¿Por qué? —le pregunto.

—Porque, aunque suene cursi, tú eres para mí, así como yo soy para ti. Eres la única que despierta esta pasión en mí, y yo soy el único que hace que gimes y llegues al clímax. Estoy decidido a hacerlo porque te amo y haría todo por ti.

Sus palabras despiertan algo en mí, pero una voz interior me advierte que tenga cuidado y no crea en todo lo que dice.

Veo que intenta acercarse para darme un beso, pero giro la cabeza para evitarlo. Él se aparta y me mira.

—Si crees que te la dejaré fácil como a todas las que has tenido, estás equivocado. Si quieres azul celeste, que te cueste —le respondo.

—Mmm... me encantan los retos. Así que espero que tu cuerpo resista lo suficiente —me dice.

Me aparto de él y salgo del baño, dirigiéndome directamente a la barra. Pido un chut de tequila y lo bebo de un trago.

"Si cree que se la dejaré fácil, está completamente equivocado. Si quiere guerra, eso es lo que tendrá."

Capítulo 42

*A*drien

—Si crees que con eso me asustarás o que es un obstáculo, déjame decirte que no me importa si tengo que sacar a todos tus empleados para entrar en tu empresa. Y si es necesario, derribaré la puerta de tu departamento para verte, tocarte, besarte y hacerte mía. ¿Y sabes por qué?

—¿Por qué? —le pregunto.

—Porque, aunque suene cursi, tú eres para mí, así como yo soy para ti. Eres la única que despierta esta pasión en mí, y yo soy el único que hace que gimes y llegues al clímax. Estoy decidido a hacerlo porque te amo y haría todo por ti.

Sus palabras despiertan algo en mí, pero una voz interior me advierte que tenga cuidado y no crea en todo lo que dice.

Veo que intenta acercarse para darme un beso, pero giro la cabeza para evitarlo. Él se aparta y me mira.

—Si crees que te la dejaré fácil como a todas las que has tenido, estás equivocado. Si quieres azul celeste, que te cueste —le respondo.

—Mmm... me encantan los retos. Así que espero que tu cuerpo resista lo suficiente —me dice.

Me aparto de él y salgo del baño, dirigiéndome directamente a la barra. Pido un chut de tequila y lo bebo de un trago.

"Si cree que se la dejaré fácil, está completamente equivocado. Si quiere guerra, eso es lo que tendrá."

—¿Mañana nos iremos? —le pregunto.

—Si usted prefiere quedarse, señor Adrien, es bienvenido. Pero yo regresaré a Mónaco mañana por unos últimos asuntos y para las fotos, que deben estar listas para el lanzamiento.

—Está bien, gracias, señor Abadí. Yo también iré a preparar mi maleta.

—Nos vemos mañana en la entrada del hotel. De allí nos iremos al jet —me dice.

—Sí, nos vemos.

Después de terminar la conversación, bajo al primer piso y me dirijo rápidamente hacia la salida, esperando poder alcanzar a Eileen.

Al llegar a la calle, miro hacia un lado y no veo a nadie. Giro la vista hacia el otro lado y apenas distingo un pequeño punto a lo lejos. Empiezo a correr, intentando alcanzarla, aunque no estoy seguro de que sea ella.

Conforme corro, la distancia se acorta y, bajo la luz de las farolas, puedo ver el cabello castaño, casi rubio, de Eileen.

Acelero el paso y, cuando estoy cerca, la tomo en mis brazos sin previo aviso.

—¡Aaaa, suéltame, loco! —me da una fuerte cachetada en la mejilla.

—Sí, soy un loco, pero por ti —le digo, mientras ella me mira con visible enojo.

—Bájame —me gruñe.

—¿Y si no lo hago, ¿qué vas a hacer? —le respondo, desafiándola.

—Si no me sueltas, te morderé.

—No eres capaz —la miro fijamente.

En ese momento, se acerca a mi pecho izquierdo y me muerde por encima de la camisa.

—¡Aaa, cuidado, eso duele! —exclamo. Ella me suelta de inmediato.

—Te lo advertí —dice con una enorme sonrisa en el rostro.

La bajo con cuidado. Ella, sin prestarme atención, comienza a caminar de nuevo como si yo no estuviera. Me apresuro y me coloco a su lado, caminando junto a ella.

Duramos un momento en total silencio. Intento disimular el dolor de la mordida de Eileen, pero sí me duele.

—Eileen —rompo el silencio.

—Sí —responde, cortante.

—¿Qué pasó con tus lentes? —le pregunto.

—Cuando entré a la universidad, decidí operarme los ojos porque quería evitar todos los insultos que recibía por ellos —me explica.

Me siento mal, ya que fui uno de los que le hizo esos comentarios hirientes sobre sus lentes.

—Adrien —me llama.

—Sí.

—¿Cómo es Inglaterra? —pregunta.

—Es un lugar hermoso, pero no tan hermoso como tú.

—Ya vas a empezar con tus cosas —me dice, con un tono de cansancio.

—Sé que te gustan.

—Eso se lo dices a todas. Así que, por favor, esfuérzate más.

Sonrío, sabiendo que en el fondo le gusta escuchar esas palabras, aunque su desconfianza sigue presente. Estoy decidido a demostrarle que lo que digo es sincero.

265

Durante el camino, intento mantener una conversación con ella, pero es difícil; siempre me interrumpe o corta la plática.

Después de unos minutos, vemos el enorme hotel a solo unas calles de distancia. Me detengo y tomo la mano de Eileen. Ella voltea inmediatamente hacia mí.

—Eileen.

—¿Qué pasa? —pregunta.

—Puedo darte un abrazo —ella me mira un momento y asiente con la cabeza.

Me acerco a ella y la envuelvo en un abrazo, sintiendo sus manos a los costados de mis caderas. Luego, le doy un beso en la frente. Ella me mira, y sin pensarlo más, vuelvo a besarla en los labios.

Nuestras lenguas se encuentran, y eso me confirma que, a pesar de sus intentos de negar sus sentimientos, ella siente lo mismo que yo.

Entonces, me separo de sus labios y empiezo a besar su cuello, trazando un camino hacia su pecho. Con una mano, aparto un poco su camisa.

Su piel es tan hermosa, su aroma embriagador, y su suavidad es indescriptible. Pero de repente, un recuerdo del "fotógrafo" besándola aparece en mi mente, y una ira intensa crece dentro de mí.

La furia me consume, haciendo que no me dé cuenta plenamente de lo que estoy haciendo.

—Adrien, suéltame —me ordena Eileen, empujándome con sus manos.

Me aparto de ella y veo una marca roja cerca de su pezón. Eileen la mira y luego vuelve su mirada hacia mí.

—¿Por qué hiciste eso? —me pregunta, enojada.

—Por dos razones. La primera es que me la debías por la mordida, y la segunda es que solo pensar que vas a estar sola en una habitación con ese hombre me llena de celos —le digo, sin rodeos.

—Jajaja, no me hagas reír, no te creo celoso —responde ella, riéndose, pero yo no me sonrío.

Pongo una expresión seria en mi rostro mientras ella se acerca lentamente a mí, con una sonrisa de malicia.

—Como verás, tendrás que soportarlo. Así como tú has estado con muchos, no veo por qué sería un problema que yo también esté con varios para ver quién lo hace mejor.

Ella sonríe y pone su mano en mi mejilla, pero yo la agarro y la acerco a mi cuerpo.

—No te atrevas a hacer eso. Eres mía, que te quede claro.

—Entonces no me provoques. Si vuelves a hacer algo así sin mi permiso, lo consideraré una amenaza.

Ella se suelta de mi agarre y comienza a caminar. La dejo alejarse a una distancia segura. Justo cuando estamos a unos metros del hotel, espero a que se adelante para no levantar sospechas.

Ella entra al hotel, y de inmediato, Christian se lanza sobre ella y la besa en los labios. Los observo de lejos, molesto.

Decido irme por otro lado para tomar el elevador. Subo a mi habitación, inserto la tarjeta y entro.

Voy directamente a mi habitación. Cuando entro, las luces se encienden y veo a Citlali completamente desnuda en la cama.

—¿Por qué no llegaste al club? —le pregunto antes de que ella pueda decir algo.

—Fui, pero era una dirección equivocada —responde, disgustada.

—¿Equivocada? El señor Abadí nos envió la dirección a todos —le miento.

—Pues sí, se equivocó. Lo raro es que también le envió una dirección equivocada al prometido de esa mujer. ¿No te parece extraño?

—Aquí lo raro es, ¿cómo lo sabes? —le devuelvo la pregunta.

—Porque lo vi y le pregunté si tenía la dirección.

—Bueno, si tú lo dices. Pero ese no es mi problema, que no tuvieras la dirección correcta —responde, con desdén.

Ella se levanta de la cama y se acerca a mí, tomando del cuello de mi camisa y acercándome a su cara.

—Sé que estuviste con tu zorrita, Eileen. Pero...

La interrumpo y le quito la mano del cuello.

—¿Pero ¿qué? Aquí la única que está fuera de lugar eres tú. Estoy harto de tus celos enfermizos y de que seas tan tóxica. Si crees que con solo ponerte desnuda vas a conseguir que tengamos relaciones, estás equivocada. Tu actitud solo me da ganas de irme a dormir a otro lado.

Tomo una almohada y una manta, y me dirijo hacia la puerta. Escucho los pasos de Citlali siguiéndome.

—Adrien Giordano, si sales por esa puerta, le avisaré a tus padres sobre esto y sobre tu "zo**a".

—Me tiene sin cuidado si lo haces. Y prepárate, mañana nos iremos. O si prefieres, puedes quedarte aquí; no me importa —le digo, y salgo de la habitación dando un portazo.

La mención de Eileen y las acusaciones de Citlali me enfurecen. Además, el señor Abadí y el señor Sorni tienen razón, necesito investigar más a fondo a esta mujer y a ese hombre.

Bajo de nuevo por el elevador y me dirijo a una parte de la playa donde hay una palapa con una hamaca. Llego hasta ella, coloco mi almohada y me acuesto, cubriéndome los hombros con la manta.

Escucho el sonido de las olas y miro el cielo salpicado de estrellas. Me acomodo y cierro los ojos, dejándome llevar poco a poco por el sueño. Mi cuerpo está exhausto por lo sucedido unas horas antes.

Necesito descansar y recuperar fuerzas. Mañana será un día largo, y tendré que soportar ver a ese hombre cerca de Eileen...

Capítulo 43

*C*hristian

—¿Ves? Te lo dije, ellos tienen algo que ver —me dice Citlali mientras estoy sentado en el borde de la cama, completamente desnudo, sintiendo sus manos en mis hombros.

—Entre tú y yo siempre ha habido algo —le respondo.

—¿No te afecta que tu prometida esté con Adrien? —me pregunta.

—La verdad es que no. Mientras no interfiera en mi objetivo final, no me importa si hay amor o no.

—Veo que no cambias —dice, y yo me vuelvo para mirarla.

—Tú tampoco cambias mucho. Sé que Adrien no es tu amor verdadero y que no estás enamorada de él.

Escucho su risa cerca de mi oído y también sonrío.

—Nos conocemos bastante bien.

—Claro que te conozco, pequeña "zorrita". Sé que lo haces por tu padre, pero más que nada por ti misma.

—Y yo sé que todo lo que haces es por ti.

—Exactamente, y por eso me tiene sin cuidado lo que haga Eileen. Mientras ella siga conmigo, no me importa lo que tenga que hacer.

—Pues a mí, mientras me quites a la "abre piernas" de tu prometida y pueda casarme con Adrien, no me importa si no me toca. Eso es lo que menos me preocupa.

—¿Y cómo estás tan segura de que mi prometida ya se ha entregado a Adrien?

—Porque no te parece raro que nos enviaran las direcciones mal y que ellos no aparezcan.

—Tienes razón. Pero veremos qué excusas tienen —le digo.

—Será mejor que te vayas antes de que aparezcan y nos encuentren en esta posición comprometedora —me da un beso en la mejilla.

—Tienes razón. Lo último que quiero es que mis planes se vayan al traste.

Me levanto de la cama y empiezo a buscar mi ropa. Me visto prenda por prenda y, al terminar, vuelvo a mirar a Citlali, que está acostada en la cama, mirándome fijamente.

—Espero que disfrutes del espectáculo —le digo.

Ella se lleva un dedo a la boca y lo empieza a chupar, dejándome claro lo que está insinuando.

—¿Qué te parece si, cuando terminemos con esto, nos vamos juntos a recorrer Canadá o, quizás, Brasil?

—Eso lo veremos después —me acerco a ella y le doy un beso —Nos vemos luego, pequeña "zorrita”

Salgo de la habitación donde está Adrien, mi jefe, y me dirijo directamente a la habitación que comparto con Eileen.

Al entrar, me siento en un sillón frente a la cama y espero a que Eileen regrese.

Pasadas unas horas, escucho la puerta abrirse y pasos que se acercan. Ella enciende la luz, deja su bolso en la mesa y se acerca a la cama, desabrochándose los zapatos, sin notar mi presencia.

—¿Te la pasaste bien? —le pregunto, y ella da un salto, volviéndose hacia mí con sorpresa.

Nuestros ojos se encuentran y noto algo extraño en su mirada.

271

Reto a duelo con el enemigo ♡

—Pensé que ya estarías dormido —me dice.

—No podía dormir sin saber que mi prometida había llegado —respondo, levantándome del sillón.

—Qué considerado de tu parte —dice, con un tono que no me convence.

Me acerco a ella y me siento a su lado, tomando su mano con la mía.

—Sabes que siempre pienso en ti —le digo.

—Pensé que nos veríamos en el club. Te estuve esperando —me dice, y sus palabras me suenan a mentira.

—Me enviaron una dirección equivocada y no podía recorrer todos los clubes; son demasiados.

—Sí, tienes razón. Pero ¿cómo es que te mandaron la dirección equivocada? —me pregunta.

—No lo sé. El señor Abadí me envió una que no era —le respondo, mostrándole la dirección en mi teléfono.

—Ya veo. Quizá fue un error y no se dio cuenta —dice ella.

—Sí, debes tener razón; él es un hombre muy ocupado. Pero ya es hora de dormir —le digo.

—Sí, déjame terminar de desvestirme y ponerme el pijama —responde.

Ella suelta mi mano y se agacha para quitarse los zapatos. Al hacerlo, noto una marca en su pecho que claramente es un chupete.

—Eileen —le hablo con calma.

—¿Sí? —responde ella.

—¿Qué te hizo eso?

Le señalo la marca a través de su camisa. Ella levanta la cabeza y trata de disimular.

—Ah, eso. Pues, cuando venía para acá sentí que algo me picó y empecé a rascarme. Me quedó así. Ya sabes que tengo la piel muy sensible.

—Ten cuidado y no sigas rascándote. O evita que esos "mosquitos" se te peguen —le digo, molesto.

—¿Qué intentas decir con eso? —me pregunta, claramente molesta.

—Que no soy un idiota, Eileen. Eso no es un piquete de mosquito, es un chupete. Así que, dime, ¿te has metido con alguien?

—¿Qué estás insinuando? —me pregunta.

—Que mi prometida no debe ser una cualquiera —le respondo.

Veo cómo se levanta de la cama y toma una manta.

—¿Qué haces? —le pregunto.

—Pues, como me llamas cualquiera, tengo dignidad y no voy a dormir con un hombre machista —responde, furiosa.

—Entonces, sí te metiste con alguien.

—Sí, si eso quieres escuchar. Estuve con alguien. Ahora, ¿estás contento con tu respuesta? Duérmete y déjame en paz —me dice, mientras recoge sus cosas de la mesa y se va.

—Eileen, ven aquí —le digo, molesto.

Me levanto de la cama y la sigo. La veo tomando a su gato en brazos y dirigiéndose hacia la puerta.

—Eileen Rossi, ven aquí y dime con quién te metiste —exijo, furioso.

—Vete al carajo —me responde, abriendo la puerta y azotándola.

—¡Mierda, mierda! —grito mientras llego a la puerta y comienzo a golpearla.

Sé bien que Eileen tuvo sexo con Adrien. No creo que se haya metido con otro y me lo restregara en la cara.

"Tranquilo, Christian. Mantén la calma. Piensa en lo que realmente quieres, en lo que buscas, y mantén tu mente fría."

Eileen

No sé de dónde saqué el valor para decirle a Christian que me había metido con alguien. Si no se lo decía, tarde o temprano tendría que hacerlo.

Estoy comprometida con él, y es obvio que debe saberlo. Me sorprende mi forma de actuar, pero si Christian decide romper el compromiso, lo entenderé.

Mi mente está llena de pensamientos mientras camino sin rumbo. En medio de la oscuridad, veo una hamaca.

Observo que hay una manta sobre ella, y me pregunto si alguien está durmiendo ahí. Mi curiosidad me impulsa a acercarme más. Tomo la punta de la manta y la aparto ligeramente, pero al ver el rostro de la persona que duerme, suelto la manta, que cae de nuevo sobre su rostro.

—Hey, alguien está tratando de dormir aquí —dice la persona, quitándose la manta de la cara y mirándome —Eileen, ¿estás bien? ¿Qué haces aquí?

Adrien se sienta en la hamaca, colocando sus pies en el suelo. Yo sigo sin responderle, ya que no quiero hablar de nada en ese momento.

—Está bien, respeto si no quieres contarme nada. Pero necesitamos encontrar un lugar para que descanses. Mmm, ¿me prestas tu teléfono? —me dice.

Le entrego mi teléfono y lo veo hacer una llamada, alejándose un poco de mí.

Reto a duelo con el enemigo ♡

—Disculpa la hora, pero ¿podrías hacerme un favor? —eso es lo único que alcanzo a oír mientras abrazo a Tom. —Bien, listo, vámonos.

Adrien regresa conmigo y me toma de la cintura, acercándome a su cuerpo.

—¿A dónde vamos? —le pregunto.

—Solo confía en mí —responde.

Comenzamos a caminar por la playa hasta llegar al muelle. Allí, nos encontramos con un yate.

—¿De dónde salió esto? —le pregunto, sorprendida.

—Es una sorpresa. Ven, confía en mí —me dice.

Subimos al yate y entramos al camarote. Adrien enciende la luz, revelando una cama de tamaño matrimonial. Coloco a Tom sobre la cama y me vuelvo hacia Adrien.

—Descansa, Eileen. Mañana tenemos que viajar. Si te preocupa dónde dormiré, puedo acomodarme en los sillones de arriba —ofrece.

Lo miro de nuevo y noto que él también lleva la misma ropa. Sin embargo, decido no interrogarlo por ahora.

—Puedes quedarte a dormir si quieres —le digo.

—¿No te molesta? —pregunta.

—Ya hemos dormido juntos antes —respondo, buscando algo que decir — Solo que no traje nada para dormir.

—Toma, ponte mi camisa —dice, quitándose la camisa y dándomela —De todas maneras, iba a dormir sin ella.

Una sonrisa se dibuja en mi rostro y tomo la camisa.

—Bueno, ahora regreso —le digo y me dirijo al baño.

Enciendo la luz, cierro la puerta y comienzo a desvestirme. La camisa de Adrien me queda grande, pero me gusta, tiene su aroma. Me hago una trenza con el cabello y me miro en el espejo.

Al salir, veo a Adrien acostado en la cama con Tom. Al verme, su expresión muestra sorpresa.

—Te ves mejor a ti —dice Adrien—. Ven, acuéstate, ya es tarde.

Sigo su consejo y me deslizo al otro lado de la cama. Adrien pone su brazo debajo de mi cabeza y el otro en mi cintura, atrayéndome hacia él. Me doy cuenta de que todavía lleva puesto el pantalón, aunque está desabrochado.

—¿No te vas a quitar el pantalón? —le pregunto.

—No me tientes —responde con una sonrisa.

—¿Por qué? —insisto.

—Porque te ves muy apetecible. Pero no puedo hacerte el amor —su respuesta me desconcierta, y aunque la curiosidad me llama, decido preguntarle.

—¿Por qué no puedes?

—Porque no tengo más preservativos, y si me quito el pantalón, no soportaré no hacerte mía. Así que mejor duerme —dice con un tono que me tranquiliza.

Asiento y paso mi mano por su abdomen para acomodarme. Necesito descansar; mañana será un día largo. Cierro los ojos y dejo que el sueño me envuelva.

Capítulo 44

*A*drien

Veo a Eileen dormir plácidamente a mi lado, y me encanta sentir su cercanía. Aunque ella no lo diga, estoy seguro de que tuvo una pelea con el "fotógrafo". Mis sentimientos por ella son tan intensos que estoy dispuesto a desafiar a quien sea y hacer lo que sea por ella.

Mañana, cuando regresemos a Mónaco, hablaré con Joel para entender cómo es posible que esté aquí con tan poco tiempo en el trabajo. No quise mencionarle nada antes porque no tengo pruebas concretas.

También debo hablar con mis padres para que me den una razón sólida para continuar con Citlali. Según lo que entiendo, mis padres son lo suficientemente ricos como para que los negocios con los Brown no sean imprescindibles.

Además, tengo que agradecerle al señor Abadí por todo lo que ha hecho por nosotros. Fue él quien me prestó el yate. Sin embargo, Eileen aún no debe saber que el señor Abadí está al tanto de nuestra relación, no hasta que ella admita lo que siente por mí.

También tengo que guardar las fotografías que compré de esa mujer que nunca pude encontrar. Joel no pudo obtener más información sobre ella, pero no quiero que Eileen vea esas fotos algún día y piense que estoy jugando con ella. Mis intenciones con ella son serias, y debo hacer todo lo posible para ganarme su confianza, romper su compromiso con el fotógrafo y que me acepte.

Hay muchas cosas que necesito resolver y averiguar, como desenmascarar a Christian y a Citlali. Lo que Hugo me dijo es cierto; no confío en ninguno de ellos. También sé que Citlali metió a alguien en la habitación. No soy tan tonto para creer que la cama está desarreglada solo por gusto y ver el paquete de preservativos debajo de la cama, como si ella tuviera a alguien con quien usarlos. Hablaré con el señor Abadí para que me permita acceder a las cámaras del hotel.

Por ahora, necesito descansar. En unas horas amanecerá, y debo estar listo para viajar y darle seguridad a Eileen, o, mejor dicho, que ella me dé seguridad a mí.

Cierro los ojos y me aferro a Eileen, temiendo que despierte y se vaya. Finalmente, me quedo completamente dormido.

A la mañana siguiente, el sonido del agua de la ducha me despierta.

Abro los ojos y noto que Eileen ya no está a mi lado. Me levanto, colocando mis pies descalzos en el suelo frío. Me acerco al baño y veo mi camisa tirada cerca de la puerta.

Abro la puerta del baño con cuidado y observo la silueta de Eileen reflejada a través del cristal. El espacio es pequeño, pero cabremos los dos. Ella debe haber notado mi presencia.

Coloco mi mano en su hombro y ella se da la vuelta, su cabello mojado cayendo sobre su espalda y pechos, cubriéndolos ligeramente. Sus pupilas están dilatadas y su boca ligeramente abierta. Me mira de arriba abajo y sin decir palabra, me besa, empujándome contra la pared.

Coloco mis manos en su cintura, recorriendo su espalda y glúteos. Mi deseo se va intensificando. Ella empieza a besar mi cuello, haciendo que mi cuerpo se estremezca con cada caricia.

Siento su mano descender por mi pecho, mi estómago y llegar a mi vientre, acariciando mi miembro completamente erecto. Sus caricias son suaves y envolventes.

—Quiero que me hagas el amor —susurra con una sonrisa traviesa.

—Pero no tengo preservativos —respondo.

—Me importa un carajo el preservativo, quiero sentirte así, sin barreras —me dice con determinación.

—Pero...

—Siempre pones peros, si no lo vas a hacer, habrá otro que sí lo hará.

278

Ella se aparta y sale de la ducha. La idea de que alguien más pudiera tocarla me consume. Decidido, la sigo y la tomo por el cuello, dándole la vuelta y besándola con una pasión intensa.

El suelto del cuello y coloco mis manos en sus muslos, levantándola en mi cintura y presionándola contra la pared. Con un solo movimiento, entro en ella, provocando un gemido de placer y haciéndola arquear la espalda.

—Eres mía —le digo con tono posesivo.

—Y tú eres mío —responde con firmeza.

—Siempre seré solo tuyo —le prometo.

Mientras me muevo con una pasión desenfrenada, ella se aferra a mí, y en la habitación se mezclan nuestras respiraciones irregulares con gemidos. El calor y la intensidad del momento me envuelven, y me siento completamente embriagado por la sensación.

La diferencia es palpable y excitante. A medida que el placer se apodera de mí, saco mi miembro de ella para evitar dejar mi líquido en su interior, el cual cae al suelo.

Eileen, al darse cuenta, abre los ojos y me observa atentamente.

—Me encantaría volver a entrar en ti —le digo con sensualidad.

—¿Y por qué no lo haces? —pregunta, con un tono que me desafía.

—Porque no quiero que después ocurra algo que no desees. Y no sé si realmente lo quieres conmigo. ¿Acaso quieres quedar embarazada de mí?

Ella me mira, pensativa, mientras reflexiona sobre mi pregunta. Me gustaría saber qué está pensando en este momento.

—Bueno, será mejor que nos alistemos para irnos —responde finalmente.

La bajo con cuidado para evitar que pise el líquido en el suelo.

—Yo me encargaré de limpiar esto —digo.

—Está bien, yo iré a cambiarme —responde, tomando una toalla para envolverse y saliendo por la puerta.

Yo hago lo mismo, me envuelvo en una toalla y tomo papel para limpiar. Aunque me hubiera gustado seguir con Eileen, no quiero que se arrepienta después, especialmente si llegara a quedar embarazada. Aunque la idea de tener un bebé con ella no me desagrada, no quiero que se sienta obligada a estar conmigo. Quiero que me elija por ella misma, sin presiones.

Eileen

Salgo del baño, furiosa conmigo misma. Me siento en la orilla de la cama, reflexionando sobre la pregunta de Adrien.

"¿Quieres quedar embarazada de mí?"

Esa pregunta resuena en mi mente. No estoy segura de qué siento. Parte de mí quería gritarle que sí, pero otra parte teme que me abandone si eso sucediera. Adrien no parece el tipo de hombre que se quede con una sola mujer, a pesar de que está comprometido con alguien más y sigue siendo un mujeriego.

"Eres una tonta, Eileen. ¿Qué pensaste al dejar que te hiciera esto sin protección? Más tonta no pudiste ser."

Dejo esos pensamientos atrás y me pongo la misma ropa de ayer. Justo entonces, Adrien sale del baño. Se viste mientras yo desvío la mirada.

—Ya podemos irnos —dice.

Asiento en silencio, tomo a Tom y salimos juntos. Bajamos del yate y caminamos por la playa hasta llegar al hotel.

Al llegar a la entrada, nos detenemos. Nos miramos por un momento, y veo que Adrien parece querer besarme, pero lo interrumpo.

—Mejor vamos a preparar todo —digo, y me alejo sin esperar su respuesta.

Tomo el elevador y subo al piso de mi habitación. Pongo la tarjeta en la cerradura y abro la puerta.

Al entrar, veo a Christian sentado en el sofá de la sala. Su rostro se ilumina al verme.

—¿Dónde estabas, Eileen? No sabes cuánto me preocupé —dice, pero mi enojo persiste.

—Preocupado, después de que me llamaste cualquiera —le respondo, molesta.

—Sabes por qué lo dije. ¿No te molestó saber que tu prometido está con otra? —contesta con desdén.

—Sabes, no quiero hablar de eso ahora. Tengo que cambiarme. El señor Abadí me estará esperando para irnos, así que, si quieres venir conmigo, mejor deja de insistir. Lo discutiremos cuando estemos en Mónaco.

Lo dejo con la palabra en la boca y entro en mi cuarto. Me dirijo a la maleta y saco un vestido multicolor con la espalda descubierta. Termino de meter todas mis cosas en la maleta, incluyendo la caja de transporte de Tom, y lo coloco dentro.

Salgo de nuevo, pero Christian ya no está. No me preocupa dónde esté; sólo está molesto conmigo. Bajo con mi maleta y a Tom en el elevador hasta la recepción. Allí está el señor Abadí, esperándome.

—Hola, buenos días, señor Abadí —le saludo.

—Hola, señorita Eileen —responde con una sonrisa.

—¿Dónde están los demás?

—Todavía no llegan.

—Pensé que ya estaban aquí —le digo.

—No, pero sólo es cuestión de esperar un poco más —me asegura.

—Entonces iré a dar un último paseo por la playa —anuncio.

—Está bien, la buscaré cuando todos estén aquí.

Dejo mis cosas con el señor Abadí y me voy a la playa. Me siento en la arena, inmersa en recuerdos. Pienso en todos los besos, celos y caricias de Adrien. No sé si catalogar la experiencia como buena o mala, pero ha sido muy diferente a todo lo que he vivido. Me sentí completamente yo misma y libre, gracias a Adrien. Nunca olvidaré lo que me hizo sentir, pero nunca se lo diré. Él nunca sabrá todo lo que ha significado para mí y lo que realmente siento.

Decido regresar, dejando todos esos pensamientos de lado. Al llegar, veo que todos ya están allí. Siento la mirada de Adrien sobre mí, al igual que la de los demás.

—Bien, ya estamos todos, podemos irnos —anuncia el señor Abadí.

Subimos a los autos negros y, como era de esperar, me voy con Christian, pero me alejo de él, sin ganas de conversar. Adrien, por su parte, se dirige con su prometida.

Al llegar a la pista de aterrizaje, bajamos de los autos y comenzamos a subir al jet. Me ubico en un lugar separado de Christian, y, de reojo, veo que Adrien también se sienta lejos de su prometida.

Después del vuelo, por fin estoy de regreso en Mónaco. Le pedí a mi hermano que viniera a buscarme, y me acaba de dejar en mi departamento.

Entro y dejo mi maleta a un lado de la puerta. Saco a Tom para que pueda caminar y hacer sus necesidades, y luego me siento en el sofá para descansar.

De repente, la luz se enciende, sorprendiendo me de inmediato.

—¡Madre santa! —exclamo, y descubro que es Casandra.

—De santa no tengo nada, y madre menos —responde con una sonrisa.

—¿Qué demonios haces aquí? ¿Cómo entraste? —le pregunto.

—Tu hermano me dejó entrar. Pero eso no importa, estoy aquí para que me cuentes todos los detalles de tu viaje. Quiero saberlo todo —me dice con entusiasmo.

—Casandra, no quiero hablar de eso —le respondo, levantándome del sillón y dirigiéndome a mi cuarto.

Escucho los pasos de Casandra siguiéndome. Me toma de la mano, obligándome a girar.

—Me contarás todo o no te librarás de mí —advierte.

Suelto un suspiro de frustración.

—Está bien, pero creo que es mejor que traigas algo fuerte para beber.

—¿Para mí? —pregunta Casandra.

—No, es para mí —le aclaro.

Ella se dirige a la cocina mientras yo me siento en mi cama, tratando de ordenar mis pensamientos. Al cabo de unos minutos, regresa con una botella de vino y dos copas.

—Ahora sí, cuéntame todo —dice, mientras coloca la botella y las copas sobre la mesa junto a la cama.

—Bien, comencemos —le respondo.

Le quito la botella de las manos y bebo directamente de ella. Necesitaré valor para relatarle todo lo ocurrido.

Capítulo 45

—¿En serio, Casandra? —la miro con frustración mientras ella me quita la botella y toma un trago.

—Sí, todo lo que escuchaste es verdad —le confirmo.

—Entonces, ¿me acabas de decir que te acostaste con el hombre más sexy, candente y bien dotado, y aún tienes esa cara de disgusto? —me pregunta, visiblemente molesta.

—Es que, ¿por qué no entenderías? Sabes bien que Adrien Giordano es un mujeriego notorio, y caí en su trampa. Además, también escuchaste que está comprometido y yo también.

—Sí, escuché todo eso. Pero, sinceramente, hay algo raro en su compromiso y en tu relación con Christian. Siempre he pensado que algo oculta. Dale el beneficio de la duda a Adrien; déjale demostrar si te equivocas o no.

—¿Y qué esperas, que me embarace de él?

—No sería mala idea. Los dos son muy guapos; imagina qué bebés tan lindos podrían tener —me dice, y le suelto un golpe con la almohada.

—No soy tan tonta como para hacer eso —le respondo.

—Entonces, ¿por qué permitiste que te acostara sin preservativo?

No le respondo, porque tiene razón. Algo dentro de mí no me incomoda si eso llegara a pasar.

—Sabes, eres mi amiga, eres una mujer poderosa y rica, pero tienes una autoestima muy baja. Como te dije, arriésgate. Es mejor equivocarse y vivir que vivir sin saber nada.

Me levanto de la cama y me acerco a la ventana.

—No lo sé, Casandra —le digo.

—A ver, dime qué sentiste la primera vez que estuviste con él.

Me giro para mirarla, dándome cuenta de que está preguntando en serio.

—No puedo creer que tenga que repetir esto. Como te dije, él estaba en mi habitación —le contesto.

—Te pregunté qué sentiste —insiste.

—No sé qué sentí. Pero fue algo tan intenso, me hizo sentirme libre, protegida. Cada beso, cada caricia, me hacía sentirme completa, y solo deseaba más de él.

—¿Y qué sientes al verlo con su prometida?

—Es una ira incontrolable que crece dentro de mí. Solo quiero agarrarla de los cabellos y apartarla de él.

—¿Y qué sientes con respecto a Christian?

—Con él me siento como en una cárcel. No puedo ser yo misma, y él no es el mismo —le confieso, con un tono de desesperanza.

—Sabes lo que tienes, Eileen, es que estás enamorada de Adrien —me dice de golpe.

—¡¿Qué?! No, eso no puede ser. No puedo estar enamorada de él.

—¡Por favor, Eileen! Eres una mujer de 26 años y actúas como una adolescente. Arriesga con Adrien. Sí, sé que ha sido un mujeriego toda su vida, pero todos cometemos errores. Dale la oportunidad de demostrarte lo que puede ofrecerte.

—Pero eso no es correcto. Estoy comprometida —le digo, con incertidumbre.

—¿Y eso te detuvo antes? No tiene que detenerte ahora. Experimenta con él. Si después sientes que no cambia, entonces quédate con Christian. Al fin y al cabo, como me contaste, él ya sabe que te metiste con alguien más. Y por lo visto, no le molestó tanto, si no estaría tocando a tu puerta.

—No lo sé, Casandra —le digo, aún dudosa.

—Eileen Rossi, no seas una gallina.

—No soy una gallina —respondo, molesta.

—Sí lo eres.

—No lo soy. Y para quitarte esa sonrisa de la cara, está bien, le daré una oportunidad a Adrien.

—¡Eso es! Me gusta escuchar eso. Sé que me odiarás por lo que hice, pero luego me lo agradecerás. Toma el toro por los cuernos y arriésgate.

La veo levantarse y salir del cuarto. Yo la sigo.

—¿Casandra, adónde demonios vas? —le pregunto, al ver que abre la puerta y comienza a golpear con fuerza la puerta de Adrien.

—¡No! Casandra, ¡no! —grito, intentando detenerla.

Me apresuro a llegar hasta Casandra y, justo cuando la tomo del brazo, la puerta se abre y aparece Adrien. Las dos nos quedamos en shock al ver su pecho descubierto, sólo cubierto por una chamarra de mezclilla y unos vaqueros azules.

—Madre santa —murmura Casandra.

Le doy un codazo para que deje de mirarlo de esa manera.

—Hola, Eileen. Y tú eres Casandra, ¿verdad? —nos saluda Adrien con una sonrisa.

Reto a duelo con el enemigo 🤍

—Hola, Adrien. Qué gusto que me recuerdes —responde Casandra, mientras sigue mirando a Adrien de arriba abajo antes de devolverle la mirada a los ojos.

—¿En qué puedo ayudarlas?

—Mi amiga Eileen quiere hablar contigo. Así que yo me retiro —dice Casandra, y se va rápidamente, dejando claro que sabrá cómo me las arreglo más tarde.

Adrien y yo nos quedamos mirando cómo se aleja. Finalmente, vuelvo mi atención hacia él y noto que sigue la dirección en la que se fue Casandra.

—Veo que Casandra sigue siendo igual —dice Adrien, volviendo su mirada hacia mí.

—Sí, sigue siendo igual de alocada y hermosa —le respondo con una ligera indirecta para ver si aún es el mismo mujeriego de antes.

—Pero tú eres aún más hermosa —responde de golpe, haciendo que mi rostro se sonroje.

—¿Y en qué puedo ayudarte? —pregunta, con una sonrisa picarona.

—Mmm... quería hablar contigo —es lo único que se me ocurre decir.

—Si quieres, puedes pasar y hablamos —ofrece, moviéndose a un lado.

Sus palabras y la sonrisa en su rostro me recuerdan a lo que dijo Casandra: "Arriésgate, es mejor equivocarse y vivir que vivir y no saber nada."

—Está bien —le digo, y entro al apartamento.

Entro al departamento de Adrien y me dirijo a la sala, que ya había visto antes. Ahora noto que Luna está acostada en una cama junto a la sala, y al verme, se lanza hacia mí con entusiasmo.

—Le caes bien. Luna, compórtate, es nuestra invitada —le dice Adrien, y la perra se aleja, sentándose a un lado.

287

—El recuerdo de aquel incidente que tuvimos hace diez años —comento.

—Sí, lo recuerdo. ¿Quieres algo de beber? —me pregunta.

—Sí, tienes vino —le respondo.

—Creo que lo que me vas a decir es algo fuerte como para que pidas eso —dice, con una sonrisa.

—Después de que lo traigas, te lo diré —le aclaro.

Adrien se dirige hacia la cocina mientras yo observo el entorno. Me fijo en una de las paredes donde están colgadas fotografías, entre ellas, algunas de Casandra.

Adrien regresa con la copa de vino y me la ofrece. La tomo en la mano y lo miro con curiosidad.

—¿Quién es ella? —pregunto, intentando ocultar que soy yo.

—No lo sé. Las compré hace poco en una exposición de tu amiga Casandra —responde sin titubear.

—¿Por qué las compraste?

—Cuando vi estas fotos en la galería, algo en ellas me llamó la atención, pero si te incomoda, puedo quitarlas —ofrece.

Tomo un sorbo de la copa y le devuelvo la mirada con una sonrisa ligera.

—Está bien, no me molesta. Al fin y al cabo, no la conoces —le digo.

—No la conozco, pero no quiero que pienses que estoy jugando contigo. Las quitaré si eso te hace sentir mejor —dice, tomando también un sorbo de su copa. —Pero dime, ¿qué querías hablar conmigo?

—Ven conmigo —le ofrezco mi mano, y él la toma.

288

Camino hacia su habitación, dejando la copa en la mesa y tomando la suya también. Lo conduzco hasta los pies de la cama.

Adrien me observa atentamente, y me pongo de puntitas para unir mis labios a los suyos. Nuestras lenguas se entrelazan mientras él me abraza, pegándome contra su cuerpo. Me separo y nos miramos, respiraciones agitadas.

Me acerco a su oído y susurro:

—Te daré una oportunidad —le muerdo ligeramente el lóbulo antes de separarme.

—¿En serio? —pregunta, con asombro.

—Sí, pero hay una condición —le digo con firmeza.

—¿Cuál? —pregunta, curioso.

—Eres mío, solo mío. Y si me entero de que estás con otra, nunca más me volverás a tener —declaro, decidida.

—Está bien, acepto. Pero tú también eres mía, y no quiero que nadie más te toque —responde con determinación.

—Tienes que ganarte ese honor —le digo.

—Claro que lo haré. Te prometo que terminaré mi compromiso para estar completamente contigo. Y cuando lo logre, tú terminarás con tu prometido porque no soporto verte con él.

—El día que me demuestres que has dejado atrás tus compromisos y has dejado de ser un mujeriego, lo haré. Pero por ahora, esta noche harás lo que yo diga.

—Hazme lo que quieras —responde con una mezcla de expectativa y deseo.

Lo empujo suavemente hacia la cama y me dirijo a uno de sus cajones. Después de un momento de búsqueda, encuentro dos corbatas. Regreso con ellas y me monto a horcajadas sobre él. Le quito la chamarra y, usando una corbata, ato sus manos a la cama. Repito la operación con la otra corbata.

Me acerco a él y lo beso con intensidad.

—Espero que estos amarres sean lo suficientemente fuertes, porque cuando me sueltes, será mi turno —le susurro al oído.

—Anhelaré el momento en que te logres soltar —dice con una sonrisa amplia. —Mientras tanto, disfruta de la vista.

Me levanto de la cama y me coloco de pie. Desato las cintas de mi vestido y lo dejo caer a mis pies, dejando mis pechos al descubierto. Luego, me despojo de las bragas.

Adrien no aparta la vista de mi cuerpo, y yo noto su excitación visible a través del pantalón. Me acerco a él y empiezo a desabrocharle los pantalones, liberando su miembro de su confinamiento.

Comienzo a besar su cuello, descendiendo lentamente por su pecho y mordisqueándolo ligeramente. Continúo bajando por su abdomen, dejando una serie de mordidas suaves a medida que avanzo.

Después, me subo a horcajadas sobre él, pero esta vez mi rostro está hacia sus pies y mi espalda hacia su cara. Me acomodo para que mi rostro quede justo donde está su miembro, dejándolo a la vista, pero sin tocarlo.

Comienzo a besar sus piernas y caderas, acercándome lentamente hasta su miembro. Lo tomo en mi mano y empiezo a darle un ligero masaje antes de pasarlo con mis labios y finalmente saborearlo.

Mis movimientos son suaves al principio, de arriba a abajo, jugando con él y envolviéndolo con mi lengua.

—Ah —escucho sus gemidos, y eso me incita a acelerar mis movimientos.

Siento cómo Adrien empieza a mover sus caderas y yo me aferro a él, siguiendo el ritmo. Coloco mis manos en sus piernas, apretándolas ligeramente para mantener el control.

—Eileeeenn —me encanta oír mi nombre en su voz.

Siento de nuevo ese líquido en mi boca, y lo dejo pasar como la vez anterior. Luego me levanto de encima de él, tomo mi vestido y me lo vuelvo a poner.

—¿A dónde vas? —me pregunta, mirando hacia arriba.

—A mi departamento —respondo.

—¿Me vas a dejar así? —dice con un toque de frustración.

—Tal vez —le digo con una sonrisa traviesa.

Me dirijo hacia la puerta, sintiéndome satisfecha. Justo cuando voy a tomar la perilla, siento la mano de Adrien en mi cuello, jalándome suavemente hacia atrás hasta que nuestras miradas se encuentran.

—Es mi turno. Espero que no tengas planes de ir a trabajar mañana —dice con una sonrisa desafiante.

Me besa con una pasión salvaje antes de cargarme sobre su hombro, dándome unas nalgadas juguetonas.

—Ah —suelto un gemido inesperado mientras él me lleva de regreso a la cama.

—Te haré gritar hasta quedarte ronca. Así que espero y estes preparada para lo que te espera —me dice y sigue dándome nalgadas.

Veremos qué es lo que tiene ahora para mi Adrien...

Capítulo 46

*A*drien

Eileen está jugando con fuego. ¿Cómo se atreve a irse dejándome así? Ahora verá que cuando se inicia algo, debe terminarse.

Me libero de las ataduras que Eileen me puso y me apresuro a alcanzarla, sin preocuparme de estar desnudo. La veo justo cuando está por abrir la puerta, así que me apresuro y la agarro.

—Es mi turno. Espero que no tengas planes de ir a trabajar mañana —le digo con determinación mientras la beso con una pasión salvaje.

Luego me separo y la cargo, poniéndola en mi hombro, mientras le doy unas nalgadas juguetonas.

—Te haré gritar hasta quedarte ronca. Así que prepárate para lo que te espera —le digo, continuando con las nalgadas.

Me enoja su actitud, pero también sé que es culpa mía; cuando estoy con ella, bajo la guardia y me dejo llevar. Aun así, estoy contento de que me haya dado esta oportunidad. Haré que llegue hasta las estrellas para que nunca se arrepienta de elegirme.

—¿A dónde me llevas, Adrien? —pregunta Eileen, su voz llena de curiosidad.

—Ya lo verás, no te desesperes —respondo, dándole otra nalgada en su lindo y redondo trasero.

No la llevaré a mi cuarto, sino a otro lugar. Entro en la sala donde tengo una enorme mesa de billar, pero me detengo en la pared donde tengo mi barra para hacer ejercicios.

Bajo a Eileen y la coloco frente a la pared, observándola atentamente mientras tomo las corbatas que usó para atarme. El uso para atar sus manos firmemente a la barra.

Luego desato los cordones del cuello de su vestido y lo dejo caer al suelo. Me aparto para contemplar su cuerpo desnudo, mientras ella me mira fijamente, notando que también estoy completamente desnudo.

Me acerco a Eileen nuevamente, coloco mi mano en su rostro y la levanto para mirarla a los ojos. El beso con una pasión embriagadora y salvaje, mientras nuestras lenguas se entrelazan.

Bajo mis labios por su cuello, dejando un rastro de besos en mi camino, y continúo descendiendo hasta encontrarme con sus pechos, que parecen dos tentadores pastelillos. Empiezo a chuparlos, jugando y masajeándolos.

~Ah.

Los gemidos de Eileen no se hacen esperar. Mientras sigo con mi juego en sus pechos, mi mano baja lentamente hasta su parte íntima, donde comienzo a masajearla con cuidado. Siento cómo su cuerpo empieza a temblar, y eso me hace detenerme por un momento.

—Te haré desear que ningún otro hombre te toque —le digo con firmeza.

—Demuéstramelo —responde, mordiéndose el labio con deseo.

Entonces bajo hasta quedar de rodillas frente a ella, colocando sus piernas sobre mis hombros. Comienzo a besar y saborear su parte íntima, usando mi lengua para explorar y jugar en esa zona. Sus gemidos y movimientos me excitan aún más.

Aprieto sus glúteos cada vez que ella intenta alejarse, manteniéndola cerca mientras continúo mi juego.

~ ¡Adrien!

Ella grita mi nombre mientras su líquido pasa por mi boca, y eso es mi señal para separarme de ella. Quito sus piernas de mis hombros y me levanto, observándola mientras me mira intensamente.

Reto a duelo con el enemigo

Me alejo con cuidado y me dirijo a mi cuarto. Busco en el cajón algunos preservativos y regreso a donde dejé a Eileen, encontrándola, intentando soltarse. Sonrío y me acerco a ella con determinación.

—Mis amarres son más resistentes —le digo con una sonrisa desafiante.

—Sí, ya lo noté —responde ella con una mezcla de sorpresa y deseo.

—Pensaste que te amarraría de manera que pudieras escapar fácilmente. Pero déjame decirte que no he terminado contigo.

Coloco mi mano sobre mi erección, que está más que lista, y comienzo a acariciarla con firmeza. Ella no aparta la vista de mí mientras tomo uno de los preservativos y lo coloco cuidadosamente.

Una vez listo, me acerco a ella y me posiciono a su espalda. Tomo su cabello con una mano, tirando suavemente hacia atrás para inclinar su cabeza.

~Ah.

Gime delicadamente. Con mi otra mano separo sus piernas y alineo mi erección con su entrada antes de penetrarla de una estocada.

~Ah —gime nuevamente, esta vez más profundo.

Empiezo a moverme con intensidad, agarrando su cadera para mantener un ritmo que la haga seguirme. Después de un momento, salgo de ella y me reposiciono para quedar frente a frente. Coloco sus piernas a ambos lados de mi cintura.

Beso sus pechos, que están firmes y cálidos bajo mis labios. Ella gime mientras echa la cabeza hacia atrás. Dejo de besar sus pechos y la beso en los labios, profundo y apasionadamente.

Luego entro de nuevo en ella, y veo cómo se aparta de mí, echando la cabeza hacia atrás y abriendo ligeramente la boca. Reanudo mis embestidas con un ritmo salvaje, aferrándome a sus caderas con fuerza.

Miro cada expresión de su rostro y escucho cada gemido. Ella se agarra de la barra, tirando de las corbatas en un intento de liberarse, mientras yo continúo aumentando la intensidad de mis movimientos. La pasión me embriaga, y cada embestida se vuelve más ardiente, más desenfrenada.

.

~Ahh.

Veo cómo el cuerpo de Eileen se estremece una vez más, y eso provoca que mi propio cuerpo tiemble de placer, liberando todo mi líquido en ella. Nos mantenemos en esa posición unos momentos, hasta que nuestras respiraciones comienzan a regularizarse. Me retiro de ella y me quito el preservativo.

Desato a Eileen, quien baja sus manos y las coloca en mi cuello, dejando su rostro descansar sobre mi pecho. La envuelvo con mis brazos, tomándola en mis brazos y llevándola de vuelta a la cama. Ella apoya su cabeza en mi pecho, con los ojos cerrados, luciendo increíblemente hermosa.

La coloco cuidadosamente en la cama y tiro el preservativo a la basura. Regreso a su lado y me acuesto junto a ella. Siento sus labios rozar mi cuello en suaves besos.

—¿Quieres más? —le pregunto con una sonrisa.

—Sí —responde, y su respuesta me llena de satisfacción.

—Mmm, me encanta tu lado audaz —digo, con una sonrisa divertida.

La coloco sobre mí, disfrutando de la vista desde esta posición.

—Ahora tú tienes el control —le digo, mientras ella sonríe ampliamente y se inclina para besarme.

****

A la mañana siguiente, los rayos del sol que entran por la ventana me despiertan. Busco a Eileen a mi lado, pero al no encontrarla, me levanto de la cama para comprobar que se ha ido. En su lugar, encuentro una nota, dinero y

295

una rosa sobre la mesita de noche. Tomo la nota y la rosa, olfateo la flor mientras leo el mensaje:

"Buenos días, mi amante.

Lamento no estar contigo esta mañana. Tengo asuntos importantes que atender. Te dejo una rosa como símbolo de agradecimiento por tus atenciones y dinero para que te compres algo bonito o para que recuperes tus fuerzas.

Gracias, fue un placer conocerte."

—¿Un placer conocerte? —murmuro, furioso. Eileen me mintió sobre la oportunidad que me dio. Esto no puede ser. —¡Qué demonios está jugando!

Arrugo la nota y la rosa en mi mano antes de lanzarlas al suelo con rabia. Me levanto de la cama y me dirijo al baño, frustrado.

Me visto rápidamente y me dirijo a la sala, donde tomo el teléfono y marco el número de mi asistente.

—Hola, buenos días, habla Joel —responde al otro lado de la línea.

—Hola, Joel.

—Hola, señor Giordano. Qué gusto saber de usted. Tenía días sin poder comunicarme.

—He tenido problemas con mi teléfono. Compra uno nuevo y tráemelo cuando llegue a la empresa.

—Claro, señor Giordano. A sus órdenes.

Cuelgo y dejo comida y agua para Luna. Luego regreso a mi habitación, tomo el dinero que Eileen dejó y me dirijo hacia la puerta. Salgo de mi departamento y camino por el corredor hasta el elevador. Presiono el botón y, en poco tiempo, las puertas se abren. Entro y presiono el botón del estacionamiento. En minutos estoy en el garaje.

Me dirijo a mi BMW azul oscuro, me subo y arranco el motor, listo para enfrentar el día y resolver mis asuntos.

Salgo del edificio y me dirijo directamente hacia mi empresa. Al llegar, estaciono mi auto en la entrada, bajo de inmediato y entro al edificio.

Los empleados me saludan y me desean buenos días. Les respondo cortésmente, aunque mi ira interna es palpable.

Tomo el elevador y subo al piso de mi oficina. Justo al salir, me encuentro con Joel.

—Buenos días, señor —me saluda.

—Buenos días, Joel. ¿Está listo lo que te pedí?

—Sí, señor. Está en su escritorio —responde.

—Bien. Pero dime, ¿por qué se ausentó mi empleado Christian Martín?

—Intenté comunicarme con usted para informarle, pero él alegó una emergencia familiar. No pude obtener más detalles.

Eso suena sospechoso. La información que Hugo me dio confirma mis sospechas, pero necesito investigar por mi cuenta también.

—Entonces quiero que te encargues de algo más.

—Lo que desee, señor —afirma Joel.

—Quiero que investigues a fondo a Christian Martín y a mi prometida, Citlali. Averigua todo sobre sus padres, sus antecedentes, e incluso si es necesario, busca información sobre dónde se criaron. También investiga su relación con la empresa.

—¿Por qué desea saber eso, señor? Si es su prometida...

—Haz lo que te pido, Joel, y no preguntes más.

—Así será, señor —dice con seriedad.

—Una cosa más: debe ser completamente confidencial.

297

—Como usted diga, señor.

—Puedes retirarte.

Joel se va y yo entro en mi oficina, dirigiéndome a mi escritorio. Me siento y tomo mi teléfono nuevo. A pesar de la ocupación del momento, mi mente sigue ocupada con la traición de Eileen y la profunda frustración que siento.

"¿Ella realmente está jugando conmigo? ¿Soy solo un amante para ella? Entiendo lo de amante en parte, pero todo lo demás es inaceptable."

"Así que ya verás, Eileen Rossi. Me aseguraré de que pagues por esto."

Capítulo 47

*E*ileen

Llego a mi empresa con una enorme sonrisa en el rostro. A medida que paso por la recepción, todos los empleados que me ven me saludan amablemente, y yo les devuelvo el saludo con la misma cordialidad.

Tomo el elevador y presiono el botón para mi piso. Mientras las puertas se cierran, sigo pensando en lo que he hecho.

Unos minutos después, el elevador se detiene y las puertas se abren. Camino hacia mi oficina con paso firme. Al pasar por el área donde normalmente está Katia, noto que no está. Prosigo hasta la puerta de mi oficina, la abro de par en par y mi sonrisa se desvanece por completo.

Veo a mi hermano Eros de espaldas, con los pantalones a media rodilla, en medio de una situación comprometida con una mujer sentada en mi escritorio y él en medio de sus piernas. Ambos se detienen al oír el sonido de las puertas al abrirse y me miran, sorprendidos.

—Lo siento —digo, cerrando las puertas de inmediato.

Me alejo un poco y me siento en el lugar donde debería estar Katia, esperando a que la situación se resuelva.

Después de unos minutos, escucho las puertas abrirse nuevamente y veo a una joven alta, delgada, de piel blanca y cabello castaño. Lo que más me llama la atención es el color de sus ojos, un tono que me resulta familiar.

Ella se acerca a mí y me pongo de pie para saludarla.

—Hola, buenos días, señorita Eileen. Déjeme presentarme —digo, pero ella es interrumpida por Eros.

—Hola, hermana. Ella es Daphne Giordano, y sí, antes de que digas algo, sí, ella es la hermana de Adrien.

299

Ahora entiendo por qué el color de los ojos me resulta tan familiar.

—Hola, señorita Daphne, es un placer conocerla. Espero que mi hermano la esté tratando bien.

—Claro que sí. Además, me ha dado la oportunidad de entrar a su empresa de modelaje —responde Daphne con una sonrisa.

Eso me toma por sorpresa. Decido no decirle nada a mi hermano hasta que Daphne se haya ido.

—Entonces, te doy la bienvenida y espero que encuentres lo que buscas en nuestra empresa —digo.

—Claro que sí. Le echaré muchas ganas. Pero, si me disculpas, tengo que ir a unas clases en 20 minutos. Nos vemos, Eros.

Ella se despide de Eros con un movimiento de la mano y se dirige hacia la salida. Espero a que Daphne se marche por completo antes de entrar en mi oficina con Eros.

Cuando entro, sé que Eros no se escapará de una buena reprimenda. Me siento en uno de los sofás de la oficina.

—Antes de que me regañes, déjame decirte que ya sé que no debo tener nada que ver con los empleados o las chicas de aquí —dice Eros.

—Exactamente —respondo.

—Pero yo no soy el CEO de la empresa, esa eres tú. Yo solo estoy como suplente, así que como acabas de llegar, no hay nada que me detenga de salir con ella.

—Está bien, hermano. En cierta parte tienes razón, aunque muchos cuestionarán la razón por la que ella fue aceptada aquí.

—No te preocupes por eso. Nadie sabe nada, solo Katia, y ella se encarga de mantener nuestra relación en secreto. Así que espero que no le digas nada.

—¿Relación? —digo sorprendida.

—Sí, Daphne y yo somos novios.

—Oh, pues ¿qué puedo decir? ¿No andabas con Casandra?

—No, ella y yo solo teníamos una relación casual. No porque tú y Adrien no se lleven bien significa que nosotros haremos lo mismo. Ella nunca me ha caído mal, ni yo a ella. Así que no hay inconvenientes, y estoy seguro de que nuestros padres lo aceptarán.

—Entonces, felicidades. Espero que te estés cuidando.

—Claro, ¿por quién me tomas?

—Bien. Espero que todo esté en orden y que Daphne no te interrumpa mucho.

—Todo está en orden, tal y como lo dejaste.

—Perfecto. Serás un buen CEO.

—No, gracias. No estoy para tanto estrés y que cada cinco minutos venga Katia preguntando cosas sobre maquillaje y tacones.

—Jajaja, espero que ahora sepas escoger bien los atuendos para tu novia.

—Eso ya lo veré con el tiempo. Pero si ya no me necesitas, entonces me voy a descansar.

—Sí, necesitas dormir y comer algo para recuperarte.

—¿Y tú cómo sabes eso?

—Porque soy mayor que tú. Pero antes de que te vayas, tienes que limpiar bien mi escritorio.

—Está bien —dice con desánimo—. Recuerda que en unos 3 días es el baile familiar.

—Gracias por recordármelo, Eros. Lo tendré presente.

Después de que Eros limpiara mi escritorio y me informara sobre los pendientes que están por resolverse, se fue, aliviado de no tener que estar más a cargo.

Me siento frente a mi escritorio y empiezo a pensar en mi hermano y Daphne, así como en lo que está pasando entre Adrien y yo. No puedo evitar sonreír al recordar lo que acaba de suceder.

En ese momento, escucho un golpe en la puerta que me saca por completo de mis pensamientos.

—Pase —digo en voz alta. Katia entra poco después.

—Hola, señorita Eileen. Es un gusto volver a tenerla aquí.

—Hola, Katia. A mí también me alegra estar de regreso. Pero dime, ¿qué pasa?

—La señorita Casandra está aquí y quiere hablar con usted.

—Hazla pasar —le indico. Katia se va y pronto Casandra entra, cierra las puertas y se acerca a mí.

La observo caminar por la oficina hasta que se sienta en uno de los sofás.

—¿Qué pasa, Casandra? —le pregunto.

—Eso debería preguntártelo yo, porque parece que te la pasaste muy bien, por la inmensa sonrisa que traes.

—Si ya sabes por mi expresión que me la pasé bien, ¿para qué preguntas?

—Pero yo quiero saber los detalles.

—Ah, te refieres a eso. Pues no hay nada que sea de tu incumbencia. Solo puedo decirte que le di la oportunidad, como tú dijiste.

—Qué bueno, ahora sí actuaste como una mujer de tu edad. Pero estoy segura de que te lo pasaste muy bien.

En ese momento, me doblo un poco las mangas de mi camisa para mostrarle lo intenso que fue anoche.

—¿De verdad te amarró?

—Fue algo mutuo y muy intenso. Es lo único que puedo decirte.

—Pues con eso sé que te perdió el respeto, y muy bien hecho. Pero dime, ¿cómo se siente despertar en los brazos de un hombre tan perfecto? —ella suelta un suspiro.

—Jajaja —suelto una risa.

—¿De qué te ríes?

—Precisamente de eso. Esta mañana, antes de que despertara, me fui como suelen hacer los hombres cuando solo tuvieron lo que querían.

—¡¿Qué hiciste?! —ella se levanta del sillón de un salto.

—No te alteres. Le dejé una nota con un mensaje diciendo que es mi amante, agradeciéndole por sus servicios, una rosa y dinero.

—¡¿Estás loca?! —exclama, sorprendida.

—¿Por qué?

—¿No sabes que hacer eso es herir su orgullo y su ego?

—¿Y eso qué? Ellos nunca piensan en el daño que causan a las mujeres. Muchas le entregan su primera vez por amor y luego nunca las vuelven a ver o simplemente las ignoran. Para mí, no fue nada en comparación con lo que él me hizo. Solo fue darle una cucharada de su propio chocolate.

—Espero que tengas una silla de ruedas.

—¿Y eso para qué?

—Porque estoy segura de que Adrien vendrá a buscarte o incluso tumbará la puerta de tu casa. Creo que te enseñará el verdadero significado de lo que hiciste. Así que, prepárate para ser amarrada hasta los pies si es posible.

—Yo también tengo cartas bajo la manga, no solo él.

—Bien, si tú lo dices. Pero ¿le vas a dar la oportunidad o no? Estoy confundida con tus tonterías.

—Él tiene la oportunidad de demostrar que está dispuesto a hacer lo que sea por mí. Está a prueba, y si comete el más mínimo error, ten por seguro que no seré una tonta más en su lista.

—Me parece bien. Pero ¿qué harás con respecto a protegerte de posibles embarazos?

—Bueno, en la mayoría de las veces, salvo una excepción, él ha usado preservativo.

Casandra saca una pequeña tarjeta de su bolso y me la entrega. La tomo y veo el nombre de una ginecóloga.

—Te recomiendo que vayas y agendes una cita para hoy a la 1 de la tarde. Te aseguro que disfrutarás más sin tener que esperar a que él se ponga el preservativo. Eso sí, cuídate de las infecciones. Me voy antes de que me den ganas de ahorcarte por tus tonterías.

Veo cómo Casandra se va, dejándome sola con mis pensamientos. Me pregunto si realmente hice bien o mal, pero sé que, de alguna manera, Adrien se lo merecía para que entienda que conmigo no se juega.

Ahora debo ir con la ginecóloga y hablar con ella.

Capítulo 48

*E*ileen

Estoy en mi departamento, un día después de lo ocurrido, y Adrien no ha aparecido. Ni una llamada, ni una visita a mi puerta. Estoy segura de que está tramando algo; él no es el tipo de hombre que se queda de brazos cruzados. En cualquier momento, hará su jugada.

Mientras tanto, Christian ha estado especialmente romántico, llenándome de flores y chocolates. Sin embargo, sé que es momento de decirle la verdad. Es mi prometido y, si decide cancelar el compromiso, lo entenderé.

También estoy sorprendida con el noviazgo de mi hermano Eros con Daphne, la hermana de Adrien. Aunque no soy nadie para decirle con quién debe salir, siento algo de tristeza porque mi hermano estaba muy entusiasmado con el casting.

He estado pensando en una forma de compensar su esfuerzo, considerando tanto a los modelos que eligió como a los hombres y mujeres que seleccionó.

Fui a la ginecóloga que Casandra me recomendó y opté por la inyección anticonceptiva. No estoy segura si son efectos secundarios, pero tengo una fuerte necesidad de estar con Adrien nuevamente. Sin embargo, no me dejaré llevar por la pasión y no iré corriendo a su puerta para decirle que me puse la inyección. No quiero inflar su ego ni hacerle sentir que es indispensable.

Además, no puedo olvidar que pasado mañana asistiré al baile familiar organizado por mis padres.

De repente, escucho el sonido de alguien tocando a mi puerta. Me levanto de la cama de inmediato y me pongo una bata sin abrochar. Salgo corriendo hacia la puerta y la abro para encontrar un enorme arreglo de rosas blancas y rojas. Mi alegría se desvanece un poco al ver que Christian es el que las trae.

—Hola, mi hermosa prometida, futura esposa y madre de nuestros futuros hijos.

Se acerca a mí y me besa en los labios. Yo correspondo al beso.

—Hola, Christian. ¿Qué te trae a estas horas?

—¿Qué pasa? ¿No puedo venir a visitarte y quedarme a dormir contigo? Por lo que veo, me estabas esperando, con ese pijama tan sensual que llevas, se nota cómo se marcan tus pechos a través de la tela.

Miro hacia abajo y confirmo que, efectivamente, mis pechos están más prominentes de lo habitual. Intento amarrarme la bata para cubrirme.

—¿Por qué te la cierras? No me digas que no quieres que vea tu cuerpo.

Christian entra en el departamento y cierra la puerta detrás de él. Para evitar el tema, tomo el arreglo de flores y me dirijo a la mesa de la cocina, donde las coloco en el centro.

Me doy la vuelta y noto que Christian está demasiado cerca, haciendo que me quede pegada a la mesa. Se acerca lentamente, me rodea con sus brazos y apoya las manos en la mesa, inclinándose hacia mí.

Levanto la vista y veo en su rostro una expresión de lujuria, con las pupilas dilatadas. Se acerca aún más, pegando su mejilla contra la mía y frotándose contra ella.

—Tengo ganas de ti, Eileen —me susurra al oído.

Me aparto de inmediato y lo miró fijamente.

—¿Qué?

—Tengo ganas de ti.

—Pero no me siento preparada, y tú lo sabes.

Su expresión cambia por completo al escuchar mis palabras.

—¿Conmigo, que soy tu prometido, no quieres tener intimidad? Pero con Adrien Giordano, parece que sí abres las piernas. No te atrevas a negármelo, porque lo sé todo. Durante tu segundo viaje de negocios, te estuviste acostando con él, y no fue solo una vez.

—¿De dónde sacaste eso?

—Eso es lo de menos. Dime, ¿en este instante Adrien lo tiene más grande que yo? Recuerda que yo soy tu prometido, y tú actúas como una ramera. Me prometiste que yo sería el primero, y mira, eres toda una zo...

No le doy tiempo de terminar la palabra y le propino un fuerte golpe en la cara.

—¡A mí me respetas! Si crees que con esa actitud lograrás que tenga intimidad contigo, estás equivocado. Y si eso te molesta, que no haya sido el primero, ¿qué te parece si terminamos el compromiso y todos felices?

—¡No! Perdóname, Eileen, es que me siento triste porque te amo de verdad, y me duele saber que estuviste con otro. Pero sé que tienes derecho a buscar al hombre que te convenga más. No quiero terminar nuestro compromiso.

—Entonces, si realmente me amas, no me presiones ni me insultes. Yo no te he juzgado por haber estado con otras mujeres, y si soy o no virgen no debería importarte. Al final, seré tu esposa y compartiremos todo.

—Tienes razón, perdóname.

Intenta acercarse a mí con los brazos abiertos para abrazarme, pero antes de que lo haga, coloco mi mano en su pecho, deteniéndolo. Él baja los brazos.

—¿Puedo al menos quedarme a dormir?

Suelto un suspiro de frustración.

—Está bien, pero dormirás en la sala. Con lo que acaba de pasar, no tengo confianza suficiente para compartir la cama. Así que descansa hasta mañana y no se te ocurra entrar a mi cuarto, o te aventaré lo primero que encuentre.

—No debes desconfiar de mí. No te haría nada.

—Solo es una advertencia. Yo me iré a dormir; tengo muchas cosas que hacer mañana.

Sin esperar su respuesta, me dirijo a mi habitación. Cierro la puerta y la aseguro. Me quito la bata y me voy directamente a la cama. Tom ya está dormido a un lado. Me acuesto con cuidado para no despertarlo, me cubro con la cobija y me acomodo para dormir. Poco a poco, me quedo dormida.

****

Despierto de repente al oír unos ruidos. Abro los ojos, tratando de identificar el origen del sonido, pero este se detiene. Miro el reloj al lado de mi cama; marca las 12 de la noche.

Intento volver a dormirme, cierro los ojos de nuevo, pero el ruido resuena nuevamente. Abro los ojos y me quedo en silencio, esperando escuchar otra vez el sonido. Efectivamente, proviene de la sala.

Me levanto de la cama y me acerco a la puerta. La abro ligeramente, y entonces escucho claramente que es Christian. Los gemidos que escucho me confirman lo que está sucediendo. Cierro la puerta con cuidado y le pongo el seguro.

Regreso a la cama y me acomodo, aunque me cuesta trabajo relajarme debido a los gemidos persistentes. Poco a poco, la fatiga vence mi incomodidad, y finalmente logro volver a quedarme dormida.

Capítulo 49

*C*hristian

Miro cómo Eileen se dirige a su habitación, y yo me acomodo en el sofá, meditando sobre el hecho de que parece que nunca querrá tener intimidad conmigo. Sin embargo, estoy decidido a demostrarle lo que es estar con un verdadero hombre cuando sea mi esposa. No me importa si es virgen o no; dejarla ir tan fácilmente no está en mis planes.

Una sonrisa se dibuja en mi rostro al pensar en los planes que tengo para cuando finalmente sea mi esposa. Pero de repente, oigo un golpe en la puerta. Consulto la hora en mi teléfono: son las 12 de la noche. Me levanto del sofá y me acerco a la puerta. A través de la mirilla, veo que es Adrien.

"Vienes por lo que es mío, pues ya verás," pienso mientras me quito la camisa, dejo mi pecho desnudo y me deshago del pantalón, quedándome solo en bóxer. Me despeino el cabello para dar un aire más desaliñado.

Abro la puerta y observo cómo cambia la expresión en el rostro de Adrien.

—Buenas noches, señor Giordano. ¿En qué puedo ayudarle? —pregunto, con una actitud desafiante.

—Buenas noches, señor Martín. Estoy buscando a la señorita Rossi.

—Mmm, mi prometida está indispuesta. Ya sabe cómo son las necesidades del cuerpo.

Veo cómo Adrien aprieta la quijada y hace un puño con la mano.

—Pero también hay que considerar que no es hora para que venga a buscar a mi prometida. Las visitas a altas horas podrían malinterpretarse, y no querrá que su prometida se entere de que anda tocando puertas en la noche, ¿verdad? Mi prometida me espera, y, además, con ese cuerpo no puedo estar lejos mucho tiempo. Así que, si me disculpa, nos veremos mañana en el trabajo.

Adrien me lanza una última mirada antes de irse. Cierro la puerta y me dirijo de nuevo al sofá, satisfecho con la situación.

Cierro la puerta de golpe, sintiendo una mezcla de satisfacción y frustración. Miro por la mirilla y veo que Adrien sigue allí, aparentemente sin creer mi historia sobre estar con Eileen. Así que decido usar medidas más drásticas para convencerlo.

Empiezo a simular gemidos y a hablar en voz alta, como si realmente estuviera en medio de una intimidad apasionada con Eileen.

—Sí, así, muévete así —digo, fingiendo desesperación y excitación.

—¡Ah, qué hermosos pechos, mi reina! —añado, tratando de imitar la voz de Eileen para hacerlo más convincente.

—¡Ah!, ¡qué rico, sí, así, muévete! ¡Christiannnn! —continúo, esforzándome por hacer que suene auténtico.

Vuelvo a mirar por la mirilla y veo cómo Adrien finalmente se aleja. Siento que mi truco ha funcionado.

Ahora que estoy solo y ya que Eileen me ha dejado con las ganas, decido dedicarme a mí mismo y satisfacer mi propia necesidad. Me acomodo en el sofá, mientras dejo que mi mente divague en la próxima etapa de mis planes.

****

A la mañana siguiente, ya vestido, preparo el desayuno para Eileen. Cuando escucho los pasos de sus tacones acercándose a la cocina, me vuelvo para verla. Lleva un vestido fucsia ajustado que realza su figura.

—Buenos días, mi hermosa Eileen —le digo, con una sonrisa.

—Buenos días, Christian —responde ella, con un tono amable.

Le sirvo en su plato unos huevos revueltos y un vaso de jugo de naranja. Nos sentamos a la mesa y desayunamos juntos, disfrutando del momento en calma.

Cuando terminamos, salimos del departamento juntos. Cierro la puerta y tomo a Eileen de la mano mientras caminamos hacia el elevador. Presiono el botón y esperamos a que las puertas se abran. Entramos y selecciono el primer piso.

El elevador se detiene y salimos al vestíbulo. Al llegar a la entrada, Eileen se suelta de mi agarre.

—Bueno, me tengo que ir. No olvides que mañana tenemos la fiesta de mis padres, es de gala —me recuerda.

—Sí, está bien. Pasaré a recogerte a las 7.

—Perfecto. Hasta mañana, cuídate.

Nos despedimos y ella se aleja, dejándome con la expectativa de la fiesta que se avecina.

Después de que Eileen me da un beso en la mejilla y se sube a su auto, yo me dirijo al mío y marco el número de Citlali.

—Hola, mi amor —responde ella con voz alegre.

—Hola, pequeña zorrita. Tengo algo que decirte.

—¿Sí? Dime.

—¿Qué tan bien controlado tienes a tu prometido?

—¿Por qué lo preguntas?

—Porque anoche, a las 12, estaba tocando la puerta del departamento de mi prometida. Así que, si no lo controlas, podrías perderlo todo.

—Gracias por avisarme.

—Asegúrate de tenerlo bajo control.

—Lo haré. Adiós.

Ella cuelga, y yo arranco mi auto y me dirijo a la empresa Giordano. Estaciono y bajo del coche. Entro al edificio y me dirijo al ascensor de empleados, presionando el botón para mi piso.

Al llegar a mi piso, salgo del ascensor y me dirijo a mi cubículo. Al sentarme, noto una caja blanca en mi escritorio. La abro y encuentro varias fotografías en su interior. Las saco y las observo detenidamente: son fotos de Citlali y de mí en la playa en Portugal, algunas mostrando momentos íntimos, como cuando entré a la habitación con ella y nos besábamos.

Veo que en la caja también hay una nota. La tomo y la leo con creciente frustración:

"¿Qué dirá tu prometida si se entera de que la engañas con otra, y además con la prometida del señor Adrien Giordano? Y cuando descubra que tu supuesto trabajo como fotógrafo es solo una fachada."

La ira me invade, y sin pensarlo, rompo las fotos y la nota en pedazos antes de lanzarlas al bote de basura. Coloco mi mano en la frente, tratando de calmarme.

"Seguro que esto es obra de Adrien. Está vengándose por lo de anoche. Pero ahora más que nunca, debo tener cuidado. No permitiré que mis planes, que me han costado tanto, se arruinen."

Capítulo 50

*A*drien

He estado ocupado recopilando información de Citlali. Además, Hugo me envió todos los detalles que encontró sobre Christian, y resulta que es un impostor que consiguió su título de fotógrafo de manera fraudulenta. Lo malo es que la persona que lo ayudó se ha ocultado muy bien, y aún no hemos logrado dar con ella.

Por otro lado, he descubierto que la familia de Citlali está enfrentando problemas financieros, y mis padres, como socios de años, decidieron ofrecerles su ayuda. También he notado que desde que regresamos de Portugal, Citlali parece estar más cercana a mí, queriendo estar a mi lado todo el tiempo.

Aún tengo que hablar con mis padres para entender por qué aceptaron el compromiso con Eileen y si hay alguna forma de romperlo. También he recibido la invitación para la fiesta que organizarán los padres de Eileen. Como mis padres son socios de ellos, es esencial que asistamos.

Con todo esto en mente, no he tenido tiempo para buscar a Eileen, pero también quiero que dude de sus acciones.

Llego a mi departamento y me detengo frente a la puerta, mirando el de Eileen. Me tienta entrar y hacerla mía, pero me contengo y entro a mi propio lugar.

Encuentro a Luna acostada en la cama de la sala. La acaricio suavemente antes de irme a mi cuarto. Tomo un baño y me pongo mi pijama, pero los recuerdos del cuerpo de Eileen, sus besos y caricias me invaden.

Decido ir a la puerta nuevamente, pero al escuchar pasos en el pasillo, me detengo. Miro por la mirilla y veo a Christian, el impostor, acercándose.

Observo cómo Christian llega con un ramo de flores y Eileen abre la puerta. La forma en que ella se viste me provoca celos, y mi rostro y orejas se calientan al instante.

Mi enojo crece cuando veo que él la besa antes de entrar en el departamento. Estoy a punto de abrir la puerta, pero los dos ya han entrado.

Me dirijo a la cocina, tomo una copa y una botella de vino, me sirvo un poco y lo bebo para calmar mi nerviosismo.

Regreso a la mirilla, esperando que Christian salga del departamento. No me gusta que esté a solas con Eileen, mucho menos que la bese o la toque.

Me siento en el sofá, me levanto, vuelvo a sentarme, y me levanto de nuevo, incapaz de calmar mi impaciencia. Miro el reloj: son las 12 y él todavía no ha salido.

—A la mierda.
Salgo de mi departamento y me dirijo hacia la puerta de Eileen. Toco el timbre y espero con la esperanza de que ella me abra, para poder llevármela.

En ese momento, la puerta se abre y me encuentro con Christian, que está sin camisa y sin pantalones. Mi furia crece y siento el impulso de ir hacia él y darle una golpiza.

****

Después de la charla con Christian, en la que afirma estar íntimamente involucrado con Eileen, estoy en un estado de confusión. Aunque escuché los gemidos y la voz de Eileen a lo lejos, no sé si creerle del todo. La furia crece en mí mientras me dirijo a la cocina, tomo la botella de vino y bebo directamente de ella. Me siento en el sofá, tratando de calmar mis pensamientos mientras sigo bebiendo.

—No, Eileen no puede dejar que otro hombre la toque. Yo soy el único que tiene derecho a eso. Pero el día que vuelva a tenerla, le haré olvidar todas las caricias de ese hombre —murmuro para mí mismo, con un trago más de vino.

De repente, mi teléfono empieza a vibrar. Lo miro y veo que es un número desconocido, pero decido contestar.

314

—Hola.

—Hola, señor Giordano. Disculpe la hora, soy el señor Abadí.

—Qué gusto escucharlo de nuevo, señor Abadí. ¿Todo está bien o a qué se debe la llamada?

—Sí, todo está bien. Pero tengo algo importante que contarle.

—Dígame, por favor.

—He revisado las cámaras de mi hotel y he encontrado imágenes de su prometida y del prometido de la señorita Eileen en una actitud muy romántica.

—¿Qué? Necesito que sea más específico.

—Le enviaré las fotos a su correo electrónico.

En ese momento, escucho el aviso de un nuevo correo. Pongo el teléfono en altavoz para escuchar mientras abro el mensaje.

—Ya le han llegado las fotos —dice el señor Abadí.

—Perfecto, estoy revisándolas ahora mismo.

Abro el archivo y las fotos que el señor Abadí me ha enviado confirman lo que temía. Citlali y Christian están besándose y entrando en mi habitación del hotel en Portugal.

—Ahora entiendo muchas cosas —murmuro para mí mismo.

—Espero que le sean útiles —responde el señor Abadí.

—Sin duda, serán de gran ayuda. Si encuentra algo más, por favor, mándemelo —le pido.

—Claro, señor Giordano. Que pase una buena noche o madrugada.

Reto a duelo con el enemigo ♡

—Gracias, señor Abadí. Igualmente.

Cierro la llamada y examino las fotos. Una idea empieza a formarse en mi mente. Tomo mi laptop, imprimo las fotografías y, con una hoja de papel y una pluma, escribo una breve nota. Meto todo en una pequeña caja, con una sonrisa de satisfacción y malicia en el rostro.

Al día siguiente, me despierto temprano y me preparo para ir a la oficina. Me visto con mi traje y salgo de mi departamento. Al pasar por el departamento de Eileen, no puedo evitar mirar hacia la puerta antes de continuar mi camino.

Presiono el botón del elevador y entro cuando las puertas se abren. Presiono el botón del estacionamiento y el elevador me lleva allí. Una vez en el estacionamiento, salgo y me dirijo a mi auto.

Pongo el motor en marcha y me dirijo a la empresa. Al llegar, me estaciono frente a la entrada y entro al edificio. Me dirijo al elevador y presiono el botón del piso de los empleados.

Cuando el elevador llega a mi piso, salgo y me dirijo al cubículo de Christian. Dejo la caja en su escritorio, con la intención de causar el mayor impacto posible.

Luego me voy a mi oficina, donde Joel ya me está esperando.

—Buenos días, señor Giordano.

—Buenos días, Joel. Necesito que investigues la relación entre Christian Martín y Citlali —le digo.

Joel me mira con una expresión de sorpresa, pero asiente.

—A sus órdenes, señor.

Joel se va a cumplir con la tarea, y yo entro en mi oficina, me siento en mi escritorio y me acomodo en mi silla, esperando que los eventos se desarrollen como planeado.

Reto a duelo con el enemigo ♡

"Quien te viera Citlali, pero gracias a eso tengo más razones para terminar con nuestro compromiso. Pero primero haré llegar todo lo que tengo a Eileen, ella debe de saber qué clase de prometido tiene"

Capítulo 51

*E*ileen

Estoy en mi departamento
preparándome para la fiesta de mis padres. Hoy llevo un hermoso vestido
verde esmeralda, largo hasta los pies, con un corte en la pierna, un escote en
forma de corazón y los hombros descubiertos. Me pongo el reloj que me
regaló mi padre y unas zapatillas plateadas.

Me maquillo con elegancia y me recojo el cabello en un peinado
sofisticado. Mientras hago los últimos ajustes, escucho un timbre en la puerta.

Voy hasta la entrada y abro. Allí está Christian, luciendo un elegante traje
negro.

—Hola, mi amor, te ves radiante —me dice, dándome un beso en la
mejilla.

—Hola, Christian. Tú también te ves muy bien —le respondo.

—¿Estás lista para irnos?

—Sí, solo déjame recoger mi bolso y ya estamos listos.

—Perfecto, te esperaré aquí en la puerta.

Voy a buscar mi bolso, que es del mismo color que mi vestido, y vuelvo a la
puerta. Christian me ofrece su brazo, y yo lo tomo.

Cierro la puerta de mi departamento, y juntos caminamos por el pasillo
hasta llegar al elevador. Christian presiona el botón, y las puertas se abren.
Entramos y él selecciona el primer piso.

En pocos minutos llegamos al primer piso y salimos. En la entrada está el
auto de Christian, estacionado. Él me abre la puerta y yo entro con cuidado, y
luego él se sienta al volante. Después de abrocharnos los cinturones de
seguridad, pone el motor en marcha.

Poco después, llegamos a las imponentes puertas de la casa de mis padres. Hay una gran cantidad de gente y autos estacionados. Mis padres están en la entrada, recibiendo a los invitados. Christian estaciona el auto en frente, baja y me ayuda a salir, abriendo la puerta para mí.

Bajo con gracia y elevo la vista hacia mis padres, quienes están sonriendo con evidente felicidad. Christian me ofrece su brazo una vez más, y juntos nos acercamos a ellos.

Mi madre me abraza de inmediato, dándome varios besos en la mejilla, mientras mi padre nos observa con orgullo.

—Hola, mi niña, qué hermosa estás; me recuerdas a cuando yo modelaba.

—Hola, mamá, gracias. Pero toda la belleza que tengo te la debo a ti.

Nos separamos, y mi padre me abraza también. Mientras tanto, mi mamá saluda a Christian.

—Hola, Christian, también quiero felicitarte por todo tu esfuerzo y éxito con la empresa. Estoy muy orgullosa de ti.

—Hola, papá. Gracias, sabes que todo es gracias a ti.

Mi padre le da la bienvenida a Christian.

—Pasen, hija, diviértanse. Nosotros nos encargaremos de recibir a todos los invitados. Además, tu hermano ya llegó; está adentro con Daphne, su novia.

—Nos vemos adentro, mamá.

—Un placer conocerte, señor y señora Rossi.

—Igualmente, Christian —responden mis padres.

Tomo de nuevo el brazo de Christian, y los flashes de los paparazzi comienzan a parpadear. Sonrío para las cámaras mientras avanzamos hacia la entrada.

Al entrar en la casa, veo que la enorme sala está llena de personas sentadas en mesas alrededor de una gran pista de baile.

A lo lejos, veo a mi hermano sentado en una mesa. Me hace una señal con la mano para que nos acerquemos.

Caminamos entre las mesas, saludando con la mano a muchas de las personas que conozco. Finalmente, llegamos a la mesa donde está mi hermano. Christian me ayuda a sentarme y luego se sienta a mi lado.

—Hola, Eros, hola, Daphne. Se ven muy bien juntos.

—Hola, hermana —me saluda Eros.

—Hola, Eileen. Tú y Christian también se ven geniales juntos.

—Gracias, Daphne.

Nos pasamos el tiempo conversando sobre cómo se conocieron Eros y Daphne, y de cómo al principio ella no aceptaba las invitaciones, pero eventualmente él logró convencerla.

—¡Mira, ahí vienen mis padres y mi hermano Adrien con su prometida!

Al escuchar esto, giro la cabeza de inmediato y me encuentro con la mirada de Adrien, que también me observa fijamente. Ellos se acercan a nuestra mesa.

Desvío la mirada nuevamente hacia la mesa, mientras de reojo noto que Christian también ha notado las miradas. Poco a poco, Adrien y su prometida se acomodan en la mesa. Adrien se sienta a mi lado, y su prometida se sienta junto a Christian, aunque parece claramente incómoda.

—Buenas noches a todos —saluda la madre de Adrien.

—Buenas noches —responde el padre de Adrien.

—Buenas noches, señor y señora, Giordano —contestamos todos.

—También buenas noches a todos —dice Adrien.

—Buenas noches —repetimos. La prometida de Adrien no dice nada, pero su malestar es evidente.

—Qué bueno que todos estamos reunidos —dice mi madre, mientras todos toman asiento alrededor de la mesa, junto a Eros y Daphne.

—Nohemí, tienes unos hijos muy guapos; tu hijo Adrien y mi futura nuera Daphne son muy guapos.

—No me halagues tanto, tú también tienes hijos muy guapos. Mira a mi futuro yerno Eros y a tu hija Eileen, ambos son muy guapos.

—No que lo digas, pero sabía que al menos uno de mis hijos se casaría con alguien de tu familia. Brindemos por eso.

Mi madre hace una seña al camarero que lleva las copas, y pronto nos entrega una a cada uno.

—Brindemos por el amor y que en el futuro nuestras empresas estén unidas, no solo por un contrato de socios.

Todos alzamos nuestras copas. Mientras nuestros padres conversan animadamente, yo me quedo en silencio, observando de reojo a Adrien, quien no aparta la vista de mí. Siento cómo su mano se posa sobre mi muslo expuesto por el vestido, ocultándose bajo el mantel de la mesa. Su mano comienza a ascender lentamente, rozando mis bragas de manera fugaz antes de retirarse, provocando un calor intenso en mi cuerpo.

—¿Verdad que sí, hija? —la voz de mi madre me saca de mis pensamientos.

—¿Qué?

—Estamos hablando de que estás comprometida con el señor Martín.

—Sí.

—Espero que nos invites a la boda.

—Claro, cuando tengamos la fecha, les haré llegar la invitación.

—Estoy muy feliz de que Eileen sea mi prometida y, en el futuro, mi esposa —dice Christian, tomando mi mano y besándola.

—Y mi hijo Adrien también está comprometido con la señorita Brown.

—Felicidades, Adrien. Espero que también nos invite a la boda.

—Quizá sí —responde Adrien.

—¿Cómo que "quizá"? —interviene Citlali.

Adrien no responde, pero su expresión revela molestia hacia ella. Tal vez ya ha encontrado una manera de romper su compromiso o simplemente está frustrado. En ese momento, comienza a sonar la misma canción que Adrien y yo bailamos en aquella fiesta hace diez años.

—Hijo, ¿recuerdas esta canción? —pregunta la madre de Adrien.

—Claro que sí, madre —responde Adrien, levantándose de su asiento y ofreciéndome su mano—. Eileen, ¿quieres bailar conmigo?

Levanto la vista para encontrarme con su mirada. Una pequeña sonrisa se dibuja en mi rostro mientras acepto su invitación.

—Claro que sí.

Tomo su mano y paso por alto la mirada de Christian, que me observa. Me dirijo con Adrien hasta la pista de baile.

Adrien coloca su mano en mi cintura y yo la pongo en su hombro. Empezamos a bailar lentamente y con sensualidad. Él me hace girar y nos pegamos aún más.

—Te ves realmente hermosa —me susurra al oído.

—Pero veo que has traído a tu hermosa prometida —le digo, mirando a Citlali.

—Tú eres más hermosa. Pero tengo algo que decirte —me dice en voz baja.

—¿Qué es?

—Christian y Citlali son amantes —me mira a los ojos—. Finge normal, o podrían sospechar.

—¿Cómo sabes eso?

—Míralos despistadamente. Fíjate en lo cercanos que están y cómo se susurran cosas.

—Sí, lo noto.

—Ellos se conocen desde hace años. Christian no es un fotógrafo, es un estafador que quiere robarte.

—Adrien, necesito pruebas, no solo palabras.

—Entonces te daré pruebas y actos.

La canción termina y regresamos a la mesa. Me siento junto a Christian mientras Adrien toma la mano de Citlali y se dirige a la salida.

Pasa un tiempo y Adrien no regresa. Mi hermano sigue bailando con Daphne, y sonrío al verlos. Mis padres también están en la pista, disfrutando con los padres de Adrien.

Finalmente, Adrien vuelve a mi lado, pero Citlali aún no ha regresado. Mi teléfono vibra y saco el mensaje de un número desconocido, que reconozco como de Adrien.

"Terminé con Citlali. Mira a Christian y verás que en unos minutos le llegará algo a su teléfono."

Levanto la vista hacia Christian y justo en ese momento, su teléfono suena.

—¿Me disculpan? —dice Christian.

Se aleja un poco, pero no aparto la vista de él. Lo veo preocupado mientras termina la llamada y regresa a mi lado.

—Eileen, tengo que irme, ha surgido un problema en el trabajo y debo ir rápidamente. Puedo pasar por ti más tarde.

—No te preocupes, me quedaré a dormir con mis padres. Ve a resolver tus asuntos —le respondo, fingiendo tranquilidad.

Me da un beso en la mejilla y lo veo irse apresuradamente. Justo entonces siento la mano de Adrien en mi pierna, pero la aparto de inmediato.

Me levanto de la silla y me alejo con discreción. Subo los escalones hasta llegar a mi antigua habitación, tratando de no ser vista.

Abro la puerta y entro. Me acerco a la ventana y confirmo lo que Adrien me dijo. Christian está ayudando a subir a Citlali a su auto.

"Eres un egoísta, Christian. Te atreves a reclamarme cuando tú haces lo mismo."

De repente, escucho la puerta abrirse y giro rápidamente. Mis ojos se encuentran con los de Adrien.

Capítulo 52

*A*drien

Termino de bailar con Eileen y tomo a Citlali para hablar con ella. Ya es momento de poner fin a toda esta farsa. Mis padres me han revelado que me comprometí con ella bajo engaños, y que todo fue una estrategia para que me asentara y me comprometiera con ella, debido a problemas financieros de su familia.

Salgo al jardín con Citlali, decidido a aclarar las cosas.

—Suéltame, Adrien —ella aparta su mano de la mía—. Estoy enojada contigo por ignorarme y bailar con esa.

—No me hagas reír —respondo—. Eres tú quien se está describiendo.

—¿De qué hablas, Adrien?

—Eres una hipócrita. Pero mira esto con tus propios ojos —le entrego un sobre blanco.

Ella arranca el sobre de mis manos y sus ojos se agrandan al ver las fotos.

—¿Me hablas de enojo y de que soy un mujeriego, cuando tú eres la que está en medio de todo esto? Ahí están las pruebas. Y respecto a nuestro compromiso, mis padres me mintieron para que me casara contigo. Solo estás conmigo por mi dinero, porque tu familia está en la ruina.

—Esto es mentira, Adrien. Christian me engañó, me manipuló y me amenazó.

—No mientas, lo conoces desde hace años. Así que no creas que nuestro compromiso continuará. Todo se termina hoy. Vete de regreso a Inglaterra y busca a otro que te dé dinero, porque no seré yo.

Empiezo a alejarme, pero me detengo al pasar a su lado.

Reto a duelo con el enemigo ♡

—Esto no se quedará así, Adrien Giordano. Nadie juega conmigo. Tú serás mío.

—Dile lo que quieras. Tengo más poder que tú. Vete antes de que llame a la policía y te denuncie por invadir propiedad privada —le advierto.

Regreso a la fiesta y me siento junto a Eileen. Ahora es el momento de mostrarle que su "fotógrafo" no es más que un impostor y estafador. Le pedí a Daphne que le dijera a Eros que me proporcionara el número de Eileen, así que le mande un mensaje.

****

Veo cómo Eileen aparta mi mano y se levanta de la mesa, alejándose rápidamente. La observo mientras se dirige hacia la escalera y la sigo con cuidado, procurando que nadie nos vea. Es el momento de reclamar lo que me pertenece.

Subo las escaleras despacio y la veo entrar en una habitación. Me acerco a la puerta de la habitación, giro el picaporte y la abro con sigilo.

Dentro, encuentro a Eileen de espaldas, cerca de la ventana. Entro en la habitación, cierro la puerta y le pongo el seguro.

—Tenías razón —le digo—. Christian tenía algo con tu... ex prometida.

—Ella ya no significa nada para mí —responde Eileen—. Te lo dije, terminaría con ella y lo hice. Pero ahora que lo mencionas, tú y yo necesitamos hablar.

—¿Hablar? ¿Te refieres a cómo me ignoraste durante dos días?

—No te ignoré, solo estaba ocupado investigando. Además, fui a buscarte.

Me acerco lentamente a ella, reduciendo la distancia entre nosotros hasta que estamos casi pegados. El tomo de la mano y la acerco a mi cuerpo, abrazándola por la cintura.

—Ahora te mostraré lo que significa realmente conocerme.

Desabrocho el cierre de su vestido y lo hago deslizar hacia abajo hasta que cae a mis pies. Contemplo su cuerpo desnudo.

El beso con una pasión salvaje, y ella responde con fervor. Empiezo a besar su cuello y bajo hasta sus pechos, donde comienzo a acariciarlos con mi boca.

—Ah.

Dejo de besar sus pechos y la levanto con cuidado, colocándola sobre mi cintura. La llevo hasta la cama y la hago caer sobre ella. Me quito la corbata y el saco, subiéndome sobre ella.

Abro sus piernas y, con una mano, bajo sus diminutas bragas. Coloco mi mano en su parte íntima y empiezo a masajearla.

—Ah.

—¿Así gemías con él? ¿Te gustó lo que te hizo?

—¿De qué demonios hablas?

—La última vez que fui a buscarte, vi a Christian ahí, desnudo, y me dijo que estaba contigo. Se escuchaban tus gritos —dijo, sin dejar de tocarla.

—¿Estás loco? Yo no he tenido intimidad con él.

—Sabía que me estabas mintiendo, pero necesitaba confirmarlo. Y estoy feliz de seguir siendo el único que puede ver, tocar y besar todo esto.

Sin más, bajó hacia su parte íntima y comenzó a besarla, jugando con su lengua. Sentía cómo el cuerpo de Eileen se estremecía, pero él no se apartó, continuando con sus caricias.

—Adrien —dijo Eileen, separándose.

—Si Eileen grita mi nombre, no me importa si todos abajo escuchan cómo te hago mía.

Entonces, introdujo uno de sus dedos en ella, moviéndolo lentamente hacia adentro y hacia afuera. No apartó la vista de su rostro, observando cada expresión que ella hacía.

Ella se levantó y se acercó a él, le dio un beso y puso sus manos en sus hombros.

—Quiero que estés dentro de mí —le susurró en los labios.

—Pero no tengo preservativo.

—No te preocupes, yo me estoy cuidando.

—Mmm, eso me agrada.

Él se separó de ella, apartando su mano. Se desnudó rápidamente, dejando el pantalón y la camisa en una silla junto a la cama. Luego regresó a donde estaba Eileen y, acomodándose entre sus piernas, sintió cómo ella le rodeaba la espalda con las manos. Sin previo aviso, entró en ella de un solo movimiento, sintiendo cómo ella arqueaba la espalda y le clavaba las uñas en la piel.

Comencé con embestidas fuertes y feroces, mientras la habitación se llenaba de gemidos y el sonido de nuestros cuerpos chocando entre sí.

—Ven para mí —murmuré, sin apartar la vista de su rostro.

Continué con mis embestidas rápidas y apasionadas, sintiendo cómo el cuerpo de Eileen se estremecía al igual que el mío. La calidez y la presión de su cuerpo me provocaban un placer aún mayor.

—Ahh —gritó Eileen, y su clímax hizo que el mío se desencadenara también, derramándome en su interior.

Me quedé encima de ella, esperando a que nuestras respiraciones se calmasen. La vi sudorosa y coloqué mi mano en su mejilla.

—Ahora dime, ¿fue un placer conocerme? —le pregunté, mientras ella sonreía.

—Solo era una broma, Adrien. No tienes idea de cuánto te deseaba.

—¿Y por qué no fuiste a buscarme? Vivo justo enfrente de tu departamento.

—Porque no quería que te burlaras de mí, diciendo que primero digo algo y luego me contradigo.

—Quizás tienes razón, pero no te imaginas cuánto te deseo también. Aunque quiero decirte algo.

—Dime.

—Te amo, Eileen Rossi.

Ella no respondió de inmediato, solo se quedó en silencio, sorprendida, con una pequeña sonrisa en los labios.

—Ya basta de juegos. Levántate, tenemos que volver a la fiesta o notarán nuestra ausencia.

Me levanté, vi cómo ella se ponía su vestido y se dirigía al baño. Mientras tanto, me vestía rápidamente, ajustando mi corbata antes de regresar a la celebración.

Mientras observaba la habitación de Eileen, noté sus fotografías de juventud y su estilo de vestir, que me pareció poco atractivo. Me acerqué al armario y lo abrí. Entre sus prendas, al fondo, vi su diario de secundaria. Lo tomé y me senté en la cama.

No estaba seguro si debía leerlo, ya que temía que Eileen se molestara, pero la curiosidad me pudo y abrí una página al azar.

Leí sobre cómo la había molestado en el pasado, y me encontré con una sección donde ella hablaba de sus sentimientos confusos en aquel entonces. Eso me hizo sonreír. Cerré el diario de golpe, contento de saber que le había gustado desde la secundaria; eso era suficiente para mí.

Coloqué el diario de vuelta en su lugar y me senté en la cama con una gran sonrisa. Luego saqué el sobre que había traído conmigo, con toda la información sobre su prometido, y lo dejé sobre la cama.

Justo entonces, escuché la puerta abrirse y vi a Eileen salir, ya arreglada. Se acercó a mí.

—¿Me cierras el vestido? —pidió.

Me levanté y le ayudé a abrocharse el vestido. Ella notó el sobre en la cama y preguntó:

—¿Qué es eso?

—Es para ti —le entregue el sobre —. Allí encontrarás toda la información sobre tu prometido y todas las personas que ha estafado. Incluye testimonios y detalles. Te lo dejo en tus manos; será tu decisión lo que pase con él.

—¿Y cómo obtuviste esto?

—No te voy a mentir, Hugo me ayudó. Él me proporcionó gran parte de la información y el resto lo obtuve por mi cuenta.

—Gracias, Adrien. Pero necesito hablar con mis padres primero y asegurarme de que estén al tanto de mi decisión.

—Está bien. Pero aclárame algo: ¿todavía tengo la oportunidad que me diste?

—Claro que sí, Adrien. Te la has ganado, especialmente al saber que ya no tienes a la estorbosa de Citlali.

—Verás que no te arrepentirás.

Le di un beso en los labios, sintiendo una inmensa felicidad. Sabía que ella sentía lo mismo que yo, aunque no lo admitiera aún. Pero estaba decidido a hacer que lo hiciera.

Capítulo 53

*E*ileen

Adrien se alejó para darme espacio y permitir que pensara con calma antes de hablar con mis padres.

Sentada en mi antigua cama, sostengo el sobre con toda la información que me dejó Adrien. Suspiro profundamente y lo abro.

Dentro del sobre, encuentro varias hojas llenas de información detallada y unas fotografías. Las examino detenidamente y confirmo que todo lo que Adrien me dijo es cierto.

En las imágenes, veo a Citlali y Christian besándose y entrando en la misma habitación de un hotel en Portugal. Una sonrisa se dibuja en mis labios.

No me siento herida, sino aliviada. La verdad es que no quería casarme con él; me daba miedo, temía que algún día me golpeara.

Empiezo a leer las primeras hojas. Veo transacciones de millones de dólares provenientes de diversas empresas en toda Europa.

Cada transacción está a nombre de diferentes personas, pero todas tienen la misma ubicación de destino. Según los documentos, Christian ha utilizado la falsa identidad de fotógrafo para infiltrarse en las empresas y robar dinero mediante estafas.

Al final, descubro que la última empresa que estafó fue la de Adrien. Me aparto un momento de los documentos.

—Se dejó estafar para mostrarme la verdad —murmuro para mí misma.

Miro de nuevo los documentos y veo que la cantidad robada es de medio millón de dólares.

—¿Realmente le importó?

La pregunta ronda en mi mente mientras guardo los documentos en el sobre. Me levanto de la cama y salgo de mi antigua habitación, llevando los documentos conmigo.

Camino por el pasillo y bajo las escaleras para regresar a la fiesta.

Veo a la multitud conversando y socializando. Me abro paso entre ellos, buscando a mis padres. No hay tiempo que perder; necesito hablar con ellos cuanto antes.

Me dirijo hacia la mesa donde están mis padres. En un rincón de la casa, veo a Adrien conversando con otros hombres, y nuestras miradas se encuentran brevemente. Sin embargo, paso de largo, ya que tengo algo más importante que hacer. Me acerco a la mesa donde están mis padres, junto con los padres de Adrien.

—¿Hija, ¿dónde está Christian? —pregunta mi mamá.

—Tuvo algunos asuntos y tuvo que irse. Pero necesito hablar con ustedes urgentemente.

Mis padres se quedan sorprendidos por lo que acabo de decir.

—Entonces, vayamos —dice mi padre.

—Si nos disculpan, regresaremos en un momento —les digo a los padres de Adrien.

—Claro —responden.

Tomo el brazo de mi padre y comenzamos a caminar juntos hacia el despacho. Abro la puerta, entramos los tres y cierro detrás de nosotros.

—¿Qué quieres hablar con nosotros, hija? —pregunta mi padre mientras yo suspiro y me giro para mirarlos.

—Primero, siéntense —les pido. Se acomodan en el sofá, y veo cómo mi padre toma la mano de mi madre en un gesto de apoyo.

—¿Qué pasa, hija? No nos asustes —dice mi madre con preocupación.

—¿Qué pensarían si decido no casarme?

Se quedan mirándome, y luego se miran entre ellos.

—¿Pasa algo entre tú y Christian? —pregunta mi madre.

—¿Te ha hecho algo? —agrega mi padre.

Saco el sobre y se lo entrego a mi padre.

—Ábranlo —les digo. Empiezan a sacar los documentos y las fotografías, y comienzan a examinarlos.

—Christian está besando a otra —dice mi madre, sorprendida.

—Sí, y esa mujer no es otra que la ex prometida de Adrien.

—La señorita Citlali —reconoce mi madre, mientras ambos continúan revisando el contenido del sobre.

—Si.

—¿Pero porque dijiste ex? Si ella es su prometida —dice mi padre.

—Adrien se dio cuenta de que ella le era infiel y esta misma noche rompió su compromiso con ella. Me entregó esto para que viera que Christian también me estaba siendo infiel. Pero eso no es todo, las hojas que tienes en la mano, papá, revelan que Christian ha estafado a muchas personas con su supuesta farsa de fotógrafo; porque en realidad no lo es.

Veo a mi padre leer las hojas mientras todos permanecemos en silencio, esperando a que termine.

—No puedo creer que nos haya mentido así. Le abrimos las puertas de nuestra casa, y además le ha robado a Adrien —dice mi padre, incrédulo.

—Sí, padre. Por eso he decidido no casarme con él.

—Y nosotros te apoyamos, hija —afirma mi madre con firmeza.

—Pero tienes que hacer algo. Él no debe quedar impune.

—No te preocupes, papá. Me haré cargo de eso. Solo quería asegurarme de que estuvieran de acuerdo con mi decisión.

—Por supuesto que lo estamos, hija. Te mereces algo mucho mejor que ese hombre —dice mi padre con convicción.

—Gracias, eso es lo que necesitaba escuchar —les digo mientras me acerco a ellos y me siento en el medio. Los abrazos a ambos.

—¿Puedo quedarme con ustedes esta noche?

—Claro que sí, hija —responde mi mamá con calidez.

Después de hablar con mis padres, regresamos a la fiesta, pero les pedí que no dijeran nada sobre Christian. Durante el resto de la noche, Adrien y yo nos mirábamos con frecuencia. Noté que mi mamá se dio cuenta de nuestras miradas y, en respuesta, levantó su copa. Yo hice lo mismo, en señal de complicidad.

Cuando la fiesta terminó y los invitados se fueron, los sirvientes comenzaron a limpiar. Yo me dirigí a mi antigua habitación, sintiéndome en paz después de la conversación con mis padres.

Me quité el vestido y me puse una antigua camisa holgada que solía usar cuando era adolescente. Me solté el cabello y me quité el maquillaje.

Abrí las puertas del balcón y me acerqué al barandal de cemento. Apoyé los codos y puse mi cabeza en mis manos, pensando en cómo le daré la sorpresa a Christian de que su teatro ha terminado.

—Eileen.

Escuché un susurro y miré a mi alrededor, tratando de identificar de dónde venía.

—Eileen —volví a escuchar. Miré hacia abajo y vi la silueta de Adrien en la oscuridad.

—¿Qué haces ahí, Adrien? —pregunté en un susurro, para asegurarme de que no nos escuchara nadie.

—Espérame, voy a subir —dijo, acercándose a la escalera de madera cubierta de enredaderas.

—Ten cuidado, Adrien —le advertí en voz baja.

Miré a mi alrededor para asegurarme de que nadie lo viera. Poco a poco, Adrien ascendió hasta llegar al balcón. Sonreí al verlo.

—¿De qué te ríes? —preguntó.

—Es que parecemos una escena de "Romeo y Julieta".

—Mmm, pero a mí me gusta más otra escena de "Romeo y Julieta".

Se acercó a mí y me besó apasionadamente. Luego se separó y me miró.

—¿Qué elegiste? —preguntó.

—No seas impaciente; mañana lo sabrás. Ahora lo que quiero es amarrarte a esa cama y hacerte mío.

—Mmm, eso me encantaría ver. Así que soy todo tuyo.

Sonreí y tomé su mano. Lo llevé hacia mi habitación y cerré la puerta del balcón.

***

A la mañana siguiente, sentí el peso de algo alrededor de mi cintura y, al recordar lo que había pasado la noche anterior, supe que era Adrien quien me estaba abrazando.

Me moví para darme la vuelta y observar cómo duerme Adrien. Noté su hermoso rostro, su barba bien arreglada y sus pestañas largas.

—Buenos días, hermosa —dijo, abriendo los ojos con una sonrisa.

—Buenos días, Adrien.

—Es maravilloso despertar contigo a mi lado.

—No puedo creer que el mujeriego Adrien Giordano tenga cumplidos de película romántica.

—Tengo mis cumplidos de película romántica y mi lado salvaje de películas para mayores. ¿Quieres que te lo muestre?

—Claro que sí —le respondí con una sonrisa.

Adrien me besó apasionadamente mientras se acomodaba encima de mí, colocándose entre mis piernas. Yo puse mis manos en su espalda desnuda. Nuestras lenguas se entrelazaban mientras él acariciaba mis piernas.

De repente, la puerta se abrió.

—Hija, ¿qué te parece...? —Mi madre quedó en silencio al ver a Adrien en mi habitación y que estábamos en la cama. Me apresuré a cubrirme los pechos con la sábana, y Adrien se apartó a un lado.

Mi madre, visiblemente sorprendida, se dio la vuelta y nos dio la espalda.

—Perdón por no tocar antes. Será mejor que me vaya —dijo, acercándose a la puerta. —Una cosa más, Eileen: te espero abajo para hablar. Y a usted también, señor Giordano.

Mi madre aseguró la puerta y salió.

—¡Carajo! —maldije, dejando caer mi cabeza contra la almohada.

—Tarde o temprano lo iban a saber —dijo Adrien, tranquilamente.

—Sí, lo sé, pero es demasiado pronto.

—Para mí es perfecto. Hablaré con tus padres y les pediré permiso para cortejarte.

—Cortejarme si no estamos en el siglo XVIII (18).

—No lo estamos, pero creo que se escucha mejor a que les diga que si me dan permiso de cogerme a su hija.

Tomé una almohada y la golpeé en la cara de Adrien antes de levantarme de la cama.

—¡Levántate! Tenemos que hacernos responsables de nuestros actos.

Nos arreglamos rápidamente: Adrien se puso la misma ropa de la noche anterior y yo elegí algo diferente del armario. Una vez listos, abrimos la puerta y salimos, preparándonos para enfrentar lo que nos esperaba.

Capítulo 54

*A*drien

Mis manos sudaban por los nervios de enfrentar a los padres de Eileen, pero también sentía una inmensa felicidad. Eileen colocó su mano en mi brazo y caminamos juntos hasta llegar a la amplia sala de la casa de sus padres.

La madre de Eileen estaba sentada en el sofá junto a la chimenea, mientras que su padre estaba de pie junto a la ventana. Ambos nos observaron al entrar.

—Hija, por favor ven —dijo su madre. Eileen se apartó de mí y se acercó a ella.

—Buenos días, señor Giordano —saludó el señor Rossi.

—Buenos días, señor Rossi —respondí.

—¿Podría hablar con usted en privado? —preguntó.

—Claro que sí, señor.

—Entonces, sígame.

El señor Rossi se adelantó y yo lo seguí. Caminamos por un pasillo hasta que él abrió una puerta y entró. Lo seguí al despacho, y él cerró la puerta tras de sí, tomando asiento en su silla junto al escritorio.

—Tome asiento, señor Giordano —dijo.

Me senté en una silla frente a él.

—Primero que nada, gracias por darle toda la información a mi hija sobre Christian y por arriesgarse a perder tanto dinero.

—Señor, no ha sido nada. Haría cualquier cosa por Eileen. Lo que perdí no significa nada comparado con su bienestar. Incluso estaría dispuesto a dar mi empresa para evitarle cualquier sufrimiento.

—¿Entonces hablas en serio sobre mi hija?

—¿Qué le hace pensar que no estoy hablando en serio? He hecho muchas cosas por ella.

—Creo que sabes bien a qué me refiero —dice el señor Rossi con tono serio.

—Sé que se refiere a mi pasado. Pero, señor Rossi, usted me conoce desde niño. Sé que cometí errores y di una mala impresión, pero hay cosas del pasado que no puedo cambiar, por más que lo desee. Le aseguro que lo mío con Eileen es real, y aquí, de hombre a hombre, le pido permiso para cortejarla.

—Mire, señor Giordano, sé que es un hombre honesto y valiente, pero esa decisión no me corresponde. Nunca hemos elegido quién puede pretender a Eileen; es ella quien decide. Así que pregúntele a ella.

—Claro que lo haré.

—Solo espero que estén tomando precauciones. No creo que quieran tener un hijo apenas conociéndose.

Siento cómo mi rostro se calienta de golpe, aunque no entiendo por qué, si no soy virgen.

—Sí, señor Rossi, nos estamos cuidando.

—Eso me alegra. Pero vayamos con Eileen y pregúntele en nuestra presencia si acepta.

—Lo haré —respondo decidido.

—Entonces vamos —dice mientras se levanta de la silla.

Yo también me pongo de pie, y juntos nos dirigimos hacia la puerta. Salimos de la habitación y volvemos por el mismo camino hasta llegar a la sala.

—¿Estás segura, hija? —escucho decir a la señora Rossi a Eileen.

—Sí, mamá.

Nos detenemos al entrar y veo cómo ellas se abrazan.

—Parece que nos hemos perdido de algo —comenta el señor Rossi. Ellas se separan, y Eileen me mira con una sonrisa en el rostro.

—No se perdieron de mucho, papá.

—Me alegra escuchar eso, porque el señor Giordano quiere preguntarte algo —dice el señor Rossi, dándome un ligero codazo en las costillas mientras todos giran hacia mí.

—Eileen, delante de tus padres, te pido que me des la oportunidad de cortejarte, de salir juntos, y cuando te sientas lista, aceptar ser mi novia.

Miro a la madre de Eileen, que parece estar feliz, y luego dirijo la mirada a Eileen, quien sonríe ampliamente.

—Sí, Adrien Giordano, acepto que me cortejes, y quién sabe, tal vez en el futuro lleguemos a ser novios.

Siento una inmensa felicidad y me acerco a ella y la abrazo sin importar que sus padres estén ahí. La empiezo a llenar de besos por toda la cara.

Me detengo y me aparto de ella. Volteo a ver a sus padres y noto que tienen una enorme sonrisa.

—Pero me tienes que ayudar en algo —me dice Eileen.

—Claro dime en qué puedo ayudarte.

—Primero vayamos a cambiarnos —me dice.

—Bueno mamá, papá tengo que irme. Tengo un asunto que arreglar.

Veo cómo ella se despide de sus padres dándoles un abrazo a cada uno.

—Bueno fue un gusto verlo y dormir aquí. Sus camas son muy cómodas.

—Bueno gracias, Adrien —veo que se ríe discretamente la señora Rossi.

—Cuida mucho de mi hija Adrien.

—Nuestra hija —dice la señora Rossi.

—Bueno nuestra hija, ella es muy importante para nosotros al igual que Eros.

—Claro que la cuidaré, señor Rossi. Ha sido un placer verlos.

Me despido de ellos y salimos de la casa de los padres de Eileen.

—Te veo en esta dirección —dice Eileen, entregándome un papel.

—¿Y esto qué es? ¿Me vas a secuestrar?

—Mmm... no sería una mala idea, pero será después; ahora hay algo más importante. Así que te espero ahí.

Ella se sube a su auto, y yo me alejo de la casa. Camino unos metros por la calle y entro a la casa de mis padres. Me acerco a mi auto.

—No me digas que dormiste en la casa de los Rossi —escucho la voz de mi madre. Me giro y la veo de pie en la entrada.

—Sí, y de paso te aviso que terminé mi compromiso con Citlali. Voy a estar cortejando a Eileen.

—¡Ah, qué emoción, qué alegría! Algo sospechaba... Cuando preguntaste qué trato teníamos con los Brown, supe que tramabas algo. Me alegra saber que terminaste con Citlali; me gusta más Eileen. Desde que los vi juntos cuando eran adolescentes y casi la besas, supe que ustedes estaban destinados a estar juntos.

—¿¡Qué!? ¿Tú nos viste?

—Sí, fue como ver una película. Me alegra que por fin aceptes lo que sientes por Eileen. ¡Qué alegría! Voy a contarle a tu padre.

—Bueno, mamá, tengo que irme.

—Claro, hijo. Cuídate y cuida mucho a Eileen.

Observo cómo mi mamá se aleja con una sonrisa en el rostro, caminando apresuradamente. Me subo a mi auto y me dirijo a la dirección que me dio Eileen.

Christian

Estoy sentado frente a mi computadora, revisando todas las transacciones que he hecho a varias cuentas en el extranjero. Me da gusto saber que logré quitarle dinero a esos estúpidos Giordano.

—Estoy segura de que todo esto es por tu prometida —escucho la voz de Citlali a mis espaldas.

—Hey, no la culpes a ella.

—Todavía la defiendes, ¿no te has dado cuenta de cómo te pone los cuernos con Adrien?

—Claro que lo sé, pero no soy tan tonto como para armar un escándalo. Mientras se case conmigo y pueda quedarme con sus millones, lo demás no me interesa.

—Como sea, si Adrien Giordano cree que me quedaré de brazos cruzados, está muy equivocado. Esta humillación no se la dejaré pasar.

—Citlali, eres una mujer joven y hermosa, deberías buscarte a otro. Adrien Giordano no es el único millonario en este planeta.

—Sí, lo sé, pero a mí nadie se me escapa, y él no será el primero.

342

Estoy a punto de responderle cuando escucho golpes en la puerta. Me levanto para abrir y, al mirar por la mirilla, veo que es Eileen.

—Vete y escóndete, Citlali, Eileen está aquí.

Citlali obedece y corre a esconderse en otra parte del departamento. Abro la puerta y veo a Eileen acompañada de dos policías, con Adrien a su lado.

—Arresten a ese impostor.

Los policías se abalanzan sobre mí y me sujetan de los brazos.

—¿Eileen, ¿qué es esto?

—Shh, cállese. Tiene derecho a guardar silencio; todo lo que diga podrá y será usado en su contra —interviene otro hombre que no había visto antes—. Señor Christian Martín, se le acusa de fraude y malversación de fondos a cuentas en el extranjero.

—¿¡Qué!? ¿Quién me denuncia?

—Yo, Christian —responde Eileen—. Y aclaro de una vez que la boda se cancela. No me casaré con un hombre capaz de robarme todo, como lo hiciste con la empresa de tu jefe, el señor Adrien Giordano. Y otra cosa: no seré plato de segunda mesa.

Eileen se quita el anillo del dedo y me lo lanza a la cara.

—Eso es mentira, Eileen, yo te amo.

—Por favor, llévenselo —dice ella con firmeza.

Los policías me arrastran fuera de mi departamento.

—No, por favor, soy inocente. ¡Eileen! Diles que soy inocente.

—Shh, cállese o todo lo que diga será usado en su contra.

Ya no digo nada más mientras me empujan hacia el pasillo. Bajamos al primer piso, pasamos por la recepción y salimos a la calle. Antes de meterme en la patrulla, me ponen las esposas y luego me suben al vehículo.

Por la ventana veo cómo Adrien abraza a Eileen, mientras me mira con una sonrisa amplia.

"Esto no se queda así."

Capítulo 55

Han pasado tres meses desde que enviamos a Christian a prisión. Con toda la información que proporcioné y la que encontraron en su departamento, lo sentenciaron a más de 80 años de cárcel.

Le pedimos a la policía que verificara si había una mujer en el apartamento de Christian, pero no encontraron a Citlali. Pensamos que logró escapar, y desde entonces no hemos sabido nada de ella. Tampoco hemos encontrado evidencia suficiente para arrestarla, aunque solo quería saber si estaba allí.

Mi chofer me deja en la prisión. Bajo del auto, subo los escalones y entro, pidiendo hablar con uno de los reclusos.

Camino por los corredores de la prisión, sintiendo el ambiente pesado y un escalofrío recorriéndome el cuerpo. Un policía me sigue y me guía hasta una habitación con una pared de cristal grueso y una silla frente a ella.

—Tome asiento, señorita —me dice el policía.

Hago lo que me indica y me siento. Escucho la puerta cerrarse, y veo que, del otro lado del cristal, entra Christian, esposado y con un uniforme naranja. Se sienta frente a mí.

—Pensé que mi prometida vendría antes a verme.

—Pero yo no soy tu prometida.

—¿Qué te trae por aquí?

—Por fin veo tu verdadero rostro.

—Y yo el tuyo.

—Dime, ¿por qué lo hiciste?

—Jajaja, ¿por qué preguntas eso? ¿No lo ves? Un hombre sin nada que ofrecerte, ¿lo habrías aceptado? Quería tener dinero para darte todo.

—Veo que nunca me conociste bien. A mí el dinero me daba igual. Si hubieras sido sincero, te habría aceptado, y mi familia también.

—Bueno, ya es tarde para las disculpas. Aunque la verdad, no me arrepiento de haber robado a esa gente. ¿Sabes por qué?

—¿Por qué?

—Porque todos son iguales, solo piensan en ustedes mismos. Nunca miran más allá de sus narices.

—¿Y tú amante Citlali lo hacía? Porque tengo entendido que ella también es de familia adinerada.

—Entre ella y yo hubo más cariño del que me dabas tú.

—Y Adrien me provoca mucho más que tú. ¿Sabes por qué nunca quise involucrarme contigo? ¿Quieres saber? Porque tú no me provocabas nada. Adrien es todo un hombre, completamente bien equipado.

Veo cómo se queda callado, sin palabras. No parece arrepentirse de nada, así que me levanto de la silla.

—Métete en la cabeza que siempre serás mi prometida, ¿entiendes? Siempre. Aunque estés con ese hombre.

—No me interesa lo que pienses. Y ya que no veo ni un rastro de arrepentimiento en ti, mejor me voy. Nos veremos en 80 años.

—Adrien te dejará, ya lo verás —me dice mientras me mira de reojo.

—Él no es como tú —le respondo, acercándome a la puerta.

—¡Eileen, no he terminado de hablar! —grita mientras tomo la perilla. Ignoro sus gritos y salgo. El policía me espera afuera, y sigo su camino de regreso por el pasillo.

Christian continúa gritando detrás de mí, pero lo ignoro por completo. Cuando llego afuera, respiro profundamente, dejando salir toda la tensión. Veo el auto de Adrien esperándome al pie de los escalones. Bajo con cuidado, y cuando llego al coche, la puerta se abre.

Me subo y encuentro a Adrien en el asiento del conductor, observándome en silencio.

—Veo que ahora me tienes vigilada. No me digas que ahora serás tóxico.

—No, pero tu hermano me dijo dónde estarías.

—Desde que Eros está con Dafne, parece que ahora es tu gran amigo.

—No solo será mi amigo, también será mi cuñado —le digo, y ambos sonreímos.

Me acerco a él y le doy un beso que me devuelve con una pasión igual de intensa. Nos separamos lentamente.

—¿A qué viniste?

—Celos —me toma de la cintura y me jala hacia él, acomodándome en su regazo.

—No lo negaré, son celos.

—El mujeriego Adrien Giordano con celos, eso es nuevo.

—También son nuevos para mí, pero todo es porque te amo con locura.

—Bueno, entonces no tienes de qué preocuparte. Solo vine a ver si tenía algún remordimiento al saber que estará 80 años en prisión.

—¿Y?

—No se arrepiente de nada. ¿Pero has sabido algo de Citlali?

—¿Celos?

—Quizás... —sonrío, y él también lo hace. Me da un beso, esta vez más suave y tierno.

—No, mis hombres no han podido encontrarla. Pero mientras se mantenga alejada, está bien.

—Tienes razón.

Me acerco para besarlo de nuevo. Nuestros labios se unen, nuestras lenguas también, y permanecemos así hasta que la falta de aire nos obliga a separarnos.

—Mañana iré a una reunión en Niza.

—Si quieres, puedo acompañarte.

—Adrien, tú también tienes cosas que hacer. Además, no está tan lejos, volveré en un día.

—Está bien, pero mantenme informado.

—Lo haré, Adrien.

A la mañana siguiente, salgo temprano rumbo a Niza. Mi chofer conduce mientras yo me acomodo en la parte trasera del coche.

Llegamos rápidamente, no es un viaje muy largo. La reunión, sin embargo, promete ser extensa.

Después de conversar con representantes de otra empresa en Niza, buscamos asociarnos para una pasarela y seleccionar a los mejores modelos, tanto hombres como mujeres. El regreso se hace largo, y el sol comenzará a ponerse en unas pocas horas.

La idea de organizar un mini casting me viene a la mente. Eros, mi hermano, merece una oportunidad de participar. Con la ayuda de Katia, planearemos una selección más reducida de participantes para que él pueda unirse. Sé que tiene talento y se lo merece.

Me siento muy feliz por él; se le ve bien con Dafne, aunque pasa mucho tiempo en la empresa llevándole regalos. Mi hermano puede ser muy tierno.

Por otro lado, Casandra me ha estado contando sobre un nuevo pretendiente, pero no me lo ha querido presentar todavía. Solo me dijo que, cuando sea oficial, yo seré la primera en saberlo.

A veces no entiendo las decisiones de Casandra, pero sospecho que quizás esté saliendo con alguien que yo no aprobaría. En cuanto regrese a Mónaco, la invitaré a salir para hablar con ella y descubrir la verdad. Mientras pienso en esto, mi teléfono suena. Lo saco del bolso y veo el nombre de Adrien en la pantalla. Contesto.

—Hola, mi guapo.

—Hola, mi amor. ¿Ya vienes?

—Sí, la reunión se alargó más de lo esperado.

—Lo importante es que tu fama será más internacional.

—Sabes que eso no me interesa.

—Sí, lo sé... —no logro escuchar el resto de lo que dice Adrien porque un claxon suena fuerte. Mis ojos se desvían hacia la carretera justo cuando veo un camión impactar contra nosotros. El teléfono se me cae de las manos.

—Ahhhh —gritó de miedo.

Solo veo como el auto da vueltas haciendo que cayéramos por el puente a la Laguna que esta abajo. Mis ojos solo ven cómo caemos al agua...

Capítulo 56

*C*itlali

Desde el momento en que vi a Christian ser arrestado, supe que tenía que huir antes de que alguien me descubriera. Enterarme de que estaría en prisión por 80 años solo me llenó de más rabia.

En estos tres meses, no he dejado de pensar y planear mi venganza contra Adrien y Eileen. He seguido de cerca cada movimiento de Eileen, y sé que hoy irá a Niza. Es la oportunidad perfecta para dar mi golpe.

Conseguí que un amigo me prestara uno de sus camiones. Al principio dudó, pero con un poco de dinero no hizo más preguntas. Y ahora, le daré a Adrien donde más le duele.

Es el momento de mi venganza...

Adrien:

—¡Eileen! ¡Eileen! ¡Contesta!

No sé exactamente qué acaba de suceder, pero he escuchado su grito seguido de un estruendo terrible. Tomo el teléfono y reviso la ubicación de Eileen. Sin pensarlo, acelero en dirección a donde marca su posición.

Afortunadamente, ya estaba en el auto listo para irme a casa, así que no pierdo tiempo. Piso el acelerador con fuerza, sintiendo la adrenalina recorrer mis venas.

Minutos después, llego al lugar que señala su ubicación. Parece que nadie más se ha dado cuenta del accidente. Me detengo bruscamente y busco en el teléfono el número de Joel.

—Hola, señor —responde Joel.

Reto a duelo con el enemigo ♡

—Joel, necesito que vengas urgentemente a la dirección que te enviaré. Trae una ambulancia y avisa a la policía.

—¿Qué sucede, señor?

—No hay tiempo para explicaciones, solo hazlo.

—Sí, señor.

Cuelgo la llamada y le envío mi ubicación rápidamente. Me bajo del auto y empiezo a caminar hacia donde está el camión. Los cristales rotos están esparcidos por todo el pavimento. Sigo las marcas de derrape que se acercan peligrosamente al borde del puente. Cuando me acerco, veo la parte trasera del auto sumergida en el agua.

Un escalofrío me recorre el cuerpo. Mi mente se llena de miedo mientras imagino lo peor.

Sin pensarlo, me quito el saco y salto desde el puente al agua. Respiro hondo antes de sumergirme. Nado hacia el auto, esquivando los cristales rotos. Veo al chofer intentando sacar a Eileen y le hago una señal para que me deje hacer.

Al llegar a Eileen, noto que tiene la pierna atrapada contra el asiento. Intento moverla, pero no puedo. Decido romperle el pantalón para liberarla poco a poco. Finalmente, la saco del auto y la sujeto por la cintura. Nado hasta la superficie y luego hacia la orilla.

Una vez en tierra, recuesto a Eileen en el suelo mojado y coloco mis manos en sus mejillas.

—Eileen —la llamo con desesperación.

Le abro la boca y comienzo a darle respiración boca a boca. Luego me separo de ella y le hago maniobras de resucitación. Repito el proceso durante unos minutos, pero no veo reacción.

—No puedes dejarme, Eileen —las lágrimas empiezan a caer de mis mejillas. Coloco mis manos en su rostro y apoyo mi frente contra la suya. — Por favor, regresa a mí. Por favor.

Reto a duelo con el enemigo ♡

De repente, escucho una tos débil. Me aparto de ella y veo que abre los ojos lentamente.

—Eileen —le sonrío débilmente.

—Adriii —no puede terminar la frase.

—Shhh, no te esfuerces —le digo, abrazándola con cuidado.

La tomo en mis brazos y la coloco en mi regazo. Justo entonces, el chofer se acerca.

—Señorita Eileen está bien —me informa.

—¿Qué pasó? —le pregunto.

—No lo sé, señor. Yo venía manejando bien por mi carril cuando apareció el camión. Intenté desviarme, pero él venía directo hacia nosotros y chocó contra nuestro auto.

—¿Viste al chofer?

—No, señor. No tuve tiempo. Nos empujó hacia el puente. Conocía bien la Laguna, esto fue planeado.

—Lo sé.

En ese momento, escucho las sirenas de las patrullas y de la ambulancia. En cuestión de minutos, estoy rodeado por paramédicos y policías.

Los paramédicos colocan a Eileen en una camilla; ha vuelto a perder el conocimiento. Yo voy detrás de ellos, completamente preocupado.

Al llegar a la carretera, veo a Joel esperando junto a unos policías.

—Señor Adrien, ¿qué ha pasado? —me pregunta Joel.

—No lo sé, y es precisamente lo que quiero que investiguen —respondo, mirando a los policías.

—Investigaremos, señor Giordano —asegura uno de ellos. Afortunadamente, los policías son amigos de mi padre.

—Hola, señor Giordano —escucho una voz familiar. Volteo para ver quién es.

—Hola, señor Abel, un gusto verlo de nuevo.

—Lo mismo digo. Hace años que no te metes en problemas.

—Ya no soy un adolescente problemático. Espero que, como amigo, pueda investigar a fondo qué ocurrió con mi novia.

—¿La chica es su novia?

—Sí.

—No se preocupe, señor Adrien. Me encargaré de todo.

—Manténgame informado.

—Claro, pero por ahora la que necesita atención es su novia. La están subiendo a la ambulancia. .

El señor Abel me señala, y veo que efectivamente están subiendo a Eileen a la ambulancia.

—Dejo esto en buenas manos —le digo y me alejo. Justo en ese momento, Joel se acerca de nuevo.

—Que alguien se lleve mi auto. Avise a los padres de Eileen sobre lo sucedido. También, tráigame ropa seca y mi teléfono al hospital.

—A sus órdenes, señor.

Me acerco a la ambulancia y me subo al lado de Eileen. Tomo su mano y no la suelto durante todo el trayecto hacia el hospital.

Al llegar, la bajan de la camilla y otros enfermeros se la llevan rápidamente. Yo corro a su lado por los pasillos del hospital, siguiendo el letrero de urgencias.

—Señor, usted no puede pasar.

—Pero no quiero dejarla sola.

—No se preocupe, ella está en buenas manos. Por favor, espere en la sala de espera. Nosotros le avisaremos cuando tengamos noticias.

Sin poder acompañar a Eileen, me llevan a la sala de espera y tomo asiento. La enfermera se va y me deja solo. Poco después, llegan los padres y el hermano de Eileen, seguidos por Joel, quien trae mi ropa seca.

—¿Dónde está mi hija? —pregunta el padre de Eileen, levantándose de inmediato.

—Está en urgencias.

—Entonces está muy grave. ¿Qué pasó? —añade con preocupación el padre.

—Sólo sé que Eileen sufrió un accidente en auto mientras regresaba de Niza. El vehículo cayó en el lago, pero logré sacarla. No vi heridas mayores en el momento.

—Mi niña —la mamá de Eileen comienza a llorar.

Se apartan de mí y se sientan en una esquina de la sala. Yo permanezco en mi asiento, esperando noticias. Joel se acerca con la ropa seca.

—Aquí está lo que pidió, señor —me entrega la bolsa.

—Gracias, Joel. Regresaré en un momento.

Me dirijo al baño para cambiarme. Me quito la ropa mojada, me cambio, y guardo mi teléfono en el bolsillo de los pantalones secos.

Al volver a la sala de espera, le entrego la bolsa a Joel y le doy instrucciones para continuar con la investigación sobre el accidente.

Las horas pasan y no tenemos noticias sobre Eileen. Finalmente, el doctor se acerca a nosotros.

—¿Ustedes son los familiares de la joven Rossi? —pregunta, mientras todos nos levantamos.

—Sí, somos sus padres —responden ellos.

—¿Cómo está nuestra hija, doctor? —pregunta el padre, con voz temblorosa.

—Déjenme decirles que ella está bien. Solo sufrió una pequeña contusión, se fracturó la pierna y tiene algunos rasguños, pero se recuperará.

—Qué alivio. ¿Podemos verla?

—Sí, ella está en su habitación, pero ahora tiene un tranquilizante para que pueda descansar y no despertará hasta mañana. Les recomiendo que se vayan a descansar; mañana podrán verla despierta.

—No dejaré a mi hija sola —dice la señora Rossi con firmeza.

—Mi amor, es mejor que vayamos a casa y te tranquilices. Estás demasiado alterada, y eso no le hará bien a Eileen. Podrías empeorar las cosas.

—No dejaré a mi hija sola.

—Señora Rossi, yo me quedaré con Eileen para que no tenga que preocuparse.

—Ves, cariño, Adrien se quedará con ella. Así que mejor vámonos a casa para que te calmes.

—Está bien, pero Adrien, mantenme informado de todo lo que le pase a mi hija.

—Sí, señora Rossi —les aseguro mientras se van, llevándose a Eros con ellos.

—Síganme por aquí, señor.

El doctor me guía hasta la habitación donde está Eileen. Una vez que entro y me quedo solo, la veo profundamente dormida. Tiene algunos moretones en la cara y los brazos, y su pierna está enyesada. Me acerco a ella y le doy un beso en la frente.

Luego me siento en el pequeño sillón junto a su cama, intentando acomodarme para esperar el amanecer.

A la mañana siguiente, el timbre de mi teléfono me despierta. Miro la pantalla y veo un número desconocido. Respondo con cautela.

—Hola.

—Hola, mi amor. ¿Te gustó mi regalo? —Es la voz de Citlali.

—¿Fuiste tú? —Trato de no levantar la voz demasiado.

—Te advertí que conmigo no se juega. Ahora te ordeno que vengas a la dirección que te voy a enviar. Necesitamos hablar en persona.

—No tengo nada de qué hablar contigo.

—Está bien, pero si no aceptas venir en los próximos tres segundos, le dispararé a tu querida Eileen.

Me levanto de inmediato del sillón y me acerco a Eileen. Noto un punto rojo en su frente que me hace temblar.

—A uno, a dos y a...

—Está bien, iré. Pero por favor, no le hagas daño.

—Sabía que aceptarías. Te espero en 30 minutos. Debes venir solo. Si haces algo sospechoso, avisas a alguien o cualquier mínima señal de traición, ordenaré que le disparen. Así que date prisa, mi amor. Te estoy esperando.

Reto a duelo con el enemigo ♡

La llamada se corta y recibo un mensaje con la dirección. Miro a Eileen, y el punto rojo ha desaparecido. Le doy un último beso antes de salir.

Necesito averiguar qué está tramando Citlali.

Capítulo 57

Salgo de la habitación de Eileen y me acerco a mi asistente, Joel, con cuidado.

—Joel, necesito que cambies a Eileen de habitación y que lo hagas sin que nadie se entere. Además, ponle un guardaespaldas.

—¿Pasa algo, señor?

—Eileen está en peligro. El accidente no fue una casualidad. Quiero que revises de nuevo la escena del accidente y verifiques si encuentras alguna evidencia relacionada con Citlali.

—¿Ella está involucrada en esto?

—Sí, pero necesito discreción. Alguien nos delató y dijo a Citlali dónde estábamos.

—Entendido, señor. Pero ¿qué hago si los padres de Eileen preguntan por el cambio de habitación?

—Lo más probable es que no estén al tanto de la habitación original. Así que haz el cambio sin levantar sospechas. Tú sabes cómo manejarlo.

—Sí, señor, con la máxima discreción.

—Yo iré a verla.

—¡Señor!

—Baja la voz, podrías ser escuchado.

—No puede ir, señor. Si ella fue capaz de hacerle esto a la señorita Eileen, también podría hacerle cosas peores a usted.

—Sé que es un riesgo, pero iré con mi guardaespaldas. Si no voy, será aún peor, y no quiero que le pase nada a Eileen. Así que no digas nada sobre adónde voy.

—Pero señor...

—Joel.

—Está bien, señor.

—Entonces me voy. Haz lo que te ordené y mantente informado de cualquier novedad sobre Eileen.

—Sí, señor.

Le doy una palmadita en el hombro a Joel y me dirijo por el corredor. Llego a la sala de espera y evito a los padres de Eileen para no ser visto.

Al llegar a la entrada del hospital, veo a mi chofer, quien también es mi guardaespaldas, y me acerco a él.

—Vamos a ir a un lugar. ¿Traes tu arma? —Le pregunto mientras me mira con curiosidad, pero sin hacer preguntas.

—Sí, señor.

—Entonces vámonos.

Nos dirigimos al auto, él me abre la puerta y entro. Luego él toma su lugar en el asiento del conductor y me mira por el retrovisor.

—¿A dónde vamos, señor?

—A resolver algo que no debí dejar pasar.

Sin más, le hago una señal para que comience a conducir. Le indico el camino mientras nos dirigimos hacia unas bodegas abandonadas en las afueras de la ciudad. Cuando estamos cerca, le pido que detenga el auto.

—Pásate a la parte de atrás —le digo.

Él me mira por el retrovisor, pero no cuestiona y se mueve al asiento trasero.

—Solo obedece las órdenes. Pero no te bajes del auto.

Así que, sin decir más, él se traslada al asiento trasero y yo tomo su lugar en el asiento del conductor.

—Agáchate para que no te vean —le indico, y él se esconde como le pido.

Pongo en marcha el auto y continúo conduciendo hasta llegar a las bodegas. Me detengo en la entrada.

—Dame el arma —le ordeno.

—Iré con usted, señor.

—No, ellos pidieron que viniera solo. Así que dame el arma —le digo. Él me la entrega. —Pero solo entras si escuchas disparos.

—Sí, señor.

—Mientras tanto, mantente escondido. No dejes que te vean.

Coloco el arma en la cintura del pantalón, la cubro con mi camisa y salgo del auto. Me dirijo hacia la entrada de la bodega, abro la puerta y entro.

El interior está sucio y desordenado, y no veo a nadie a la vista. De repente, siento que alguien me agarra por detrás. Intento liberarme y le doy un golpe con mi cabeza a la persona que me sostiene, quien me suelta de inmediato. Me vuelvo para enfrentarle, pero en ese momento, otro individuo me agarra del brazo izquierdo y me da un fuerte golpe en la cara. Intento golpearlo con mi mano libre, pero el primer hombre regresa y me sujeta de ese brazo. Entre ambos, me tiran al suelo, y mi cara impacta con fuerza contra el pavimento mientras se mantienen encima de mí.

—Levántelo. ¿No ven que me van a arruinar esa carita tan hermosa que tiene? —escucho una voz familiar.

Los hombres me levantan, pero no me sueltan. Volteo hacia la voz y veo la silueta de Citlali bajando por las escaleras. Ella se acerca lentamente hasta estar frente a mí.

—¿Así recibes a las visitas? —me pregunta.

—No a todas. Pero a las que intentan matarme, sí —respondo.

Citlali se aproxima y me quita el arma que llevaba, mostrándomela con una sonrisa.

—También recuerdas que te pedí que vinieras solo —dice Citlali con una sonrisa cruel.

Veo cómo me señala hacia un lado, y dos hombres arrastran a mi guardaespaldas, todo golpeado. Mi corazón se acelera al ver su estado.

—No le hagas nada a él. Tú pelea es conmigo —le exijo.

—¿Quién dijo que le haría algo? Créeme, no soy tan mala —responde, con una actitud que no coincide con sus palabras.

—Eso es lo que tú te crees. Intentaste matar a Eileen.

—Ese estorbo se lo merece. Se metió entre nosotros y te alejó de mí. Tú eres solo mío.

—No le hables así. Dime cómo supiste dónde estaba —le exijo.

—Fácil. ¿Crees que me iría sin confirmar cómo estaba ella? Ya creía que estaba muerta, pero por desgracia llegaste tú y la sacaste del agua. Así que los seguí hasta el hospital.

—¿Qué quieres para que la dejes en paz?

—Bien, veo que estás desesperado, pero ten paciencia.

Dos hombres traen sillas y colocan una al lado de Citlali y otra frente a ella. La obligan a sentarse y me colocan en la otra silla.

—Bien, hablemos de lo que quiero...

Eileen

Abro los ojos y veo el techo blanco del hospital. Todo me duele y mi cabeza está llena de dolor.

—Hija —escucho la voz de mi madre. La miro y ella se acerca, tomando mi mano.

—Mamá, ¿dónde estoy?

—Estás en el hospital. Tuviste un accidente.

Miro alrededor y veo a mi padre, mi hermano y a Casandra. Siento un peso en mi pie y un dolor agudo.

—¿Qué le pasó a mi pie?

—Te lo fracturaste en el accidente —responde mi padre.

—¿Cuántos días estaré aquí?

—Los días que sean necesarios para que te recuperes —responde mi padre con calma.

—¿Y la empresa?

—No te preocupes por eso, hermana. Ya me estoy encargando yo —dice Eros, con una sonrisa tranquilizadora.

—Gracias, Eros.

—¿Y qué pasa conmigo? No sabes lo preocupada que estaba. Eros me informó de tu accidente —interrumpe Casandra, con un tono lleno de preocupación.

—Hola, Casandra. Gracias a todos por estar aquí. Pero ¿dónde está Adrien?

—No lo sabes, hija. Se quedó contigo toda la noche, pero esta mañana ya no estaba —le dice mi madre.

—No te preocupes, Eileen. Lo más probable es que haya ido a su empresa o a bañarse. Volverá pronto —añade Eros.

—Sí, supongo.

Después de pasar toda la mañana recuperando la conciencia y desayunando algo en el hospital, ya es por la tarde. Todos han venido a verme excepto Adrien, y nadie sabe decirme dónde está. Le marco a su teléfono, pero no contesta. Espero que pueda venir mañana.

Al día siguiente, todos vienen a verme, menos Adrien. Pregunto por él, pero nadie sabe nada. Siento una inmensa tristeza al ver que no aparece.

Así pasan los días hasta que finalmente me dan el alta. Mi madre quería llevarme a casa, pero solo tengo una fractura y puedo manejarme sola. Les digo que Casandra me llevará a mi departamento, y aunque no están muy convencidos, finalmente aceptan.

Casandra abre la puerta de mi departamento y me ayuda a entrar. Me lleva hasta el sofá y me ayuda a sentarme.

—¿Necesitas algo más, Eileen?

—Podrías revisar la contestadora para ver si hay algún mensaje de Adrien.

—Claro, lo haré.

Casandra se acerca a la contestadora y presiona el botón. Los mensajes comienzan a reproducirse. La mayoría son de trabajo, pero ninguno es de Adrien. De repente, se escucha la voz de la ginecóloga.

—Hola, señorita Rossi. He intentado contactarla sin éxito. Necesito que venga urgentemente a mi consultorio. Ha habido un error y necesitamos corroborarlo. Por favor, venga rápido.

Los mensajes se terminan y Casandra y yo nos miramos fijamente.

—¿Qué habrá pasado? —pregunta Casandra, su preocupación evidente.

—No lo sé. Pero si dice que es urgente, entonces vamos. Tú irás conmigo.

Casandra se acerca a mí.

—Casandra.

—Sí.

—¿Puedes revisar las cartas, ya que estás cerca de la mesa?

—Claro —responde, y se dirige hacia la mesa con las cartas mientras yo, con la ayuda de las muletas, me levanto con dificultad.

Casandra revisa las cartas rápidamente y se acerca a mí con una en la mano. Su expresión es grave.

—No puede ser —murmura, mientras me entrega la carta.

—¿Qué pasa, Casandra?

—Debes ver esto —dice, y me pasa el sobre.

Mis ojos se agrandan al abrir el sobre y leer su contenido.

—¡No! —exclamo, al corroborar lo que dice el documento. —Esto no puede ser.

Siento como si mi cuerpo se volviera demasiado pesado y me dejo caer al sofá, abrumada por la noticia.

Capítulo 58

Siento un fuerte olor a alcohol y abro los ojos para encontrar a Casandra aplicándome un algodón en la nariz.

—Eileen, ¿estás bien? —pregunta con preocupación.

—¿Qué me pasó? —mi voz sale temblorosa.

—No lo sé, te desmayaste al ver la carta.

Recuerdo lo sucedido y me levanto con cuidado, sentándome en el sillón. Tomo la carta que ha caído al suelo y empiezo a leer:

"Usted está cordialmente invitado a la boda del señor Adrien Giordano y la señorita Citlali Brown.

La ceremonia se llevará a cabo el día viernes en la capilla principal de Mónaco. Después de la ceremonia, los invitamos a una comida en la casa de la familia Giordano con todos los familiares más cercanos.

Esperamos su asistencia."

Dejo caer la invitación al suelo mientras las lágrimas comienzan a rodar por mis mejillas.

—Ahora entiendo por qué no vino a verme —digo, con la voz quebrada.

—Quizás sea un error, Eileen —intenta consolarme Casandra.

—No hay ningún error, Casandra. ¿No lo escuchaste? Se va a casar. Yo solo fui un juego para él. Nunca debí confiar en él. Un mujeriego nunca cambia. ¡Qué tonta fui! Lo más seguro es que ahora se esté riendo de mí junto a su prometida.

—Eileen, cálmate. Primero vamos a ver a la ginecóloga y luego averiguamos si esa invitación es verdadera.

—No quiero ir, Casandra.

—Debemos ir. Debe ser algo importante si ella ha estado intentada contactarte durante días. Así que, arriba, vamos.

Casandra me toma del brazo y me ayuda a levantarme. Con las muletas en mano, comienzo a caminar hacia la puerta.

Salimos del departamento, tomamos el elevador y bajamos al primer piso. Al llegar, Casandra me ayuda a subir al auto y se dirige hacia el consultorio de la ginecóloga.

Ella se sube al lado del piloto y pone en marcha el auto. Después de unos minutos llegamos al consultorio de la ginecóloga. Me ayuda a bajar y entramos al lugar.

Ya dentro pedimos hablar con la ginecóloga que de inmediato ella nos atiende. Estamos adentro las dos sentadas esperando a la ginecóloga. La puerta se abre y entra ella.

—Hola señorita Rossi y señorita Casandra. Que alegría verla.

—Hola doctora, disculpé por no poder contestar es que estuve unos días en el hospital.

—¿Por qué? —pregunta Casandra, visiblemente preocupada.

—Tuve un accidente —respondo, tratando de mantener la calma.

—Entonces será mejor que se lo diga de una vez para que pueda revisarla —dice la ginecóloga.

—¿Qué pasa? —le pregunto, con ansiedad.

—Como sabe, ya no le falta mucho para que le administremos la siguiente dosis de la inyección. Sin embargo, revisando su historial clínico, me di cuenta de que hubo un error en la dosis que recibió.

—¿A qué se refiere?

—Que usted debía haber recibido una dosis de tres meses, pero por error recibió la de un mes.

—Entonces, durante estos dos meses no estuve protegida.

—Lamentablemente, no. Por eso necesito hacerle unos exámenes para corroborar que no esté embarazada.

—Está bien —acepto con un nudo en el estómago.

—Le haremos un análisis de orina, que es el más rápido, y otro de sangre si es necesario, dependiendo de los resultados.

—Está bien.

Ella saca un vaso transparente y lo coloca sobre la mesa.

—Puede orinar aquí.

—Casandra, ¿puedes ayudarme? Como ves, no puedo hacerlo sola.

—Claro —dice Casandra, acercándose y tomando el vaso.

Con su ayuda, me levanto con cuidado y me dirijo al baño para realizar el análisis de orina.

—Aquí tengo un pequeño baño que puede usar —dice la doctora, señalando un espacio al fondo.

Casandra y yo entramos al baño. Ella me ayuda a sostenerme mientras bajo mis pantalones, coloco el vaso y hago la prueba. Luego, pongo el vaso en el retrete, me subo los pantalones y Casandra me ayuda a salir mientras sostengo el vaso con la orina.

Regresamos a la oficina de la doctora y colocamos el vaso sobre su escritorio. Nos sentamos de nuevo mientras la doctora toma una prueba de embarazo, le quita la tapa y la sumerge en el vaso. Luego, la retira y vuelve a

Reto a duelo con el enemigo ♡

taparla antes de llevar el vaso al baño para realizar la prueba. Regresa poco después.

—Bien, mientras esperamos, dígame, ¿cuándo fue su última menstruación? —pregunta.

—Fue hace como siete semanas.

—Entonces, el mes pasado tuvo su menstruación.

—Sí.

—Así que este mes tiene un retraso de unas semanas.

—Sí, pero pensé que era normal debido a la inyección.

—En muchos casos, la inyección puede alterar la menstruación. Pero ¿ha sentido algún síntoma inusual?

—Bueno, no sé si dolor de cabeza y de espalda sean síntomas raros.

—Y se desmayó hace un momento —añade Casandra.

—¿Se desmayó? —pregunta la doctora, sorprendida.

—Sí —respondo, con ansiedad creciente.

—Bien, entonces esperaremos los resultados.

Los minutos se sienten interminables. Finalmente, la doctora toma la prueba, suelta un suspiro profundo y nos mira con una expresión grave.

—¿Qué dice, doctora? —pregunto, con el corazón en la garganta.

—Está embarazada, señorita Rossi.

—¡¿Qué?! —exclamo, horrorizada.

—Está embarazada —confirma la doctora. —Primero necesito hacerle una prueba de sangre. Dado que estuvo en el hospital sin saber que estaba

Reto a duelo con el enemigo ♡

embarazada, quiero asegurarme de que todo esté bien. También haré un ultrasonido y después discutiremos los derechos que tiene debido a nuestro error.

—No se preocupe, no tomaré represalias contra ustedes. Lo más importante es que me confirme que mi bebé está bien.

—Perfecto. Entonces, pase por aquí, señorita Rossi.

Casandra me ayuda a levantarme y seguimos a la doctora a otra habitación. Allí, me toma la muestra de sangre y luego me pide que me recueste en una cama. Tomo la mano de Casandra para sentirme más segura. La doctora levanta mi camisa y baja mi pantalón antes de aplicar un gel frío con el aparato de ultrasonido. Luego, voltea la pantalla para que pueda ver.

—Esto que está viendo es su bebé, señorita Rossi. ¿Le gustaría escuchar su corazón?

—Sí, por favor.

La doctora ajusta la máquina, y el sonido de un latido rítmico, "bip, bip", comienza a llenar la habitación.

—Ese es el latido del corazón de su bebé.

—Es hermoso —digo, mientras las lágrimas comienzan a caer por mis mejillas.

—No llore, señorita Rossi. Por lo que veo, su bebé está bien. Los exámenes de sangre confirmarán más detalles. ¿Desea una foto del ultrasonido?

—Sí, por favor.

La doctora aparta el aparato y me limpia el gel. Me subo el pantalón y acomodo mi camisa antes de regresar al consultorio.

Allí, la ginecóloga me entrega un folleto y una bolsa de cartón con pastillas.

—Este folleto contiene toda la información que necesita, y estas son las pastillas prenatales que debe tomar. Aquí también tiene la foto de su ultrasonido. Los resultados de los exámenes de sangre estarán listos mañana por la mañana y le informaré si hay algún problema.

—Gracias, doctora. ¿Ya puedo irme?

—Sí, claro. Cuídese y recuerde seguir las indicaciones.

—Sí.

—Solo avísele a su doctor que las pastillas para el dolor ya no pueden tomárselas.

—Está bien, doctora. Gracias.

Casandra me ayuda a levantarme y nos dirigimos hacia la puerta.

—De nuevo, una disculpa, señorita Rossi.

—No se preocupe. Como le dije, no tomaré represalias contra ustedes, siempre y cuando mantengan esto en confidencialidad.

—No se preocupe, la confidencialidad de nuestros pacientes es lo primordial.

—Entonces, gracias.

Sin decir nada más, Casandra y yo salimos del consultorio. Regresamos a mi departamento, y ella me ayuda a acostarme en la cama. Deja la bolsa con las pastillas y la foto del ultrasonido en la mesa.

—No puedo creerlo, vas a ser mamá. ¿Cómo te sientes?

—No lo sé, tengo sentimientos encontrados. Pero prométeme que no le dirás a nadie sobre mi embarazo.

—¿Pero no le dirás a Adrien?

—Es el último que quiero que se entere.

370

—Él tiene derecho a saberlo.

—No, y por favor, promete que no le dirás a nadie. Prométemelo.

—Está bien, lo prometo.

—Gracias. Pero, por favor, Casandra, ¿podrías dejarme sola?

—No te dejaré sola.

—Casandra, necesito paz y tiempo para pensar. Por favor, estaré bien.

—Está bien, pero si pasa algo, me avisas de inmediato.

—Claro que sí.

Casandra se va y escucho la puerta cerrarse detrás de ella. Permito que las lágrimas fluyan libremente mientras pongo mis manos sobre mi vientre. Siento una mezcla de emociones al mirar la ecografía de mi bebé; en cierto modo, me siento feliz. Sin embargo, al recordar la invitación, un dolor profundo se instala en mi corazón al darme cuenta de que, para Adrien, yo solo fui un juego.

Con esfuerzo, me levanto de la cama y me dirijo a la sala. Llego al lugar donde dejé caer la invitación y la tomo en mis manos. La furia recorre mi cuerpo, y con un gesto decidido, hago una bolita con la invitación.

En ese momento, escucho pasos por el pasillo. Reconozco quién es sin necesidad de verlo, así que, con una determinación firme, me preparo para enfrentarlo.

Capítulo 59

Salgo decidida de mi departamento, me arrastro hasta la puerta de Adrien y empiezo a golpear desenfrenadamente.

—¡Maldita sea, Adrien, abre la puerta! ¡Dame la cara, hombre!

Sigo golpeando con una mano mientras me apoyo en la muleta con la otra. Finalmente, la puerta se abre y mis ojos se encuentran con los de Adrien, que está sin camisa. La ira crece dentro de mí y, con toda la fuerza que puedo reunir, le doy un golpe en la cara. Aunque mueve la cabeza, vuelve a mirarme.

—Hola, señorita Rossi.

—¿Ahora sí soy señorita Rossi?

—¿Qué quieres, Eileen?

—Ah, ahora me hablas así. Pero está bien, aquí tienes tu estúpida invitación —hago una bola con el papel y se la arrojo a la cara—. Puedes meterte tu invitación por el trasero.

—¿Solo viniste a eso? Puedes irte.

—Eres un pobre tipo. Fui tan estúpida al hacerte caso. Pero dime, ¿por qué lo hiciste?

Las lágrimas empiezan a bajar por mis mejillas y trato de tranquilizarme para no mostrarle debilidad.

—¿Por qué?

—¿No lo ves? Solo era para demostrar que todas caen ante mí. Al principio te pusiste difícil, pero al final caíste. Eres toda una fa...

Le doy otro golpe en la cara antes de que termine la frase.

372

—Nunca te perdonaré, Adrien, ¿entendido? Nunca. Y espero que no te arrepientas cuando descubras una verdad.

—¿Qué verdad?

—No mereces saberlo. Desde el día en que me mentiste. Así que, señor Giordano, le deseo lo mejor en su matrimonio. No se preocupe, la asociación entre nuestras empresas seguirá; no nos conviene tener pérdidas innecesarias. Pero usted y yo no tendremos ningún contacto. Si me disculpa, tengo que irme.

Tomo mi muleta y comienzo a caminar hacia la puerta de mi departamento. Entro y cierro la puerta detrás de mí. Me dejo caer en el suelo, sin saber si me duele más el pie o mi corazón.

Las lágrimas caen por mis mejillas mientras coloco mis manos en mi vientre. Estuve a punto de decirle a Adrien que estoy embarazada, pero él no se merece saberlo. Ahora solo seremos mi bebé y yo.

No sé cómo se lo diré a mis padres, pero sé que mi mamá estará feliz de saber que será abuela.

En ese momento, escucho que alguien toca la puerta. No puedo levantarme, así que me arrastro por el suelo hasta llegar a la puerta. Desde abajo, veo a mi hermano Eros.

—Aquí estoy abajo —le digo, mientras él se agacha para mirarme.

—Eileen —entra rápidamente y me ayuda a levantarme—. ¿Qué pasó? ¿Qué hacías en el suelo?

Me sienta en el sillón y se sienta a mi lado.

—Creo que la chismosa de Casandra ya te contó todo.

—Más o menos. Solo mencionó que tenías algo importante que decirme.

—Te lo pagaré, Casandra.

Reto a duelo con el enemigo ♡

—Dime qué es tan importante.

—Primero, Adrien se va a casar con su prometida.

—i¿Qué?! ¿Pero cómo?

—Solo sé que fui un juego para él.

—Cuando lo vea, le romperé la cara.

—Ya lo hice y no cambió nada. Pero la otra cosa es que estoy embarazada de él.

—i¿Qué?! —se levanta del sillón en shock.

—Lo que escuchaste. Estoy embarazada de él.

—¿Se lo dijiste?

—No, él no se merece saber que será papá.

—Bien hecho, hermanita. Pero no te preocupes, nos tienes a nosotros para ayudarte en todo, y a mi sobrino no le faltará nada.

Eros se vuelve a sentar a mi lado y me abraza con fuerza.

—Quiero pedirte un favor, Eros.

—Sí, dime.

—¿Puedes encargarte de la empresa por un tiempo? No tengo las fuerzas para hacerlo y además necesito recuperarme de esto y asistir a mis citas con la ginecóloga.

—Claro que sí, me haré cargo. No te preocupes. Lo importante es que estés bien y que tú y mi sobrino estén bien.

—Gracias. Pero no le digas a nadie sobre mi embarazo. Cuando esté lista, se lo diré a nuestros padres.

—Está bien, hermanita. Ahora, vamos a que descanses.

Eros me ayuda a caminar hasta mi habitación. Me acuesta en la cama y se queda conmigo un rato. Al caer la noche, le pido que se vaya y que esté bien. Aunque no quería, finalmente se va.

No puedo conciliar el sueño. Me acerco al buró y tomo la ecografía de mi bebé. La miro y la acaricio con mis dedos.

—No te faltará nada, mi bebé. Te prometo que daré todo por ti.

Coloco la ecografía de nuevo en el buró y veo la tarjeta que Hugo me dio. La tomo en mis manos y recuerdo sus palabras. Decido llamar al número que está en la tarjeta. Marco con firmeza.

Espero unos segundos y Hugo contesta.

—Hola...

Mientras tanto, Adrien observa cómo Eileen entra a su departamento. El dolor en su corazón es insoportable al verla así. Se contiene de no abrazarla y revelarle la verdad. Sus palabras resuenan en su mente: "¿Qué verdad se refiere?"
—Adrien, ya vuelve —escucho la voz de Citlali que me devuelve a la realidad y me recuerda por qué le tuve que decir esas cosas.

Ella estuvo todo este tiempo escuchando nuestra conversación, y aunque me duele, debía decirle eso para mantenerla a salvo. También es una forma de ganarme un poco más de su confianza y ganar tiempo para encontrar pruebas.

Entro a mi departamento y la encuentro parada frente a la puerta.

—Me alegra saber que la corriste.

—Deja tu falsa sonrisa. No tienes que fingir conmigo. Sabes perfectamente que todo esto es un juego para ti. Yo no te amo, y estás obligándome a casarme contigo bajo la amenaza de matar a Eileen.

—Claro que lo sé, y no sabes la alegría que siento al ver a esa llorando por ti. Jajaja, qué felicidad.

Eso me enfurece. El agarro del cuello y la empujo contra la pared, mirándola fijamente.

—Hazlo, mátame. Y tú, pequeña zorra, morirás esta misma noche.

—No sabes en lo que te metiste —le digo y la suelto.

—Bien, si ya no hay nada más que discutir, me iré a seguir organizando los preparativos para la boda. Recuerda, en un mes nos casaremos.

—No te preocupes, ese día será especial.

—Finalmente lo entiendes.

—Nos vemos.

Entro a mi cuarto sin esperar a que se vaya. Espero unos minutos y, al confirmar que se ha ido, tomo mi teléfono y marco un número.

—Joel, dime que tienes algo.

—La investigación avanza lentamente, señor, pero tenemos algunas fotografías donde se ve a la señorita Citlali en el camión.

—Bien, es un avance. Pero quiero tenerlo todo. Sigue presionando. En menos de un mes, necesito toda la información.

—Sí, señor.

—Dime, ¿los hombres siguen cuidando a Eileen?

—Sí, señor. Todos los francotiradores están en posiciones específicas rodeando el edificio y no han visto a ningún sospechoso.

—Está bien. Que continúen vigilando y, cuando tengas más evidencia, infórmame.

—A sus órdenes, señor.

Cuelgo la llamada y noto que ya es muy tarde. Salgo de mi departamento y me quedo parado frente al de Eileen. Estoy tentado a tocar, pero justo en ese momento veo que la puerta se abre. Espero que sea Eileen, pero no es ella, sino su hermano. Al verme, se lanza hacia mí y me golpea en el rostro, haciéndome perder el equilibrio y caer al suelo.

—Te mereces eso y más. No quiero verte cerca de mi hermana ni de su departamento. Si te vuelvo a ver frente a su puerta, conocerás la ira de los Rossi.

Eros se aleja, dejándome en el suelo. Me levanto y me toco la mejilla, el golpe fue más fuerte de lo que esperé. Regreso a mi departamento, tomo una copa y me siento en el sillón. Comienzo a beber lentamente.

—Solo espero que no sea demasiado tarde cuando todo termine. Aunque, si soy honesto, me lo merezco...

Capítulo 60

*H*ugo

Veo una llamada entrante de un número de Mónaco. Al principio dudo en contestar, pero lo más probable es que sea Eileen. Decido atender la llamada.

—Hola.

Al principio hay un silencio, pero pronto escucho el sonido de sollozos.

—Hola Hugo, soy yo, Eileen.

—Hola, señorita Rossi. Qué alegría escuchar su voz.

—Perdona por ser tan directa, Hugo, pero sigo en pie con la invitación que me hiciste para ir a Italia.

—Claro que sí, señorita Rossi. Pero dígame, la escucho un poco rara. ¿Pasó algo?

—Cuando llegue allá te cuento. Pero ¿podrías venir a recogerme al aeropuerto mañana?

—Por supuesto, señorita Rossi. Solo dígame a qué hora llega su vuelo y estaré allí para recogerla.

—Gracias, Hugo. Te lo agradezco mucho.

—No hay de qué, señorita Rossi.

—Nos vemos mañana. Adiós.

—Adiós.

Ella termina la llamada y me quedo confundido. ¿Será que algo está pasando? Decido buscar el número de Adrien, pero me detengo antes de marcar.

—Mejor esperaré a que ella me lo cuente, si es que tiene la confianza en decírmelo.

Al día siguiente, temprano en la mañana, Eileen me envía la hora de llegada de su vuelo. Así que aquí estoy, con mi guardaespaldas, esperándola en la entrada del aeropuerto. Veo a muchas mujeres mirándome, pero ya me he acostumbrado.

Finalmente, la veo bajar por las escaleras eléctricas con una pequeña maleta. Me sorprende verla con muletas y la pierna enyesada. Me acerco a ella y, al estar cerca, ella me abraza de sorpresa.

—Yo también me alegro de verte, señorita Rossi.

—Perdona mi atrevimiento, pero necesitaba mucho un abrazo de alguien en quien confíe.

Ella se separa de mí, dejándome sorprendido.

—¿Qué te pasó? —le pregunto señalando su pierna.

—Tuve un accidente de auto.

—Pero parece que ha pasado algo más, porque te veo diferente.

—Después te lo contaré. Ahora necesito descansar y estar tranquila.

—Entonces, si no te importa, te llevaré a mi masería.

—¿Qué es eso?

—Es mi casa de campo.

—Me parece bien. Gracias.

—Perfecto, entonces vamos.

379

Pongo mi mano en su espalda y la ayudo a caminar. Con cuidado, salimos del aeropuerto, y mi guardaespaldas se encarga de la maleta.

Al llegar al auto, le abro la puerta y la ayudo a subir. También me subo, con mi guardaespaldas tomando el volante. Le hago una señal por el espejo retrovisor, y él pone el coche en marcha.

Eileen permanece en silencio durante todo el trayecto, y yo decido no hablar. Cuando ella esté lista, me contará lo que necesita.

Al llegar a mi masería, la ayudo a bajar del coche. Mi guardaespaldas baja su maleta, y entramos en la casa. La llevo directamente a la habitación que he preparado para ella.

—Esta será su habitación, señorita Rossi. Si necesita algo, Margarita estará aquí para ayudarla.

—Gracias, Hugo.

—No se preocupe, puede quedarse el tiempo que necesite.

—Gracias.

—Entonces la dejaré para que se acomode.

Todos nos vamos, dejándola sola. Durante la cena, permanece en silencio, con una tristeza evidente en sus ojos. No me atrevo a hacerle preguntas.

Los días pasan y Eileen sigue mostrando esa tristeza en su mirada. He notado que por las mañanas tiene muchas náuseas, lo que me hace sospechar que podría estar embarazada, aunque no estoy seguro.

La veo desde la ventana sentada en una silla del jardín y decido ir a acompañarla. Salgo de la casa y me acerco, tomando asiento a su lado en otra silla.

—Tiene una casa muy bonita.

—Gracias, era de mi madre.

—Es encantadora. Agradezco mucho que me permita quedarme aquí todo este tiempo.

—Ya le dije que puede contar conmigo para lo que necesité —responde, volviendo a mirarme.

—¿Está seguro de que es para lo que sea?

—Por supuesto, señorita Rossi.

—Entonces, quiero hacerle una pregunta y quiero que me responda solo con un sí o un no.

—Claro, dígame.

—¿Se casaría conmigo?

Me quedo en shock ante su pregunta. No sé qué responderle de inmediato.

Eileen

Sé que lo que acabo de preguntar es inesperado, pero es lo que he estado pensando todos estos días. Así como Adrien se casará, yo también quiero tener un futuro, no quiero quedarme aquí sola, haciendo que los demás se sientan bien al verme sufrir.

Si él acepta, tendré que decirle la verdad sobre mi embarazo y todo lo que ocurrió con Adrien. Pero al ver su sorpresa, parece que no sabe cómo responder.

—Olvídelo, Hugo.

—Sí, me casaría con usted —responde, y yo lo miro sorprendida.

—¿De verdad lo haría, sin preguntar por qué?

—Claro que me interesaría saber el porqué, pero no la presionaré a hacerlo si no quiere.

—Entonces, ¿por qué aceptó?

—Porque si usted está reuniendo el valor para decírmelo, eso significa que podría buscar a otra persona y hacerle la misma propuesta. Prefiero protegerla yo, en lugar de que alguien más pueda intentar hacerle daño.

—Es usted un buen hombre.

—Y usted es una buena mujer.

—Entonces, ¿qué le parece si nos casamos en un mes?

—¿Lo dice en serio?

—Sí.

—Entonces, ¿ha pasado algo realmente malo para que tome esta decisión?

Voy a decirle la verdad. Solo espero que no repita la reacción de mi madre cuando le conté que sería abuela. Ella estaba feliz al principio, pero se enojó mucho al enterarse de lo que Adrien me había hecho. Le pedí que no le dijera nada a él sobre el bebé. Espero que mi madre no haga nada imprudente.

—Bien, se lo diré. Estoy embarazada —digo, y noto que él sonríe.

—Ya lo sabía.

—¿En serio?

—Tenía mis sospechas, pero en cierta forma, sabía que estaba embarazada. Ahora sé que mis sospechas eran correctas.

—Es usted muy observador.

—Sí lo soy. ¿Entonces el bebé es del señor Giordano?

Escuchar su apellido me hace sentir incómoda, pero sé que él debe saber la verdad.

—Sí, lo es.

—¿Él lo sabe?

—No, y por favor, no se lo diga. Sé que mantiene comunicación con él.

—No se preocupe. No soy de las personas que divulga cosas personales si no se me pide. Lo que usted no quiere que se sepa, así será.

—Le agradezco mucho.

—Entonces, ¿acepta casarse conmigo en un mes?

—Está bien.

—Pero quiero que sea una boda muy sencilla, solo con nuestros familiares más cercanos. No diremos nada a los invitados hasta un día antes de la boda.

—Perfecto. Me parece bien.

—Le agradezco mucho, señor Sorni, por aceptarme con todo y mi hijo.

—Siempre he deseado ser padre. Dicen que un padre no es el que engendra, sino el que cría. Así que no se preocupe, ni usted ni el bebé les faltará nada. Pero, dígame, ¿él no acepta al bebé?

No le respondo, solo bajo la mirada. Él toma mi mano y coloca la otra sobre mi vientre. Aunque esta decisión es muy apresurada, Hugo me hace sentir segura de alguna manera, y confío en él. Espero poder ser una buena esposa para él.

—No tiene que responder. Pero no se preocupe, yo cuidaré de ambos y siempre velaré por su felicidad. Se lo juro.

—Gracias, Hugo.

—No me agradezca. Bueno, tengo que irme a preparar la boda. No se preocupe por nada, yo me encargaré de todo.

Me da un beso en la mejilla y se va. Me siento en una mezcla de malestar y felicidad. No es justo que él se haga cargo de un bebé que no es suyo, pero sé que será un buen padre para él. Ya tomé una decisión, así que debo seguir adelante.

Capítulo 61

*A*drien

Han pasado varios días sin noticias de Eileen. He notado que su departamento está vacío; nadie entra ni sale, lo que me resulta extraño. Aunque me duele, es mejor mantenerla alejada de Citlali mientras continúo buscando más información sobre ella.

La boda con Citlali se acerca en tres semanas, y mis padres están bastante molestos por la situación. Pero en su momento, les explicaré la verdad.

En estos días, he experimentado algunos síntomas inusuales. A veces me siento extremadamente cansado y, en otras ocasiones, tengo náuseas. Tal vez sea por el estrés, pero no puedo evitar preocuparme.

Hablando de náuseas, empiezo a sentirme un poco mal.

Entonces, alguien toca la puerta de mi oficina y veo a Joel entrar.

—Señor Giordano.

—¿Qué pasa, Joel?

—Tiene una visita.

—Si es Citlali, dile que estoy ocupado.

—Entonces es verdad que solo jugaste con mi hija para al final quedarte con esa mujer —escucho la voz de la madre de Eileen y levanto la vista para confirmar que es ella.

—Puedes irte, Joel —le digo, y él se retira, dejándonos solos.

Me levanto de la silla y me acerco a ella. Intento tomarla de la mano, pero me responde con una cachetada.

—No es lo que parece, señora Rossi.

—No me vengas con tus cursilerías, Adrien. Sabía que solo lastimarías a mi hija, y así fue; la lastimaste tanto que se vio obligada a irse fuera del país.

—¿Qué? ¿Eileen se fue?

—Sí, y todo es culpa tuya. Eres un hombre despreciable y no mereces a mi hija ni lo que ella lleva consigo.

—A qué se refi... —no puedo terminar la frase cuando un mareo abrumador me invade y me apresuro al bote de basura, vomitando en él.

—Bueno, me alegra que estés sufriendo por eso —escucho que me dice. Me aparto del bote de basura y me limpio con una toallita.

—¿De qué hablas? ¿Cómo que estoy sufriendo?

—No te lo diré, no lo mereces. Solo espero que te mantengas lejos de mi hija.

La veo irse, y aunque intento detenerla, las ganas de vomitar regresan y vuelvo corriendo al bote de basura.

Durante el resto del día, me he sentido mal y he decidido regresar temprano a mi departamento. Entro y me tiro en el sofá, pero pronto escucho que alguien toca la puerta. Me levanto con dificultad y voy a abrir. Al mirar por la mirilla, veo que es Daphne. Le abro y ella entra.

—Hola, hermanito. ¿Qué te pasó? Te ves como un fantasma.

—No digas eso.

—¿Por qué?

—Porque he estado vomitando todo el día. Creo que algo me cayó mal.

De repente, las ganas de vomitar vuelven con fuerza, y me apresuro al baño, con Daphne siguiéndome de cerca. Llego al baño y vomito en el retrete mientras siento la mano de Daphne en mi espalda.

—Shh, Shh. Sabes, hermanito, ¿no dejaste por ahí a una mujer embarazada o a Eileen? —me dice Daphne.

—¿A qué te refieres, Daphne?

—Dime, ¿has tenido otros síntomas aparte de vomitar?

—Sí, he tenido mucho sueño y a veces antojos de cosas saladas.

—Pues, con esos síntomas, si fueras mujer, diría que estás embarazada. Pero como no lo eres y los hombres no se embarazan, es raro. Sin embargo, hay casos en los que los hombres pueden experimentar síntomas similares a los de sus parejas embarazadas. Como tú y Eileen se separaron, no dejaste embarazada a Citlali, ¿verdad?

—No, estás loca. No he tenido intimidad con ella desde que conocí a Eileen... —No termino la frase, pero de repente se me enciende la luz.

Me levanto rápidamente y me dirijo a la sala, dejando a Daphne sola. Busco desesperadamente mi teléfono, lo encuentro y marco el número de Eileen.

—Contesta —murmuro mientras intento entender la indirecta que me dieron Eileen y su madre. Es posible que Eileen esté embarazada. Marco su número repetidamente, pero no contesta.

—Si estás llamando a Eileen, ¿crees que te responderá después de lo que hiciste? —dice Luna.

—Tienes razón. Bueno, te encargo a Luna. Voy a buscar a alguien.

—¿A quién?

Salgo de mi departamento y camino por el corredor hasta el elevador. Presiono el botón y las puertas se abren. Entro y presiono el botón del estacionamiento.

Tomo mi auto y salgo de ahí. Conduzco por las calles de Mónaco hasta llegar a mi destino. Estaciono el auto y bajo de él.

Entro en la galería de Casandra. Si alguien sabe algo sobre Eileen, es ella.

Busco por todos lados y veo que están cerrando la galería. De repente, veo a Casandra besando a mi amigo de la escuela, Damián. Me acerco con cuidado y me aclaro la garganta para que se den cuenta de mi presencia. Al escucharme, se separan y me miran.

—Disculpen la interrupción, pero Damián, ¿te importaría si me llevo a Casandra unos minutos? Necesito hablar con ella urgentemente.

—Está bien. Nos vemos, Casandra.

Damián se va, dejándonos a Casandra y a mí solos.

—¿Qué quieres, Adrien?

—Seré breve, no te preocupes.

—No veo por qué necesitas hablar conmigo si lo que le hiciste a mi amiga ya está más que claro.

—No vengo a hablar de eso.

—Entonces, ¿de qué se trata, Adrien? Y hazlo rápido, porque necesito cerrar la galería.

Veo que ella se dirige hacia la entrada y la sigo. La tomo del brazo, pero ella se suelta de inmediato.

—No me toques.

—Lo siento —digo—. Pero Casandra, lo que tengo que hablar contigo es muy importante.

—Entonces, dilo ya para que te vayas.

—Dime la verdad. ¿Eileen está embarazada?

Casandra se sorprende por mi pregunta. Hay un momento de silencio que parece estirarse interminablemente. No sé si su reacción es la respuesta que busco, pero mi ansiedad crece con cada segundo que pasa sin una respuesta clara.

Capítulo 62

*H*ugo

No puedo sacarme de la cabeza las
palabras de Eileen, pero también sé que no me ha contado toda la verdad.
Aunque rompa un poco mi palabra, necesito averiguar qué está pasando.

—¡Aurelio! —grité el nombre de uno de mis hombres de confianza.

Las puertas de mi oficina se abren y entra Aurelio con su porte militar.

—Me habló, señor.

—Sí. Tengo una nueva tarea para ti.

—Soy todo oídos, señor.

—Quiero que investigues todo lo relacionado con el señor Adrien
Giordano y la señorita Eileen Rossi en Mónaco.

—A sus órdenes, señor.

—Recuerda que debe ser todo confidencial.

—Por supuesto, señor.

—Puedes retirarte.

Aurelio se va de inmediato y yo continúo con los preparativos de la boda.
Organizar una boda en un mes es estresante, pero di mi palabra, y soy un
hombre de palabra. Me aseguraré de conseguir el mejor vestido de novia para
Eileen. Así que me pongo manos a la obra, ya que tengo mucho que hacer.

Después de un día agotador, finalmente llego a la casa donde se está
quedando Eileen. Mi chofer estaciona el auto frente a la casa y me abre la
puerta. Bajo del vehículo y entro a la casa, donde mi ama de llaves me recibe
de inmediato.

Reto a duelo con el enemigo ♡

—Buenas noches, señor.

—Buenas noches, Luz. ¿Dónde está Eileen?

—La señorita Rossi está en su habitación. No se ha sentido muy bien durante el día.

—¿Qué pasó? ¿Por qué no me avisaste?

—No es nada de qué preocuparse señor son los síntomas normales de su embarazo. Pero señor no me había avisado que tenía novia y que será papá.

—Luz ya te he dicho que siempre mantengo mi vida privada en privada.

—Lo siento señor.

—¿Como supiste que mi novia está embarazada?

—Pues en la mañana la señorita Rossi no quería comer y pues estuvimos hablando y me condenso que estaba embarazada.

—Está bien. Espero y no lo andes divulgando si mi padre se entera me matará y lo sabes.

—Si lo sé señor. Y si sé que su padre es muy conservador.

—Exacto. Pero si me disculpas iré a ver a mi novia.

Me despido de Luz y sigo mi camino. Voy por el enorme corredor hasta llegar a la puerta de la habitación de Eileen. Toco con los nudillos esperando que me permita entrar.

—Pase.

Al escuchar su voz y tener su autorización tomo el picaporte y abro la puerta. Mis ojos se encuentran con Eileen que está acostada en la cama. Ella me mira.

—¿Como estás? ¿Me informaron que no te sientes bien?

—Así es Hugo, los ascos y el cansancio no me deja. O bueno tengo días más tranquilos que otros y este no es nada tranquilo.

Me acerco con cuidado hasta llegar y sentarme a un lado de ella, pongo mi mano en su espalda.

—Tranquila todo está bien, son síntomas pasajeros verás que entre más avance el embarazo van a disminuir.

—Que lindas palabras Hugo. Ahora más que nunca confirmó que serás un buen padre.

—Como te dije yo anhelo ser padre y daré todo por ustedes dos.

—Gracias Hugo.

Ella se levanta un poco de la cama y me abraza. Yo correspondo su brazo. Pero en eso repentinamente se separa de mí y veo que rápido se baja de la cama, toma sus muletas y se va hacia el baño; me voy tras ella y al abrir la puerta del baño la veo con la cara en el retrete, me acerco a ella y le agarro el cabello y le acaricio la espalda.

—Estoy contigo. Solo déjalo salir y te sentirás mejor.

La escucho vomitar hasta que, por sí sola, separa su rostro del retrete. Bajo la tapa del baño y se sienta en el suelo.

—No mires esto, Hugo.

—No importa, siempre estaré contigo. Pero lo mejor es que descanses para que te sientas mejor.

La tomo en mis brazos con cuidado para no lastimarla. Ella envuelve sus brazos alrededor de mi cuello y apoya su rostro en mi pecho. Salgo del baño con ella en mis brazos y la llevo hasta la cama. La acuesto con suavidad, tomo la cobija y la cubro hasta el cuello.

Acaricio su cabello, y ella me mira atentamente, tomando mi mano con la suya.

—No sé cómo agradecerte, Hugo. Eres muy bueno conmigo, y yo solo te estoy dando una responsabilidad que no es tuya.

—Eileen, yo siempre velaré por tu felicidad. Sin importar nada, quiero verte feliz.

—Y yo haré todo lo posible por ser una buena esposa.

—Y sé que lo serás. Ahora descansa.

Me aparto de ella, pero siento cómo me agarra de la mano. La miro a los ojos.

—¿Puedes quedarte conmigo hasta que me duerma?

—Claro que sí.

Me acomodo a su lado y siento cómo ella se acurruca junto a mí.

Pasan unos minutos hasta que me doy cuenta de que se ha quedado dormida. Con cuidado, comienzo a levantarme de la cama, intentando no despertarla. Me dirijo hacia la puerta, la abro con delicadeza y salgo de la habitación. Camino por los pasillos de la casa hasta llegar a otra puerta. La abro y entro en la habitación.

Me quito el saco, luego la camisa y, finalmente, los zapatos y el pantalón, quedándome en bóxer. Voy directo al baño, abro la llave de la regadera y me quito la última prenda. Entro en la ducha y siento cómo el agua cae sobre mi cara y pecho.

Pero mi mente sigue en lo que realmente está ocurriendo. Necesito averiguar qué pasó después de que regresaron a Mónaco. Aunque mi intuición me dice que, a pesar de que Adrien pueda parecer un idiota, está realmente enamorado de Eileen y no creo que rechace a su hijo. Mañana averiguaré más sobre esto.

Después de bañarme, salgo con una toalla enrollada en la cintura. Me dirijo a mi habitación, dejo caer la toalla en la cama y me recuesto, pensando en lo que averiguaré mañana.

Cierro los ojos y, en poco tiempo, me quedo dormido.

A la mañana siguiente, ya estoy listo, pero me encuentro en mi despacho revisando algunos documentos. Decidí no ir a trabajar para quedarme al pendiente de Eileen, ya que hoy se siente mejor. Sin embargo, prefiero estar cerca de ella. He llamado a una doctora para que la revise y evalúe su pierna. En eso, escucho un golpe en la puerta y ya me imagino quién puede ser.

—Pasa, Aurelio —digo, y la puerta se abre revelando a Aurelio con unos documentos en la mano. Cierra la puerta y se acerca a mí.

—Buenos días, señor. Aquí está la información que me solicitó.

Extiende la mano y me entrega los papeles. Los tomo y abro la carpeta, encontrando de inmediato fotografías de un accidente.

—Cuéntame, ¿qué averiguaste?

—Como puede ver en las imágenes, después de que la señorita Rossi y el señor Giordano regresaron a Mónaco, hubo una fiesta en la casa de los padres de la señorita Rossi. En esa fiesta, el señor Giordano terminó su compromiso con la señorita Citlali Brown y le entregó la información que usted le proporcionó sobre el señor Christian. Al día siguiente, él fue arrestado y sentenciado a 80 años de prisión.

—Me alegra saber que ese impostor está en la cárcel. Pero ¿qué pasó entre la señorita Eileen y Adrien?

—Según lo que averigüé, la señorita Rossi y el señor Giordano fueron pareja durante unos meses. Recientemente, la señorita Rossi regresaba de una reunión cuando ocurrió un accidente. El camión que impactó el auto en el que ella viajaba fue arrojado por un puente, y se concluyó que el accidente fue planeado.

—Ahora entiendo por qué ella tiene la pierna rota. ¿Qué más?

Reto a duelo con el enemigo ♡

—Después del accidente, el señor Giordano llegó a la escena y rescató a la señorita Rossi antes de que muriera ahogada. La acompañó hasta el hospital. Sin embargo, poco después de eso, el señor Giordano salió del hospital con rumbo desconocido. Ordenó que varios hombres vigilaran el hospital donde ella se encontraba, pero nunca regresó. Luego, se le volvió a ver con la señorita Brown.

—Entonces, si él le salvó la vida, ¿por qué regresó con su ex?

—No lo sé, señor. Solo tengo la información de que el señor Giordano se marchó sin dejar rastro y que sus movimientos fueron bastante misteriosos después del incidente.

—Mmm, eso sí que es raro. Aurelio, quiero que investigues más a fondo lo que pasó en el accidente. Si fue provocado, debe haber una mente maestra detrás de esto y yo quiero averiguar qué ocurrió.

—A sus órdenes, señor.

—Gracias. Puedes retirarte.

Veo cómo se va y me quedo reflexionando sobre toda la información que acabo de recibir. Sé que la mujer, Citlali Brown, está involucrada en todo esto de alguna manera.

Tomo mi teléfono y hago una llamada. Me pongo el auricular en el oído y espero a que la otra persona conteste.

Capítulo 63

*A*drien

Ese silencio que se hace entre nosotros
solo incrementa mi desesperación, aunque en cierto modo también confirma
mis sospechas.

—Dime, Casandra, ¿Eileen está embarazada?

—¿Por qué me preguntas a mí? Ve y pregúntaselo a ella.

—Si supiera dónde está, iría a preguntarle. Pero sé bien que tú conoces la
respuesta.

—Además, ¿qué ganas con saberlo si tú ya tienes a tu prometida?

—Todos ustedes solo han juzgado sin conocer la verdad.

—¿Cuál verdad? ¿La verdad de que le mentiste a mi amiga solo para jugar
con ella? Y yo que tanto te elogiaba.

—Todo lo hago por el bien de Eileen.

—¿El bien? Si hasta le dijiste que solo fue un juego para ti. Perdiste todo
con ella, incluyendo lo que lleva en su vientre. —Veo cómo Casandra se tapa la
boca, pero ya es demasiado tarde.

—Entonces, sí está embarazada.

—Pero no es tuyo.

—Deja de mentir, Casandra. Sé que es mío, porque Eileen solo es mía.

—Dime, ¿qué va a cambiar con respecto a tu prometida?

—Respóndeme algo, Casandra. ¿Qué estarías dispuesta a hacer por Eileen
si estuviera en peligro?

—¿De qué hablas?

—Solo contéstame con sinceridad.

—Haría lo que fuera, si es posible, daría todo lo que tengo por verla feliz.

—Eso es exactamente lo que estoy haciendo.

—Pero sigo sin entenderte.

—Eileen corre riesgo si le digo lo que pasa.

—Entonces dímelo a mí.

—Solo te diré que el accidente fue provocado.

—¿Provocado por quién?

—¿Quién crees tú?

—Estás loco. Entonces, ¿estás amenazado?

—En cierto modo, sí. Pero si digo algo, Eileen corre el riesgo de ser asesinada. Ahora que no sé dónde está, me siento aliviado de que nadie la toque.

—¿Entonces por qué no denuncias a esa loca?

—Necesito pruebas para hacerlo.

—Tu boda es falsa.

—Más bien, es obligada.

—Entonces, ¿es cierto que las cosas feas que le dijiste a Eileen fueron solo para mantenerla a salvo?

—Sí. El día que ella fue a tocar mi puerta, ella estaba allí. Tenía que hacerle creer que realmente estoy en su juego.

—Bueno, algunas cosas ya están medio claras. Pero ¿por qué no le dijiste la verdad a Eileen?

—Porque la amo demasiado y no quiero que le pase nada. Y ahora que sé que seré papá, estoy realmente feliz y tengo más razones para desenmascarar a esa loca.

—¿Necesitas ayuda con algo?

—Solo intenta encontrar a Eileen. Asegúrate de que ella y el bebé estén bien.

—Pero, si te das cuenta, tu boda es dentro de tres semanas.

—Lo sé, y tengo que desenmascarar a esa loca antes de eso.

—¿Tienes algo en mente?

—Claro. Pero por ahora, enfócate en contactar a Eileen.

—Claro que sí, y si la localizo, ¿qué hago?

—Dime dónde está y yo iré por ella.

—Entendido.

En ese momento, mi teléfono comienza a vibrar. Lo saco de mi bolsillo y veo que es Hugo quien está llamando.

—Tengo que irme, Casandra. Por favor, guarda el secreto; no quiero que le pase nada a Eileen.

—No te preocupes. Me alegra saber que no jugaste con mi amiga.

—Nunca haría eso. Que quede claro. Adiós.

—Adiós, Adrien.

Cuelgo y contesto la llamada de Hugo, mientras salgo de la galería y me dirijo hacia mi auto.

—Hola, Hugo.

—Hola, Adrien.

—¿Pasa algo? Te escucho un poco extraño.

—Eso dímelo tú.

Me detengo en seco al escuchar su tono y me pregunto a qué se refiere.

—¿A qué te refieres?

—Sabes bien que tengo ojos y oídos en todas partes. Me informaron sobre lo que le hiciste a la señorita Rossi, y me indigna que juegues con los sentimientos de las mujeres así.

—¿También tú vas a juzgarme?

—¿Qué quieres que haga, que te felicite?

—Hugo, sé que eres un hombre inteligente y estoy seguro de que ya investigaste.

—No lo voy a negar; efectivamente, investigué.

—Entonces, sabes del accidente que tuvo Eileen.

—Claro que lo sé.

—Bien, y sé que, al igual que yo, tú también sabes que fue provocado.

—Sí, pero con la diferencia de que yo no sé quién lo provocó, y creo que tú sí.

—Exactamente, sé quién fue.

—Entonces, ¿por qué hiciste todo eso a Eileen?

—Me amenazaron con matarla si seguía con ella.

—Hmm, entonces Citlali está detrás de todo esto.

—Exactamente, y estoy buscando la manera de librarme de ella de una vez por todas.

—Te ayudaré con eso. Pero ya sabes que serás...

—Sí, lo sé. Pero ¿cómo sabes tú todo esto?

— Ya lo ves, tengo ojos y oídos en todas partes. ¿Pero por qué no le dijiste la verdad a Eileen?

—Creí que estaba haciendo lo correcto, pero ahora que sé que voy a ser padre, lucharé por ella y no permitiré que Citlali se acerque a ellos. Estoy dispuesto a matarla con mis propias manos si es necesario.

—Bien, entonces te ayudaré a buscar la información que necesitas.

—Gracias, Hugo. Pero sabes algo, tengo la sensación de que tú sabes dónde está Eileen.

—No lo negaré, sé dónde está Eileen.

—Entonces dímelo.

—Ten paciencia, Adrien. Primero arregla todo lo que hiciste y reúne las pruebas necesarias para poder enfrentar a Eileen con la cabeza en alto.

—Tienes razón. Sé que lo último que Eileen quiere en este momento es verme.

—Así es. Pero me mantendré en contacto contigo dependiendo de lo que descubra.

—Está bien. Gracias, Hugo.

—De nada. Adiós.

La llamada se termina y entro a mi auto. Lo pongo en marcha y, aunque la preocupación sigue presente, siento una ligera satisfacción al saber que al menos dos personas conocen la verdad. Pronto, iré a buscar a mi Eileen.

Pero solo tengo tres semanas para desenmascarar a Citlali y sé de qué forma lo voy a hacer.

Eileen

Han pasado tres semanas, y el tiempo ha volado. El dolor en mi pierna ha disminuido, y la doctora que me visita regularmente asegura que el bebé está en perfecto estado. Hugo ha estado muy pendiente, asistiendo a todas las citas y mostrándome un cuidado que me conmueve.

Es un hombre admirable, y me siento culpable por jugar con sus sentimientos. Sin embargo, le dije la verdad y, sorprendentemente, me aceptó tal como soy.

A pesar de todo, siento una punzada en el pecho al saber que hoy es la boda de Adrien. Me duele pensar que se casará con otra, pero sé que la culpa es mía por enamorarme de alguien que nunca podría estar a mi lado.

El clima parece reflejar mis emociones; está lloviendo intensamente. Al mirar hacia el interior de mi habitación, veo el vestido de novia que Hugo me compró. Le pedí uno sencillo, pero no imaginé que me preguntaría si estaba segura de que solo me casaría una vez. Le confirmé que sí, y él insistió en que debía lucir como una princesa en mi boda única. Así que tuve que elegir entre muchos vestidos grandiosos. Incluso advertí que no podría caminar con uno de esos, pero él me prometió que, si era necesario, me llevaría cargando hasta el altar.

Todo está preparado: la iglesia, el jardín de la casa para la recepción y la velada. Solo queda esperar el gran día. Estoy nerviosa, pero no hay marcha atrás.

Adrien ha elegido su camino, y yo he elegido el mío. La verdad, no me atrevo a preguntar si Adrien aceptó o no. Lo que él haga o decida ya no forma parte de mis planes.

Así que, en una semana, seré la señora Sorni...

Reto a duelo con el enemigo ♡

Capítulo 64

La semana ha pasado volando.

Durante este tiempo, Casandra ha intentado contactarme en varias ocasiones, pero necesitaba estar sola. Hace dos días le avisé sobre mi boda, y creo que casi se desmaya de la impresión, porque cuando hablamos, no me respondía.

Mis padres y mi hermano también estaban sorprendidos al enterarse de que me casaría con alguien que no conocían. Mi madre me preguntó si él sabía sobre mi embarazo, y le confirmé que sí, que Hugo había aceptado todo y, además, es un buen hombre.

Hoy es el día. Hoy me convertiré en la señora Sorni. Mi madre y Casandra están conmigo, ayudándome con el maquillaje y el peinado. Durante todo el proceso, nadie dice una palabra.

—Te ves hermosa, mi niña. Es hora de ponerte el vestido. ¿Necesitas ayuda o puedes hacerlo tú sola? —pregunta mi madre.

—Necesito un poco de ayuda, mamá. La doctora solo me puso una bota Welker en la pierna, pero necesito apoyo para caminar.

Y es cierto, necesito ayuda porque la bota solo brinda soporte para caminar un poco, pero no para mucho. Además, la doctora me dijo que no podía usar tacones en el pie sano, así que, como en los viejos tiempos, me he puesto un tenis blanco en ese pie.

Mi madre y Casandra me ayudan a levantarme. Puedo apoyar ligeramente mi pie fracturado en el suelo y caminar con cuidado. Mi madre trae el vestido y me ayudan a ponérmelo.

Ponerse este enorme vestido resulta ser más complicado de lo que imaginaba, pero después de un rato, finalmente logro vestirlo. El peso del vestido es evidente, y siento cómo me tira hacia abajo.

Veo a Casandra y a mi madre retroceder para verme. Noto cómo mi madre comienza a llorar.

—No llores, mamá, o me harás llorar a mí también. Con el embarazo estoy más sensible.

—Lo siento, mi niña. Siento una mezcla de alegría y tristeza al ver que mi hija se va a casar. Pero falta el ramo. Está en el coche, déjame ir a buscarlo de inmediato.

Mi madre sale de la habitación, dejándome sola con Casandra. Ella me observa atentamente.

—Puedes dejar de mirarme y ayudarme a sentarme, por favor.

Casandra me ayuda a sentarme en el pequeño sillón frente al espejo, pero no aparta la mirada de mí.

—¿Pasa algo, Casandra? —le pregunto, sintiendo su intensidad.

—La verdad es que sí, Eileen.

—Dime, porque siento que con tu mirada me vas a perforar.

—¿Estás segura de casarte con ese hombre?

—Sí, su nombre es Hugo.

—¿Pero estás realmente segura?

—Sí, Casandra. Él es un buen hombre.

—¿Y qué pasará con Adrien? —La mención de su nombre provoca una chispa de enojo en mi mirada.

—Él eligió su camino, Casandra, y ya lleva una semana casado. Estoy segura de que es muy feliz.

—¿Y cómo lo sabes? ¿Te lo dijo Hugo?

—Hugo no me ha dicho nada al respecto. Pero, con lo que ocurrió, es lo que iba a pasar.

Casandra parece a punto de decir algo más, pero mi madre entra en la habitación.

—Aquí está tu ramo, mi niña.

Se acerca a mí y me entrega un ramo de rosas rosadas, con unas pequeñas flores blancas intercaladas.

—Lo mandé hacer especialmente para ti.

—Gracias, mamá. Es hermoso.

Justo en ese momento, se escucha un toque en la puerta, y todas volteamos a mirar.

—Hola, están todas presentables —dice mi padre al entrar con un traje negro azulado. Al verlo, no puedo evitar sonreír.

—Sí, papá, tú también estás guapo —respondo, sintiendo una ola de ternura.

—Lo sé, mi niña. Pero no te preocupes por mí, hoy es tu día.

—Pues pregúntale eso a mamá.

Mis padres se miran con complicidad, y veo cómo mi mamá se acerca a mi padre para darle un beso cariñoso.

—Claro que eres guapo —le dice mi mamá con una sonrisa.

—Gracias, cariño. Tú te ves hermosa en ese vestido rosa. Pero venía a decirles que el novio ya se fue a la iglesia con Eros.

—Entonces será mejor que nos apresuremos. Ayuda a Eileen a levantarse —ordena mi mamá.

Mi papá se acerca con cuidado y me ayuda a levantarme. Me apoyo en su brazo y juntos comenzamos a caminar lentamente hacia la puerta.

Salimos de mi habitación, mi madre y Casandra van delante, luciendo sus vestidos del mismo color que las flores de mi ramo.

Avanzamos con precaución hasta la entrada de la casa, donde el chofer y el auto que nos llevará a la iglesia nos esperan. El chofer se acerca y abre la puerta del auto.

—Casandra, toma el ramo —le digo mientras le paso el ramo. Mi mamá y mi papá me ayudan a colocar mi pie sano en el escalón del auto y, con cuidado, me asisten a entrar.

Una vez dentro, comienzo a ajustar todas las capas de mi enorme vestido. Mis padres se suben al auto y apartan el vestido para acomodarse. El chofer cierra la puerta y arranca el vehículo.

En unos minutos llegamos a la iglesia. Al detenerse el auto, el chofer baja y abre la puerta. Mis padres y Casandra salen primero. Hugo, que está junto al cura, nos espera mientras los invitados ya están dentro.

Una vez que Hugo se aleja, mis padres me ayudan a bajar del auto, evitando que ponga demasiado peso en mi pie lastimado.

Con su apoyo, bajo completamente y Casandra me entrega el ramo. La veo entrar en la iglesia con mi madre, y solo me queda mi padre a mi lado.
Mi padre me ofrece su brazo y me apoyo en él para caminar con cuidado hacia la puerta de la iglesia. Antes de entrar, nos detenemos un momento.

—Te ves hermosa, mi niña. Pero quiero preguntarte algo —dice mi papá.

—¿Qué pasa, papá?

—¿Estás segura de que quieres casarte?

—Sí, papá.

—Está bien, solo quería asegurarme de que estabas segura.

Reto a duelo con el enemigo ♡

En ese momento, la música nupcial comienza a sonar y comenzamos a avanzar hacia el interior de la iglesia. Al entrar, veo a mi familia y a algunas personas que no reconozco, probablemente familiares de Hugo.

Dirijo mi mirada hacia el altar y allí está Hugo, impecable en un esmoquin negro azulado. Su rostro refleja una sonrisa, y yo hago un esfuerzo por corresponder con una.

Con cuidado, llegamos al lado de Hugo y mi padre toma mi mano del brazo y la coloca en la mano de Hugo.

—Aquí te entrego mi tesoro más preciado. Espero que la cuides mucho y la hagas muy feliz.

—Así será, señor Rossi. Su felicidad es mi prioridad —responde Hugo con firmeza.

Mi padre se retira y Hugo y yo nos acercamos al cura. Me apoyo en Hugo para evitar forzar mi pie.

—Queridos hermanos, si no hay nada que se interponga en esta unión, damos inicio a la ceremonia —anuncia el cura.

Después de escuchar algunas palabras del cura, llegamos a la parte de los votos.

—Yo, Hugo Sorni, prometo fidelidad a ti, Eileen Rossi. Te aseguro que nunca te faltará nada y que siempre haré todo lo posible por hacerte feliz. Esa será mi prioridad. Además, te traje un regalo de bodas.

Me quedo completamente confundida, sin entender a qué se refiere Hugo.

—¿De qué hablas, Hugo?

—Mira —me dice, señalando hacia la puerta.

Volteo hacia la entrada de la iglesia y me quedo paralizada al ver a alguien que avanza hacia el altar. El corazón me late con fuerza al reconocer que la persona que se acerca es, nada más y nada menos, que Adrien.

Reto a duelo con el enemigo ♡

Reto a duelo con el enemigo ♡

Capítulo 65

*H*ugo

Sé que Eileen se molestará conmigo y quizás pensará que la traicioné, pero ella necesita conocer la verdad y entender por qué ocurrieron las cosas. Estoy consciente de que su decisión fue precipitada. Así que, después de ayudarte, Adrien, con las pruebas que necesitabas, le conté toda la verdad.

Al principio, Eileen parecía decepcionada y luego enojada. Sin embargo, con el tiempo entendió que lo hice porque la había lastimado demasiado y que no fue correcto ocultarle la verdad.

Entre los dos ideamos un plan para acabar con Citlali, y al parecer funcionó, porque veo a Adrien entrando en la iglesia.

Todos están sorprendidos, pero la que parece más sorprendida es Eileen. Puedo ver en su rostro una ligera sonrisa que parece esconder enojo.

Cuando Adrien está a solo cinco metros de distancia, Eileen me mira con furia.

—¿Qué es esto? ¿Por qué me traicionaste? ¿Le contaste sobre mi embarazo?

—Eileen, cálmate y escucha lo que tiene que decirte.

—Solo me va a mentir. Jugó conmigo. Dime, ¿no soy suficiente para ti?

—Claro que lo eres. Pero Eileen, tú lo amas a él, no a mí. Como te dije, quiero verte feliz, y sé que tu felicidad es con él y no conmigo.

—Pero no voy a hablar con él. Mejor me voy.

Veo cómo Eileen tira el ramo de flores al suelo, se agarra del vestido con ambas manos y, con cuidado, se dirige hacia una puerta cercana.

Sus padres la siguen, y el hermano de Eileen se pone enfrente de Adrien. Bajo del altar y me acerco a ellos.

—¿Qué haces aquí? ¿No te basta con lastimar a mi hermana? —Eros empuja a Adrien.

—Cálmate, Eros. Adrien es inocente, y todo lo que hizo fue por el bien de Eileen.

—¿No me digas, Hugo, que estás del lado de este mentiroso?

—No soy un mentiroso. Si quieres saber lo que pasó, lo sabrás, pero quiero que Eileen también escuche y vea la razón de lo que hice.

—Bien, entonces vamos, quiero escuchar la verdad.

Oír lo que tiene que decir.

Nos dirigimos hacia donde se fue Eileen. Puedo ver la confusión en los rostros de los invitados, incluido el padre de Eileen. Decido dejar que los demás se vayan y me quedo parado frente al altar.

—En un momento regresamos. Solo habrá un pequeño cambio. Así que, por favor, relájense.

Después de decir esto, continúo mi camino. Entro por la misma puerta por donde los demás se fueron. Al llegar a la habitación, veo a Eileen visiblemente enojada, mientras Adrien intenta acercarse a ella, pero sus padres no permiten que se acerque. Me acerco al grupo.

—Váyase, señor Giordano. No ve que está arruinando la boda de mi hija con el señor Sorni.

—Pero necesito que todos conozcan la verdad.

—No hay ninguna verdad, Adrien. Vete.

Me coloco en medio de todos ellos.

—Señor, señora Rossi, Eileen, por favor escuchen lo que tiene que decir Adrien.

—No, Hugo. Tú solo eres su cómplice.

—Eileen, entiende que lo hizo para protegerte.

—¿Protegerme de qué?

—De Citlali. El accidente que sufriste fue causado por ella —responde Adrien. Eileen guarda silencio.

—No te creo.

—Eileen, escúchalo y luego decides si le crees o no —le digo.

—Está bien —responde a regañadientes—. Dime, ¿cuál es tu supuesta ayuda?

—Cuando tuviste el accidente, fui a buscarte y te rescaté del lago. Justo cuando estabas a salvo en el hospital, recibí una llamada de Citlali. Me dijo que ella había provocado el accidente y que, si no acudía a una reunión con ella, su francotirador te mataría. No tuve más opción que ir. Fue horrible, porque ella me chantajeó, exigiendo que me casara con ella o te mataría. Por eso sucedió todo lo relacionado contigo. Luego me enteré de que estabas embarazada de mí, y eso me dio aún más motivo para desenmascarar a Citlali —le explica Adrien.

Eileen se queda en silencio, procesando la información. La tensión en la habitación es palpable.

—¿Cómo sabes que estoy embarazada? —pregunta Eileen, mirando a Adrien. Luego gira hacia mí—. ¿Fuiste tú?

—No, Hugo no me dijo nada —respondo—. Simplemente noté los síntomas de embarazo que Eileen tenía y, al investigar, confirmé que efectivamente estás esperando un bebé.

—Sí, es cierto, estoy embarazada de ti —confirma Eileen—. Pero no puedo creerte solo con tus palabras. Necesito pruebas.

411

—Sabía que dirías eso —responde Adrien—. Así que vine preparado.

Adrien saca su teléfono y muestra un video a Eileen. En el video, se ve una conversación entre Adrien y Citlali, donde ella admite haber provocado el accidente y el chantaje. Eileen observa el video en silencio, sus emociones cambiando con cada segundo que pasa.

Eileen

No sé por qué estoy prestando atención a este mentiroso, pero la curiosidad me obliga a ver qué tiene que decir. Necesito más que solo palabras. Adrien me pasa el teléfono, y lo tomo con ambas manos para ver el video que grabaron el día de su boda.

En el video, Adrien está en el altar con Citlali a su lado. Está en la parte de la ceremonia donde se da la oportunidad de objetar. Adrien es el que toma la palabra y, en ese momento, la mirada de Citlali se clava en él con odio.

—¿Por qué te opones? —pregunta Citlali.

—Porque no me casaré con una mujer que es impostora y asesina —responde Adrien, desafiante.

—Ten cuidado con lo que dices, Adrien, o tu amada Eileen será asesinada esta misma noche.

—Jajaja, ya no tienes nada con qué chantajearme. Ni siquiera sabes dónde está. Así que aquí, frente a todos y frente a Dios, revelo quién es realmente Citlali Brown.

Del techo comienzan a caer fotografías y papeles. Citlali recoge algunos de ellos, y su expresión cambia drásticamente. Adrien empieza a leer en voz alta.

—Citlali Brown es, ni más ni menos, hija de un empresario corrupto. Se alió con Christian Martín para robarnos a Eileen Rossi y a mí. Lamentablemente, me lograron engañar. Ella es la culpable del accidente automovilístico de Eileen Rossi y casi mata a mi hijo. Me chantajeó con asesinar a la madre de mi hijo si no me casaba con ella. Y aquí está otra prueba. Ponla.

Reto a duelo con el enemigo ♡

El video muestra documentos y pruebas que Citlali había ocultado, revelando sus crímenes y chantajes. Eileen, al ver esto, se queda en silencio, con la incredulidad y el dolor reflejados en su rostro.

Se escucha una grabación. Adrien y Citlali están hablando; ella le exige que se case con él o, de lo contrario, me matará. Adrien se niega, pero Citlali le revela que hay un hombre detrás de mí que, con solo dar una orden, me disparará. Finalmente, Adrien acepta, diciendo que solo lo hace porque me ama.

La sorpresa es palpable entre los presentes, especialmente entre la prensa que está en la iglesia. Los reporteros se acercan rápidamente a Citlali, bombardeándola con preguntas.

—Señorita Brown, ¿por qué lo hizo?

—¿Quería ganar estatus?

—¿Qué esperaba obtener con esto?

Citlali, en lugar de responder, agarra su vestido con furia y se acerca a Adrien.

—Esto no se quedará así —le dice amenazante.

—Exactamente, no se quedará así. Así que te tengo un regalo de bodas. ¡Pueden entrar!

De repente, un grupo de policías entra en la iglesia y se dirige rápidamente hacia Adrien y Citlali.

—Señora Brown, tenemos una orden de aprehensión en su contra por intento de asesinato, extorsión, estafa y malversación de fondos. Tiene derecho a un abogado. Si no tiene los recursos, el estado le otorgará uno de oficio. Tiene derecho a guardar silencio; todo lo que diga puede ser usado en su contra —anuncia un oficial de policía.

Los policías la sujetan por los brazos, y aunque ella forcejea, la arrastran fuera de la iglesia.

—No puedo ir a la cárcel, soy demasiado hermosa para eso. ¡Adrien, me la vas a pagar! ¡Juro que te haré sufrir a ti y a tu estúpida Eileen!

El video termina y, atónita, miro a Adrien y a Hugo. No sé qué pensar ni qué decir. Me doy la vuelta y me siento en una pequeña silla, mientras mis padres se acercan a mí.

—Mi niña, creo que debes escuchar todo con atención. Parece que todos hemos juzgado a Adrien sin conocer toda la verdad. Elige lo mejor para ti, mi niña. Recuerda que no estás sola —me dice mi madre.

—Gracias, mamá. ¿Podrían, por favor, salir todos y dejarme a solas con Adrien?

Todos asienten y empiezan a salir, dejándonos a Adrien y a mí solas en la habitación.

—¿Por qué no me lo dijiste antes? —le pregunto, herida.

—Por estúpido, pensé que te estaba protegiendo, pero en realidad, te estaba perdiendo. Pero Eileen, te amo demasiado. Estoy aquí para luchar por ti, por nuestro amor y por nuestro hijo.

—Me dolió mucho cómo me rechazaste.

—Lo sé —dice, arrodillándose frente a mí y tomando mis manos —Te pido perdón, frente a ti y a Dios, por ser tan tonto e idiota.

Él me mira, esperando una respuesta o al menos alguna expresión de mi parte, pero yo mantengo el rostro serio. Veo cómo baja la mirada al suelo, visiblemente abatido. Eso me hace esbozar una ligera sonrisa.

—Creo que hasta el más tonto merece una segunda oportunidad.

Adrien levanta la vista, sonriendo, y se acerca para darme un beso. Sin embargo, le doy una cachetada.

—Hey.

—Te la merecías —le digo, tomándolo del cuello de su camisa y besándolo —Y eso también.

—También perdóname por no estar a tu lado en las primeras etapas de nuestro embarazo.

—Está bien. Aunque sé que el que más ha sufrido eres tú; se te nota la piel algo amarilla. Así que perdón por no estar a tu lado para apoyarte —le respondo, mientras él sonríe.

—Sí, no ha sido fácil, pero ha valido la pena. Pero Eileen, quiero preguntarte algo.

—¿Qué?

—¿Te casarías conmigo ahora mismo?

Me quedo en estado de shock, sin saber qué responder.

Capítulo 66

Todo esto parece tan irreal. No sé si estoy soñando, pero aquí frente a mí está Adrien Giordano, arrodillado y pidiéndome que me case con él. Quién lo diría, el mujeriego de la secundaria ahora está casi rendido a mis pies.

Sé que me lastimó en el pasado, pero ahora entiendo la verdad y sé que todo tenía una razón. Además, la loca de Citlali está en prisión. Ya he sacrificio mucho y debo dejar mis temores atrás y pensar en mi felicidad.

Tomo las manos de Adrien y bajo la mirada, creando suspenso en la escena. Lo miro a los ojos nuevamente y noto que una gota de sudor recorre su sien.

—¿Estás dispuesto a cambiar pañales? —le pregunto. Él me mira un tanto confundido y luego sonríe.

—Claro, si es necesario, yo los cambiaré.

—Cuidado con lo que dices, señor Giordano, o te tomaré la palabra.

—Sabes que por ti haría lo que fuera.

—Entonces, acepto casarme contigo.

Adrien se levanta del suelo y me ayuda a levantarme también. Me abraza cariñosamente y yo correspondo al abrazo. Nos separamos y nos dirigimos hacia la puerta.

—Vamos, tenemos que contarles a todos.

Adrien abre la puerta y, al hacerlo, vemos que todos están parados detrás, escuchando.

—Parece que ellos ya saben.

416

—Perdona, hija, pero quería asegurarme de que estuvieras bien.

—Estoy más que bien, mamá, porque me casaré con Adrien hoy.

—Entonces no hay que esperar más —dice Hugo.

—Sí, vámonos. No podemos hacer esperar a los invitados.

Todos comienzan a moverse y mi madre se acerca a mí.

—¿Estás segura, hija?

—Claro que sí, mamá. Sé que Adrien ha hecho muchas cosas, pero al final todo ha sido por algo bueno. Me estaba protegiendo a su manera. Además, soy feliz a su lado y vamos a tener un bebé. Este es mi momento para ser feliz.

—Está bien, mi niña.

Mi mamá se apresura a unirse a los demás, y me separo de Adrien para acercarme a Hugo.

—Gracias, Hugo.

—No tienes que agradecerme. Sabía que tú amas a Adrien, y solo hice que ustedes estuvieran juntos.

—Pero creo que en cierto modo te gustaba.

—Sí, tienes razón. Me llamaste la atención desde que nos conocimos en Portugal. Pero desde ese momento, tu corazón ya pertenecía a otro. Como te prometí, siempre velaré por tu felicidad, aunque eso signifique sacrificar la mía.

—Eres un hombre muy bueno, Hugo. Pero ¿qué les diremos a tus familiares?

—De eso no te preocupes. No hay familiares míos aquí. Los que están afuera son familiares de Adrien. Sabía cuál sería tu decisión. Así que sonríe y brilla; es un momento muy especial.

—Gracias. Pero después te devolveré todo lo que gastaste en la boda.

—No gasté nada. Adrien pagó todo, incluido tu vestido. Solo me encargué de que todo estuviera en orden.

Después de agradecerle mil veces a Hugo, vuelvo a estar en la entrada de la iglesia, agarrada del brazo de mi padre. Ellos ya informaron a los invitados sobre el pequeño cambio de esposos. Mi madre me entrega el ramo de nuevo.

—Ahora te ves mucho más hermosa, hija —me dice mi papá.

—Gracias, papá. Estoy feliz porque me estoy casado con el hombre que amo.

—Me alegra saber que todo se ha arreglado al final y que estarán unidos para recibir al bebé que viene en camino. Mi primer nieto o nieta.

—Sí, papá. Además, Adrien ya me prometió que cambiará los pañales.

—Quiero ver eso. Pero primero debo entregarte al altar de nuevo.

Las puertas se abren de nuevo, y veo a Adrien parado en el altar. Con cuidado, caminamos hacia él. Adrien tiene una enorme sonrisa en el rostro y no aparta la mirada de mí.

Finalmente, después de un momento, llegamos de nuevo al altar. Mi papá toma la mano de Adrien y coloca mi mano en la suya.

—Señor Giordano, aquí le entrego a mi única hija, la luz de mis ojos. Espero que la cuide y la respete, o tendrá que enfrentarse a mí.

Escuchar esas palabras de mi padre me sorprende, ya que él es un hombre muy tranquilo.

—Yo cuidaré de ella, señor Rossi.

Mi papá sonríe y se aleja. Adrien y yo damos un paso al frente para colocarnos cara a cara con el cura.

—¿Estás segura de que este es el hombre con el que te vas a casar? —pregunta el cura. Sonrío ante su comentario.

—Sí, él es el indicado.

—Bien, entonces comencemos la ceremonia.

Tras repetir los mismos rituales de antes, llegamos a la parte de los votos.

—Yo, Adrien Giordano, te acepto a ti, Eileen Rossi, para amarte siempre, en la salud y en la enfermedad, para ser tu apoyo y consuelo en los momentos de tristeza y felicidad. Así que con este anillo —coloca el anillo en mi dedo anular de la mano izquierda—, te pido que seas mi esposa.

—Yo, Eileen Rossi, te acepto a ti, Adrien Giordano, como mi esposo. Para amarte siempre, en la salud y en la enfermedad, para ser tu apoyo y consuelo en los momentos de tristeza y felicidad. Así que con este anillo —lo coloco en su dedo anular de la mano izquierda—, te pido que seas mi esposo.

—Yo acepto —decimos al unísono, tomados de la mano.

—Lo que Dios ha unido, que el hombre no lo separe. Los declaro marido y mujer. Puede besar a la novia.

Nos damos un beso tierno y a la vez intenso, mientras los invitados aplauden. Nos separamos, y Adrien me mira con anhelo.

—Anhelo que ya sea de noche.

—No comas ansias o parecerás desesperado.

—Pues lo estoy.

—¡Que vivan los novios! —gritan los invitados.

Nosotros comenzamos a caminar hacia la salida. Al darme cuenta, veo que están los padres de Adrien y su hermana.

—Tus padres están aquí.

—Claro, no se perderían la boda por nada. Estaban encantados cuando les dije que me casaría contigo.

—Me alegra que estén aquí.

Les saludo con la mano mientras seguimos caminando. Al salir, nos lanzan arroz y nos felicitan. Nos tomamos varias fotografías, y los paparazis nos rodean, tomando fotos y haciendo preguntas, pero hoy no es el momento de dar explicaciones. Es momento de celebrar.

Subimos a los autos, y Adrien y yo nos vamos en el mismo vehículo. Durante el trayecto, Adrien no puede evitar manosearme y besarme. Yo también ansío que llegue la noche para poder estar con él. Han pasado muchos días sin intimidad, y con mi embarazo, el deseo solo aumenta.

Pero antes debemos disfrutar de la comida y la celebración.

Al llegar a la casa de Hugo, el enorme jardín está adornado con una mesa larga, cubierta con un mantel dorado. Los arreglos florales coinciden con el color del ramo que traigo en la mano, y el lugar está elegantemente iluminado. Todos tomamos asiento, y los sirvientes comienzan a traer la comida. Solo espero no tener que vomitar.

Finalmente, al terminar la comida, la celebración continúa. Yo lanzo el ramo y lo atrapa Casandra. Luego, Adrien me quita la liga y se prepara para lanzarla a los invitados hombres. Veo que Adrien busca a alguien y, cuando lanza la liga, la atrapa Hugo.

Todos aplaudimos a los que atraparon los objetos, y empieza a sonar música romántica y elegante. Adrien me toma de la mano y me guía con cuidado hacia la pequeña pista de baile que han montado. Con una mano en mi cintura y la otra sosteniendo la mía, nos movemos al ritmo de la música.

Comenzamos a movernos al son de la música. En eso veo que los invitados comienzan a acercarse a nosotros. Veo a Casandra y Hugo bailar juntos. Noto que hablan entre ellos y sonríen.

—¿Te gusto La boda amor? —me pregunta Adrien.

—Claro que si mi amor. Fue sencilla y muy hermosa —le digo dándole un beso en ma mejilla.

—Qué te parece si vamos a nuestra luna de miel.
—¿Y los invitados?

—Ya te compartí con ellos durante horas. Ahora te quiero solo para mí. Así que vamos.

—Vamos —le sonrío.

Tomo mi vestido y, con Adrien a mi lado, caminamos con cuidado hacia la casa. Al llegar, entramos por el corredor y nos dirigimos a la puerta de mi habitación. La abro y le doy un beso a Adrien antes de entrar.

Lo tomo del cuello de su camisa y lo jalo hacia adentro. Ahora es momento de estar solos...

Capítulo 67

*A*drien

Entramos en la habitación y, al quedar completamente solos, me acerco a Eileen. Está tan hermosa en su vestido; parece una princesa. Pienso en aquella chica desaliñada de la secundaria y me doy cuenta de cuánto me provocaba, aunque no lo aceptara en ese entonces. Sonrío.

—¿Pasa algo, Adrien?

—Nada, solo estaba recordando cómo solías llevar zapatillas deportivas con vestido.

—Pues todavía lo hago —dice, levantando un poco el vestido para mostrarme que efectivamente lleva zapatillas deportivas.

Me acerco a ella, la rodeo con mis brazos y la atraigo hacia mí.

—Debo admitir que desde entonces me calentabas.

—¡Oh, Dios!

—¿Qué pasa?

—No puedo creer que el mujeriego número uno esté admitiendo estar atraído por una rarita como yo.

—Sí, pero esta rarita me tiene arrastrándome a sus pies.

Le doy un beso apasionado en sus labios y luego bajo por su cuello.

—Espera —me detengo.

—¿Qué pasa, te sientes mal?

—No, solo que me acabo de dar cuenta de que no invitamos al señor Abadí.

—Ya lo hice, pero me dijo que estaría muy ocupado con unos asuntos en Arabia y no podría asistir.

—Bueno, pero después tendremos que ir a visitarlo.

—Por supuesto, él debe saber que vamos a ser padres. Pero ahora tenemos otro asunto pendiente.

Sonreímos, y vuelvo a besarla en los labios. Empiezo a besar su cuello de nuevo, mientras mis manos bajan lentamente para ayudarla a quitarse el vestido. Deshago cuidadosamente los cordones de la parte de la espalda.

Deshago los últimos nudos del vestido y lo dejo caer al suelo. Con cuidado, levanto a Eileen en mis brazos, despojándola del vestido y la coloco suavemente en la cama. Me aparto un momento para contemplarla en su lencería, luego me quito el traje y quedo desnudo frente a ella. La veo relamerse los labios, y sé que ambos estamos igual de excitados.

Con manos delicadas, continúo quitándole las últimas prendas, dejándola completamente desnuda. La pasión salvaje que siento por ella se intensifica, pero soy consciente de cuidar nuestro bebé. Me acomodo entre sus piernas, acercándome a su rostro para admirar sus ojos verdes y su hermoso semblante.

Beso nuevamente sus labios, saboreando ese gusto exquisito que tanto me encanta. Bajo mis besos por su cuello, deslizándome lentamente hasta sus pechos, que lamo con cuidado. Los gemidos de placer que empiezan a llenar la habitación solo aumentan mi deseo, llevándome al borde del control.

Mi mano explora su intimidad, sintiendo que está completamente lista para mí. Me separo un poco, posiciono mi miembro en su entrada y, con una sola estocada, entro en ella, disfrutando de su interior que tanto me fascina. Empiezo a moverme con movimientos suaves y controlados, cuidando de ella y de nuestro bebé.

Después de un momento de inmenso placer, y de haber dejado que Eileen descanse, la abrazo, pegada a mi cuerpo. Le doy un beso en la frente y cierro los ojos, descansando a su lado.

Casandra

Despierto lentamente con los primeros rayos de sol entrando por la ventana. Al abrir los ojos por completo, me doy cuenta de que no estoy en mi habitación. Giro la cabeza y, al percibir la respiración a mis espaldas, descubro quién es. Me quedo un momento pensando en cómo terminé en la cama de Hugo.

Poco a poco, mi mente comienza a recordar lo que ocurrió. Después de bailar, fuimos a tomar un trago y, sin saber cómo, acabé retando a Hugo a una competencia de bebidas. Recuerdo haber perdido, aunque él insistía en que no estaba ebrio. A partir de ahí, mi memoria se desvanece.

Pero debo de hacer algo para liberarme, pero no quiero irme y abandonarlo así. A lo poco que conocí del anoche es un hombre muy bueno y no se merece que yo le haga algo así.

Así que se me prende el foco, con cuidado me muevo e intento que el despierte. Cuando me doy cuenta de que está despierto me hago la dormida.

Siento como la aparta su mano que tenía en mi cintura y se aleja de mí. Siento como se baja de la cama y es mi oportunidad de fingir. Me giro para verlo. Noto que solo trae puesto su bóxer.

—Buenos días —le digo y el voltea a verme algo sorprendido.

—Buenos días, Señorita Cassandra.

—¿Dónde estoy? ¿Está no es mi habitación?

—Perdón por esto, señorita Cassandra, pero es mi habitación.

Me levanto de la cama y me siento, revisando rápidamente bajo las cobijas y confirmando que estoy completamente desnuda. Luego, vuelvo la mirada hacia él.

—¿No me diga que tuvimos intimidad?

—Con base en las pruebas, parece que sí. Pero me disculpo, no soy un hombre que actúe así normalmente. No quiero que piense que estoy jugando con usted. Es una mujer muy hermosa, pero...

—Pero no es su tipo —respondo con una sonrisa—. Señor Sorni, ¿por qué no me dice directamente qué piensa? Si creía que iba a hacer un escándalo, se equivoca. Lo que pasó aquí fue simplemente una necesidad mutua, y no se preocupe, no voy a cambiar mi opinión sobre usted por esto.

—Entonces, ¿no está molesta?

—¿Por qué debería estarlo?

—Porque anoche estaba ebria y terminó en mi cama. Mire dónde hemos terminado.

Me levanto de la cama, completamente desnuda, y veo cómo él se gira para no mirarme.

—Señor Sorni, no entiendo por qué se da la vuelta si ya ha visto mi cuerpo. Como le repetí, no soy de las que se ofenden fácilmente ni usaré esto para obtener algo a cambio. No me arrepiento de nada; su cuerpo es bastante atractivo.

Me visto y me acerco a la puerta. Al abrirla, noto que él se gira para mirarme.

—Así que no se preocupe, lo nuestro fue solo una noche de locura. No planeo hacerle nada. Bueno, adiós, señor Sorni.

Él no responde. Salgo de la habitación y, al cerrar la puerta, tomo el vestido en mis manos y empiezo a correr hacia mi habitación, donde me encierro.

Reto a duelo con el enemigo ♡

—No puedo creer que no recuerde con claridad ese cuerpo y lo que hicimos. ¡Mierda, Cassandra, por qué tomaste tanto!

Después de darme una ducha rápida y vestirme con algo más cómodo, bajo al comedor y encuentro a Eileen sentada a la mesa. Me acerco a ella.

—Buenos días, señora Giordano —digo, y ella levanta la vista hacia mí.

—Buenos días, Cassandra. ¿Cómo dormiste?

—De maravilla.

—Me alegra. Pero dime, ¿estás lista para regresar?

—¿Qué? —En ese momento, escuchamos otra voz.

Las dos giramos hacia la entrada y vemos a Hugo. Nuestras miradas se cruzan.

—Sí, Hugo, nos iremos esta misma tarde.

—¿Tan pronto?

—Sí, sabes que tenemos dos empresas que necesitan nuestra atención.

—Tienes razón. Bueno, les deseo un buen viaje. Yo no desayunaré con ustedes, tengo que ir a mi empresa.

—No te preocupes, Hugo, te entiendo. Pero gracias por todo.

—El placer fue mío. Así que, adiós, Eileen, adiós, señorita Cassandra.

Hugo me echa una última mirada antes de irse.

—¿Qué fue eso? —pregunta Eileen, mirando hacia mí.

—Nada.

—No me digas que nada; esas miradas dicen más que mil palabras.

—En serio, no pasó nada.

—Cassandra, te conozco. Así que dime ya.

—Qué fastidiosa eres. Pero está bien, pasé la noche con él.

—Wow, ¿en serio?

—Sí, ¿por qué no me crees?

—No es eso. Es que Hugo es un buen hombre y sería perfecto para que te establezcas.

—Calladita te ves más bonita. Él y yo dejamos todo claro, así que no pasa nada.

—Bueno, si tú lo dices. Así que mejor desayunemos y prepara tus cosas para irnos.

—Está bien.

Después de desayunar, hemos arreglado todo para regresar a Mónaco. Todos vamos saliendo de la casa de Hugo, pero siento que algo en mí quiere quedarse.

Ignoro ese sentimiento y sigo caminando hasta el auto con el hermano de Eileen. Nos dirigimos a la pista de aterrizaje.

Subimos al jet, pero antes de entrar, me doy una última mirada a lo que dejamos atrás, suelto un suspiro y me subo.

Me acomodo en un asiento solo y comienzo a pensar en las palabras de Eileen.

"Él es un hombre bueno. Si es verdad, es tan bueno que yo no soy nada digna de él. Así que es mejor que las cosas se queden así."

Capítulo 68

*E*ileen

Los meses han pasado demasiado rápido. Estoy a solo una semana de la fecha estimada y muero por saber qué es el bebé.

Podría haberlo descubierto antes, pero Adrien y yo decidimos que sería una sorpresa para ambos.

No solo eso fue una sorpresa. También todos se sorprendieron al enterarse de que nos habíamos casado y que tendríamos un bebé. Nadie podía creerlo.

Pero, en fin, unimos nuestras empresas en una sola, expandimos nuestros departamentos combinándolos, y Luna y Tom se llevan bien trabajando como compañeros.

También tuve que revelarle a Adrien quién era la mujer de las fotos, y casi le da un infarto, aunque al mismo tiempo estaba feliz de saber que era yo.

Durante una pequeña remodelación en la casa, me encontré con un diario de Adrien de cuando estaba en la secundaria. Me sorprendió mucho encontrarlo y aún más lo que contenía. Mencionaba mucho sobre mí, y al final decidí dejarlo donde lo encontré. No quise decirle que lo había leído; sé que se sentiría incómodo al saber que lo hice, y nunca se lo diré.

Mi hermano Eros y Daphne ahora viven juntos. Hice un casting para mi hermano, y ahora ellos son la pareja más famosa en el modelaje. Todos quieren que sean sus modelos, y me alegra mucho ver que le va tan bien a mi hermano.

Me alegra saber que Citlali estará en la cárcel por muchos años; ya nadie se interpone en nuestro camino.

De repente, siento algo que baja por mi pierna. Meto mi mano bajo la falda y siento que es un líquido. Entra en pánico. Por suerte, hoy Adrien no se sentía bien y no pudo ir a la empresa.

—¡Adrien! —le grito.

—¡¿Qué pasa?! —responde.

—¡Ven rápido!

Pasan unos minutos hasta que llega a la sala donde estoy parada.

—¿Qué pasa?

—Acabo de romper fuente; el bebé va a nacer.

—Pero falta una semana para la fecha que dijo la doctora.

—Recuerda que mencionó que podría ser antes. Así que vámonos al hospital, trae mi maleta.

Adrien parece paralizado por el shock.

—Adrien, no hay tiempo.

—Sí, tienes razón.

Adrien corre de regreso a la habitación, mientras yo, con dificultad, me acerco a la puerta para esperarlo. Minutos después, llega con la maleta en la mano.

Me toma del brazo y ambos nos dirigimos con cuidado hacia el elevador. Adrien presiona el botón varias veces hasta que las puertas se abren. Entramos y él selecciona el botón del estacionamiento. El elevador empieza a descender y, al abrirse las puertas, comenzamos a caminar hacia el auto que Adrien compró, equipado con todo lo necesario para traer al bebé.

Me ayuda a subir al vehículo, luego sube la maleta y, finalmente, él se sube también. Arranca el motor y salimos del estacionamiento, con Adrien manejando por las calles de Mónaco.

Empiezo a sentir contracciones, pero no quiero alarmar a Adrien. Trato de mantenerme calmada mientras avanzamos.

Después de unos minutos, llegamos al hospital. Adrien baja del auto y me ayuda a salir. Caminamos hasta la entrada del hospital. Al llegar a la recepción, una de las recepcionistas se acerca a mí.

—Señora Giordano, ¿qué pasa? ¿Se siente mal?

—Acabo de romper fuente, mi bebé va a nacer.

La recepcionista me toma del brazo libre y dice:

—Entonces, vayamos a una habitación.

Nos dirigimos a una sala donde los dos me ayudan a subir a la cama. La enfermera, ocupada por todas partes, me entrega una bata.

—Póngase esto, señorita Eileen. Regresaré en un momento.

Adrien me ayuda a desvestirme y a ponerme la bata. Me recuesto en la cama y empiezo a sentir que las contracciones se vuelven cada vez más frecuentes.

La doctora entra, me revisa y confirma que el bebé está a punto de nacer. Me pregunta si quiero una epidural, pero le respondo que no; quiero experimentar cada momento del parto.

Durante un rato, el equipo médico ha estado monitoreando mi dilatación. Adrien ha informado a nuestras familias, y en menos de media hora, casi todos están en la habitación. Sin embargo, la enfermera les dice que solo pueden estar tres personas en el área de parto, y solo el padre puede acompañarme en el momento del nacimiento.

A pesar de la presencia de Adrien, la situación es estresante. Cada poco tiempo, la enfermera viene para revisar mi dilatación y las contracciones se vuelven más intensas.

Finalmente, las contracciones se hacen más constantes y dolorosas. Adrien está a mi lado, la doctora y las enfermeras están listas. La dilatación está completa y me preparan para el parto. Me colocan en la posición adecuada y veo a la doctora acomodarse entre mis piernas.

—Llegó el momento, señora Giordano. Cada vez que sienta una contracción, puje.

—Está bien —respondo, con la respiración entrecortada.

—Estoy contigo, mi amor —me dice Adrien, tomándome la mano y dándome un beso en la frente.

Siento la contracción acercarse y sigo las instrucciones de la doctora, pujando con todas mis fuerzas. Las horas pasan, el sudor resbala por mi frente, y Adrien me seca con un paño.

—Lo estás haciendo bien, amor —me dice, mientras yo sigo apretando su mano con fuerza.

—Ya veo al bebé, señora Giordano. Solo puje un poco más —indica la doctora.

De repente, siento otra contracción. Pujo con todas mis fuerzas y siento cómo algo sale de mí.

—Bua, bua —escucho el llanto del bebé.

Veo a la doctora levantar a mi hija con cuidado.

—Felicidades, señora Giordano. Es una niña.

Una enfermera me coloca una manta sobre el pecho y coloca a mi hija en mis brazos, mientras su llanto llena la habitación.

—Shh, aquí estoy, mi nenita hermosa —le susurro con ternura.

—Señor Giordano, ¿desea cortar el cordón umbilical? —pregunta la doctora.

—Claro que sí —responde Adrien con una sonrisa.

Lo observo acercarse a la doctora, quien le entrega unas tijeras. Adrien corta el cordón y vuelve a mi lado, luciendo emocionado.

—Es hermosa, se parece a ti —me dice, con una sonrisa orgullosa.

—Pero también se parece a ti —le respondo, y él me da un beso.

—Bien, debemos llevar a la bebé para revisarla. Pero antes, ¿cuál será su nombre? —nos pregunta la doctora.

Adrien y yo nos miramos con complicidad.

—Su nombre será Adriana Giordano Rossi —le digo a la doctora.

—Es un nombre precioso. La llevaremos a revisarla y, después de eso, la traeremos de regreso —asegura la doctora.

Le entrego a la bebé a la enfermera, quien se la lleva con cuidado. Después de que la doctora termina conmigo, me coloca una toalla especial para después del parto.

Todo está en orden y, finalmente, nos dejan a Adrien y a mí solos. Mi familia entra a verme, preocupados y emocionados. Más tarde, la enfermera regresa con la bebé y me la entrega nuevamente.

—Debe amamantarla —me indica con suavidad.

Acomodo a la bebé en mis brazos y me quito la parte superior de la bata. Coloco a mi hija de manera que pueda encontrar el pecho, y ella comienza a alimentarse.

La observo mientras amamanta; es tan hermosa y pequeña. Después de un rato, se queda dormida en mis brazos. La enfermera se retira luego de eso.

Mis padres y los de Adrien están encantados con su primera nieta.

—Es hermosa, tiene mucho de la familia Giordano —dice mi suegra, admirando a la bebé.

—No, tiene más de la familia Rossi —responde mi madre con una sonrisa.

—No discutan, la bebé acaba de nacer. ¿Cómo van a encontrarle parecido ya? —les digo, riendo.

Las dos familias se turnan para cargar a la bebé, disfrutando del momento hasta que llega la hora de terminar la visita. Todos se despiden, dejándonos a Adrien, la bebé y a mí en la habitación.

Adrien está sentado en el sofá, sosteniendo a la bebé en sus brazos. Es una imagen tan tierna.

—Es tan hermosa nuestra hija, nuestra pequeña Adriana. ¿Por qué le pusiste mi nombre? —pregunta con una sonrisa.

—Porque sé que se parecerá mucho a ti en todos los aspectos —le respondo.

—No, mi hija no será como yo. No permitiré que ningún imbécil se le acerque.

—Jajaja, no te preocupes, ella no te pedirá permiso, papá celoso.

—No importa, voy a cuidar mucho de mi niña.

—Ya ansío ver eso.

Al día siguiente, Cassandra me visita, pero desde que regresamos he notado algo extraño en ella. Estoy segura de que oculta algo.

—Tu bebé es hermosa, Eileen —me dice Cassandra con una sonrisa.

—Gracias, Cassandra.

—¿Dónde está Adrien?

—Dijo que iba a buscar café. Pero dime, te noto diferente, ¿qué has estado haciendo?

—Nada, solo mucho trabajo.

433

—No es eso. Desde que regresamos de Italia, te noto distinta. Sé que estás ocultando algo.

—No es nada, Eileen —en ese momento suena su teléfono. Cassandra lo mira y pone una sonrisa forzada. —Bueno, tengo que irme. Asuntos de trabajo.

—Ajá, claro. Pero cuida mucho a tu nuevo galán.

—Gracias por el consejo. Adiós y cuida mucho de la pequeña Adriana.

—Sí, adiós. Nos vemos luego.

Cassandra se va, dejándome con la sensación de que hay algo más en su comportamiento, pero prefiero concentrarme en mi nueva vida con mi hija y mi familia.
Ella se va, y justo en ese momento entra Adrien. Me hace una señal, preguntándome qué pasó, y le respondo que no lo sé. Se acerca a mí y me da un beso.

—Por fin seremos una hermosa familia —dice con una sonrisa radiante.

—Sí, será como en los cuentos —le contesto.

—¿Cómo es eso?

—Con un final feliz.

—Sí, te amo demasiado, Eileen.

—Y yo te amo a ti, Adrien.

Adrien me abraza y ambos nos quedamos mirando a nuestra pequeña Adriana. Finalmente, después de todo lo que hemos pasado, seremos una familia feliz.

Capítulo 69

*C*assandra

Pensé que, después de todo lo que ocurrió con Hugo, las cosas se quedarían ahí. Pero no, él me ha buscado, hemos hablado y enviado mensajes durante todo este tiempo.

No sé qué es lo que tenemos. Ni él ni yo nos hemos tomado el tiempo para aclarar nada. Pero sé que es un hombre bueno que se merece lo mejor, y si él me lo permite, haré todo lo que esté en mis manos para hacerlo feliz.

Por eso, ni él ni yo hemos querido decir nada aún; simplemente no sabemos lo que realmente sentimos. Lo que sí está claro es que yo lo deseo tanto como él me desea a mí.

No contaba con que me marcaría mientras estaba con Eileen. Así que tuve que mentirle sobre la llamada, pero sé que Eileen es lo suficientemente perspicaz como para saber que algo está pasando.

Salgo del hospital, llego a dónde está mi auto y marco el número de Hugo.

—Hola —responde su voz al otro lado de la línea.

—Hola, Hugo. ¿Qué pasa?

—Estoy en tu departamento. ¿Puedes venir?

Me sorprende; no tengo idea de cómo consiguió mi dirección.

—¿Quién te dio mi dirección?

—No fue difícil de obtener. Por favor, ven, necesito hablar contigo.

—Está bien, llegaré en diez minutos.

—Perfecto, aquí te espero.

—Sí, adiós.

Cuelgo la llamada, enciendo el motor de mi auto y empiezo a conducir. Después de diez minutos, llego al estacionamiento de mi edificio.

Apago el auto y bajo de él. Camino hacia la recepción, tomo el elevador y presiono el botón de mi piso. Las puertas se cierran y, después de unos momentos, se abren de nuevo.

Recorro el pasillo hasta llegar a la puerta de mi departamento. Me detengo, respiro hondo y, con una mezcla de nervios y determinación, giro la perilla y entro.

Enciendo las luces y noto que el apartamento está en penumbra. Justo cuando estoy a punto de dar otro paso, siento que alguien cierra la puerta de golpe y me empuja suavemente contra ella. Al volver la vista, veo los ojos de Hugo y un torbellino de emociones empieza a revolotear en mi interior.

—No sé qué es esto que siento, pero lo único que tengo claro es que necesito estar cerca de ti. Desde esa noche, tú significas más para mí que cualquier otra cosa. Déjame demostrarte quién soy y lo que puedo ofrecerte.

—Te advierto que me gustan las cosas rudas y salvajes. ¿Estás seguro de poder cumplir con esos dos requisitos?

—Te aseguro que no podrás levantarte durante una semana y que tus gritos se escucharán hasta Rusia.

—Entonces es lo único que pido.

—Lo cumpliré —dice Hugo mientras me besa, su cuerpo presionando contra el mío.

No sé qué es lo que siento exactamente, pero si él cumple con los requisitos que le he dado, no pediré más. Estoy dispuesta a explorar lo que sucede entre nosotros dos.

Aunque algo dentro de mí sugiere que Hugo es un hombre bueno con un pequeño demonio interno que ansía salir, y estoy decidida a descubrir esa parte de él. No se arrepentirá de haberme elegido.

Continuará....

Milton Keynes UK
Ingram Content Group UK Ltd.
UKHW030618061024
449204UK00001B/70

9 798330 437160